BIBLIOTHÈQUE ÉCOSSAISE
Dirigée par Keith Dixon

POIDS PLUME

DU MÊME AUTEUR

CHEZ LE MÊME ÉDITEUR

Manuel de survie à l'usage des jeunes filles, 2018

Analphabète, 2021

Mick KITSON

POIDS PLUME

Traduit de l'anglais (Écosse)
par Céline Schwaller

Éditions Métailié
20, rue des Grands Augustins, 75006 Paris
www.editions-metailie.com
2022

Retrouvez-nous sur les réseaux sociaux :

Titre original : *Featherweight*

Published by arrangement with Canongate Books Ltd, 14 High Street, Edinburgh EH1 1TE

ISBN : 979-10-226-1217-3

Pour mon frère, Jim Kitson

Sur le

Champ de Foire de Hallow Heath,

**dans le Comté du Worcestershire,
à la Foire aux Chevaux annuelle, attenante au
nouveau Canal de Birmingham.**

En ce jour du 12 septembre de l'an de grâce
MILLE HUIT CENT TRENTE-HUIT

UN COMBAT

TRÈS ATTENDU DU NOBLE

ART

DE

LA BOXE À MAINS NUES

UNE REVANCHE DE LA RENCONTRE DE HARPENDEN
D'IL Y A DIX ANS.

CERTAINS MESSIEURS *doivent être* FÉLICITÉS
POUR L'ORGANISATION ET LA MISE EN PLACE DE
CETTE REVANCHE REMARQUABLE *et* HISTORIQUE.

LA NOBLE *et* TRÈS HONORABLE QUÊTE
*d'*UN PRIX QUI N'EXCÈDERA PAS 30 GUINÉES
POUR LE VAINQUEUR.

Et un Prix de Consolation de vingt guinées pour le perdant entièrement fourni par un personnage des plus excellents et des plus connus de l'Aristocratie locale.

Les spectateurs pourront voir
le grand Champion invaincu du Staffordshire

M. WILLIAM PERRY,

également connu sous le nom de Bill Perry,
également connu sous le nom du

SLASHER DE TIPTON

mettre à l'épreuve son Habileté
et ses Poings de fer du Staffordshire
CONTRE SON ADVERSAIRE,
connu sous le nom de

L'OURAGAN IRLANDAIS
M. TIMOTHY HEANEY

qui, dans ce Royaume et sur divers Terrains de Sport
en Angleterre, s'est révélé être un adversaire
des plus **dignes** et des plus **terribles**.

Les messieurs amateurs de sport apprécieront les
NOMBREUSES opportunités offertes par
ce **COMBAT HISTORIQUE**.

Les dames sont priées de se préparer à la puissance et
à la majesté de ces deux Géants du Ring.

Le Combat commencera après la dernière Vente,
vers midi.
Un Chapeau sera passé pour toute Contribution aux Dons
destinés aux deux NOBLES Sportifs.

MAIS *ce* DIVERTISSEMENT *est* GRATUIT POUR
CEUX CAPABLES D'ASSISTER À LA FUREUR *et* AUX
PROUESSES SPORTIVES *des* ADVERSAIRES.

LES RÈGLES DE JACK BROUGHTON
SERONT RESPECTÉES SOUS LA SURVEILLANCE
d'un ARBITRE DÉSIGNÉ, M. EVANS,
et d'un CHRONOMÉTREUR, M. BARROWMAN.

PROLOGUE

Ithan, Pennsylvanie
1906

Jeannie Brand se tenait devant Madame et s'interrogeait sur l'extrême étrangeté d'avoir été appelée à onze heures du matin alors qu'elle se trouvait dans l'arrière-cuisine par une belle journée d'automne. Étonnée d'ailleurs d'être appelée à une heure quelconque.

C'était seulement la seconde fois qu'elle voyait l'intérieur du salon. Et la toute première que Madame lui adressait la parole. La vieille dame ne traitait qu'avec oncle Kenny. Et c'était oncle Kenny qui s'était précipité dans la conserverie où Jeannie sertissait des couvercles sur des bocaux de compote de pommes et qui lui avait crié d'une voix étonnée :

– Jean, Madame désire te parler.

Il avait tendu les mains, aussi perplexe qu'elle devant l'étrangeté de cette demande soudaine, mais il savait que Madame avait commencé à avoir des lubies bizarres au cours des derniers mois. Il avait vu la carriole de l'avocat Sullivan devant la grande maison à trois reprises depuis le début du mois d'octobre.

Il était malgré tout troublé par le fait que l'enfant qu'il avait fait venir un an plus tôt du Fife, où vivait le reste de sa famille, ait été appelée de façon aussi fâcheuse qu'inopinée. Il ne se passait pas grand-chose dans la grande maison dont Madame ne discutât pas avec lui. Mais la vieille dame semblait savoir des choses. Des choses sur les domestiques, la fonderie et les allées et venues dans le village que personne n'aurait pu lui raconter.

Kenny s'arrêta un instant et regarda sa nièce. Elle était grande, plus grande que lui, avec les mêmes yeux vifs étincelants et le même caractère bien trempé que sa propre mère. La semaine dernière encore, la jeune fille s'était battue et avait frappé une grosse Galloise après avoir eu des mots avec elle dans la queue de la boulangerie.

– Sûr qu'elle s'conduit pas comme une dame écossaise, monsieur Ken, avait dit le trappeur Dan White en racontant à Kenny la scène qui s'était déroulée devant lui alors qu'il attendait, perché sur le cabriolet, pendant que Jeannie portait les messages du matin.

Et la jeune fille chantait en déambulant dans la maison. Elle avait une belle voix et elle chantait les chansons de Rabbie Burns, et c'était pour Kenny un plaisir de l'entendre. Cela lui rappelait le petit village perché sur une colline qui dominait le Forth où il avait grandi avant de venir en Amérique, où les hommes travaillaient à la mine pendant que les femmes amidonnaient et blanchissaient le linge dans les champs. La voix de la jeune fille était aussi chaude et délicate qu'une averse d'été, mais Kenny craignait qu'elle n'ennuie Madame en flottant jusqu'au salon depuis les couloirs du bas.

– J'espère seulement qu'elle n'a pas eu vent de ton comportement scandaleux à la boulangerie mardi dernier, avait-il grommelé à Jeannie tout en montant rapidement l'escalier de service alors qu'elle tapotait son tablier pour en ôter la poussière et les copeaux de pomme. Ou alors tu l'agaces à gazouiller toute la sainte journée.

– Elle peut pas être au courant pour la bonne femme de la boulangerie, Kenny… comment elle pourrait ?

– Tu ne la connais pas, fenotte, et c'est ma réputation qui est en jeu. Je me suis porté garant de toi et je t'ai fait venir ici, ne l'oublie pas. – Il la poussa en direction de la porte du salon en disant : – Que Dieu te protège si elle est mécontente, et tu ne lui diras pas que je sais pour la bagarre dans la queue de la boulangerie.

Jeannie frappa et entendit la voix basse et bourrue lui crier depuis l'intérieur :

– Entrez.

Madame était assise devant la fenêtre. Le soleil vif du matin qui brillait derrière elle la transformait en une silhouette au cou fin et élancé avec des cheveux épinglés en chignon serré. Jeannie entra dans la pièce et fit une révérence maladroite.

– Vous désiriez me voir, Madame, dit-elle doucement.

La vieille femme se retourna et son visage fut plongé dans l'ombre.

– Approche, ma fille, dit-elle, et Jeannie s'avança vers elle.

– Viens, et prends mes mains, ordonna Madame. Jeannie eut envie de frissonner lorsqu'elle saisit délicatement les deux choses noueuses et tordues. Elles brillaient comme de l'acajou ciré et chacune d'elles était parcourue de milliers de minuscules cicatrices, pourtant elles semblaient ne rien peser, aussi légères et immatérielles que du duvet d'oie. Les phalanges irrégulières formaient des crêtes semblables à une chaîne de montagnes miniature et, sous la peau tendue couleur de caramel, les vieux os gris saillants luisaient. Tenant les mains de la vieille femme, les doigts blancs et lisses de Jeannie ressemblaient à des fleurs de printemps posées sur un tas de fumier.

Madame dit :

– Elles sont tout ce que j'ai jamais eu, ma fille.

Jeannie tenta de sourire et répondit :

– Oui, Madame.

– Ces deux-là sont bien jolies, mon enfant, reprit Madame. Les miennes étaient comme ça autrefois, il y a longtemps. Z'ont été mon destin et ma chance.

Jeannie scruta le visage de la vieille femme ; ses yeux étaient du même vert foncé effrayant que le bief profond d'un moulin. Elle tenta de se concentrer sur sa façon de parler. Quelle était cette façon de parler ? Cette étrange manière de s'exprimer qu'avait Madame. Ce n'était pas de l'écossais, ni de l'irlandais, ni du gallois. Ce n'était pas de l'américain, et elle n'avait pas non plus le zézaiement des Allemands ou des Hollandais. Elle n'avait pas ce côté chantant et musical des Italiens ni le chevrotement guttural des Juifs. Et elle n'avait pas cet accent traînant et ce rire qu'elle entendait dans la langue des Nègres, ni les intonations pincées et assurées des Anglais.

Madame ferma les yeux puis renversa la tête en arrière et dit, en opinant légèrement du chef :

– J't'ai vue, Jeannie Brand, cogner la grosse gazille dans la queue de la boulangerie.

Jeannie rougit et se tortilla mais Madame riait, son corps frêle secoué par un râle de ravissement.

– S'est pris une bonne dérouillée, hein ? Tu me rappelles une belle et charmante gazille que j'ai connue longtemps en arrière. Très longtemps.

– Je m'excuse, Madame. J'ai du caractère, c'est vrai. Mais notre Kenny ne sait rien de ce qui s'est passé. Cette fenotte m'asticotait parce que je suis écossaise et j'ai vu rouge. Je suis vraiment désolée pour les ennuis que j'ai pu vous causer, Madame.

Le sourire de Madame laissa voir de belles dents blanches et elle tapota la main de Jeannie.

– Une grosse dondon, celle-là, hein ?

Enhardie par le sourire malicieux de la vieille dame, Jeannie dit :

– C'est bien vrai, Madame, une horrible grosse mégère malpolie. Les méchancetés qu'elle m'a dites, Madame…

– Eh bien, tu as bien fait de lui clouer le bec, gazille. Je parie que t'es rapide avec tes poings. T'as une belle allonge.

Jeannie resta perplexe un instant. La vieille femme reprit :

– T'as rien fait d'mal. Une femme doit se battre parfois. Autant qu'tu saches faire.

Puis la vieille femme se pencha en avant et fixa Jeannie de ses yeux vert foncé. Le soleil du matin chauffait la pièce et des grains de poussière étincelaient dans l'air.

– Que font tes parents ? demanda-t-elle.

– Mon père était mineur, Madame. Il a été tué il y a deux ans quand les puits ont été inondés. Ma mère est morte d'une fièvre l'année suivante et ma p'tite sœur aussi. C'est pour ça que Kenny m'a fait venir ici. Et mille mercis à vous, Madame, de m'avoir permis de venir.

– Kenny est un homme trop bien pour vivre dans ma fonderie et si t'es de sa famille, c'est qu'toi aussi tu dois être quelqu'un d'bien. Tellement mignonne et jolie en plus, le simple fait de t'avoir ici fait du bien à mes vieux yeux. Et puis j'entends tes chansons, mon enfant.

Jeannie porta la main à sa bouche.

– Je m'excuse. Je me tairai si ça vous agace, Madame. Là d'où je viens, on chante tout le temps.

– T'excuse jamais d'aimer la poésie, gazille. Et ne t'excuse jamais d'aimer M. Burns. C'est le plus charmant de tous, avec son pauvre cœur si cruellement brisé. Je parie que c'était une jolie fenotte écossaise comme toi qui l'a trompé, Jeannie Brand.

La jeune fille essaya de sourire mais elle était déconcertée par les propos étranges de la vieille femme et elle fut heureuse quand Madame changea de position et tendit la main en disant :

– Aide-moi à aller jusqu'au fauteuil. J'ai mal partout à force de rester assise ici.

La jeune fille prit Madame par le bras et la soutint tandis qu'elle traversait la pièce à pas lents. Son corps frêle semblait aussi léger que ses mains noueuses et elle paraissait flotter lorsqu'elle s'appuya sur Jeannie pour se laisser guider jusqu'au fauteuil installé devant la cheminée. Il y avait un placard massif en chêne foncé doté d'une porte vitrée étincelante. Et tandis que la vieille femme se posait tel un flocon de neige d'avril, Jeannie jeta un coup d'œil à l'intérieur de la vitrine. Elle n'y vit aucun bibelot ni céramique, pas de porcelaine de Saxe ou du Staffordshire. Au lieu de cela, au centre de la seule étagère, posée soigneusement sur un délicat napperon en lin, se trouvait une petite bague en cuivre. Et à côté, un bout de ruban rouge décoloré. Ces objets paraissaient minuscules par rapport à la taille et au volume de la tablette en verre sur laquelle ils étaient posés, et ils semblaient en suspension dans l'air.

La vieille femme souriait encore quand la jeune fille posa à nouveau son regard sur elle. Dans la pièce tranquille, le côté fenêtre brillait comme de l'or dans les rayons de soleil obliques et il parut soudain spacieux et plein d'une lumière dansante.

Madame dit :

– Va demander à Kenny de nous apporter du thé. J'aimerais avoir une petite conversation avec toi.

Et au moment où Jeannie se dirigeait vers la porte, la vieille femme reprit, à voix haute et à l'air ambiant :

– Je suis la dernière. Il ne me reste plus personne. Ils ne sont plus que des vieilles chansons aujourd'hui.

1

Quand j'étais petiote, je parlais le dialecte du Black Country et je parlais pas beaucoup non plus. Ni à l'époque ni maintenant. On me disait que j'avais mauvais caractère et que j'étais toujours renfrognée, que je me traînais d'un pas lourd, penchée en avant comme un gros cheval de trait hâlant une péniche de charbon. Je marche encore comme ça, mais plus lentement aujourd'hui à cause des années, de mes os douloureux et de mes articulations gonflées qui étaient autrefois pointues et bien tranchantes.

Des fois, on parlait romani sur la route mais de ça non plus, il reste plus rien. Plus rien dans ma façon de parler ni dans ma tête. Renversé et répandu dans les ruelles, dans les bars à bière et sur les champs de foire. Mais dans ma tête il y a toujours des chansons que j'ai apprises un peu partout et elles arrivent par vagues des fois, et des fois, à une expression ou à un son, ou à la façon dont un Américain prononce un mot, je sais qu'il est du Black Country et les mots me reviennent en cascade, tout comme les airs, les bruits et les voix que j'entendais crier et chanter à l'époque où j'étais une petite gazille, quand on m'a vendue et que Billy Perry m'a achetée. Le bruit sourd de la péniche sur le bord du quai. Le chuintement de la corde sur l'angle du pont. Le doux bruit des sabots du vieux cheval de trait sur le chemin. Ma mère qui pleurait le jour où je suis descendue à la foire en tenant la main de notre Tommy.

Avant ce jour-là, au cours des années où ma famille sillonnait les chemins et les champs partout dans le pays, depuis les villes et les villages jusqu'au sommet de la lande et aux forêts, on regardait les taillis disparaître pour servir de bois de mine et de traverses pour les voies ferrées, et les rivières perdre leurs méandres. Il y avait des terrils, des briqueteries et des canaux qui serpentaient à travers les verts pâturages comme le font normalement les haies à la campagne. Des nouveaux bâtiments en brique se construisaient le long du bassin où les canaux se jetaient dans le fleuve, et il y avait plus que de la boue depuis qu'ils avaient fermé les nouvelles écluses. Des hommes muraient les ponceaux et les déversoirs. Puis traînaient et posaient des blocs de grès rouge. Ils creusaient des trous dans le sol pour en extraire du charbon, de l'argile et du sable, et ils faisaient brûler de la chaux dans des fours en pierre qui fumaient et rougeoyaient toute la nuit.

Je vois encore le chemin de terre rouge qu'on a descendu pour aller à la foire l'été après que Big Tom était tombé raide mort sous la pluie battante en essayant de sortir la roulotte d'un fossé rempli d'eau noire avec mes frères Tommy et Tass.

Quand il a basculé comme un arbre coupé, blanc comme du lait et en se griffant la poitrine, ils se sont mis à pousser des gémissements et des hurlements, et avec maman, Benny, Mercy et Charity on a soulevé la toile qu'on tenait au-dessus de nos têtes pour regarder.

La roulotte était de travers et basculait vers l'arrière, et Cobble, le poney, ruait et tirait sur son licol parce qu'il avait peur de tomber dans le fossé avec la carriole. Tommy et Tass s'accrochaient à l'extrémité de la perche qu'ils avaient coincée sous les roues avant et Big Tom était allongé face contre terre avec la pluie qui lui fouettait le dos.

Ce soir-là j'ai eu une vision sous la pluie quand Big Tom est mort. Je savais qu'il était mort et je savais que son âme planait sur nous, et la peur du poney qui roulait de grands yeux affolés en essayant de pas tomber dans le trou ressemblait à notre peur de devoir travailler à la mine en roulant de grands yeux affolés toute notre vie.

Après ça je suis devenue encore plus silencieuse, et moins je parlais, plus je voyais. J'ai appris à planer et à flotter et à voir de quoi il retournait, et je me laissais porter comme du duvet pour voleter et tournoyer au-dessus du monde.

Maman m'avait bien expliqué pourquoi fallait camper à côté d'un houx, faire bon accueil aux roitelets et aux rouges-gorges, elle m'avait dit pour les démangeaisons dans les mains et le nez, et pourquoi fallait essayer de voir un cheval blanc le matin.

Ça s'était passé en avril et, le temps qu'on arrive à la foire, en septembre, les feuilles sur les haies d'aubépine qui bordaient le chemin perdaient leur vert de l'été pour devenir toutes grises et aussi brun-rouge par endroits, et les baies qui pendaient par grappes passaient du vert foncé au rouge éclatant et ça rendait les moineaux complètement marteaux. Les ailes des linottes vrombissaient dans le soleil et les derniers martinets volaient bas avant de s'aventurer dans le ciel immense.

Dans les bois qui surplombaient ce chemin, les feuilles des chênes jaunissaient et les arbres étaient chargés de glands verts, et maman disait que ça annonçait un hiver rude, tous ces glands, ces fruits et ces mûres. En levant les yeux, j'ai vu le dessous de ces feuilles traversées par la lumière du matin alors que je traînais la petite Charity qui braillait et qu'on marchait tous à la queue leu leu derrière maman en direction de la foire, même si on avait pas de cheval à vendre, pas de paniers, pas de rubans, pas de broderies ni rien du tout.

Mais en levant les yeux vers le soleil qui brillait à travers les feuilles et en entendant le raffut des ailes des moineaux, j'ai vu la face cachée du monde et j'ai su que ce jour-là je me rendais quelque part, comme ces martinets savaient qu'ils étaient destinés à faire un voyage.

Quelque part vers la face cachée où le soleil brillait à travers.

On s'est arrêtés et on a mangé toutes les mûres parce qu'à ce moment-là on était morts de faim et maman a attendu, même si elle, elle en pas pris alors qu'elle était maigre mis à part son gros ventre dans lequel un nouveau petiot grandissait.

En bas du chemin, dans cette petite vallée qui s'étendait de chaque côté du canal, des rangées de péniches et d'embarcations étaient amarrées à perte de vue, leurs cheminées crachant de la fumée dans l'air de cette belle matinée à cause des poêles où ils faisaient bouillir de l'eau pour le thé et, devant la loge de l'éclusier au-dessus du bassin, une solide bonne femme étendait du tissu blanc sur une table pour vendre des gâteaux et des petits pains aux bateliers qui allaient à la foire.

Il y avait des gros chevaux de trait attachés dans le champ à côté du canal, chacun au bout d'une corde fixée à un pieu en acier, et un garçon remplissait leurs abreuvoirs avec un seau en cuir qu'il plongeait dans le petit ruisseau coulant depuis la colline. L'eau étincelait tellement au soleil que ça vous obligeait à faire la grimace pour la regarder. Le jour se levait, même si à l'est on apercevait encore un croissant de lune, et alors qu'on continuait de descendre, on voyait les hommes rassemblés en train d'allumer leurs pipes à côté d'une grosse meule de foin frais près du portail ouvert qui donnait sur le champ tout décoré de drapeaux et de banderoles.

Là-bas, il y avait des brasseurs qui faisaient rouler des tonneaux depuis leur charrette pendant que les Clydesdales piaffaient et renâclaient, deux garçons en blouse blanche traditionnelle qui dépliaient des tréteaux en bois, et la grande et grosse gazille vêtue d'un tablier d'un blanc éblouissant qui surveillait l'installation interpellait et insultait les garçons tandis qu'ils s'empressaient de dresser les tables et de mettre des bottes de paille pour servir de sièges.

Dans le champ, le foin venait d'être fauché et il y avait une corde sur des piquets en fer qui marquait l'aire de vente plus une petite estrade en pin jaune fraîchement scié pour le commissaire-priseur. Tout au fond, il y avait les chevaux et les poneys, de toutes sortes et de toutes tailles et tous destinés à être vendus ou échangés le jour venu. Ils étaient parqués derrière des palissades en bois et des haies de noisetiers, et des jeunes garçons d'écurie brossaient des crinières et curaient des sabots.

Je m'y connaissais bien en chevaux à l'époque et il y avait des poneys et des Cobs gallois, des Shires et des Clydesdales, des Connemaras d'Irlande, des Dales et des Fells, des Clevelands et d'énormes Suffolk Punches couleur miel. Il y avait des gros chevaux de halage, des poneys pour tirer les chariots et des petits Cobs pour les enfants de l'aristocratie, des poneys pour les mines et d'autres pour les labours, et aussi des vieux poneys décharnés bons pour les équarrisseurs.

Et tout en bas, la large route qui menait aux écluses et au bassin depuis la ville se remplissait d'un flot croissant de vendeurs et de colporteurs, de laitières et de marchands de tabac, de charrettes à bras bourrées de pommes et de poires, de vendeuses de rubans et de potiers, de chargements de bois de chauffage sur des chariots tirés par des attelages ; il y avait un pêcheur et un marchand de glace qui déplaçaient d'énormes blocs enveloppés dans des sacs sur des carrioles, des chariots colorés décorés de fleurs et de châteaux peints et tirés par des petits poneys robustes, des roulottes et des chariots de spectacle avec des toits de toile verte, des marchands d'articles fantaisie, une charrette de fraises mûres, des clowns et des marionnettistes portant des costumes rayés et des perches peintes, une carriole tirée par des chiens qui se traînait lourdement sous le poids des tonnelets de cidre. Il y avait des soldats en manteaux écarlates et ceintures blanches et des cavaliers avec des plumes sur leurs casques, des dames en belles jupes longues et des filles de ferme avec des tabliers en mousseline. Des filles endimanchées avec des jolis bonnets et des hommes en tricornes et en toques apparaissaient et disparaissaient dans la foule qui s'engouffrait dans cette prairie. J'ai vu une dame s'arrêter, sortir une boîte en argent et inspirer par le nez des épices délicates pour chasser toute cette puanteur, la merde de cheval, les garçons en sueur, les tonnelets ouverts, la vapeur, la fumée et les hommes qui pissaient dans les haies.

Et dans la cuvette qui longeait le ruisseau, une corde délimitait un ring destiné à accueillir les combats de boxe à mains nues qui auraient lieu quand les ventes et les échanges seraient terminés. Il y avait des tentes pour les boxeurs et leurs seconds, et il y avait déjà des bourses accrochées aux pieux à l'endroit où on pariait sur l'issue du combat. Avant même qu'il commence, les gens pensaient déjà à la fin et sortaient leur argent pour avoir les cotes et les conditions des preneurs de paris.

Sur un chariot plat dans le coin le plus éloigné, de la fumée montait déjà d'une forge et le forgeron en tablier de cuir vidait des sacs de charbon tout en actionnant les soufflets, envoyant dériver au-dessus de la prairie des nuages de fumée gris clair qu'on sentait même depuis les hauteurs d'où on regardait, en rang à côté de notre maman.

Y avait Charity, Mercy et moi, Tass, Benny, Tommy et ma mère, qui s'appelait Keziah Loveridge, et nous aussi on était des Loveridge, comme papa, Big Tom Loveridge, on était roms et on voyageait dans une roulotte et les gadjé nous traitaient de gitans, de romanichels et de boumians parce qu'on vivait comme ça, qu'on restait jamais au même endroit, qu'on travaillait le dimanche et qu'on avait pas le droit d'entrer dans une église ou une chapelle.

Nous, les filles, Charity, Mercy et moi, on portait pas de bonnet, les garçons portaient pas de casquette, et on marchait tous pieds nus sur ce chemin poussiéreux. Tass, qui venait juste après Tommy, avait seulement sa chemise de nuit et sa culotte, et Benny, qui venait après lui, portait la culotte en velours côtelé et le gilet de toile dans lesquels il avait dormi la nuit d'avant. Mercy, Charity et moi, on avait des longues robes grises en laine avec des tabliers noués derrière. On marchait en file indienne du plus grand au plus petit derrière maman, et même si elle était veuve que depuis cinq mois, dans deux de plus elle aurait un nouveau petiot à habiller et à nourrir. Tom et Tass portaient tous les deux des ballots sur le dos avec tous les biens qu'on possédait, enveloppés dans les bâches de toile qu'on tendait entre des arbres pour se faire un abri la nuit.

On était tous affamés ces derniers mois, et à errer sur les routes on avait faim tout le temps, faim à en pleurer et faim à en avoir le ventre gonflé, et Mercy pleurait sans arrêt toutes les nuits. La petite Charity pleurait pas et c'était pire, ça voulait dire qu'elle était triste, malade et qu'elle s'affaiblissait.

La dernière fois qu'on avait mangé, c'était deux jours avant, quand la femme d'un fermier nous avait donné du porridge et des pommes fraîches alors qu'on était tous assis sur le bord de la route en face de son portail. C'était une grande ferme imposante de brique rouge avec un toit en ardoise et un jardin avec un mur devant où il y avait des pommiers et les pommes étaient fermes, vertes et sucrées. Cette femme avait eu pitié de nous, toute cette file de Loveridge qui remontait cette route d'un pas lourd sans cheval ni chariot et, ignorant la règle de son mari lui interdisant de donner à manger aux mendiants ou aux vagabonds, elle nous avait apporté une marmite, elle nous avait aussi donné un seau d'eau fraîche et on avait tous eu droit à une pomme verte cueillie du jour.

Depuis que Big Tom était tombé raide mort, maman avait pris l'habitude de mendier et d'accepter à manger et un abri là où on nous le proposait. Notre vieux poney Cobble était lui aussi tombé raide mort sous la pluie un mois plus tard alors qu'on frissonnait tous entassés sous la tente. Big Tom manquait à ce pauvre vieux Cobble, avait dit maman. Il avait dépéri et il était mort de la fièvre du cheval après la disparition de Big Tom et nous aussi on dépérissait, et maman pleurait le soir près du feu. On avait enterré Big Tom à l'extérieur du cimetière de Yaxley parce qu'on faisait pas partie de l'Église et qu'on travaillait le dimanche, et le jeune vicaire avait dit qu'il pouvait pas être enterré en terre consacrée. Et on avait tellement faim qu'on avait fait griller le vieux Cobble sur le feu mais il était dur comme du chien.

On avait monté le camp dans un taillis près de Yaxley et, avec Mercy, on gagnait trois pennies par jour pour effrayer les oiseaux des cultures de pois et d'orge. Tommy et Tass enlevaient les pierres dans un champ et ils recevaient pour ça un shilling par semaine, alors on était restés là-bas à travailler et à vivre au camp jusqu'à ce qu'un soir, je comprenne qu'il allait nous arriver malheur parce que j'avais vu un corbeau au coucher du soleil, et après des hommes armés de gourdins avaient fait irruption dans notre bosquet et nous avaient chassés. Tommy et Tass s'étaient fait fendre le crâne à coups de bâton et on avait abandonné la grosse bouilloire et les vieilles bottes cirées de Big Tom pour nous enfuir dans la nuit. Cette nuit-là, j'avais plané comme un oiseau et j'avais jeté des sorts abominables à ces hommes-là, qui avaient piétiné nos affaires et nous avaient craché dessus en nous chassant de notre taillis.

Après, on avait erré sur les chemins. Le printemps et l'été avaient été secs et agréables, et c'était d'ailleurs pas plus mal parce que tous les manteaux et les couvertures qu'on avait se trouvaient dans la vieille roulotte, en train de pourrir dans le fossé où elle avait tué Big Tom. On pouvait pas aller les récupérer maintenant. Cette roulotte était maudite, aussi sûr et certain que les arbres changent avec les saisons.

On faisait de la cueillette là où on cherchait des cueilleurs, maman brodait des sacs et des couvertures pour les foires, et les garçons enlevaient des pierres et creusaient des fossés.

Mais, en septembre, toutes les pièces que maman avait dans sa bourse avaient été dépensées, l'hiver allait pas tarder et un nouveau petiot arrivait. On errait, en guenilles, on campait et on mendiait là où il y avait de l'eau ou de l'ombre. Et on s'arrêtait toujours près d'un houx ou d'une aubépine.

Quand Big Tom était en vie, on venait à cette foire chaque année. Maman vendait ses sacs et ses couvertures brodés, et nous, on courait dans la prairie douce tout juste fauchée pendant que Big Tom rencontrait des hommes d'autres camps et parlait de chevaux et des endroits où on pouvait trouver du travail. Ils avaient acheté Cobble à la foire avant ma naissance, quand Tom et Tass étaient petiots et que maman attendait Benny. J'étais même pas encore là à l'époque. J'étais l'étincelle dans les yeux de Big Tom et le sourire sur son grand et beau visage.

Maman disait que Big Tom avait participé à des combats de boxe à mains nues dans des foires avant notre naissance et qu'une fois, il avait gagné un prix de deux guinées contre un gars de Walsall qu'il avait étendu au bout d'une heure. Il avait une cicatrice de morsure sur l'avant-bras en forme de grand croissant de lune.

On venait chaque année depuis neuf ans et j'étais l'aînée des filles, juste avant Mercy et Charity qui était la petiote à ce moment-là mais plus pour longtemps. Je les aimais tous mais à cette époque j'étais souvent mal lunée, je parlais pas beaucoup et je regardais les choses se passer, attendant avant de parler ou de faire entendre ma voix. Mais je voyais bien ce qui m'attendait.

Là, on a franchi le virage qui descendait jusqu'au bassin, maman s'est arrêtée et elle s'est tournée vers nous. Elle a levé les mains et on s'est tous mis en rang : Tommy, Tass, Benny, moi, Mercy et Charity.

On avait tous les yeux fixés sur cette masse colorée et mouvante de gens qui grouillaient sur le champ de foire en dessous. Maintenant, des calèches tirées par des chevaux remontaient la route qui passait en bas, un beau landau avec un valet de pied en livrée à l'arrière et des messieurs à cheval qui suivaient avec leurs chapeaux en peau de castor luisant au soleil comme s'ils avaient été huilés.

Et là, maman a dit :

– On s'est levés de bonne heure et on a marché sur ce chemin poussiéreux jusqu'à cette foire, sans cheval ni paniers ni broderies à vendre, et j'ai fait en sorte qu'Annie porte la robe la plus propre et la moins reprisée, je lui ai lavé le visage ce matin et lissé les cheveux. Oh, ma petite Annie, la plus silencieuse et la plus sombre de vous tous, qui reste assise dans son coin à ruminer en silence pendant que vous autres, vous passez votre temps à jouer et à crier. Et je sais que vous autres, vous pensez qu'elle se croit trop bien pour nous et qu'elle voudrait être une dame. Oh, mon Annie, toi qui ne souris et ne ris jamais avec tes yeux sombres, aussi sage qu'une petite vieille…

Après, elle s'est arrêtée de parler et des grosses larmes ont coulé sur sa joue. Elle a fait un signe de tête à Tommy et il m'a prise par la main en disant :

– Viens, ma grande.

Il m'a entraînée en direction de la foire. Et maman lui a crié "Cinq guinées" avant de détourner les yeux.

2

Dans le bassin en dessous des écluses, seule une péniche à charbon vide n'avait pas de fumée qui sortait de sa cheminée et aucune bouilloire ne chauffait sur le poêle. Débarrassé la veille de son chargement, le bateau dépassait largement de l'eau et son marinier était satisfait des pièces qu'il avait reçues pour l'avoir halé depuis le port de Tipton. Il était maintenant assis à la barre, gris et en sueur après la bière de la veille au soir, et il tâtonna dans son manteau à la recherche de sa pipe. Sur le flanc de la cabine du batelier il n'y avait pas de nom peint, pas de roses ni de châteaux de couleurs vives ; l'embarcation tout entière était maculée de poussière de charbon et semblait absorber les rayons du soleil éclatant qui se levait au-dessus du bassin. Le Marinier prit le temps de sentir le soleil sur son visage, toussa, puis tapa sa pipe contre la coque du bateau et se pencha pour regarder la cendre et les petits brins de perlot flotter sur l'eau noire.

Un garçon courait sur le chemin de halage, casquette en arrière, et sa chemise en toile à matelas rayée s'ouvrait et se gonflait tandis qu'il scrutait au passage chacune des péniches amarrées. Il passa devant celle du Marinier, puis il s'arrêta et fit quelques bonds en arrière, se penchant et plissant les yeux pour examiner le bateau à charbon crasseux. Il courut jusqu'à l'extrémité où se trouvait le Marinier et demanda :

– Vous êtes le Marinier Fogo ?

– C'est bien moi, mon garçon, et tu m'as l'air sérieusement pressé, répondit le Marinier en portant une allumette à sa bouffarde.

– J'viens d'la part de Heaney. Votre homme doit se trouver dans la cuvette, là-bas dans le champ, dès que la dernière vente sera terminée. D'après ce qu'ils disent, ça sera un peu après midi.

– Mon homme y sera, ne crains rien. Même s'il est actuellement plongé dans un profond sommeil dont il ne pourra sortir qu'en sentant l'odeur de la bière. Tiens, mon gars, va donner six pence au Cock de ma part et rapporte-moi deux grosses bouteilles de blonde pour que je puisse le réveiller sans difficulté… – Le Marinier lui tendit une pièce.

Le garçon se redressa et parut dubitatif.

– Que diraient mes hommes s'ils savaient que je vais faire une course pour l'adversaire ? On a Lord Ledbury qui vient ce matin pour discuter du combat avec Heaney. C'est lui qui a fourni la bourse et il a misé cinquante livres sur notre homme. Que dirait Sa Seigneurie ?

– Elle dirait que tu as été un bon petit chrétien. Le Slasher ne peut pas bouger sans bière, il ne peut pas se réveiller sans et il ne peut certainement pas disputer un combat sans. On te rendra un penny que tu pourras garder pour ta peine.

Le garçon réfléchit un instant, puis il prit l'argent et se précipita au bout du bassin où se dressaient des entrepôts de brique rouge, les petites maisons des gardiens et des rangées de grues en bois pivotantes qui surplombaient l'eau. Le Marinier se leva et le regarda partir, puis il se pencha au-dessus des marches et cogna sur la cabine, trois grands coups en abattant sa grosse main à plat sur le toit noir charbon.

– Billy Perry, réveille-toi ! Il y a de la bière qui arrive pour ton petit-déjeuner. Billy Perry, debout ! Debout, ma beauté, car c'est aujourd'hui que tu vas faire fortune !

À l'intérieur de la cabine, on entendit un grognement animal grave puis des bruits sourds, le grognement se prolongeant en un long grondement sonore caverneux et menaçant qui vibra dans l'habitacle sombre, et le Marinier retourna à la barre où il se laissa tomber sur son siège en souriant.

– Un garçon arrive avec ta bière, mon petit Billy…

Il y eut un claquement sec quand la porte de la cabine s'ouvrit et Bill Perry sortit, courbé en deux, clignant des yeux avant de jeter un regard mauvais terrifiant à cette journée ensoleillée de septembre.

Il monta péniblement les trois marches jusqu'au pont et se redressa de toute sa hauteur. Il était torse nu et portait un caleçon long gris informe avec un bouton sur le devant. Il mesurait plus d'un mètre quatre-vingt-dix et sa poitrine était aussi large et ronde qu'un fût de chêne, ses épaules semblables aux branches maîtresses d'un vieil arbre. Sa peau tannée était du même brun foncé que du caramel à part aux endroits où de vieilles cicatrices parcouraient ses bras et sa poitrine, anormalement blanches et brillant comme des petits éclats d'ivoire sur la teinte profonde de sa peau.

Son énorme tête semblait avoir été taillée dans de la roche, avec la couleur et la texture d'un affleurement de grès stratifié, et le maçon qui avait façonné ce faciès désolé et plein de bosses avait dû être, comme le Marinier l'avait fait remarquer en de nombreuses occasions, soit aveugle soit ivre mort. Le nez avait pratiquement la forme d'une crosse de berger, l'os brisé et aplati formait une courbe douce qui partait d'un front épais surplombant ses petits yeux bleus, et il s'étalait vers le haut, sur les côtés et vers le bas comme s'il avait été modelé à la hâte dans de la glaise. Il se terminait par deux grosses narines épatées hérissées de poils grisonnants. Derrière ses lèvres fines, ses dents étaient jaunes, noires et fissurées, et certaines étaient tellement fendues qu'elles semblaient avoir été aiguisées et que son sourire, lorsque celui-ci se formait, faisait disait-on hurler ces dames.

Il plissa les yeux dans le soleil puis se dirigea vers le bord du bateau, déboutonna son caleçon et pissa dans l'eau. Le Marinier écouta les glouglous qu'il faisait et dit :

– Y a un gars de Heaney qu'est venu m'dire qu'on le rencontrait un peu après midi. Je l'ai envoyé chercher de la bière.

Bill se retourna, se reboutonna et grogna à nouveau, puis il sauta avec agilité sur le chemin de halage. Son mouvement souple et cadencé semblait en totale contradiction avec la masse monolithique de son corps et, une fois sur le chemin, il se mit à danser d'un pied sur l'autre, étirant ses bras couverts de cicatrices au-dessus de sa grosse tête et tendant ses longs doigts épais vers le ciel. Ses mains étaient énormes et plates, semblables à des têtes de bêches, grêlées de cicatrices comme ses bras et si crasseuses qu'elles avaient la couleur du fer.

Le garçon revint en trottinant sur le chemin avec deux grandes bouteilles en grès à la main et il s'arrêta net en voyant Bill Perry torse nu en train d'étirer ses bras monstrueux vers le ciel. Les yeux du garçon s'agrandirent pour prendre une expression horrifiée et ahurie comme s'il avait vu une chose sortie d'un cauchemar, et le Marinier lui lança :

– L'est pas beau, hein ?

Bill tendit la main et grommela au garçon :

– C'est ma bière ?

Le garçon s'avança d'un pas tremblant et tendit une bombonne à Bill, l'envergure de la main du colosse donnant à la grosse bouteille l'apparence d'un flacon de médicament lorsqu'il referma les doigts dessus. Il ôta le bouchon et la renversa dans sa bouche, la bière tournoyant et bouillonnant dans la bouteille qu'il vida jusqu'à la dernière goutte. Il lâcha un long "aaah" satisfait puis s'essuya la bouche et regarda le garçon.

– T'es un brave petit, dit-il. Alors, c'est Heaney qui t'envoie ?

– Ouais, monsieur.

– Et tu sais qui je suis, mon garçon ?

– Ouais, monsieur, répondit doucement le garçon. Vous êtes le Slasher.

– C'est ça, mon gars. Je suis le Slasher et j'pourrais t'arracher le bout de ton joli petit nez d'un seul direct si l'envie m'en prenait. Qu'est-ce que Heaney et ses hommes disent de moi ? Je l'ai battu une fois, tu sais, il y a des lustres.

Le garçon haussa les épaules et sourit.

– Eh bien, qu'est-ce qu'ils disent de moi ? Tu te prendras pas de raclée si tu dis la vérité. Qu'est-ce qu'ils disent de moi le soir en sirotant leur bière ?

Bill posa le battoir qui lui tenait lieu de main sur l'épaule du garçon et serra doucement mais fermement, ses énormes doigts s'enfonçant dans la peau fine et tendre.

– Alors, mon garçon ? insista-t-il.

Le jeune garçon se tortilla tandis que les doigts de granit s'enfonçaient dans son épaule comme un étau de fer implacable qui se serait refermé sur lui. Il se mit à trembler et devint tout mou alors que les doigts se plantaient dans ses muscles, puis il bafouilla :

– Eh bien, ils disent... ils disent que vous êtes pourri par l'alcool et que vous êtes plus capable de vous battre. Lord Ledbury pense que c'est Heaney qui va gagner. Il a misé cinquante livres sur lui...

Bill Perry commença à soulever le garçon, lequel se contorsionna et s'agita comme un poisson au bout d'une ligne avant de laisser échapper un hurlement quand l'énorme bras le fit décoller du chemin comme si ç'avait été une grue. Le colosse le souleva régulièrement jusqu'au niveau de son visage.

– T'as qu'à leur dire ça, mon joli. Chuis pas pourri. Et chuis pas fini, et cette espèce de porc irlandais va pas tarder à savoir qu'il a affronté le Slasher. Et dis à

Sa Seigneurie qu'elle ferait aussi bien de pisser sur ses cinquante livres.

Il ouvrit la main et le garçon tomba tel un sac de charbon, après quoi Bill dit au Marinier :

– File-lui une pièce de six.

– Six pence ? s'étonna le Marinier.

Et Bill répondit lentement :

– Six pence pour sa peine. Allez, file-lui sa pièce.

Le Marinier fourragea dans sa poche, soufflant et secouant la tête, tandis que le garçon se relevait puis prenait la petite pièce en argent qu'il lui tendait.

Il leva les yeux vers le Slasher :

– Et c'est les règles de Jack Broughton. Et les poings bandés.

Bill sourit et montra ses dents cassées. Il tendit ses poings vers le garçon :

– Ces bébés-là ont pas besoin d'bandages. Dis à Heaney qu'il peut se bander s'il veut pas abîmer ses jolies petites mains mais je cogne mieux à nu, tel que Dieu m'a fait…

Le garçon hocha la tête et recula pendant que Bill débouchait l'autre bouteille et la vidait.

– Je vais faire des œufs sur le plat, Billy, dit le Marinier.

Bill remonta à bord pour aller s'asseoir à la barre, le regard tourné vers l'autre côté du bassin en direction des entrepôts et des maisonnettes. Tout au bout, ils construisaient un nouveau quai, des nouvelles maisons et des hangars, et des hommes grimpaient aux montants des échafaudages avec des hottes remplies de briques rouges. Le bord du canal était condamné par des planches et deux terrassiers brassaient une cuve en acier pleine de chaux et de sable prête à être versée.

– Ça change de partout, ici, Marinier, dit Bill. Toutes ces constructions et ces travaux. Avant, y avait des prés et des arbres là-bas.

– Tout change, Billy, répondit le Marinier. Ils améliorent les quais de déchargement. Mais bon, c'est bien. Ils essaient de faire mieux qu'les trains pour le transport des marchandises. Z'arrivent directement aux quais de Bristol depuis là-bas…

– Les chemins de fer. Des saloperies, qu'emmènent les gens là où ils ont rien à faire. Qu'emmènent les gens là où on a pas besoin d'eux et où on veut pas d'eux. Y en aura aujourd'hui qui viennent de Birmingham par le train… dit Bill en fronçant les sourcils, le regard fixé sur le bassin où des hirondelles plongeaient en gazouillant.

Il avait quarante-deux ans, ce qui était vieux pour un boxeur. Vieux pour un batelier aussi, mais il était les deux. Il savait qu'il était né en 1796 et que son père était mineur dans une ville noire du Staffordshire : un grand gaillard furieux dénommé Timothy Perry qui pratiquait encore l'ancienne religion et aurait étendu n'importe quel homme lui suggérant d'aller à la chapelle baptiste ou à la mission méthodiste, ou lui disant qu'il condamnait ses six enfants à l'enfer papiste. Il crachait sur les prêcheurs et les méthodistes qui traînaient autour des mines en agitant la Bible quand les hommes sortaient des chariots de bois après dix heures passées sous terre. Timothy aimait la messe en latin et Bill récitait encore l'Ave Maria et le Pater Noster avant un combat et avant de placer un pari.

Bill se sentait vieux, il sentait sa peau pendre, et ses genoux, comme ses épaules, grinçaient et lui faisaient mal jusqu'à ce que la bière atténue la douleur et fasse perler la sueur à son front chaque matin. C'était son dernier combat : le Marinier et lui étaient descendus en péniche avec une cargaison de charbon depuis le port de Tipton, et le simple fait de mener le cheval et de tirer la péniche l'avait oppressé. Il ne l'avait pas dit au Marinier. Et qu'il gagne ou qu'il perde, il se ferait assez d'argent pour acheter un bar à bière qu'il appellerait The

Champion of England. Il y en avait un dans Spon Lane, juste à côté du quai, qu'il pourrait racheter à la veuve qui le tenait pour dix guinées, avec les pompes à bière, les miroirs, les belles tables en chêne et tout. Et jadis, il avait réellement été champion d'Angleterre, il ne craignait personne et il rêvait d'une vie tranquille à vendre de la bière et à raconter des histoires. Et il en avait, des histoires.

N'avait-il pas, à l'époque où il n'était encore qu'un jeune gaillard de tout juste seize ans, étendu raide Tass Parker au bout de neuf rounds, alors que Parker, aveuglé par le sang coulant des entailles qu'il avait sur le front, avait trébuché pour s'écraser sur un crochet du gauche de Bill qui lui avait fait basculer la tête, au point que la foule avait laissé échapper un "oooh" retentissant, et qu'il avait été K-O avant même de s'étaler dans la boue ? Ils avaient appelé les dragons pour étouffer l'émeute qui s'était déclenchée après le combat. Il y avait eu une explosion de colère dans le champ et les hommes se cognaient dessus, essayant de récupérer leur mise auprès des preneurs de paris pendant que les gros bras qui les protégeaient faisaient tournoyer des bâtons et des matraques, fendant des crânes et brisant des os. Parker avait une bande de gandins avec lui et ils avaient tous parié sur leur homme. Personne n'avait entendu parler de Billy Perry de Tipton, et personne à part Tim Perry et deux mineurs qu'il connaissait n'avait misé un penny sur le jeune Bill.

N'avait-il pas un jour envoyé d'un coup de poing un âne dans le canal devant une foule d'hommes saouls pour une récompense de dix shillings et d'un gallon de bière ?

Et n'était-il pas allé à Londres, où il avait participé à un combat de boxe professionnel sur la Tamise gelée devant une foule de lords, de dames et de beaux messieurs sur un lit de cendre de charbon et sous des tourbillons de neige? Il avait affronté un Juif du nom de Mendoza et leur sang gelait en tombant, rose comme une fleur d'églantier sur la glace.

Il avait rencontré Jack Broughton, qui l'avait décrit comme le boxeur le plus élégant qu'il ait jamais vu, et qui admirait son direct cinglant qui fendait la peau ainsi que ses pas dansants et cabriolant travaillés et peaufinés depuis le jour où Bill avait compris la seule grande vérité de la boxe, à savoir que pour remporter un combat, il fallait ne pas se prendre de coups.

Et il s'en prenait rarement. Ses jambes arquées, souples et semblables aux ressorts d'une calèche, lui permettaient d'esquiver et de feinter en souplesse, jamais immobile pour frapper, et il enchaînait les petits directs cinglants du droit en retirant sa main sitôt après le contact, ce qui vous donnait l'impression de recevoir des coups de fouet. Et puis il avait ce grand gauche dévastateur, ce fameux *slasher* qu'il vous sortait de nulle part et qui vous étendait un homme, lui rejetant la tête en arrière jusqu'à la colonne vertébrale et lui déplaçant les cervicales qui allaient s'écraser les unes contre les autres. Il avait brisé la nuque de deux hommes, ça, il s'en souvenait. Quand il était jeune, il avait appris à porter ce gauche assassin à la tempe lorsqu'il employait la manière forte pour faire passer les écluses à sa péniche. Peu de gens refusaient de lui céder le passage quand ils voyaient ce grand costaud aux jambes arquées s'avancer vers eux.

Il avait des histoires qu'il rêvait de raconter devant un feu de charbon avec de la bonne bière dans le ventre. Il songeait aussi à se trouver une gazille. Une bonne fille travailleuse pour tenir le bar à bière, cuisiner et faire le pain. Comme sa mère l'avait fait autrefois. C'était une Rom à la peau mate et aux cheveux noirs qui avait fui les siens pour épouser Timothy après qu'il l'avait vue pleurer devant la chapelle de Birmingham parce qu'on ne l'avait pas laissée assister à la messe. Il lui avait demandé de se couvrir les cheveux et avait dit au prêtre qu'ils étaient mari et femme. Grande avec de longs os fins, elle se déplaçait avec la grâce mesurée d'une reine, et Bill sentait encore la fraîcheur de ses doigts élancés sur son visage. Elle était morte de la fièvre lorsqu'il avait neuf ans, ce qui n'avait fait que rendre son père plus furieux, et il avait ensuite forcé ses sept enfants à aller à la messe tous les dimanches, même si cela signifiait parcourir une douzaine de kilomètres à pied.

3

On vendait des petiots dans les foires, et j'avais bien entendu Big Tom et maman en parler mais j'aurais jamais cru que ça m'arriverait à moi alors que j'étais déjà grande, pas un vrai loupiot qu'on pouvait prendre, garder et s'approprier. On me vendait pour travailler, récurer, ravauder, cuisiner et faire des courses.

On vendait les enfants quand il y en avait trop et que leur famille pouvait pas les nourrir, ou si leur papa était malade ou que leur maman était mourante, ou alors s'ils avaient rien, comme nous. C'était surtout des gens de notre peuple qui les prenaient, mais des fois c'était des gadjé. Big Tom nous avait parlé d'une fille qu'avait été achetée par un lord gadjo qui l'avait emmenée dans une grande maison, lui avait offert des robes et appris à lire, et il lui avait aussi donné des poneys et des domestiques comme si elle avait été de sa famille.

Et en descendant le chemin avec Tommy qui me tenait par la main, je me suis dit que ça pourrait être moi. J'aurais peut-être un lord comme papa, on m'apprendrait peut-être à lire, et peut-être qu'aussi on me donnerait un poney et des robes. Tommy m'a pas regardée une seule fois pendant qu'on descendait. Maman et les autres étaient tous assis au bord de la route à côté du portail pour demander l'aumône aux gens qui venaient à la foire, ils mendiaient du pain ou des pièces ou tout ce qu'ils pouvaient avoir parce qu'ils étaient morts de faim et que maman était tout étourdie et arrêtait pas de piquer du nez sous le soleil éblouissant.

Mercy et Charity étaient trop petites pour être vendues et les garçons, c'était des garçons – du coup ça pouvait être que moi.

Tommy aussi pleurait à ce moment-là, des bonnes grosses larmes sur ses joues, sachant ce qu'il s'apprêtait à faire. Je me sentais mal pour lui et j'ai dit :

– C'est pas grave, Tommy, je sais pourquoi et tout. T'auras cinq guinées en me vendant et ils pourront tous manger, et puis maman pourra acheter un nouveau chariot et un poney.

C'est ce que j'ai dit mais pas ce que je ressentais. J'avais l'impression de m'enfoncer dans un trou noir à chaque pas à l'idée de plus voir maman, Tass, Benny, Mercy et Charity. Mais on arrête pas de perdre des choses dans cette vie : on avait perdu Big Tom et après on avait perdu Cobble, et on avait aussi perdu la roulotte et tout. Et là, j'étais sur le point de les perdre, eux. Et si maman mangeait pas de pain, elle allait perdre ce petiot.

Tommy a dit :

– J'prendrai le nom et tout, comme ça on saura où t'es et on pourra aller te voir de temps en temps. T'en fais pas, mon Annie.

Là il a posé la main sur ma tête et on aurait dit mon père, une grosse main lourde sur mes cheveux. Il avait treize ans et c'était un solide gaillard, grand et costaud comme Big Tom, et depuis pas longtemps il avait pris des gros bras et des grosses mains. Il pourrait protéger maman et veiller sur les autres, et peut-être que s'il grandissait encore, il pourrait faire des combats de boxe pour gagner des prix comme Big Tom l'avait fait.

On a regardé les ventes et les échanges au milieu de tous ces corps, ces jambes, ces jupes et ces vestes qui se pressaient devant mes yeux pendant que le commissaire-priseur annonçait les ventes et que les fermiers dépliaient des liasses de billets pour payer. J'avais envie de prendre ces billets pour partir avec et aller les donner à maman.

On a regardé la vente des poneys et y en a un qui me plaisait bien, une petite ponette galloise marron foncé qui bondissait et ruait parce qu'elle était à peine débourrée, et elle roulait des grands yeux en tirant sur sa longe et en regardant d'un air affolé le gros garçon qui la menait. Elle est partie pour trois shillings, et j'aurais bien aimé les avoir, comme ça j'aurais pu la ramener à maman et la débourrer comme il faut pour pouvoir l'atteler à un chariot. Et elle aurait pu le tirer. Elle avait un poitrail bien large et une belle croupe bien grasse. Elle aurait pu tirer n'importe quelle roulotte.

Mais on pouvait pas l'avoir, et elle tirait et lançait des ruades au fermier qui l'avait eue en échange d'un vieux poney bon pour l'équarrissage plus trois shillings, et quand il s'est éloigné de l'aire de vente avec elle, il a sorti un long fouet de son sac et s'est mis à la fouetter. Clac-clac-clac sur sa croupe, alors elle s'est écartée de lui et s'est cabrée pour essayer de lui donner des coups avec ses pattes avant pendant qu'il tenait le licol et la frappait en disant :

– Espèce de saloperie… espèce de saloperie.

Et là j'ai lâché Tommy et je me suis précipitée vers lui, j'ai attrapé le fouet au moment où il le levait et j'ai crié :

– Arrêtez d'la fouetter, espèce de salaud.

Tommy est arrivé en courant et il m'a attrapée en disant :

– Désolé, Excellence, désolé, Excellence, c'est ma sœur… elle sait pas…

Le fermier, avec son manteau en poils et son gros ventre gras qui dépassait, a dit :

– Elle a pas la langue dans sa poche, cette petite gazille, hein ? Je vais lui faire tâter de ça, et il a agité son fouet dans ma direction. J'avais envie de lui foutre ce fouet dans le cul, à ce misérable salopard de gadjo, mais Tommy m'a entraînée plus loin et je me suis pas retournée pour le voir fouetter le poney à nouveau.

“On fouette jamais un poney, disait Big Tom. On leur parle et on les pousse en douceur là où on veut aller, on leur murmure à l'oreille et on leur explique de quoi il retourne – mais on les fouette jamais. Y a que les gadjé et les démons qui fouettent les poneys."

Tommy m'a emmenée faire un tour et on a vu toute la foire, les stands, le pain, les gâteaux, les poissons et les saucisses qu'ils vendaient, et on avait mal au ventre tellement on avait faim.

Là, une grosse cloche s'est mise à sonner et la foule s'est dépêchée de quitter l'aire de vente pour aller se presser à l'endroit où se déroulaient les combats, dans la cuvette qui longeait la haie.

Tommy m'a prise par la main et on s'est faufilés entre les jambes, les guêtres et les bottes pour aller s'asseoir en tailleur devant.

– Tu vas voir, a dit Tommy, va y avoir de la bagarre si Heaney gagne pas.

Tout autour, il y avait des hommes, certains en costume, d'autres de simples fermiers et des voyageurs, mais ils agitaient tous de l'argent sous le nez des preneurs de paris. Ils étaient quatre à prendre les mises et ils fourraient des billets et des pièces dans leurs poches tout en griffonnant sur des bulletins et en criant les cotes aux coursiers, et après les coursiers se frayaient un chemin à travers la foule et la cohue pour retourner vers leurs gonzes et leur dire où en étaient leurs rivaux et ce qu'ils offraient. Il y avait aussi des filles de ferme dans leurs robes du dimanche et des vieilles gazilles endurcies qui travaillaient sur les péniches avec des grosses mains rouges et crasseuses. Y avait même des dames dans cette foule, qui se tenaient en retrait et gloussaient derrière leurs éventails.

J'étais assise et je sentais la chaleur de l'herbe coupée sous mes fesses, je sentais aussi la sueur et l'haleine des gens autour de moi qui chantaient ou scandaient des slogans pendant que certains criaient leurs mises aux preneurs de paris et que d'autres encore se contentaient d'attendre tranquillement le combat.

Quatre pieux en fer formaient un carré avec une grosse corde attachée autour, comme une aire de vente pour les chevaux, et là un gros homme au visage rouge vêtu d'un manteau noir charbon et d'un haut chapeau assorti est monté sur le ring, il a soufflé très fort dans une trompette en laiton brillante et tout le monde l'a fermée et a regardé.

Il a fait le tour du ring et s'est adressé à la foule en braillant :

– C'est une journée exceptionnelle et remarquable, et vous vous souviendrez sans doute que vous étiez dans ce champ et dans ce grand pays sous le règne de notre nouvelle reine, que le Seigneur la bénisse et lui accorde une longue vie en pleine santé, que vous étiez ici pour assister à la revanche entre Tom Heaney, l'Ouragan irlandais, et ce bon vieux Bill Perry, le Slasher de Tipton, d'ailleurs vous vous souvenez peut-être de ce jour pluvieux ici même, à Hatfield, où ces deux messieurs se sont affrontés la dernière fois et où le Slasher a décroché la bourse. Et il y a eu de nombreuses dispositions et assignations, de nombreux messages et lettres échangés à travers tout le royaume afin d'organiser cette revanche historique. Bien, mesdames, ne vous mettez pas à vous tortiller et à couiner quand ces deux montagnes humaines s'affronteront – car il y aura du sang, il y aura des entailles, des blessures et des ecchymoses, mais n'oubliez pas la noblesse de l'art du pugilat. L'apparente sauvagerie des hommes qui s'affrontent ici est étayée par un art noble et honorable d'adresse et de précision, de ruse et de technique, d'exercice athlétique et d'intelligence martiale, dans lequel un homme affronte son prochain dans le plus primitif et ancien des sports de combat. D'ailleurs, dans la Rome antique, Cicéron n'avait-il pas dit aux sénateurs que c'était là la plus noble et la plus gracieuse activité qu'un homme puisse exercer et que, pour qu'un homme soit beau et épanoui dans sa virilité, pour qu'il connaisse l'étendue et le degré de son âme, il devait se bander les poings et affronter un autre homme ainsi bandé lors d'un pugilat ? Euryale et Epéios n'avaient-ils pas fait preuve de courage et d'audace devant les Grecs lors des jeux funéraires organisés pour Patrocle, qu'Achille lui-même avait regardés et applaudis… ?

Tommy s'est tourné vers moi et a dit :

– Le Slasher est vieux et il est détruit par l'alcool, et Heaney est plus en forme et plus rapide. Mais je suis pour lui sur ce coup-là. Le Slasher est un *didicoy*, d'après papa.

Didicoy veut dire qu'il a du sang rom dans les veines. Si Big Tom avait été là, il l'aurait soutenu contre un gadjo.

J'ai regardé la grande tente de l'autre côté et, devant, il y avait un garçon assez grand vêtu d'un court manteau bleu, avec des cheveux qui retombaient en boucles blondes. Il était beau et raffiné, et il avait la tête haute alors qu'il agitait sa canne et riait avec trois autres garçons apprêtés de la même manière, jolis manteaux et cheveux bouclés, d'eux d'entre eux tenant leur chapeau à la main tandis qu'un valet de pied tenait celui du beau garçon. Ils buvaient du vin dans des verres hauts.

Le gros bonhomme qui se trouvait au centre du ring a poursuivi :

– Et nous devons la plus grande gratitude au très honorable et très noble jeune Lord Ledbury pour la bourse accrochée au poteau aujourd'hui… – Il a montré du doigt le joli garçon qui a souri et s'est incliné, et la foule a applaudi. – En effet, vous remarquerez que non pas une mais DEUX bourses sont accrochées aux poteaux, car dans sa générosité et sa profonde sensibilité sportive, Sa Seigneurie a fourni une bourse pour chacun des deux adversaires de ce combat épique, le génie de tout cela étant que ces hommes ne se battront PAS pour de l'or mais pour l'honneur et pour prouver leurs prouesses viriles, à l'instar des Grecs d'autrefois... et d'ailleurs Virgile n'a-t-il pas, dans l'*Énéide*...

J'ai regardé les deux sacs en cuir accrochés au poteau à côté du jeune lord et de ses amis.

– Y a combien là-dedans, Tommy ? j'ai voulu savoir.

– Il y a trente guinées pour le vainqueur et vingt pour le perdant... on appelle ça un prix de consolation.

Je me suis demandé si je pouvais ramper et me faufiler discrètement entre les pieds de tous ces gens attroupés sur le chaume pour m'emparer des bourses et retourner en courant vers maman et les autres avec trente guinées dans une main et vingt guinées dans l'autre. C'était plus d'argent qu'il y en avait jamais eu dans le monde entier. On pourrait facilement s'acheter un bon poney pour cinq guinées et aussi du pain, une nouvelle bouilloire et un chariot pour sans doute seulement cinq guinées de plus et il en resterait encore. Les garçons pourraient s'acheter des bottes, et nous des robes et des rubans et du coton à broder. Je me suis mise à broyer du noir et à sentir en moi une colère tout aussi noire à l'idée qu'il suffisait de ce qui se trouvait dans ces deux petits sacs en cuir pour résoudre tous nos problèmes, pour qu'on reste tous ensemble et qu'on me vende pas.

Avant que je puisse me glisser jusqu'à ces fameuses bourses, l'homme qui se trouvait au milieu a cessé de s'adresser à la foule et tout le monde s'est mis à pousser des acclamations et des hurlements en voyant les boxeurs sortir de la tente pour monter sur le ring.

L'un d'eux était un géant, on aurait dit un vieux cheval de trait massif quand il s'est avancé lentement jusqu'au centre, les yeux fixés droits devant lui. Ses mains étaient pas bandées et il portait seulement une culotte noire et des bottes en toile assorties. Il avait la couleur d'une chope à bière en grès et sa peau brillait, épaisse et plissée comme du cuir de selle. Il serrait les poings, de la taille de navets à moutons, et il se contentait de contempler la foule qui l'applaudissait en criant :

– Allez, mon petit Billy ! Allez le Slasher…

À côté du Slasher, l'autre avait l'air de notre Mercy à côté de Tommy, le sommet de sa tête lui arrivait à peine au niveau de l'épaule, et son crâne rasé brillait comme du cuivre poli. Son corps ressemblait à un tronc d'arbre, ses mains étaient bandées avec de l'épaisse toile à matelas blanche, et il les laissait simplement pendre le long de son corps, sans serrer les poings.

La foule s'est mise à les huer tous les deux pendant que l'homme au grand chapeau agitait les mains et soufflait dans sa trompette pour réclamer le calme.

– Heaney, t'es qu'un sale papiste, un sale papiste d'Irlandais… Et toi, Billy, t'as besoin d'une bière ? Y te faut un petit remontant ?… T'es qu'un affreux bâtard de manouche, Slasher… J'pourrais te prendre… J'pourrais vous prendre tous les deux…

Les deux boxeurs avaient les yeux fixés droit devant eux, évitant le regard de l'autre, pendant que l'homme énonçait les règles de Jack Broughton selon lesquelles ils devaient combattre :

– Ces messieurs s'abstiendront de mordre, de donner des coups de pied ou de s'arracher les yeux, ils n'utiliseront pas leurs genoux ni leurs pieds pour désavantager l'adversaire et ce combat se gagnera uniquement avec les coups portés par leurs poings… un round se terminera quand l'un des deux hommes sera à terre et un moment sera accordé à l'homme tombé pour retrouver son équilibre à l'abri des manœuvres de son adversaire. Les seconds pourront baigner et nettoyer les blessures entre les rounds mais le temps accordé à ces soins ne devra pas excéder une minute… le combat prendra fin lorsque…

Là, sa voix retentissante et les murmures de la foule se sont estompés dans ma tête et j'ai regardé le Slasher.

Dans mon esprit, il était tout auréolé de lumière bleue, je le regardais inspirer et expirer, grand et noble comme un cheval harnaché sur le point de courir et sans aucune peur dans les yeux, sans l'ombre d'un doute non plus, et alors qu'ils balayaient cette foule – deux petits joyaux bleus et durs, bouche ouverte et bâtons en guise de dents – ils se sont posés sur moi assise devant, et le géant a souri.

4

Au sixième round, Bill Perry laissa retomber ses mains et cessa de bouger.

Sa poitrine se serrait, les bruits tourbillonnant autour de lui se fondaient en une mélopée stridente qui tournait et vrombissait dans sa tête tel un moteur monstrueux ; Bill avait l'impression que celui-ci allait se disloquer et envoyer des boulons de fer et des rondelles d'acier, lui faisant des trous dans le crâne ; et la terrible menace du bourdonnement naissant était soulignée par les boum-boum sourds de son cœur qui résonnaient à ses oreilles.

Et il avait envie de bière. Vingt guinées suffisaient largement pour acheter le bar à bière de toute façon. Il avait gagné et perdu plus en son temps. Et, à présent, il voulait que ça se termine.

Heaney se faufila par en dessous, les avant-bras croisés contre la redoutable douleur cuisante infligée par les directs du droit du Slasher, son crâne chauve strié de sang noirci alors qu'il se redressait et serrait son énorme poing gauche pour l'envoyer sous le gros menton de pierre de Bill. Heaney se cambra en accompagnant son mouvement, semblant soulever Bill de terre alors que la tête de celui-ci partait en arrière et que du sang jaillissait de chaque côté de sa bouche fermée.

Le Marinier se précipita sur le ring au moment où Bill s'écrasait sur le sol poussiéreux. Première fois qu'il était mis K-O. L'homme au chapeau haut-de-forme commença à compter, la foule se joignant à lui alors qu'il approchait de la fin avant d'éclater en acclamations et en beuglements sauvages lorsqu'ils arrivèrent à DIX ! et que Bill Perry ne bougeait toujours pas.

Le Marinier essuya le visage de Bill avec un linge humide puis lui tapota doucement la joue. Autour de lui, on entendait les hurlements et les bousculades de la foule, les hommes qui applaudissaient et se précipitaient vers les preneurs de paris. Des bottes martelaient le sol et des manteaux tourbillonnaient tandis que le Marinier murmurait dans le sang chaud et la sueur de son oreille :

– Mon petit Billy… Billy… allez, mon gars.

L'intérieur du ring était maintenant noir de monde : des hommes agitaient des bulletins en direction des preneurs de paris, repoussés par les coursiers et les costauds de service, des dames hurlaient, et les cris des hommes qui s'empoignaient et se colletaient se mêlaient à la poussière et aux bruits des pieds qui martelaient le sol autour de la grosse tête de Bill Perry. L'énorme masse de son corps gigantesque semblait plantée dans la terre rouge craquelée comme s'il avait subitement poussé là pendant la nuit telle une terrifiante vesse-de-loup couverte de cicatrices.

Le Marinier le tira et le redressa en le tenant par les épaules mais Bill s'affaissa vers l'avant en position assise, et le Marinier se mit alors à bercer sa tête qui bougeait et oscillait à la manière d'une meule branlante sur le point de se libérer de son axe.

– J'ai ta bière, Billy… dit le Marinier d'une voix étranglée par la panique alors qu'il fouillait dans sa sacoche pour en retirer une grande bouteille, bataillant pour la déboucher d'une main tout en maintenant la tête dodelinante du Slasher de l'autre.

Puis, alors qu'ils étaient tous deux accroupis sur le sol, le Marinier vit une paire de chaussures vernies brillantes avec des boucles ouvragées en argent sur des bas de soie gris. Il leva les yeux. Lord Ledbury et deux de ses dandys les regardaient.

– Je vous suis très obligé, Perry. Vous vous en êtes bien sorti pour un homme de votre âge. Je suis très impressionné, dit-il en regardant par-dessus la tête de

Bill le maelström d'hommes et de poussière derrière eux. Le jeune lord fit un signe de tête à l'un des garçons qui l'accompagnaient et celui-ci lâcha une bourse en cuir qui tinta légèrement en atterrissant à côté de Bill.

– Nous avons reçu l'argent de nos esclaves, monsieur Perry, et nous sommes en fonds en ce mois de septembre. Une chance pour vous. Il y a cinq guinées supplémentaires là-dedans. J'admire votre style, votre détermination et votre persévérance ; je n'aimerais pas rencontrer ce papiste.

Il baissa les yeux, un léger sourire triste aux lèvres.

Le Marinier sentit la tête de Bill s'animer brusquement tandis que la conscience lui revenait. Bill souleva lentement la tête de la main ensanglantée du Marinier et leva les yeux. Le caillot de sang au-dessus de son œil droit enflé était noir, brillant comme du charbon humide, et les traces de sueur paraissaient blanches dans les plis de son visage à travers la poussière et la saleté. Seul un œil s'ouvrait, mais le bleu vif de celui-ci flamboya lorsqu'il croisa le regard de Sa Seigneurie. Le jeune homme et ses deux compagnons furent momentanément subjugués par l'image du géant qui se réveillait à leurs pieds.

Bill envoya un crachat blanc et rose par terre puis dit :

– C'est moi qui vous suis très obligé, monsieur. C'est un type bien, cet Irlandais, et vous avez bien fait de parier sur lui.

Ledbury s'inclina puis s'éloigna avec ses hommes dans la foule qui à présent s'amenuisait. Des calèches rejoignaient lentement la sortie. Une brise fraîche balaya soudain le champ, agitant les prospectus et les bulletins de paris et soulevant des nuages de poussière semblables à la fumée d'un feu mourant. Bientôt, le ring fut vide et il ne resta plus que les deux hommes : Bill assis au beau milieu de la terre rouge piétinée et le Marinier à genoux qui nettoyait ses plaies avec un chiffon trempé dans une bouteille d'alcool.

– Bien cru qu't'étais fichu pendant une minute, Billy, dit le Marinier en tamponnant les entailles livides que le boxeur avait autour des yeux.

Le visage du pugiliste demeura impassible, et il ne fit pas la grimace et ne lâcha pas un cri en sentant la brûlure de l'alcool.

– Tu as vu la petite gazille basanée assise devant? marmonna-t-il.

– J'ai vu les belles dames se pâmer quand tu lui as mis un coup qui lui a déboîté la tête... y a du sang qu'a giclé de partout, dit le Marinier avec un petit rire.

– La petite Rom... insista Bill.

– T'occupe pas d'elle, Billy. Viens. On est riches et la buvette est ouverte.

Bill se leva lentement, boutonnant la chemise en lin blanc que le Marinier avait sortie de sa sacoche. Les deux hommes traversèrent le ring et se dirigèrent vers les tentes. La foule qui avait regardé le combat était désormais agglutinée sous la tente de la buvette, des files d'hommes en train de boire de la bière dans des chopes en grès et qui s'entassaient sur trois rangées devant la longue table en chêne où des femmes en tablier actionnaient des pompes pour remplir des pintes de liquide pétillant. Une forte odeur de malt sucré planait à l'extérieur au-dessus des tables prises d'assaut et couvertes de flaques brillantes de bière renversée.

Quand Bill et le Marinier arrivèrent, il y eut une grande vague d'acclamations : un petit homme portant un costume en tweed et une casquette plate se précipita vers le colosse avec deux chopes en grès écumantes et les lui tendit.

Bill en prit une dans son énorme paluche et la vida, déclenchant d'autres acclamations, puis il s'en débarrassa et vida l'autre, levant la main droite pour remercier la foule de ses témoignages d'admiration. On posa d'autres bières devant lui quand il s'assit sur une balle de foin devant une table bondée. Le Marinier lui murmura quelque chose à l'oreille, après quoi Bill hocha la tête et grommela tandis que son compagnon s'éloignait rapidement en direction d'un groupe d'hommes costauds vêtus de manteaux noirs en train de boire à l'entrée de la tente.

Devant la haie qui se trouvait face à la buvette, une file de colporteurs et de marchands ambulants criaient pour vendre leurs articles posés sur des plateaux et des petites tables en bois installées devant eux : des tourtes et des petits pains, des rubans et des babioles, du poisson fumé emballé dans du papier, des pommes de terre chaudes et des tasses de lait ribot.

Le garçon se tenait au beau milieu des vendeurs, portant la fillette. Il avait la main plantée sous son derrière et la soulevait à bout de bras alors qu'elle demeurait assise, aussi immobile et impassible qu'une statue. C'était un jeune gars costaud vêtu d'une chemise jaunie et d'un gilet sans manches crasseux, et il interpellait les buveurs installés sous la tente et le flot de gens qui se dirigeaient vers la sortie. Certains s'arrêtaient devant le spectacle étrange de ce jeune homme musclé qui soulevait la petite fille aux cheveux noirs en criant :

– … elle est à vendre pour faire le ménage et la cuisine, elle sait s'occuper des chevaux, elle sait prendre soin des enfants et faire du pain, elle peut aller chercher et porter toutes sortes de choses, elle est maigre mais forte et elle a du bon vieux sang du Staffordshire dans les veines… Elle parle peu, ne pleure pas et ne se plaint jamais, bien qu'elle n'ait plus de père et que sa famille soit dans le plus grand dénuement alors qu'un autre bébé est attendu pour cet hiver… Son père est mort dans un tragique accident et sa pauvre mère est affaiblie par la faim et n'a plus ni poney ni roulotte… Elle a bon caractère, ne fait jamais de caprice, elle n'est jamais méprisante et déborde de gratitude chrétienne lorsqu'elle est bien traitée et reçoit de petites attentions…

Tout en parlant, il la tournait lentement d'un côté et de l'autre pour que le soleil doré de l'après-midi éclaire le visage de l'enfant et fasse briller ses cheveux de jais.

Un révérend en manteau noir qui s'était arrêté pour écouter murmura à sa petite épouse décharnée :

– C'est dans les mœurs de ces gens.

La femme frissonna sous son bonnet et dit :

– C'est honteux.

Ils tournèrent les talons et poursuivirent leur chemin tandis que le garçon continuait d'interpeller la foule :

– Elle ne mange pas beaucoup, elle n'a besoin que de porridge, de pain et d'eau fraîche, et elle est de bonne souche. Son père était Big Tom Loveridge et, d'ailleurs, certains d'entre vous ont dû faire affaire et boire de la bière avec lui, et on demande…

À sa table, parmi les moqueries, les gros rires et les chopes de bière qui débordaient, Bill dévisageait la fillette. Alors qu'elle tournait lentement au soleil devant lui, le bruit ambiant se dissipa et là, s'encadrant dans son seul œil valide, elle était assise, sublime et étincelante dans les rayons ambrés. Ses immenses yeux sombres croisèrent les siens et soutinrent son regard – et cette fois-ci, ce fut *elle* qui sourit.

5

Ils m'ont laissée mener la jument. C'était une Cob irlandaise grise croisée Shire qui connaissait le chemin et le halage, alors elle baissait la tête sous les ponts et avançait à une allure régulière. Ils lui avaient mis des œillères mais elle en avait pas besoin. Elle regardait devant elle et tirait juste ce qu'il fallait. Marchant à côté d'elle, enveloppée par son odeur, je me sentais calme et lucide à propos de tout ça le premier soir, après que Bill Perry m'avait achetée pour six guinées. Il avait renchéri sur un fermier et Tommy était tout content de voir que c'était le Slasher qui m'avait eue. Même sang que nous, il avait dit, et un boxeur – Big Tom devait avoir le sourire au paradis. Bill a dit à Tommy que je serais avec lui au port de Tipton et qu'ils pourraient venir me voir, et là il a posé sa grosse main chaude sur ma tête et j'ai senti l'odeur de bière dans son haleine. J'ai pas pleuré quand Tom est parti avec l'argent dans sa bourse et qu'il est retourné en courant vers maman et les autres à travers la foule et la poussière.

Bill m'a soulevée et j'ai regardé son gros visage laid. Personne à part une mère pouvait aimer ce visage et je l'aimais pas non plus. Mais j'ai vu quelque chose dans son œil dur, bleu et papillonnant, et j'ai su que c'était bon : une espèce d'intuition que j'avais à propos de lui et moi et de l'endroit où on allait. J'entendais peut-être Big Tom me le dire depuis le paradis ou alors je voyais les petiots le ventre plein de pain et maman en train de conduire une nouvelle roulotte tirée par un poney.

Dans la tente de la buvette, les gens ont poussé des acclamations quand il m'a soulevée en criant :

– La voilà, la fille, la Fille du Slasher.

Le Marinier a été gentil et a pris soin de moi, et il m'a tenue par la main pour retourner à la péniche tout en me parlant de la jument et du port où on allait.

– J't'apprendrai à manœuvrer une péniche et Billy est un type gentil… il a un cœur gros comme ça. J't'apprendrai à l'aimer.

J'aimais bien qu'ils aient une jument et qu'ils m'aient demandé de m'en occuper, et puis ils m'ont fait un petit lit de paille dans la soute à charbon à côté du poêle où il faisait bon. Ils m'ont envoyée chercher du petit bois pour le poêle et puiser de l'eau pour la jument, et après le Marinier m'a montré comment enrouler une corde autour d'un poteau en un seul geste.

Bill souriait, heureux, assis à l'arrière près de la barre en train de siroter une chope de bière, et son sourire s'élargissait quand je passais à côté de lui pour aller chercher des affaires. Il était sale et plein de traînées de sang alors j'ai mis de l'eau à bouillir sur le poêle et pendant que je lui nettoyais le visage, les bras et la poitrine avec un torchon fumant il a pas arrêté de sourire, comme un énorme vieux chien de ferme montrant ses dents pointues. Il avait des trous, des entailles et des bosses sur les phalanges et j'ai essoré le chiffon des tas de fois en essayant de débarrasser ses mains du noir et des saletés. Après, il a enfilé une chemise et un gilet, et il s'est mis à chanter une chanson sur une batelière amoureuse d'un soldat mais le jeune homme mourait à la guerre alors la fille remplissait son tablier de pierres et se jetait dans le canal.

Il ressemblait à Big Tom. Sauf que Big Tom était plus beau et plus jeune, qu'il avait plus de dents et moins de cicatrices et de bosses sur le corps. Mais il lui ressemblait. Du moins j'avais l'impression qu'il lui ressemblait.

Le Marinier a rapporté une marmite de boulettes de viande du bar à bière et du pain acheté à un chariot de boulanger et j'ai bien mangé, le jus, les oignons et les petits pois. J'ai dévoré le tout et Bill Perry a rigolé mais ça m'a pas embêtée, j'étais juste heureuse de sentir tout ça descendre dans mon ventre douloureux.

Bill a dit :

– On t'achètera une robe, petite gazille. On t'achètera des rubans et une brosse en argent de Birmingham pour tes cheveux. Et aussi des bonnes bottes en cuir. – Il a ri et frappé dans ses mains en me regardant. Il était tellement grand qu'il me cachait toute la lumière du soleil couchant.

J'ai tendu la main pour attraper la cuillère et reprendre du jus et la dernière boulette, et le Marinier a dit :

– Elle a des grands bras, Billy. Elle aurait une bonne allonge pour mettre des directs.

Bill a ri et il a répondu :

– Je lui apprendrai à coller des directs et aussi mon fameux *slasher*. Elle sera notre petite terreur. – Ils me regardaient tous les deux comme des enfants regardent un nouveau jouet.

Le premier soir, on est allés vers le nord pendant une heure jusqu'à ce que le soleil commence à se coucher. Et j'ai passé une écluse avec le Marinier. Une écluse est une merveille. Une pure merveille – la façon dont l'eau arrive et vous soulève pour vous mettre à niveau, très lentement et avec autant de douceur que le bras d'une mère qui prend son petiot. La façon dont les portes se ferment seulement dans un sens et sont retenues juste par la pression de l'eau. Et après le beau mouvement lent au moment où elles s'ouvrent quand le niveau est atteint. Le poney tire et vous ressortez en flottant à la même hauteur que la terre qui vous entoure. Celui qui a inventé les écluses pour soulever une péniche était plus malin qu'un tonneau de renards.

On a continué vers le nord pendant encore deux ou trois kilomètres jusqu'à ce que le soleil ait disparu et, quand le clair de lune a transformé l'eau du chenal en argent, le Marinier a planté un pieu sur le chemin pour nous amarrer. J'ai répandu un ballot de paille pour la jument et elle s'est couchée dessus sur le chemin de halage. Mes jambes me semblaient dures et lourdes quand j'ai sauté de la péniche sur la terre ferme. À l'intérieur du bateau, ils avaient allumé le poêle et les lampes, mais j'ai dit que j'allais rester sur la berge avec la jument et Bill a répondu :

– Comme tu veux, mon enfant…

J'ai pris ma couverture et, quand je suis allée me blottir contre son ventre bien chaud, elle a levé la tête et m'a regardée comme si j'étais son poulain.

On est arrivés au port de Tipton le lendemain après-midi, moi qui menais la jument, le Marinier à la barre et Bill qui dormait sur la couchette. Il y avait une série d'écluses pour y arriver et après on a passé deux ponts pour émerger dans un grand port rempli de bateaux, et sur les côtés il y avait des chevaux, des carrioles et des charretiers. Il y avait aussi des grues en bois qui se balançaient au-dessus de l'eau noire devant des entrepôts et des tentes, et des équipes de charbonniers noirs soulevaient des paniers pour les vider sur un immense tas qui dégringolait et soufflait des nuages de poussière. Tout au bout, on voyait des rangées de cloutiers qui tapaient sur des tiges rougeoyantes, sur des enclumes, produisant un clac-clac-clac sonore qui couvrait les cris et les appels ; en approchant, on entendait le tintement des clous fumants qui tombaient dans les paniers. Il y avait aussi un bar à bière juste là, sur le chemin de halage, et des hommes et des femmes étaient assis dehors sur les bancs avec des chopes. Des enfants aussi déguenillés que moi couraient et mendiaient. Dans une échoppe, un cordonnier vendait des bottes et il plantait des clous dans un brodequin usé jusqu'à la corde. Deux petits garçons ramassaient le crottin de cheval et formaient un énorme tas contre le mur du bar à bière. Dans l'air noir, tout n'était que poussière, odeurs et bruits de ferraille, et derrière se dressaient des cheminées d'usines rondes en brique rouge qui soufflaient des nuages de fumée grise dans le ciel.

Et ça, c'était une ville. J'avais jamais vu de ville avant celle que j'avais sous les yeux, alors que je tenais la jument sur le bord du chemin pendant que le Marinier manœuvrait la péniche. J'étais pas sûre d'avoir envie d'en voir plus, d'ailleurs.

Le Marinier m'a appelée et m'a montré le début du chenal qui montait vers Liverpool et le début de celui qui descendait vers Birmingham, et après il a tapé sur le toit en criant à Bill de se réveiller.

– Port de Tipton, Billy. Le troquet est ouvert. – Et après il m'a crié : – Emmène-la à la pension, là-bas, de l'autre côté du pont, assure-toi qu'elle ait à manger et un endroit où dormir. Dis au garçon qu'on s'arrangera avec lui d'main.

J'ai fait traverser le pont à la jument et après j'ai pris une ruelle qui passait entre deux hauts murs de brique pour descendre vers le port. J'ai mené la jument à travers la foule mais elle était calme et tranquille parce qu'elle connaissait les lieux, et à un moment elle s'est mise à piaffer et à tirer en direction d'une cour qui partait du quai et où il y avait des stalles. Je l'ai laissée m'emmener là-bas et le garçon m'a regardée comme si j'étais venue lui voler quelque chose.

– Elle est à qui, manouche ? On a pas de poneys d'manouches ici, il a dit.

– Elle sait qu'elle dort ici, espèce d'andouille, j'ai dit. C'est la jument de Bill Perry et elle a besoin d'être nourrie. T'auras ton argent d'main.

Quand j'ai dit le nom de Bill, il m'a regardée attentivement et il l'a prise par la bride. Il avait une douzaine d'années et rien que la peau sur les os, avec des cheveux couleur de paille et un nez morveux. Il m'a traitée de "manouche" encore une fois avant de l'emmener.

Le Marinier avait amarré la péniche devant le bar à bière et Bill descendait du bateau sous les cris de la foule qui l'interpellait : certains l'applaudissaient, d'autres le maudissaient, et ceux qu'avaient perdu de l'argent en pariant sur lui agitaient des bulletins. Il a marché en direction du bar à bière, dépassant d'une tête tous les types qui se trouvaient là-bas, prenant son temps et foudroyant du regard ceux qui pestaient contre lui alors ils l'ont vite bouclée.

Le Marinier m'a ébouriffé les cheveux en disant :

– Va balayer l'bateau. Y a un houssoir sur le côté, là-bas. Après, tu pourras avoir du pain et de la saucisse.

Bill et lui sont allés s'asseoir devant le bar à bière sur les bancs et des gens s'approchaient d'eux pour discuter et leur offrir des chopes.

Il y avait aucun bibelot dans la péniche, pas de porcelaine ni de babioles sur les étagères mais de la poussière de charbon partout. Dans la roulotte maudite, on avait de la dentelle et des broderies sur les étagères, des assiettes et des tasses en porcelaine bleues et blanches qu'on utilisait jamais et qu'avaient traversé la mer sur des navires avant que Big Tom les offre à maman quand il l'avait épousée. Avec maman, on était toujours en train de briquer la roulotte mais elle disait que les gadjé vivaient salement dans leurs maisons, qu'ils astiquaient jamais leurs affaires et faisaient jamais la poussière.

La péniche était froide, humide et sale à l'intérieur, et elle avait besoin d'être nettoyée à fond, alors je m'y suis mise. J'ai secoué les couvertures et les draps dehors parce qu'ils étaient gris et crasseux. J'ai pris le seau, j'ai fait chauffer de l'eau, j'ai trouvé une barre de savon dans le placard et après je les ai tous mis à tremper. L'eau chaude a fait remonter le noir et la graisse qui sont venus flotter à la surface. Après, j'ai balayé toute la cuisine et j'ai sorti la paillasse que j'ai étendue sur le toit pour l'aérer. J'ai nettoyé les deux hublots au vinaigre et puis j'ai lavé le sol et récuré les surfaces en ardoise et aussi la pierre du foyer. J'ai enlevé toute la poussière des étagères et j'ai trouvé des casseroles et un vase en cuivre fourrés sous la couchette. Je les ai récurés aussi avec du vinaigre et du sel. À côté du bar à bière, il y avait une berge où il restait des bleuets et des coquelicots, alors j'ai couru en cueillir trois brassées, j'ai enlevé la poussière qui les recouvrait, et après j'ai nettoyé la table et les bancs de la cuisine avant de retourner au bar en courant.

Le Marinier et Bill étaient détendus et souriaient à cause de la bière, et Bill m'a prise sur ses genoux et il a crié à tout le monde que j'étais sa fille.

– Je vous présente Annie Perry, mon Annie. Et un grand malheur s'abattra sur tout homme qui lui fera du tort ou qui la traitera mal. – Et tout le monde a applaudi. J'ai demandé des pièces pour aller acheter de la cire d'abeille et du lin, et Bill m'a regardée en fronçant les sourcils avant de plonger la main dans sa poche pour me donner une pièce de six shillings. Là, j'ai compris que le meilleur moment pour lui demander de l'argent, c'était quand il était bien réchauffé par la bière.

J'ai couru depuis le quai jusqu'aux étals du marché qui se trouvaient à côté de l'énorme église noire, sur une petite place où il y avait des Roms et des marchands ambulants qui vendaient de la dentelle et des broderies, et là j'ai pris quatre longueurs de belle dentelle blanche plus un bloc de cire d'abeille. J'ai acheté du pain et du saindoux et aussi une petite tranche de bacon.

Il y avait toutes sortes de gens venus de partout, et derrière les étals et dans la ruelle qui menait au quai et aussi près des péniches, on entendait toutes sortes de mots, de parlers et d'accents. On entendait du romani et du black country, des Irlandais roux qui parlaient irlandais, des dizaines de gros Hollandais blonds qui déchargeaient du bois et des rouleaux de lin en parlant dans leur langue qui vous donnait l'impression qu'ils ravalaient leurs glaires, et y avait aussi des sergents qui aboyaient des ordres et deux Africains noirs en train de charger des quartiers de viande sur une péniche plate équipée d'un moteur à vapeur qui crachait de la fumée tout en baragouinant dans leur charabia, en criant et en chantant. Les cloutières aussi chantaient en tapant sur leurs clous, les charbonniers fredonnaient en hissant leurs sacs sur leurs épaules, les chevaux hennissaient et piaffaient dans l'écurie, des cochons hurlaient dans la cour de l'abattoir comme des petiots qu'ont des coliques, des chiens aboyaient et des corbeaux noirs croassaient, perchés sur les tas de fumier. Depuis le bar à bière, on entendait un violon et des cornemuses et puis aussi un gros Irlandais qui chantait comme un ours qui grogne. Figée au milieu du quai, je sentais ce brouhaha entrer en moi et tourner dans ma tête, tellement que je pensais jamais plus entendre le calme et le silence.

Sur la péniche, j'ai ciré la table et les bancs jusqu'à tant qu'ils brillent et j'ai aussi ciré les portes du placard et les rails qui couraient le long de la cuisine. Il y avait des chandeliers en laiton sur les murs au-dessus de la table et je les ai frottés avec du vinaigre et du sel pour qu'ils brillent aussi ; j'ai même nettoyé les gonds en laiton de la porte à fond et puis la lampe en laiton. J'ai tendu une corde à linge jusqu'à un poteau planté sur la berge, rincé les draps et les couvertures, et je les ai mis à sécher. J'ai posé le vase en cuivre propre sur la table avec plein de fleurs dedans et j'en ai mis d'autres sur l'étagère dans une tasse en grès. Les bleuets et les coquelicots chassent la tristesse et les larmes dans une roulotte ou sur une péniche, et j'ai posé les longueurs de dentelle sur les étagères où leur blancheur ressortait et me faisait penser à notre roulotte avant la mort de Big Tom.

Et je faisais pas tout ça juste par gentillesse, mais parce que je devais vivre sur cette péniche et je voulais qu'elle soit jolie, et puis j'oubliais pas les six guinées que Bill m'avait payée alors je trouvais ça juste vis-à-vis de lui qu'il en ait pour son argent maintenant que maman devait avoir sa nouvelle roulotte et son nouveau poney. J'ai pensé à elle et à Tommy en regardant les fleurs, et j'ai souri dans la pénombre de cette péniche.

Là, j'ai entendu une dispute au bar à bière. Je suis sortie sur le pont et j'ai regardé, assise sur le toit de la cuisine. Bill était debout devant une foule d'hommes, des grands costauds et des petits aux airs de fouines, tous vêtus de gilets en cuir et tous en train de crier avec le doigt tendu, et y en avait un qu'était étendu sur les pavés, le crâne fendu par le coup monstrueux qu'il avait reçu.

Bill criait :

– Maudit sois-tu, salopard d'Irlandais… maudits soyez-vous tous.

Le Marinier essayait de le retenir et d'autres hommes s'attroupaient derrière lui pendant que deux femmes se préparaient elles aussi au combat, la première retirant son châle et faisant un signe de tête à l'autre, une grosse bonne femme qui criait et l'insultait. Le propriétaire du bar à bière était planté au milieu de la mêlée avec son tablier et son chapeau melon et il hurlait :

– Appelez la police ! Appelez la police !

Je suis restée assise à regarder tout ça comme si c'était un spectacle. Un homme avait empoigné Bill mais le Marinier, aidé par les hommes regroupés derrière lui, s'était emparé de lui, alors d'autres partisans de l'Irlandais se sont accrochés à eux et ils se sont tous mis à se grimper dessus comme une horde de rats autour d'une carcasse, faisant des embardées d'un côté et de l'autre pendant que les tables et les bancs se renversaient et que les chopes de bière se brisaient. La grosse bonne femme donnait des grands coups de poing en direction de l'autre qui avait tout enlevé à part son corset et sa chemise et qui se tenait comme un vrai boxeur, menton rentré, le bras gauche tendu et le droit levé devant son visage, ébauchant des esquives d'un côté à l'autre. La grosse se contentait de lancer ses poings dans sa direction, sans regarder où allaient ses coups, et elle avait le menton fièrement levé. La plus petite lui a envoyé deux directs rapides du gauche qui l'ont atteinte au-dessus de l'œil, la peau a éclaté et la grosse a rejeté la tête en arrière et a plus bougé, alors la petite s'est avancée et lui a collé son poing droit en plein sous le menton. La tête de la grosse a basculé en arrière avec un craquement et elle s'est effondrée avec un claquement sur les pavés.

J'avais jamais vu une femme se battre. Big Tom m'avait dit que ça se faisait à Londres mais que la boxe était réservée aux hommes et qu'aucune fille comme il faut se serait mise en culotte pour participer à un combat. Il disait que les femmes qui se battaient étaient des vieilles carnes gadji, des putains et tout.

Mais il avait pas vu la gazille devant ce bar à bière et son visage débordant de joie quand elle a étendu la grosse. Elle avait les poings levés comme un boxeur, et les hommes qui participaient pas à la mêlée avec Bill et le Marinier l'ont tous applaudie, alors elle s'est inclinée avec un large sourire. Et c'était une jeunette en plus. Et jolie et tout, elle rayonnait dans sa chemise blanche, elle avait des membres longs, forts et agiles comme une pouliche bien nourrie. Elle avait les cheveux blonds et des belles dents blanches – on les voyait parce qu'elle riait et dansait –, et j'aimais bien comment elle était.

Les policiers sont arrivés en se frayant un passage à coups de trique et ils ont commencé à frapper tout le monde et à repousser les Irlandais du bar à bière, et au milieu de toute cette fureur et de cet enchevêtrement de bras, de jambes et d'hommes qui roulaient dans la poussière, j'ai vu Bill Perry se relever et vider une chope qu'il avait par miracle pas renversée, après quoi il a repoussé de la main un policier qui s'approchait de lui et il a tenu le type par la tête pendant qu'il finissait sa bière. Après il a beuglé :

– Je suis le champion d'Angleterre, et personne peut dire le contraire… – Mais là un policier lui a donné un grand coup de trique sur l'arrière du crâne et il est tombé.

Je suis restée là, assise sur le toit de la péniche. Le propriétaire redressait les tables en pestant pendant que Bill et le Marinier sortaient de la mêlée en rampant, et même s'il avait la tête en sang, Bill riait et chantait, et il avait encore une chope à la main. Y avait des garçons qui se bousculaient autour des tables pour récupérer les pièces de monnaie tombées et quelqu'un a traîné la grosse bonne femme plus loin et l'a réveillée en lui donnant des gifles.

Bill tenait maintenant la blonde par l'épaule et il lui murmurait quelque chose à l'oreille qui la faisait hurler de rire pendant que le Marinier donnait des pièces au propriétaire, sans doute pour toutes les chopes, les tables et les bancs cassés, et aussi pour payer la bière de Bill.

Là, Bill m'a aperçue, perchée sur la péniche, il m'a fait signe et m'a appelée, et puis il s'est approché, son gros bras toujours autour des épaules de la blonde. Il était tout couvert de poussière, de sang et de bière, aussi sale qu'un avorton de porcelet.

Il a tendu les bras et dit :

– Annie, mon Annie… t'as vu ton Bill ? T'as vu comment je me les suis tous faits ? Je te présente Janey Mee, la meilleure boxeuse de toutes les cloutières de Tipton, c'est-y pas une beauté ? Tu vois cette petite Rom, Janey ? C'est ma fille, ma fille unique et que j'aime, l'est pas éblouissante ?

J'ai dit :

– J'ai nettoyé à fond cette péniche, Bill Perry, et tu monteras pas à bord avant que tu t'sois lavé comme il faut. Pas question que tu mettes du sang partout ou que tu ramènes ta poussière et ta saleté ici maintenant…

Pendant une seconde il est resté stupéfait, et après il a poussé un énorme cri et la blonde a applaudi en braillant :

– Elle te tient, Bill Perry, elle te tient !

Bill riait aussi et disait :

– Ah, à vos ordres, madame, à vos ordres !

Quand le Marinier s'est approché, je lui ai dit la même chose et il a hoché la tête en disant :

– La gazille a tout nettoyé pour toi, Bill. Va à la pompe et lave-toi.

Janey Mee s'est avancée vers la péniche et elle s'est appuyée contre et puis elle m'a souri. Elle a dit :

– Il y a que toi et moi, à Tipton, qu'avons pas peur de lui.

Oh, elle était vraiment jolie vue de près, elle avait les yeux aussi bleus qu'un ciel d'avril et, sous la poussière qui recouvrait sa peau, elle avait le teint clair et la peau blanche et lisse. Elle souriait encore et plus loin, près de la pompe, je voyais Bill torse nu se recevoir un seau d'eau que lui lançait le Marinier. Janey a demandé :

– Je peux monter, petite Annie ?

Je lui ai répondu que oui, alors on est allées dans la cuisine et j'ai mis de l'eau à bouillir pour le thé.

6

Il y avait trois forges juste un peu plus haut et de l'autre côté du chenal, l'usine sidérurgique où ils laminaient des feuilles de tôle et découpaient des plaques carrées sans interruption avec des marteaux-pilons à vapeur. Le fourneau qu'il y avait là-bas rendait le ciel orange toute la nuit et des grosses étincelles dansaient dans la vapeur avant de se recroqueviller et de retomber comme les feuilles perdues par un arbre en fer chauffé à blanc. Y avait jamais de paix ni d'air pur ; celui-ci était toujours noir de suie, de saletés et de volutes de vapeur de fer. Dans les fonderies on versait des creusets de fer fondu nuit et jour, et des lignes blanches brillaient sur les moules au milieu des hommes qui criaient et s'interpellaient. Là-bas, y avait pas d'aube ni de nuit, et y avait pas d'oiseaux qui chantaient quand le soleil rouge se levait le matin, aussi flou et brumeux qu'une flamme à travers de la mousseline.

La plupart des gazilles travaillaient à la mine, et les loupiots aussi ; et même si la loi disait qu'aucun enfant de moins de dix ans pouvait descendre sous terre, j'en connaissais plein qui le faisaient. Et plein qui chargeaient des péniches de charbon et transportaient des déblais miniers.

Les cloutiers continuaient leur raffut toute la nuit quand ils avaient une livraison et des paniers à remplir pour les *foggers*, ces petits bourgeois employés comme intermédiaires qui leur passaient commande et les payaient. Les maîtres cloutiers envoyaient ces *foggers* faire le tour des clouteries avec les tiges servant à fabriquer les clous, et ils disaient combien ils en voulaient et combien ils payaient pour un lot de clous.

Et que Dieu protège le *fogger* qui devait dire à Janey Mee et à Hammer Jack qu'ils allaient toucher moins que prévu lorsqu'il venait faire les comptes. Janey et Hammer géraient leur forge ensemble comme mari et femme mais ils étaient pas mariés et ils avaient pas de petiots. Y avait plein d'enfants plus jeunes que moi qui travaillaient dans les forges : certains martelaient et façonnaient le fer, d'autres le retiraient du feu avec des pinces ou encore portaient les paniers de clous à deux jusqu'aux péniches.

J'ai dit à Bill que jamais j'irais dans une forge et que jamais j'irais dans une mine non plus et il a répondu :

– Et tu n'iras jamais, mon ange, ma douce princesse rom.

Il a dit que le bar à bière nous ferait vivre, qu'il serait le patron et moi la maîtresse de maison, que je servirais la bière, ferais des boulettes de viande et du pain. Le Marinier avait trois péniches sur le chenal juste à côté et il logeait chez nous quand il était pas en train de transporter une cargaison à Liverpool au nord, à Bristol au sud ou alors à Birmingham, où on chargeait les trains qui partaient à Londres et de là les bateaux qui parcouraient le vaste Empire et aussi les Indes.

Le Marinier disait qu'à Liverpool, les navires transportaient des clous et du fer jusqu'en Amérique, où il y avait des milliers d'esclaves africains, où les hommes riches vivaient dans des maisons en pierre blanche plus grandes que l'usine sidérurgique et où, en allant à l'ouest depuis New York, la terre, les forêts et les grands fleuves larges ne finissaient jamais. Il m'avait rapporté un globe terrestre de Liverpool, la plus belle chose que j'avais jamais vue, et il a dit qu'il l'avait acheté à un Irlandais qui descendait d'un bateau à vapeur. Il était plus gros que ma tête et tournait lentement, et tous les pays étaient d'une couleur différente, les mers bleu pâle et les montagnes marron. Le Marinier avait dit qu'il venait d'Autriche et il savait lire un peu alors il a trouvé le mot Autriche et on a vu que c'était une grande île de couleur rose en bas du globe.

J'aurais bien aimé savoir lire à ce moment-là. J'avais envie de lire les noms des pays écrits en fines lettres noires qui formaient des boucles comme les poils sur les bras de Bill.

Bill a appelé le bar à bière The Champion of England et il a payé trois guinées pour une enseigne avec les mots écrits en doré et une peinture de lui torse nu en position de combat. Elle était accrochée au-dessus de la porte qui ouvrait sur la salle où il y avait un grand comptoir en chêne, des vrais sièges et des panneaux en verre taillé fantaisie. Il y avait aussi des lampes en laiton que je devais astiquer et nettoyer, et le sol était dallé de pierre grise qui laissait pas trop voir la saleté, et y en avait beaucoup, de la saleté, alors je me contentais de balayer et de mettre tout ça dehors, et puis je frottais les marches une fois par semaine. Il y avait une cave où on conservait les fûts de bière et une arrière-cuisine où on avait un évier et un robinet avec de l'eau potable qui coulait depuis un gros tuyau qui passait sous la route. On avait aussi un poêle, un bon gros poêle noir en fer où je faisais bouillir l'eau et où je préparais des ragoûts et des boulettes de viande. Il y avait des cabinets derrière dans le cabanon où les hommes défilaient toute la soirée quand le troquet était ouvert, même si certains se contentaient d'aller pisser dans le canal.

J'avais une petite chambre à l'étage avec un vrai lit-clos et une penderie avec un miroir, et j'y rangeais mon globe et la brosse à cheveux que Bill m'avait offerte à Noël et aussi trois robes, deux pour travailler plus une robe-tablier blanche pour les grandes occasions. Je gardais celle-ci sous un sac parce que, là-bas, tout devenait gris à cause de la suie et de la fumée, et on ouvrait jamais une fenêtre même en été à cause des nuages de poussière noire qui venaient des fonderies et des forges.

Et j'avais des bottes et tout, en beau cuir souple, que le Marinier m'avait rapportées de Birmingham, où ils avaient des magasins qui vendaient des chaussures, des robes, de l'argenterie et de la vaisselle. Je les portais uniquement pour des occasions particulières, comme quand on allait à la foire dans la lande de Tipton ou s'il y avait un combat organisé dans l'arrière-cour et qu'il y avait du monde venu de partout.

Le soir, quand j'étais dans mon lit, que j'écoutais les bruits de ferraille et les coups venant des fonderies et que je regardais ce soleil orange qui se couchait jamais, je pensais à maman, à Big Tom et aux autres Loveridge. Je me demandais s'ils allaient venir comme ils l'avaient dit et s'ils m'emmèneraient. Mais les jours passaient les uns après les autres et ils venaient pas. Au début, j'étais triste et ils me manquaient, tout comme les routes et les haies. Il y avait pas de campions ni d'aubépines à Tipton. Il y avait pas de nuits tranquilles où on entendait japper les renards et hululer les chouettes, ni le gazouillis cristallin des alouettes qui ressemblait à un esprit heureux les après-midi d'été où il faisait chaud. On entendait pas le chant matinal des mésanges et des grives ni le pépiement des moineaux, et pas non plus les bruants jaunes qui venaient réclamer du pain et du beurre.

Mais les jours ont passé et les mois ont défilé et bientôt une année et puis une autre, et les jours et les nuits ont disparu parce que tout autour y avait que du charbon, de la poussière et des bruits métalliques.

Avec Bill, on se disputait sans arrêt et, la plupart du temps, c'était moi qui gagnais. Je pouvais l'envoyer au tapis d'un regard assassin et, si je fronçais les sourcils assez longtemps, il abandonnait, et si je refusais de lui faire un bisou pour lui demander pardon, il lui arrivait même de se mettre à pleurer. C'était un grand petiot dans un corps d'homme, ce Bill, j'avais jamais peur de lui et il a jamais levé la main sur moi pendant toutes les années où j'ai été sa fille. Des fois, je lui lançais un sort gitan d'un simple regard, alors il se mettait à trembler et à glapir et après il se signait. Quand j'entrais dans le bar et qu'il était en train de boire avec ses copains, ils criaient tous :

– Souris, Billy, v'là la patronne !

Et avoir Bill Perry comme papa m'a fait entrer dans le monde de la boxe à mains nues. À douze ans, je suis devenue grande et souple comme un jeune pur-sang.

Et puis, l'été de mes treize ans, je me suis fait tomber dessus par cinq petites frappes sous les ponts alors que j'allais au marché avec mon panier.

Ils traînaient là-bas sous les nouveaux ponts de la voie ferrée où le soleil pénétrait jamais et où les murs étaient verts et dégoulinants d'humidité. Quand je suis arrivée là-bas ce beau samedi matin, ils fumaient la pipe et faisaient des ricochets dans le canal avec leurs casquettes en arrière et un pouce passé dans leur grosse boucle de ceinture en laiton. Ils portaient des pantalons de marin au bas évasé et des bottes cloutées.

Quand je me suis approchée et que j'ai vu qu'ils m'avaient vue, j'ai pensé à escalader la berge et à prendre la route qui passait entre les forges au lieu de descendre là-bas dans le renfoncement sombre où ils se trouvaient. Cinq d'entre eux ont tourné la tête pour lever les yeux et le plus grand a souri.

Mais là j'ai pensé à Big Tom et au fait que j'étais capable de voir où allaient les choses. Il y avait une mouette noire de suie qui tournait dans le ciel et elle a poussé un cri dans l'air, et quelque part j'entendais que ce qui m'attendait allait me servir de leçon. J'avais les jambes en coton et envie de pisser. Une voix sortie de nulle part me disait de m'arrêter et de leur faire face pour apprendre une chose que j'avais besoin de savoir dans les ombres profondes qui régnaient sous ces ponts.

Le grand, il avait une quinzaine d'années, a craché et m'a crié :

– Tu passes pas par là, 'spèce de sale romano, c'est notre chemin et notre endroit.

Et là, un autre, un grand machin tout maigre, a sorti un cuir à rasoir de sa ceinture et s'est mis à le faire claquer dans sa main, et après ils se sont approchés de moi à grands pas.

– Viens ici, sale petite garce de manouche. Ta mère était une garce et ton père un sale chien galeux, a crié le grand, et on aurait dit le diable avec sa casquette en arrière et ses dents noires découvertes par son sourire.

Le petit qu'avait une grande gueule, qui portait une chemise à rayures et des bretelles rouges, s'est mis à crier :

– Allez, sale batarde de manouche, sale petite noiraude !

Là, je me suis figée, terrorisée, mais une voix dans ma tête disait lentement *Ne t'enfuis pas* alors que mon cœur, mes jambes et ma peau mouraient d'envie de faire demi-tour et de se tirer. Mais ils étaient sur moi.

– Fouette la manouche ! a crié le petit, et j'ai vu le mouvement flou de la sangle de cuir et la peau grise du bras du salopard maigrichon, j'ai entendu un sifflement et une grande gifle a claqué sur ma joue, me brûlant comme une centaine de guêpes, et après j'ai senti les mains du grand sur mon épaule et le petit salopard qui me tirait les cheveux pour essayer de me faire tomber. J'ai trébuché et dérapé sur les gravillons, j'ai glissé en arrière en poussant un cri rauque, suffocant et battant des bras, j'ai lâché le panier et je suis tombée sur les pierres qui m'ont écorché les cuisses – et là, les coups de bottes ont commencé.

Des bottes noires cloutées et des éclairs blancs qui accompagnaient chaque coup de pied.

Enfin, voilà ce que j'ai appris à ce moment-là.

Le monde ralentit quand vous avez le goût de votre sang chaud dans la bouche et que vous sentez la lumière explosér derrière vos yeux dans le noir de votre tête. Les pensées ralentissent et vous sortez de votre corps, vous baissez les yeux et vous voyez le sommet de leurs crânes, les boutons de leurs casquettes, les nuages de poussière quand leurs pieds vous donnent des coups dans la tête et dans le ventre. Et vous vous voyez frissonner et vous plier comme une poupée de chiffon. Leurs voix ressemblent à des échos dans un tunnel. Vous sentez les chocs mais pas la douleur. Pas de sensation cuisante ni de brûlure. Vous vous sentez calme et vous vous souvenez de leurs visages, de la couleur et des carreaux de leurs casquettes, des noms qu'ils crient. Les bretelles du maigrichon étaient violettes comme des salicaires et il avait une cicatrice sur la nuque.

– Fais-la-toi, Tanner… Mikey, piétine-moi cette petite garce… oh oui, oh oui, voilà son cul… Fais-toi cette petite pute de romanichelle, Turner…

Après vous redescendez et, là, l'humidité chaude de la sueur, du sang, de la pisse et de la morve vous dégouline de partout.

Je hurlais et il y avait du feu et du poison en moi. Le grand a reculé et, après, il s'est penché en brandissant un couteau à couper le cuir devant mes yeux. Ses doigts étaient noirs, ses ongles fendus et éraflés sur le manche.

– La prochaine fois, voilà ce qui t'attend, tu vois, gazille ? Tu te prendras ça dans le bide et dans ton piège à bites, pigé ?

Les autres ont ri et le maigrichon qui sortait les pièces de la poche de mon tablier a dit :

– Ha ha ! Piège à bites ! Piège à bites !… Elle est bien bonne, celle-là, Billy Sticks !

Le panier flottait sur le canal et tourbillonnait sous le soleil. Le grand a reculé et je me souviens parfaitement de son visage, de ses petits yeux bouffis, de son nez de rat et de sa moustache duveteuse. Billy Sticks. Et Turner, et

Mikey, et le maigrichon s'appelait Tanner, le petit qui la ramenait tout le temps, Jackboy.

J'ai pas parlé des voyous à Bill mais j'en ai parlé à Janey Mee. Si je l'avais dit à Bill, il aurait déclenché une guerre pire que Napoléon. Il aurait regardé dans toutes les ruelles et fait le tour des arrière-cours et des perrons jusqu'à ce qu'il les trouve, et il aurait défoncé toutes les portes de Tipton pour aller leur arracher la tête. Et Bill causait assez d'ennuis et déclenchait assez de bagarres dans notre bar à bière sans aller démolir tous les voyous de Tipton.

Et je voulais pas que ce soit Bill qui le fasse. Alors j'ai caché mes bleus et je l'ai évité un jour ou deux. J'en savais maintenant assez pour savoir que tout avait une signification de toute façon.

Ils étaient cinq comme les branches d'une étoile et ils sortaient de sous un pont – un passage qui traverse un cours d'eau –, et le soir d'après j'ai eu mes règles pour la première fois. Du coup j'ai su que c'était Big Tom qui m'envoyait un message depuis le paradis pour me dire que si t'es pas capable d'apprendre à te battre, tu peux pas apprendre à vivre.

Janey était belle et ses bras étaient bien faits à force de taper sur des clous dans sa forge avec Hammer Jack. Elle était plus grande que lui et elle lui menait la vie dure. Janey pouvait boire de la bière avec les hommes, elle aurait frappé tous ceux qui auraient tenté de lui tripoter les miches, qu'elle avait rondes et rebondies, et elle avait aussi une poitrine généreuse – je pensais que c'était la plus belle femme à fouler la verte terre du bon Dieu même si je l'avais jamais vue dans une jolie robe ni avec de la dentelle ou un bonnet avec des fleurs piquées dedans. Le Marinier disait qu'elle était plus belle qu'Hélène de Troie mais je savais pas qui c'était.

Je lui ai dit pour les petits voyous et pour mes règles, et aussi que je savais que tout ça c'était un signe de Big Tom au paradis et elle a dit :

– Je vais t'apprendre à boxer et, après, on ira s'les faire. Dans cette vie, une gazille est en sécurité seulement si elle prend sa revanche et que tout le monde le sait.

Alors Janey a commencé à m'entraîner dans l'arrière-cour du troquet pendant que Hammer Jack, Bill, le Marinier, les gars des forges et les gazilles des mines buvaient de la bière, chantaient et juraient à l'intérieur.

On restait dehors soir après soir, et les dimanches après-midi quand tout le monde cuvait la bière qu'il avait bue pendant le repas. Janey disait que c'était le Slasher qui lui avait appris et que maintenant elle allait m'apprendre.

D'abord elle m'a appris à me placer, de côté, menton rentré, et après elle m'a montré comment prendre appui sur mon pied quand je frappais, comment pivoter au niveau de la taille pour certains coups et m'enrouler à partir de l'épaule pour d'autres. Comment faire claquer un direct pour fendre la peau, et aussi comment me pencher en avant et parer avec les deux poings.

– La boxe, c'est toujours de côté, elle a dit en bondissant devant moi, ses cheveux dorés s'envolant de son joli visage comme les feuilles d'un saule avant un orage. Demande à Bill et il te dira qu'la seule façon d'gagner, c'est d'pas s'prendre de coups et d'feinter l'autre quand tu lui en donnes… – Elle a baissé l'épaule gauche pour faire croire qu'elle allait frapper de ce côté, mais après elle a envoyé un direct du droit qu'on pouvait pas voir venir.

Elle me frappait seulement quand on s'entraînait, mains ouvertes, et je devais esquiver, reculer, parer et feinter pour qu'elle arrive pas à me toucher. Elle m'a appris à surveiller l'espace des deux côtés de sa taille pour que je voie si son coude allait se tendre : s'il se tendait c'est qu'elle allait frapper, s'il restait plié c'est qu'elle feintait.

Se battre, ça se résume à observer, à analyser et à prévoir où l'autre va aller après. Il faut voir où se trouve l'ouverture avant qu'il la comble : la taille de cette ouverture vous indique quel coup il va choisir pour la combler. Il faut entendre sa respiration : l'inspiration quand il recule, l'expiration quand il lâche ses coups.

Janey me faisait frapper dans un sac rempli d'étoupe qu'elle avait accroché au mur de derrière et elle me faisait sauter à la corde pendant qu'elle m'envoyait des directs. Elle me faisait bouger, elle me faisait parer, bloquer les coups bas et les coups hauts, et aussi bouger la tête. Elle m'a appris à esquiver des deux côtés et à contre-attaquer avec un uppercut, à avancer et reculer, à reprendre ma position dès que j'avais frappé.

Mais, surtout, elle m'a appris à analyser un mouvement et à voir où il allait atterrir.

Je m'en recevais un bon à peu près chaque soir et j'ai appris à encaisser. Je m'en prenais un quand j'analysais mal. Quand je protégeais pas mon flanc et qu'elle faisait un pas de côté avant de pivoter sur elle-même, je m'en prenais un dans les reins et ça faisait un mal de chien.

On restait dehors pendant que tout le monde buvait. L'été était chaud et les nuits étaient courtes, l'air lourd et brun à cause de la suie et des vapeurs des usines ; on avait l'odeur piquante du coke et de l'huile brûlée dans la gorge. Cet été-là, je suis devenue grande et forte. Je remontais mes cheveux sous une casquette et je portais une culotte de garçon et des ballerines plates quand je m'entraînais avec Janey. Elle m'essoufflait tous les soirs, me faisait sauter avec une corde à linge, m'accroupir et puis bondir jusqu'à ce que j'aie mal et que je craque de partout. Elle me jetait des seaux d'eau quand j'étais en nage pour que je m'habitue aux chocs et pour que je perde pas ma concentration sur mes gestes et mon analyse. Elle me montrait comment frapper en associant des notes aux coups, des petits airs de musique que je devais chanter en faisant des enchaînements, un-deux-trois, deux-deux-un, un-deux-un, trois-un-trois-un…

Elle chantait une chanson qui s'appelait "The Barge Girl's Dandy" et elle frappait dans ses mains le rythme un-un-un deux-deux-deux pendant que je tapais dans le sac.

J'ai appris la boxe avec Janey Mee toute cette année-là et, un soir, Bill et le Marinier sont sortis nous regarder. Il y avait trois chartistes venus du pays de Galles avec lui. Ils étaient en tournée pour faire des discours et parler de grèves et de votes pour les travailleurs*.

Bill s'est contenté de rester là avec sa bière à nous regarder. On avait sorti une lanterne parce que c'était le mois de novembre et, il avait beau être dans l'ombre du mur de derrière avec le Marinier et les chartistes, je voyais bien qu'ils souriaient tous.

Bill a dit :

– J'vois qu't'apprends, Annie. T'essaies de faire comme le vieux Bill, c'est ça ?

– Ce n'est pas un sport pour les gazilles, Annie, a dit le Marinier. C'est pas quelque chose que les gazilles doivent apprendre. Fais attention à cette enfant, Janey, en lui apprenant la boxe…

Je leur ai montré quelques coups, un un-deux-deux-deux-un, et j'ai fini par un uppercut alors Bill a rigolé :

– Tu t'prends pour qui, fillette ? Tu t'battras jamais sur un ring tant qu'je serai ton père.

Janey était assise sur une balle de foin à côté du portail de la cour et elle a crié à Bill :

– Elle pourrait t'en coller une, Bill. Elle est plus rapide et plus vive que n'importe quel homme là-bas d'dans.

– Elle m'en collerait pas une même si elle essayait, Janey Mee, espèce de petite effrontée. Mais elle pourra

* Le chartisme est un mouvement politique ouvrier particulièrement actif après la réforme électorale de 1832 qui donnait le droit de vote uniquement aux plus riches, au détriment des classes populaires. (*Toutes les notes sont de la traductrice.*)

pas essayer parce que j'affronterais jamais des femmes et que je lèverais jamais la main sur elles, tu le sais très bien, même si ce qui sort de ta bouche le justifierait, des fois.

Les chartistes riaient et un costaud avec une énorme barbe noire s'est avancé en disant :

– On a besoin de jeunes femmes fortes et en forme pour la cause, monsieur Perry... de jeunes femmes qui n'ont pas peur de montrer leur culotte pour notre cause.

Les hommes ont tous rigolé et Bill a passé son bras autour de moi puis il m'a attirée contre lui et m'a fait un gros câlin comme il le faisait quand il était plein de bière. Et après il a saisi le barbu par les deux revers de sa veste et l'a soulevé d'un seul bras. Et il a dit :

– Celle-ci montrera sa culotte à personne, monsieur Peak, cause ou pas. – Et puis il l'a lâché.

En hiver, les cloutiers se sont mis en grève parce que les commandes ont chuté et que celles qu'ils avaient étaient payées deux pennies de moins. Ils mouraient de faim et mendiaient du pain dans tout Tipton pendant que les chartistes et les radicaux appelaient à la grève. Ils voulaient que les mines s'arrêtent aussi et que les ouvriers des fonderies se rendent tous chez le maître de forges pour réclamer du travail et un salaire honnête. Il y avait des radicaux partout pendant ces semaines-là et, alors que le temps devenait glacial et que les canaux gelaient, ils distribuaient des affiches et des brochures avec des choses écrites dessus, faisant le pied de grue devant les usines de la ville pour appeler à la grève et aux manifestations.

Le soir où tous les cloutiers et les ouvriers des forges se sont réunis pour gravir la colline jusqu'à la maison du maître de forges, Janey est venue me chercher. Elle a dit :

– Viens avec moi, Annie. Ces p'tites frappes sont dans cette foule en train d'voler et de faire les poches aux gens. On va aller leur filer une bonne raclée.

Bill est resté au Champion avec le Marinier, et avec Janey on est descendues jusqu'à la place où les hommes se rassemblaient devant le nouveau Railway Hotel. Ils étaient des centaines et des centaines, certains tenaient des torches, et les cloutiers brandissaient leurs marteaux et leurs pinces en réclamant un meilleur salaire. M. Peak, le chartiste, était juché sur une caisse et haranguait la foule. Des cloutières et des gazilles qui travaillaient dans les mines, toutes bras dessus bras dessous, formaient de longues chaînes et chantaient en levant la jambe. Certains mineurs ont tiré des charges de poudre avec des mousquets et des cônes d'étincelles orange fusaient dans le ciel au-dessus de la foule et envoyaient des panaches de fumée douceâtre jusqu'à l'endroit où on se trouvait avec Janey, derrière, juste à l'entrée de la pension pour chevaux.

Et là, je l'ai vu. Billy Sticks, plus grand et plus baraqué que ce samedi-là près du chenal, traînant à l'arrière de la foule, avachi à l'entrée de la ruelle à côté du King's Head, et la seule grosse lampe à huile de la place l'éclairait tout en orange. Il était recroquevillé pour se protéger du froid, jetant des coups d'œil furtifs et mauvais dans le dos des femmes. Sa casquette à carreaux était celle qu'il portait quand il m'avait amochée à coups de sangle en cuir, mais elle paraissait plus petite sur sa tête plus grosse, et il portait un foulard tout blanc autour du cou.

Tout de suite après, j'ai vu Janey à côté de moi et j'ai dit :

– C'est lui. – Et elle a hoché la tête.

Les gens grondaient et agitaient leurs torches, et les piétinements ont tout fait trembler quand ils ont fait demi-tour pour se déverser en direction de Wolverhampton Road en scandant, chantant et brandissant leurs marteaux et leurs pinces dans l'air glacé.

7

Bill Perry ne parla pas des nuages qui commencèrent à voiler sa vision pendant l'hiver 1842. Certains jours, il avait l'impression de regarder à travers de la vapeur et, quand il secouait la tête, des petits points blancs lumineux s'épanouissaient devant ses yeux.

Mais il ne dit rien. Il continua à servir sa bière, à essuyer son comptoir et à écouter les bavardages des hommes qui affluaient presque tous les soirs. Pendant la grève, il laissait chaque homme boire quatre chopes à crédit, mais il ne notait jamais leurs noms et la plupart en buvaient quelques-unes de plus à ses frais. Un travailleur a besoin de sa bière.

Souvent, arrivé sept heures du soir, il se sentait bien, à l'aise et détendu comme seul un ventre plein de bière forte locale pouvait vous rendre, et il ne s'inquiétait jamais de la diminution des fonds dans le coffre où il gardait les recettes. Il jurait que sa vision s'éclaircissait et devenait plus nette après sept ou huit chopes de la bière tiède et forte qu'il tirait des fûts de la brasserie. Mais chaque jour, alors que la grève se poursuivait, que le temps glacial s'installait et que le chenal gelait, sa vue continuait de se voiler et de trembloter. Les couleurs de la scène qu'il regardait lui paraissaient souvent délavées, même par les matinées froides, vives et lumineuses quand le givre formait de la dentelle sur les murs de brique et les pavés sombres du port.

Il y avait beaucoup de gars, et aussi quelques gazilles, qui auraient bien aimé défier Bill Perry s'ils avaient su qu'il perdait la vue et qu'il était affaibli. Et malgré tout, vision floue ou pas, il filait encore des beignes à quelqu'un au moins une fois par semaine, à ceux qui l'ouvraient trop et lui manquaient de respect, ceux qui parlaient mal ou regardaient son Annie adorée avec convoitise, ou ceux qui disaient qu'ils n'avaient pas peur du Slasher et du champion d'Angleterre. Il y en avait toujours qui méritaient une bonne dérouillée.

Il se prenait aussi des amendes, qui grignotaient le tas de billets et de pièces de son coffre. Des policiers et des magistrats lui signifiaient des citations à comparaître pour voies de fait et atteinte à l'ordre public, pour avoir provoqué une émeute dans un lieu public ou servi de la bière en dehors des heures légales.

Les maîtres de forges et les patrons des mines embauchèrent des jeunes garçons de la maison de travail* de Bilston, les prenant comme apprentis et les faisant travailler à temps plein pendant que les grévistes mouraient de faim et se rassemblaient devant le Railway Hotel pour écouter les radicaux gallois.

Et, pendant ce temps, le Champion faisait de moins en moins recette ; certains jours ils ne vendaient rien, se contentant de distribuer du pain et de la bière aux mineurs et aux cloutiers affamés.

Les maîtres cloutiers et les *foggers* refusaient de céder sur les prix d'achats. Un *fogger* venu au Champion avait dit à Bill qu'il y avait des clous et des tiges en fer en provenance de Belgique pour la moitié du prix qu'ils demandaient.

– Ils auront que dalle s'ils refusent de reprendre le travail, ils finiront juste par mourir de faim et par se retrouver à la maison de travail.

Bill trouvait que c'était un salopard sans cœur, avec son gros ventre plein et son chapeau melon. Quand il

---

* Les *workhouses* étaient des lieux qui accueillaient les indigents dans des conditions extrêmement dures et étaient redoutées par les pauvres.

était au comptoir en train de boire sa bière, personne ne voulait rester avec lui, peu importe le nombre de chopes qu'il proposait d'offrir. Mais il payait en pièces sonnantes et trébuchantes et, ce soir-là, ça avait été la seule vraie recette.

Ce *fogger* s'appelait Arthur Tinsley et son travail pour un maître cloutier installé à Bromsgrove consistait à acheter et à expédier les clous par bateau mais aussi à vendre les tiges de fer aux cloutiers. Les femmes le détestaient. Elles disaient qu'il offrait des tiges gratuites si elles le laissaient passer la main dans leur culotte.

Cet hiver-là, ils parvinrent tout de même à s'en sortir pendant que la petite Annie s'entraînait derrière le pub avec Janey Mee. Bill ne voyait aucun inconvénient à ce que la jeune gazille apprenne les rudiments de la boxe à mains nues – elle ne combattrait jamais pour de vrai et ne viserait aucun titre. Il se rappelait avoir vu des femmes s'affronter à Londres quand il était loupiot, des espèces de gros tas tout cabossés, avec juste leurs jupons et les cheveux qui volaient dans tous les sens. Dans un bar à bière, il avait vu les célèbres Jack et Dina McGinley faire un combat de démonstration pendant que les beaux messieurs regardaient, applaudissaient et pariaient. Et ceux qui avaient parié sur Jack avaient perdu. Billy avait misé sur le premier sang et c'était Jack, tout grand gaillard qu'il était, qui s'était pris une bonne vieille droite de la part de sa moitié et ça lui avait ouvert une belle entaille dégoulinante sur le front.

Il était heureux de ne pas être un ouvrier comme son père bossu et constamment en colère. Tout ce qu'il avait, il l'avait gagné avec ses poings et son bon sens, et il se jurait qu'Annie ne taperait jamais sur une enclume et ne descendrait jamais sous terre tant qu'il serait son père.

Il l'aimait de plus en plus à mesure qu'elle grandissait. Elle s'était épanouie, passant de l'enfant maussade aux cheveux noirs qui vous maudissait du regard et vous jetait des sorts gitans à une belle et grande jeune femme, ses cheveux retenus en arrière par un simple ruban noir, et ses membres élancés évoluant avec une grâce et une élégance qui faisaient monter les larmes aux yeux brumeux de Bill. Sa peau avait la couleur du miel et ses yeux sombres réduisaient les hommes au silence.

Le soir où les chartistes vinrent au port pendant la grève, ils organisèrent une marche jusqu'aux maisons des frères Batch, de la fonderie du même nom, et de là jusqu'à Ardleigh où habitait Sir Andrew Wilson-Mackenzie, député et propriétaire de mines.

Et quelque part devant le portail barricadé de Ardleigh, lors de cette nuit humide et brumeuse, le capitaine d'un régiment de dragons lut le Riot Act de 1714, lequel permettait aux autorités locales de déclarer hors-la-loi tout rassemblement de plus de douze personnes, avant de charger sur les centaines de mineurs, de cloutiers et de fondeurs. Les chevaux fendirent la foule pendant que les dragons assénaient des coups de sabre. Des hommes et des femmes tombèrent et se firent piétiner ; parmi les cris et la fureur, beaucoup escaladèrent les murs de la ruelle et s'enfuirent à travers champs. Après la première charge, le régiment se regroupa et repartit au galop à travers la foule décimée, abattant les fuyards et donnant des coups de sabre aux blessés en difficulté.

Sir Andrew regardait, juché sur son cheval, à l'abri derrière les grilles de Ardleigh.

Il y eut de nombreux blessés et des groupes de mineurs retournèrent au port pour aller chercher des civières et des planches afin de ramener ceux qui ne pouvaient pas marcher. Le reste de la foule se dispersa, craignant une nouvelle charge.

Deux hommes étaient étendus sur la route, immobiles, tandis que le bruit des sabots des dragons se perdait dans le noir et que le capitaine faisait son rapport à Sir Andrew à travers les grilles en fer de Ardleigh.

L'un d'eux était un chartiste gallois nommé Owen Hewson et l'autre était Hammer Jack, qui gisait les bras en croix au milieu de la route, son marteau de forge à long manche encore à la main et une blessure béante à l'arrière de la tête qui laissait voir le blanc brillant de son crâne fracassé.

8

Dans la ruelle, Janey l'a traîné à l'écart de la foule, il a trébuché et je lui ai fait :

– Alors, Billy Sticks… tu t'souviens de moi ?

Il était plus aussi maigre maintenant, et ses dents étaient presque toutes devenues noires. L'arrière de sa tête a cogné contre le mur en brique rouge et il a dit :

– C'est quoi, c'bordel ?

C'était une question d'élégance et de respect des convenances d'attendre qu'il soit prêt, qu'il ait les poings levés et qu'il soit bien campé sur ses jambes, mais j'ai vu sa main descendre vers sa ceinture pour prendre son couteau alors j'ai rien dit d'autre. Je lui ai juste collé une bonne gauche qui lui a atterri en plein dans la mâchoire, et après un méchant direct précis au front qui m'a fait gicler du sang sur la main quand sa peau s'est fendue. J'avais pas de bandage, c'était à mains nues, et je levais bien les poings devant moi en les serrant très fort comme Janey m'avait appris, pour encaisser les coups et pas me casser les os de la main, mais j'ai frappé et sa tête est devenue aussi molle qu'un poulain d'une heure.

C'est une sensation agréable, ça. De sentir l'impulsion soudaine d'un coup qui porte et la tête de l'autre céder comme une pierre qui se déloge d'un mur.

Il s'est plié en deux en disant "espèce de salope", et je me suis mise au-dessus de lui pour lui donner un coup sur le crâne, mais à ce moment-là j'ai vu Janey secouer la tête : le frapper alors qu'il était plié en deux c'était comme le frapper quand il était à terre, et elle aurait jamais fait ça.

Moi, je l'aurais fait. Notez, c'était un grand gaillard et j'ai bondi en arrière au moment où il s'est relevé parce qu'il faisait presque une tête de plus que moi et il avait les poings devant lui, son couteau-croche dans une main, et il m'a regardée dans les yeux en disant :

– T'es la p'tite salope de manouche de Bill Perry, c'est ça ?

J'étais tendue comme un arc et pleine de peps alors j'ai répondu "Ouaip" et après je me suis écartée sur le côté et je lui ai balancé une autre droite dans le bas du bide avant de lui envoyer un uppercut du gauche alors qu'il se pliait en deux. J'observais et j'analysais ses mouvements tout le temps. Il avait toujours son couteau et il a commencé à s'éloigner du mur. Il avait la bouche ouverte et j'ai senti l'odeur de ses dents pourries quand il s'est rué sur moi, ses grosses épaules en avant. Je savais qu'il essayait de me planter avec son couteau et j'ai réussi à le repousser et à esquiver en me baissant mais il s'est faufilé de l'autre côté. En me retournant, je l'ai frappé une autre fois à l'arrière de la tête et j'ai senti mes phalanges s'écraser contre ses cheveux et les os durs de son crâne.

Il était trop costaud et trop stable pour que je l'étende en une seule fois. Il s'est écarté du mur en souriant et en donnant des grands coups de couteau autour de lui.

Janey a crié :

– Fais gaffe, Annie ! – Elle était appuyée contre le mur et elle avait sorti sa pipe en terre cuite dont elle bourrait de perlot le fourneau blanc. Elle a dit doucement : – Fais gaffe au couteau, Annie. Cet enfoiré essaie de te planter.

Mais je me sentais bien. Je me sentais légère et je tenais pas en place, comme si une main invisible me soulevait et me guidait pour me positionner autour de lui. Mon premier vrai combat, et en plus il avait un couteau et tout, et moi je sautillais et je flottais autour de lui en attendant qu'il fasse un si grand geste avec son couteau qu'il tourne la tête, et là je l'ai eu, une combinaison un-et-deux sur le côté de sa sale trogne. Y avait des gouttes de sang qui giclaient de partout.

Et j'aimais voir son sang et ses forces s'écouler par les trous que je lui avais faits. Je sautillais et me déplaçais autour de lui comme un corbeau picorant les yeux d'un agneau qui vient de naître.

Et c'était mon premier vrai combat de boxe contre un gars et tout. Je regrettais que Bill soit pas là pour voir ça.

Tout à coup, Billy Sticks s'est propulsé du mur une fois de plus et il s'est avancé vers moi les deux bras tendus. Il a lâché le couteau et celui-ci a glissé jusqu'au caniveau central en cliquetant sur les pavés. En entendant ce bruit, j'ai dû baisser les yeux et ma garde une seconde et il m'a empoignée par la gorge pour me plaquer contre le mur en enfonçant ses pouces noirs osseux dans ma trachée :

– Espèce de salope… crever…

Tout devenait noir et des rayons de lumière jaune explosaient dans ma tête pendant que son haleine fétide me remplissait la bouche. Son visage devenait blanc et j'ai senti du sang jaillir de mon nez et aussi la pression de ses doigts et ses grognements. Il pressait et pressait, plus fort et encore plus fort, et mes bras mous pendaient le long de mon corps comme des poulets morts.

Et là j'ai tout vu. J'ai tout vu – alors que je m'étranglais et que je suffoquais – dans une lumière dorée qui illuminait les contours noirs des choses pendant que je tombais.

J'ai vu mon Big Tom basculer sous la pluie et ma mère qui me faisait au revoir de la main en disant cinq guinées, Bill en train de manger le ragoût sur le bateau, le Marinier, le globe, les étincelles et la lueur des forges, et ma brosse à cheveux en argent de Birmingham.

Et j'ai vu mon Tommy courir, ses pas cliquetant sur des pavés qui brillaient comme de l'argent, tout mouillé de pluie et avec deux hommes à ses trousses, en train de se frayer un chemin à travers une foule, un petit pistolet noir à la main. Maman qui pleurait et tenait la petite Mercy dans un linceul pour enfant.

Et là, juste au moment où j'allais plonger dans un doux sommeil argenté, j'ai entendu un grand bruit sourd!

Un claquement retentissant et un crissement qui ressemblait au bruit d'une pelle raclant sur du gravier, et Billy Sticks s'est effondré devant mes yeux. Une grande fontaine de sang a jailli de l'arrière de son crâne quand Janey a délogé le pavé qu'elle tenait entre ses deux mains ensanglantées. Il est tombé comme un sac plein de charbon et il est resté étendu là, immobile et lourd comme un cheval abattu.

– Oh, doux Jésus, a dit Janey. Mais elle souriait et elle a tendu la main pour la poser sur ma joue. Tu lui as donné une bonne leçon, petite Annie.

Elle m'appelait toujours "petite Annie", même si maintenant j'étais plus grande qu'elle.

On s'est enfuies en laissant Billy Sticks dans la ruelle entre le bar à bière et la cour de l'écurie. On est rentrées en courant à travers les rues mouillées jonchées d'affiches là où la foule s'était rassemblée. Il y avait des torches allumées en train de se consumer et de la merde de cheval partout mais la rue était calme et personne nous a vues passer en courant devant la pension pour chevaux et la fonderie avant de longer le chenal pour retourner au Champion.

J'ai jamais repensé à Billy, je me suis jamais inquiétée pour lui, et je me suis pas non plus demandé si Janey l'avait tué. Je m'en fichais bien et j'avais pas peur d'être poursuivie par des démons parce que j'étais une meurtrière, j'avais seulement dans la tête les images de maman, de Big Tom, de Tommy et des petiots que j'avais vues pendant que j'entrais et sortais de cette lumière blanche et dorée au moment où Billy Sticks m'étranglait.

9

De nombreux mineurs finirent à la nouvelle maison de travail de Bilston. Les familles incapables de payer leur loyer pendant la grève avaient été déclarées pupilles de la paroisse et commencèrent leur triste exode depuis le port jusqu'à la nouvelle résidence de brique rouge qui se dressait au milieu de vastes pelouses dans Wolverhampton Road et dont les bâtiments formaient une croix.

Annie vit des dizaines d'enfants en haillons gravir à pas lourds la longue colline, en file indienne derrière leurs parents. Cela lui rappela le temps où elle errait sur les routes avec sa mère et les loupiots après la mort de Big Tom. Elle n'avait eu aucune nouvelle d'eux depuis toutes ces années qu'elle vivait avec Bill au bar à bière.

Le Marinier dit "C'est pas dommage" quand les grévistes finirent par reprendre le travail. Vaincus et démoralisés, ils retournèrent dans les clouteries, les mines et les fonderies sans l'augmentation de salaire ni la diminution des heures de travail qu'ils avaient réclamées. Le Marinier recommença à transporter des cargaisons de clous, de charbon et de fer sur sa péniche.

Bill Perry reçut deux shillings et six pence en échange de l'utilisation de sa cour pour entreposer les corps d'Owen Hewson et de Hammer Jack jusqu'à l'enquête, plus sept autres shillings et six pence pour l'utilisation du Champion of England quand l'officier de la police judiciaire tint l'audience qui se déroula sur deux jours. Les témoins reçurent deux shillings chacun pour leur témoignage. Le médecin, qui examina les corps et déclara que la mort était due à de profondes plaies étendues à la tête causées par des coups de sabre ou d'épée, toucha pour sa part cinq shillings.

Le coroner siégea sans jury, mais avec deux magistrats pour entendre les témoignages. L'un de ceux-ci était Sir Andrew Wilson-Mackenzie.

La Cour retint l'homicide légal en vertu du Riot Act de 1714 et nota que les deux défunts agissaient en violation de la loi au moment de leur décès. Les conclusions furent envoyées à la cour du Banc du Roi à Birmingham pour y être consignées.

Lorsqu'il n'était pas en train d'acheminer des clous vers Liverpool, le Marinier décida d'apprendre à lire à Annie et un jour, en revenant, il lui rapporta un livre intitulé *Premier manuel éclectique de lecture pour enfants* avec sur la couverture une gravure d'un garçonnet aux cheveux bouclés et en tablier assis sous un pommier.

Le Marinier lui dit qu'il l'avait acheté à Manchester et qu'il lui avait coûté neuf pence. Annie passait des heures à copier et à prononcer les lettres, assise à une petite table dans un coin du Champion. D'abord, elle suivait chaque lettre avec le doigt et répétait le son que le Marinier lui disait qu'elle faisait. Puis elle se mit à les écrire à la craie sur une ardoise avant de les prononcer.

Bill se moquait d'Annie qui lisait dans son coin ; il disait aux hommes qui buvaient de la bière autour de lui :

– Et voilà qu'elle lit, maintenant... s'il vous plaît... voici un spectacle rarissime, messieurs... une gazille gitane en train de lire un livre.

– Eh ben, elle est déjà plus jolie qu'toi, Billy, et maint'nant elle va être plus intelligente et tout, dit un homme.

– Y en faudrait pas beaucoup, fit remarquer un autre.

Mais Annie continua ; et, en quelques jours à peine, elle fut capable de réciter l'alphabet tout entier.

Les jeunes gars de la maison de travail pris en apprentissage dans les mines et à la fonderie n'étaient pas les bienvenus au Champion, et Bill les expulsaient s'ils entraient avec l'envie de boire une bière. De toute façon, c'étaient surtout des petiots, ils avaient brisé la grève à la mine et des hommes adultes avaient perdu leur boulot pour devenir pupilles de la paroisse. Bill interdisait aussi l'accès de son établissement aux chartistes et aux radicaux qui continuaient d'affluer à Tipton pour tenter d'organiser des grèves et des manifestations, et il étendait n'importe quel homme qu'il entendait manquer de respect à la reine. Il dépensa deux guinées pour acheter une gravure de la jeune reine qu'il accrocha au-dessus de la cheminée à l'avant du bar, et il s'en servait d'excuse pour faire du grabuge s'il entendait prononcer des gros mots à proximité de son portrait. Nombreux furent les cloutiers à se faire littéralement jeter dehors pour avoir employé un langage salé devant la reine.

La seule personne dont il tolérait le langage grossier et les opinions radicales était Janey Mee. Janey était souvent au bar à bière. Au cours des jours suivant le soir où Hammer Jack avait été tué par les dragons, elle venait s'asseoir au comptoir sous les grosses lampes à huile en laiton et buvait de la bière en pleurant. Bill la serrait dans ses bras et ils chantaient parfois des chansons qui parlaient de cœurs brisés, de roses fanées et de linceuls. Il s'attacha de plus en plus à elle au fil des mois qui suivirent la mort de Hammer Jack. Elle restait la seule personne à Tipton à ne pas avoir peur de lui, et ils buvaient et chantaient et se disputaient presque tous les soirs. Malgré son langage grossier et ses mains couvertes de brûlures, Janey était une dame aux yeux de Bill et elle était attachée à Annie, qu'elle formait et entraînait encore dans l'arrière-cour les soirs d'été.

En octobre, quand les nuits eurent commencé à tomber de bonne heure, le *fogger* Arthur Tinsley se fit dévaliser et tirer dessus alors qu'il repartait du port à cheval. Celui qui l'avait dévalisé s'était enfui avec la sacoche remplie des pièces prises aux cloutiers en échange des tiges de fer qu'il leur fournissait. Le voleur, qui d'après Tinsley était un jeune garçon brun vêtu d'une cape noire, lui avait aussi pris son poney et il avait remonté la colline au galop à travers bois en direction de Bilston. Le *fogger* blessé était entré dans le Champion en titubant et en agrippant son épaule noircie par la poudre en criant :

– Je me suis fait dévaliser et tirer dessus ! Il a pris tout le pognon et mon canasson !

Ils l'installèrent sur un siège et lui apportèrent de la bière pendant qu'un jeune garçon courait chercher le médecin et la police.

Quand les policiers arrivèrent, Tinsley leur demanda d'organiser une battue pour appréhender le voleur.

– C'était un jeune gars, brun, brun comme un romano, et il a jailli des bois et m'a tiré dessus !

Le voleur ne pouvait pas être bien loin. Mais les buveurs assemblés dans le bar n'éprouvaient pas le besoin de pourchasser l'homme qui avait pris l'argent du maître cloutier et le poney du *fogger* détesté.

Les deux policiers remontèrent la route en direction des bois et virent les empreintes du poney s'éloigner de la scène de crime ainsi que la flaque de sang dans la poussière à l'endroit où Tinsley était tombé de cheval, blessé.

Bill et Janey firent bouillir de l'eau salée puis nettoyèrent et pansèrent la vilaine blessure que le *fogger* avait à l'épaule. Annie les regardait depuis sa table dans le coin où elle prononça et épela le mot "blessé" puis l'écrivit sur son ardoise.

On ne fit pas grand-chose d'autre pour retrouver le voleur mais, deux semaines plus tard, un autre *fogger* se fit dévaliser de bonne heure le matin en traversant les bois. Les circonstances du vol étaient très semblables. Il était tombé de cheval après s'est fait tirer dessus par un homme surgi d'entre les arbres, vêtu d'une cape noire qui volait au vent et coiffé d'un tricorne rabattu sur son visage. Là encore, le *fogger* avait reçu le coup de pistolet dans l'épaule et la bourse remplie de pièces et de billets accrochée à sa selle avait été dérobée. Le voleur n'avait rien dit, il s'était contenté de pousser l'homme blessé à coups de pied dans le fossé qui bordait la route avant de remonter sur son cheval et de partir au galop.

La bourse qu'il transportait contenait la paie hebdomadaire et les salaires des cloutiers qui travaillaient pour un certain Harold Stout, un maître cloutier de Birmingham qui envoyait son *fogger* chaque semaine pour vérifier les commandes et effectuer les règlements.

Cette fois-ci, une battue fut bel et bien organisée quand les cloutiers s'aperçurent qu'il n'y avait pas de pièces pour leur payer leur semaine. Une douzaine d'hommes et de femmes partirent avec les policiers en criant, appelant et cognant avec des pinces et des marteaux jusqu'à l'endroit de la forêt où le *fogger* s'était fait tirer dessus, puis ils avaient poursuivi jusqu'à la lande où ils s'étaient dispersés dans les chemins à la recherche de traces de sabot. Ils trouvèrent le poney sans selle et sans bride de l'autre côté de la lande, en train de brouter délicatement les longues herbes sèches. Celui qui l'avait abandonné avait disparu dans les arbres et les broussailles qui s'élevaient jusqu'à Bilston où les usines et les forges envoyaient déjà de la vapeur, de la fumée et des étincelles dans l'air matinal de l'automne.

Les recherches en vue de retrouver celui qui avait dévalisé les deux *foggers* allèrent en diminuant. Par une nuit glaciale juste avant Noël, alors que les flaques commençaient à geler sur la route, Sir Andrew Wilson-Mackenzie et son épouse Lady Agnes s'en retournaient à Ardleigh quand un homme armé de deux pistolets avait bondi des haies bordant Wolverhampton Road et tiré sur le valet de pied qui voyageait debout à l'arrière du fiacre tiré par deux chevaux.

Le voleur, qui portait cette fois-ci un foulard sur le visage, avait pris les rênes des chevaux et braqué un pistolet armé sur le visage du cocher en disant :

– Reste calme, mon gars. C'est un vol à main armée.

Il avait ordonné au cocher de descendre de son poste et de s'allonger à plat ventre par terre, puis il avait ouvert la portière de la diligence et dit :

– Bonsoir et joyeux Noël à vos seigneuries. Maintenant, remettez-moi gentiment vos bourses et les bijoux de Madame.

Dans la faible lumière des lampes de la diligence, Sir Andrew vit que l'homme était jeune avec des yeux noirs et il reconnut son accent comme étant du pur black country. Lady Agnes éclata en sanglots et s'écria :

– Ne nous tuez pas, monsieur !

Sir Andrew était lui aussi terrifié tandis que l'homme tendait sa main ouverte à l'intérieur de la diligence pour prendre les bourses et le magnifique collier de diamants que Lady Agnes retira rapidement de sous sa pèlerine. Les mains de l'homme étaient longues avec de fins doigts féminins, et il portait un ruban rouge au poignet. Il braquait sur eux l'effrayant pistolet dont la gueule béante ressemblait, aux yeux épouvantés de Sir Andrew, à l'entrée des Enfers.

Sir Andrew cria au valet de pied :

– Donald, avez-vous été tué ?

Le voleur, qui s'écartait de la portière de la diligence, murmura :

– Une p'tite égratignure à l'épaule due à la balle, votre seigneurie. Vos mineurs souffrent bien plus à cause des échardes de charbon chaque jour.

Le valet de pied étendu face contre terre sur la route gelée cria :

– Je suis blessé, monsieur, je suis blessé !

Le voleur prit les deux lampes de la diligence puis s'enfuit dans les bois, les laissant dans le noir complet. Sir Andrew cria au cocher :

– Suivez-le, mon ami ! Il a pris les lampes !

Mais le cocher terrifié demeura au sol en se disant : il a aussi un pistolet chargé qu'il n'a pas encore déchargé, et il répondit :

– Je suis blessé aussi, monsieur. Je me suis tordu la cheville.

Depuis la fenêtre de la diligence, Lady Agnes regarda la lumière jaune dansante des lampes rapetisser et faiblir à mesure que le voleur s'échappait dans les bois, les derniers arpents de forêt autour de Arleigh qui n'avaient pas été abattus pour étayer les puits de mine.

Sir Andrew resta assis dans l'obscurité glaciale de la diligence et marmonna :

– Il sera pendu… Il sera pendu pour ça…

Quelques jours plus tard, des prospectus et des affiches firent leur apparition dans le port de Tipton, qualifiant le voleur d'"individu particulièrement agressif et violent", et invitant les témoins ainsi que ceux qui auraient des soupçons à se faire connaître et à en informer les magistrats. Les affiches contenaient l'esquisse d'un homme large d'épaules portant une cape de couleur noire et un vieux tricorne démodé. Il y était décrit comme étant "basané, imberbe et âgé de pas plus de trente ans".

Dans le port, le voleur en vint à être connu sous le nom du "Black Cloak" – la Cape noire.

10

Apprendre à lire, c'est comme apprendre à boxer. Faut voir ce qu'une chose veut dire, et une chose veut pas forcément dire deux fois pareil, ni trois fois. Comme une épaule gauche baissée veut pas forcément dire qu'une droite va suivre et quand un homme recule en secouant la tête, ça veut pas forcément dire qu'il est blessé. Mais Janey pouvait pas m'aider à apprendre à lire ; c'est le Marinier qui me montrait les sons et les lettres et me disait quelle lettre faisait quel son.

On a plus jamais reparlé de Billy Sticks après le soir où Janey l'avait frappé avec un pavé, et on a jamais entendu dire nulle part qu'on l'avait retrouvé mort. Son père est jamais venu au Champion pour demander ce qui lui était arrivé. Son père ressemblait à un cadavre, il toussait et crachait ses poumons à cause de la vapeur brûlante des fonderies.

Mais quoi qu'il soit arrivé à Billy Sticks, les autres voyous m'ont fichu la paix après ça. J'ai vu Tanner et Mikey dans un coin à côté du Railway Hotel mais ils sont restés à bonne distance de moi et ils m'ont plus jamais traitée de manouche ni de putain.

Une fois que j'ai eu le livre que m'avait offert le Marinier, je suis devenue dingue de lecture. J'adorais la façon dont j'arrivais à comprendre un mot en prononçant les lettres, mais je savais jamais si je les disais comme il faut. Il m'a fallu que trois semaines pour apprendre le nom de tous les pays de mon globe. Le Marinier s'asseyait à côté de moi pendant que je les lisais et il faisait : "Oui... oui... bien." Mais quand je lui ai demandé de dire "Maurice", il savait pas comment on prononçait le *c* – il pensait que ça se disait comme un *z* mais il avait pas l'air bien sûr.

Pendant que je lisais, le Champion se remplissait et tout le monde buvait de la bière. Bill avait perdu un tas d'argent pendant la grève à force de distribuer de la bière et du pain gratuitement, et aussi il recevait des amendes parce qu'il se battait et semait le désordre, sans compter les magistrats qui lui envoyaient des lettres pour lui dire qu'ils lui retireraient sa licence s'il continuait à causer des problèmes.

J'ai essayé d'en lire une qu'était arrivée avec un vrai sceau rouge dessus. Bill sautillait autour du comptoir en disant : "On s'en fiche. On se fiche de ce que ces salauds disent de moi."

Pour finir, entre le Marinier et moi, on est arrivés à la lire. Le Marinier a dit à Bill de faire gaffe, sinon ils lui retireraient son gagne-pain et Bill a répondu : "Qu'ils aillent tous crever", et il s'est tiré une autre chope.

Mais il devenait plus lent, il boitillait en marchant et plissait les yeux, et il regardait les choses comme s'il y voyait rien. Janey était tout le temps fourrée au Champion, ils buvaient de la bière et chantaient ensemble, elle le suivait partout, et il lui arrivait même de lui dire ce qu'il avait devant lui comme si elle avait été ses yeux. Bientôt, elle s'est mise à passer la nuit dans le lit de Bill et j'étais vraiment contente parce que c'était presque comme avoir une maman et un papa, sauf qu'ils étaient saouls tout le temps et qu'ils faisaient jamais à manger ni le ménage. C'était moi qui faisais ça.

Quand Bill était vraiment bourré, il obligeait tout le monde à saluer le portrait de la reine et à chanter "God Save The Queen". Il disait que c'était un moyen de voir s'il y avait des radicaux et des chartistes dans le bar ; s'ils refusaient de se lever, il leur filait une beigne là où ils étaient assis.

Et puis, un vendredi d'août en fin d'après-midi, alors que je nettoyais les vitres de devant pour essayer de faire partir la suie et la fumée, et aussi que j'enlevais les traces de pisse des murs en brique avec une brosse dure et de la soude, deux belles dames et un monsieur sont arrivés dans Spon Lane.

Ils frappaient aux portes et discutaient avec les hommes et les femmes qui étaient chez eux, ils leur donnaient des prospectus et parlaient aussi aux loupiots qui jouaient dans la ruelle. À cette heure-ci, la plupart des gens travaillaient et ils restaient plus tard aussi parce que le vendredi était jour de paie dans presque toutes les fonderies et les mines. Je les ai regardés en me disant que, malgré leur belle allure, ils hésitaient pas à s'aventurer le soir dans une ruelle sombre pour distribuer leurs prospectus même si, à ce que j'en savais, aucun de ceux qui en prenaient savait lire.

Le monsieur était grand et portait la redingote noire et le col blanc des curetons ; il avait des bacchantes bouclées grisonnantes et une canne. Les deux dames étaient jeunes et elles portaient toutes les deux une robe unie en lin gris et un bonnet blanc tout propre, et je me suis dit que c'était risqué avec toutes les étincelles et la suie qui flottaient dans l'air.

Ils m'ont vue devant le Champion et se sont approchés. De près, les dames étaient de beaux brins de filles : minces, elles avaient la peau blanche et les lèvres rouges, et elles avaient toutes les deux des tresses blond vénitien remontées sous leur bonnet. Elles étaient exactement pareilles, elles se ressemblaient comme deux gouttes d'eau, et elles avaient toutes les deux un petit livre relié de cuir noir avec une belle tranche dorée qui brillait dans leurs mains délicates.

Alors qu'elles s'approchaient de moi, toutes les deux avec le même visage souriant, je me suis sentie mastoc, gauche, fruste et aussi mal dégrossie qu'une planche de bois brut. J'ai caché mes grosses paluches pleines de cicatrices à cause de la boxe et du ménage sous mon tablier.

Le révérend a retiré son chapeau et s'est incliné et, pendant un instant, j'ai cru qu'il se fichait de moi, mais les dames aussi se sont légèrement inclinées et leur sourire était pur et joli.

Le révérend a dit :

– Bonjour, ma fille. Est-ce que ton père est à la maison ?

Je voulais pas lui dire qu'il était complètement bourré et qu'il cuvait au lit avec Janey Mee, alors j'ai répondu :

– Non monsieur, il n'est pas là. Du reste, je suis la maîtresse de cet établissement, monsieur. Je m'appelle Annie Perry.

Il a souri.

– J'en conclus que je suis chez le célèbre pugiliste, le Slasher de Tipton ?

– Vous avez parfaitement raison, monsieur, mais M. Perry est à Birmingham cet après-midi, j'ai menti.

Le révérend m'a tendu un prospectus en disant :

– Est-ce que tu sais lire, mon enfant ?

– Oui, monsieur. J'ai appris toute seule avec un livre qui vient de Manchester et une ardoise prise sur notre toit.

Je me suis dit : il va deviner mon p'tit manège s'il me demande de lire ça à haute voix.

Mais une des jumelles s'est avancée en disant :

– Nous sommes les demoiselles Warren, Annie, et voici notre père, le révérend Elijah Warren. Nous venons d'arriver au port pour nous occuper de la nouvelle église là-haut sur la colline en direction de Hazely, où on construit les nouvelles maisons.

On connaissait tous ces manoirs : ces belles et grandes demeures qui ressemblaient à des châteaux écossais et destinées aux maîtres de forges, aux maîtres cloutiers et aux directeurs de mines, et qui longeaient une vraie route, très haut au-dessus du port où on sentait pas les odeurs, même s'ils devaient quand même voir la lumière des fonderies la nuit.

Des hommes du port montaient là-haut dans le noir pour voler du bois pour leur cheminée et les deux qui s'étaient fait attraper par les argousins qui patrouillaient là-bas avaient été envoyés en Australie par la cour d'assises de Wolverhampton.

– Très bien, mademoiselle, j'ai répondu. Notez, mon père est pas très porté sur l'Église. Et, s'il l'était, je doute que vous aimeriez le voir là-bas le dimanche. Il a une tête à faire peur au diable et les mots qui sortent de sa bouche feraient s'étouffer les anges…

Les deux mademoiselles Warren ont ri, les yeux étincelants, et la deuxième a dit :

– Est-ce que tu aimerais aller à l'école, Annie ? Pour apprendre à lire la Bible ? Pour apprendre à écrire et à utiliser correctement la grammaire ? Pour apprendre des choses sur notre Empire et sur l'histoire ?

Le révérend m'a demandé :

– Quel âge as-tu, mon enfant ?

– Je viens d'avoir seize ans, monsieur.

La première mademoiselle Warren a dit :

– Je m'appelle Esther, et voici ma sœur, Judith…

Là, elle m'a tendu sa jolie main et j'ai fondu en larmes ; elles sont montées et ont débordé, toute chaudes, à l'idée de toucher sa main, d'aller à l'école et d'apprendre des choses.

– Allons, mon enfant… tu te sens bien ? a demandé le révérend.

Les deux mademoiselles Warren se sont approchées de moi et Judith a dit :

– Père, laissez-nous parler avec Annie. Nous pouvons calmer cette enfant. Continuez à distribuer les prospectus de l'autre côté de la route, là-bas… Nous nous occuperons d'Annie.

Le révérend a hésité une seconde. Les yeux de Mlle Judith ont lancé des éclairs et elle a dit :

– Allez-y, père… Nous en sommes parfaitement capables…

Malgré les larmes d'impuissance qui me piquaient les yeux, j'ai trouvé ça bien qu'elles soient capables de mener leur père par le bout du nez comme je le faisais avec Bill.

Je me suis assise sur le rebord de la fenêtre et Mlle Esther a dit :

– Nous allons ouvrir une école pour les pauvres, Annie. La paroisse nous a procuré un bâtiment au bout de la ruelle et il y a une place pour toi si tu veux venir étudier. Ma sœur et moi serons les professeurs et le révérend tiendra des offices pour tous les enfants pauvres.

– Annie, a ajouté Mlle Judith, tu es une fille intelligente. Tu as appris à lire toute seule. Imagine la vie pleine d'apprentissages et de lectures que tu pourrais avoir.

Mlle Esther a pris ma main gauche. On aurait dit une patte de mouton crue dans sa petite menotte.

– Imagine, Annie… apprendre est la porte vers une nouvelle vie dans l'amour de notre Seigneur Jésus. C'est pour ça que tous les enfants pauvres doivent venir entendre la Parole et apprendre à la lire.

– C'est qu'ils travaillent, pour la plupart, mademoiselle, j'ai dit, y en a pas beaucoup qu'on laissera sortir des mines et des clouteries pour aller à l'école.

– Mais la loi va bientôt changer, Annie. Le Parlement, à Londres, va décréter que tous les enfants doivent recevoir une éducation et cesser de devoir travailler dans les mines et les clouteries.

– Et comment vont se débrouiller leurs familles, mademoiselle ? j'ai demandé.

Mlle Judith a répondu :

– Annie, ce port est perdu dans une mer d'ignorance et de vice pour le moment. Nous devons changer les conditions des pauvres. Notre père est un réformateur convaincu.

– Est-ce que ça veut dire que c'est un radical, mademoiselle ? Parce qu'il écopera d'un bourre-pif de la part de Bill Perry dans ce cas-là, révérend ou pas.

Les deux mademoiselles Warren ont ri.

– Annie, tu es vraiment délicieuse ! a dit Mlle Judith. Promets que tu viendras…

– J'ai pleuré parce que je sais que je pourrai jamais, et parce que vous êtes toutes les deux aussi pures et aussi jolies que des bleuets et que je pourrai jamais être… – Et je me suis remise à pleurer.

Pourquoi je leur ai dit ça, j'en sais rien. Mais elles m'ont donné envie de leur confier toutes les choses sombres qui flottaient en moi. Le fait d'avoir été vendue pour six guinées, de m'être fait tabasser par les voyous, d'apprendre à boxer et à me battre et d'entendre jurer tous les jours, d'avoir laissé Billy Sticks en sang dans la ruelle. Et tout l'alcool, les cris et les poings qui volaient au Champion. Les enfants en haillons qui mouraient de faim et qui partaient à la maison de travail.

Elles m'ont fait revoir la verdure étincelante et les prairies en fleur comme quand j'étais petiote, quand on voyageait sur les routes en toute liberté avec Big Tom qui menait Cobble. Avant que j'arrive dans ce port avec son air noir, ses pavés couverts de nappes de sang et son chenal, cette entaille béante qui traversait la ville comme une rivière vers l'enfer.

Malgré toutes mes visions, ça, je l'avais pas vu venir : cette occasion offerte sur une route au mois d'août devant l'endroit que je considérais comme chez moi. Un père et deux filles, lui en noir et elles en gris avec des bonnets blancs que la saleté qui flottait partout commençait à moucheter. Tout ça voulait dire quelque chose, je le savais, et j'avais besoin d'aller faire un tour pour y réfléchir.

Les mademoiselles Warren se sont toutes les deux penchées pour me serrer dans leurs bras, et elles m'ont implorée de demander à mon père la permission d'aller à l'école des pauvres le vendredi suivant pour m'y inscrire.

Le révérend revenait dans notre direction et elles se sont tournées vers lui.

– Je crois que nous avons une autre élève, monsieur, a dit Mlle Judith.

Il a posé la main sur ma tête et il a souri en disant :

– Tu es à l'évidence une brave petite, Annie, et tu verras plus de lumière dans la pénombre de notre petite salle de classe que dans une centaine de tavernes et de bouges, même si leurs fenêtres sont parfaitement propres.

11

Sur le plateau qui s'étendait entre Tipton et Bilston, la lande n'avait jamais été un terrain clos. Elle demeurait une terre communale, dépourvue de barrières, et les villageois pouvaient librement y faire paître leur bétail et leurs chevaux alors même qu'autour des villes les propriétaires terriens, les maîtres de forges et les propriétaires d'usines clôturaient et prenaient le contrôle de la terre. Au moment où l'Inclosure Act était adopté et où des bandes et des parcelles de bon pâturage ainsi que des jardins potagers situés plus bas étaient arrachés aux pauvres pour aller grossir les domaines des riches, la lande et ses centaines de sentiers tracés par les animaux qui serpentaient à travers ainsi que ses tourbières noires béantes demeuraient intacts.

C'était peut-être parce qu'il n'y avait pas d'arbres faciles à abattre dessus – elle était entièrement couverte de pins rabougris, de saules marsaults, d'aubépines et de petits chênes tordus. Le peu de pâtures qu'il y avait n'était pas de bonne qualité. Lorsque la famine guettait les villes minières et sidérurgiques en contrebas, les gens venaient y chercher des pieds bleus et des vesses-de-loup après la pluie, mais il n'y avait pas grand-chose d'autre de comestible là-haut.

Des ingénieurs des mines appartenant à Sir Andrew Wilson-Mackenzie avaient foré et pratiqué des tests dans la lande sablonneuse couverte de bruyères et de fougères en différents endroits au fils des années mais n'avaient rien trouvé qui puisse indiquer qu'il y avait du charbon à extraire. Il n'y avait pas non plus de chaux, de minerai de fer ou de salpêtre sous les arpents d'ajoncs et de sol pauvre et sec. S'ils en avaient trouvé, l'Inclosure Act aurait permis à Sir Andrew et à ses partenaires commerciaux de clôturer et de s'approprier la terre comme ils l'avaient fait pour tant d'autres de leurs domaines. Ce plateau était trop haut et trop éloigné du canal, de la route et des nouvelles voies ferrées pour être utilisé comme site industriel et, à part les marécages, il n'y avait pas d'eau sur cette lande desséchée pour faire tourner des roues de moulin.

Elle restait sauvage et peu de gens empruntaient le chemin poussiéreux qui la traversait. En hiver, son altitude et son orientation au nord la rendaient grise et morne ; battue par les vents, elle était refroidie par les gelées blanches et la brume, et la neige de décembre tenait souvent bien après le mois de mai dans ses creux pleins d'ombres.

L'été, ceux qui la traversaient à pied ou à cheval avaient droit à sa brève et vibrante explosion de vie et de couleur : ajoncs jaunes et bruyère pourpre, campanules et lotier au printemps, orchidées et pédiculaires violettes en été. Des papillons bleu vif jaillissaient des fleurs et le chant des alouettes et des fauvettes emplissait l'air. Des lézards et des vipères prenaient le soleil sur les roches gréseuses et, la nuit, des engoulevents faisaient frémir les fougères.

Il n'y avait qu'une seule fois dans l'année où la lande se peuplait, quand des centaines de bottes, de roues de chariot et de pieds nus gravissaient les chemins de la longue colline depuis les villes qui s'étendaient de chaque côté.

Depuis des temps immémoriaux, la lande était le lieu où se déroulait la foire de la fin de l'été. Lammastide était le seul jour de l'année, à part celui de Noël, où les cloutiers, les fondeurs et les mineurs pouvaient prendre un jour de congé. C'était une fête plus vieille que les églises construites dans l'une ou l'autre ville. Plus ancienne que la foi qu'elles professaient. Et chaque année, comme la population des villes croissait, le nombre de gens qui se pressaient à la Foire des Lammas augmentait.

Si peu de ceux qui y venaient travaillaient aujourd'hui la terre que la signification du festival s'était complètement perdue. Ce n'était plus une célébration et une action de grâce pour la moisson. Au cours des dernières années, c'était devenu un incontournable pour les gens du spectacle, et le terrain plat et poussiéreux où les fougères et la bruyère étaient piétinées accueillait une multitude de tentes proposant des jeux, des chamboule-tout, des curiosités, des divertissements, des spectacles et autres amusements.

Les municipalités des deux villes rivalisaient chaque année pour réserver des spectacles de plus en plus extravagants. Pour le conseil municipal de Tipton, cet événement s'appelait tout naturellement la Foire de Tipton, alors que pour celui de Bilston, c'était la Foire de Bilston. Pour les cloutiers et les mineurs qui envahissaient les chemins pendant les trois jours durant lesquels elle se déroulait, la dernière semaine d'août, c'était la Foire de la Lande, et les enfants excités rêvaient de leur visite annuelle pendant que les pères et les mères économisaient péniblement leurs pennies toute l'année pour les dépenser à cette occasion.

L'année où Annie eut seize ans, la foire accueillait le Cirque Illuminé de M. Astley : l'intérieur de la vaste tente était éclairé par des lampes à gaz et à pétrole qui baignaient la scène d'une lumière colorée. Il y avait de la voltige à cheval, des numéros de corde raide et de trapèze pendant toute la journée de la foire, et les gens se massaient sous le chapiteau pour voir le célèbre clown Charlie Keith.

La tente du théâtre, elle, accueillait le nouveau et original spectacle de mime grotesque de Jerry Smith dans lequel un malheureux clochard se faisait pourchasser et se prenait des coups de gourdin par une succession d'amoureux éconduits, de pères en colère, d'employeurs furieux et par une bande de poissonnières qui braillaient en lui tapant dessus avec des harengs. À l'extérieur, les éclats de rire ravis se répercutaient dans la foule qui faisait la queue pour la représentation suivante.

Dans les stands et les tentes plus petites qui s'alignaient dans le champ telles des rangées de maisons mitoyennes, on avait une chance d'apercevoir d'autres attractions. Samuel Taylor, le Géant d'Ilkeston, qui culminait au-dessus de la foule à deux mètres cinquante-neuf. Dans le stand suivant, l'Extraordinaire Homme de Fer invitait ceux qui voulaient bien se séparer d'un penny à le frapper dans le ventre à coups de barres de fer et, pour sa dernière représentation de la journée, il demandait à un homme de lui tirer une balle de pistolet dans le ventre – tout cela apparemment sans aucun effet néfaste ni douleur, et il ne tressaillait pas, ne poussait aucun cri, demeurant aussi immobile qu'une statue, les bras levés et une expression de détermination stoïque sur le visage.

Dans une autre tente, la Société mélodramatique de Grande-Bretagne et de son Empire présentait "Les Malheurs d'une Fille de mauvaise réputation – sa triste et finalement tragique histoire". On entendait les cris d'angoisse de la malheureuse et ses brusques sanglots hystériques rivaliser avec les grognements et les marmonnements lascifs de l'infâme Français, le Comte de Malplaisir – le responsable de sa déchéance tragique.

Tiny Terence et ses Souris mystérieuses donnaient leurs représentations sous une autre toile à rayures où le nain proposait une série de tours étonnants avec une troupe de cinq souris blanches logées dans un château miniature.

Au stand de jeux, les mineurs se faisaient joyeusement plumer par des tricheurs professionnels et des tours de passe-passe au bonneteau ; il y avait du bingo et de la roulette, des jeux de cartes, du backgammon et des jeux de dames, et on y pariait et perdait de l'argent toute la journée.

À chaque bout, il y avait d'immenses buvettes où, outre de la bière et des alcools forts, les gens qui venaient à la foire pouvaient manger des gâteaux, des boulettes de viande, des friands, des pieds de cochon et des quiches arrosées de whisky. Un mouton entier était rôti et découpé au-dessus d'un feu, et des patates chaudes agrémentées de crème et d'oignons étaient servies avec la viande.

En 1845, il y avait aussi des stands de boxe: trois de ceux-ci mettaient au défi les passants d'affronter un pugiliste professionnel. Chacun offrait un prix en espèce à tout homme capable de tenir un round entier. Le plus gros prix offert était celui du stand d'un jeune garçon du coin, Jem Mason, le Bruiser, le Cogneur de Bilston.

Ce grand gaillard, qui n'avait pas encore dix-neuf ans, était si sûr de lui qu'il offrait la somme incroyable de dix livres à tout homme capable de le mettre à terre, K-O, ou au moins de le stopper dans le respect des règles de Jack Broughton lors d'une reprise de cinq minutes. Mesurant un bon mètre quatre-vingt-cinq, il avait de larges épaules et une taille fine, de longs bras puissants et des doigts courts et épais qui, serrés, formaient des poings effrayants.

La vérité, c'était que Jem n'avait pas dix livres à donner à un vainqueur. Pas plus que Paddy Tacker, le petit Irlandais qui parlait vite et qui lui servait d'agent et de directeur sportif. Mais en deux ans et cinq combats correctement payés, il n'avait jamais perdu, et il était suffisamment jeune et plein de punch pour prendre le risque de ne jamais perdre.

Au cours des trois jours que durait la Foire de la Lande, il pouvait gagner pas loin de dix livres en prenant à chaque fois un shilling à ses adversaires.

Il avait toujours évité de se faire frapper au visage, si bien que son nez était droit, lisse et aquilin, ses grands yeux bleus sans aucune cicatrice et ses lèvres généreuses n'avaient jamais été fendues par les poings d'un autre homme. Ses cheveux blonds étaient courts et bouclés, et il ne portait pas de barbe.

Les filles de la pension pour chevaux où il était apprenti maréchal-ferrant l'appelaient Apollon et Mme Fryer, la jeune épouse du patron, avait tendance à s'appuyer contre la porte de la forge pour contempler le jeune homme en sueur – presque nu sous son tablier de cuir – en disant "Au nom du ciel, t'es une vraie beauté, Jem Mason", chaque fois que son mari s'absentait.

C'était la deuxième année que Jem animait le stand. Paddy organisait tout et prenait un dixième des gains qu'il amassait au cours des trois jours. Avec l'argent qu'il gagnerait cette année, il allait s'acheter son propre chariot et son propre cheval pour participer aux foires à travers tout le pays. Il voulait aller à Londres pour mettre ses poings à l'épreuve là-bas, où un homme pouvait se faire vingt guinées par combat, et Paddy disait que c'était là qu'ils iraient dès qu'ils auraient ce qu'il fallait.

Boxer sur un stand de foire était facile. La plupart des hommes venaient l'après-midi après avoir passé des heures à la buvette, et Jem avait perdu le compte des gonzes chancelants qu'il avait étendus au bout de quelques secondes juste en leur tournant autour. Parfois, les grands gaillards qui travaillaient dans les fonderies voulaient tenter leur chance. C'étaient des garçons costauds en pleine possession de leurs moyens, avec des bras en acier après des années passées à manipuler des creusets chauffés à blanc avec des pinces, mais ils n'avaient pas l'entraînement. Ils n'avaient aucun rythme, pas les bons gestes et aucune discipline, et ils ne voyaient pas ce qu'il allait faire. Sur le ring, Jem remarquait toujours le moindre mouvement.

Paddy disait : "Tu dois avoir l'instinct, Jem. La plupart des gars, même les grands costauds, ils ont pas l'instinct, mais toi tu l'as, mon joli. Toi, tu as l'instinct."

Jem se demandait parfois si ce n'était pas le fait de travailler avec des chevaux, comme il le faisait depuis l'âge de huit ans, qui lui avait donné cet instinct. Une espèce de sixième sens de ce qui allait se passer. Un changement invisible dans l'aura qu'ils dégageaient qui vous le disait. Avec un cheval, il savait toujours. Il savait si l'animal était fatigué, ou s'il était mal fichu ou avait la colique, s'il était excité par des juments et prêt à se cabrer et à lui donner des coups de sabot, s'il voulait juste un câlin et des caresses – et ils étaient nombreux dans ce cas. Il le sentait juste en se tenant près de lui, comme si l'animal lui murmurait silencieusement ses besoins et ses intentions. Il reconnaissait un bon cheval dès que celui-ci bougeait la tête et savait aussi en reconnaître un mauvais.

Il avait été mis en apprentissage à la pension pour chevaux du port quand son père était mort des suites d'une infection pulmonaire aggravée par les années qu'il avait passées dans les nuages de vapeur des fonderies. La mère de Jem avait réussi à le faire prendre à l'écurie gratuitement à l'âge de huit ans, et il passait des journées et des nuits interminables à panser, brosser et abreuver les chevaux, à huiler et nettoyer la sellerie et à pelleter du crottin avec pour seul salaire le vivre et le couvert. La nuit, il dormait dans les écuries avec les cliquetis et les piétinements des chevaux pour unique berceuse.

Quand sa mère était subitement morte d'une maladie hivernale alors qu'il avait dix ans, il s'était retrouvé sans personne à part les chevaux, jusqu'à ce que le vieux M. Fryer remarque à quel point il était doué avec eux et le prenne comme apprenti maréchal-ferrant. Au cours des années suivantes, il était devenu un jeune garçon grand et fort avec des bras puissants acquis à force de marteler le métal brûlant et d'actionner les soufflets.

Paddy s'était arrêté pour faire remettre des fers à sa vieille jument alors qu'il écumait les villes du Black Country à la recherche de nouveaux talents lorsque Jem venait d'avoir seize ans. L'Irlandais bavard avait remarqué les bras musclés et les épaules souples de Jem, ainsi que sa façon douce et précise de bouger lorsqu'il se penchait pour coincer le sabot de la jument entre ses genoux.

On peut toujours faire confiance à un type qui sait s'y prendre avec les chevaux, s'était dit Paddy, surtout quand ils ressemblaient au jeune maréchal-ferrant. Il n'y avait pas de ruse chez ces animaux. Et le garçon était capable de comprendre et de calmer un cheval comme personne. Le gamin n'avait pas non plus eu besoin d'entraînement : il avait eu l'instinct dès la première fois où il avait montré à Paddy sa droite puissante. Frapper du métal ou frapper des hommes dans les arrière-cours des bars à bière, le grand gaillard était fait pour les deux, et Paddy et lui commencèrent à se faire des shillings les samedis après-midi d'été lors de combats organisés.

Les hommes qu'il persuadait Jem d'affronter sur le ring pouvaient se montrer aussi candides que des chevaux. Ils laissaient deviner leur mouvement suivant sans parler ni bouger et, s'ils tentaient une feinte d'un côté ou de l'autre, c'était encore plus facile. Ils ne savaient pas non plus quels étaient leurs meilleurs mouvements, et même les gamins rapides avec de longs membres qui auraient pu envoyer de bons directs et venir à bout de Jem cherchaient toujours à balancer un coup dévastateur digne de Bill Perry, et ils en oubliaient leur garde. Jem savait ce qu'ils allaient faire avant qu'ils le fassent.

Il connaissait d'ailleurs Bill Perry de l'époque où il travaillait à la pension pour chevaux du port de Tipton, avant d'aller à celle de Bilston. Il savait aussi ce qu'on disait de lui maintenant. Paddy prétendait qu'il était vieux et abîmé par l'alcool mais "je m'amuserais toujours pas à le prendre à rebrousse-poil si j'y suis pas obligé, disait-il. Bill Perry était le meilleur de tous les anciens pugilistes. Mais j'ai entendu dire qu'il était mal en point aujourd'hui".

Pourtant ce jour-là, alors que le soleil cognait sur la foire, Jem eut la surprise de voir le Slasher en personne devant son stand. Une foule se rassemblait déjà tandis que Bill Perry s'avançait en boitillant, lourdement appuyé sur une canne et regardant Jem avec insistance. À côté de lui se tenait une femme, à son allure une vieille cloutière endurcie, et derrière eux une grande fille rom portant une culotte de garçon, ses cheveux noirs tirés en arrière.

Jem croisa son regard et il sut, comme il savait avec un cheval, et l'espace d'un instant il eut l'impression d'avoir été frappé par un soufflet en feu. Sa tête se mit à tourner, pleine de petites explosions de lumière, tandis que sa poitrine se serrait autour de son cœur qui battait la chamade.

Bill Perry l'examina à nouveau, tendant sa poignée de pennies :

– Je suis venu t'donner une leçon, mon beau. Je suis venu t'prendre tes dix billets, gars. T'es un grand dadais, mais je vais bientôt t'apprendre un jeu d'homme.

La foule, qui s'attroupait à présent pour voir le Slasher et le Bruiser de Bilston en découdre, se mit à pousser des acclamations.

12

J'avais jamais vu quelque chose comme lui.

J'avais jamais vu un dieu.

Et il était là, torse nu et brillant comme de l'or au soleil, les yeux bleu pâle comme des myosotis. Des longs cils noirs. Et aussi bien bâti qu'une statue de marbre, lisse et parfait avec les courbes de ses muscles qui luisaient comme du pin ciré.

Je l'ai senti, et je savais que lui aussi et tout, à l'instant où nos yeux se sont croisés pendant que Bill braillait et aboyait des ordres, saoul comme une armée de Polonais.

Et puis j'ai senti son odeur. Et il sentait le foin tiède, le chêne brûlé, les épices et la terre chaude retournée en été.

J'avais envie de le prendre dans mes bras et de toucher sa peau ambrée comme du miel et son visage rayonnant. J'avais envie de faire courir mes doigts dans ses cheveux dorés brillants pour sentir ses boucles serrées sur ma peau. Je me suis mise à trembler et la tête me tournait. J'avais l'impression de m'être pris un pain.

Et là, tout à coup, je me suis une nouvelle fois retrouvée au-dessus de mon corps, en train de regarder tout ça comme une alouette jacassant dans le ciel. Cette image de lui tout illuminé là sur cette estrade. Je l'avais déjà vu quelque part. Et je savais qu'on allait bien s'entendre. Je flottais au-dessus de tout ça et je sentais que le vent nous pousserait peut-être quelque part ensemble, et je mourais d'envie de redescendre pour me poser doucement sur lui et l'appeler à moi.

Mais Bill en faisait des tonnes et tentait de lui forcer la main pour qu'il accepte le combat, après avoir passé trois heures à la buvette à boire chope sur chope avec

Janey pendant que je me promenais dans la foire, que je regardais les couleurs et sentais les odeurs et qu'on me chassait des stands parce qu'on me prenait pour une manouche en quête de rapines.

Bill s'était levé au milieu de la buvette en disant : "On va s'marrer un peu, qu'est-ce que vous en dites", à la foule rassemblée autour de lui. Un des hommes avait décrété que Jem Mason était le nouveau champion de la paroisse et il avait demandé à Bill de l'affronter.

Le trajet pour monter là-haut avait été pénible ce matin-là. On s'était disputés et on avait eu des mots tout le long, pendant que Bill boitillait en s'appuyant sur sa canne et que Janey le guidait, voyant ce que ses yeux à lui ne voyaient pas. Le sujet de notre engueulade concernait le fait que j'aille à l'école avec les mademoiselles Warren, et d'ailleurs j'avais rêvé d'elles, m'imaginant dans un salon agréable vêtue d'une robe toute simple en train de lire la Bible et de prendre le thé avec d'autres dames.

Tout ce que Bill avait distribué gratuitement et toutes les bagarres et les amendes avaient fini par peser sur les finances du Champion. On devait de l'argent aux brasseurs et ils avaient envoyé un mot – que je lui ai lu – pour dire qu'ils ne nous fourniraient plus d'autres fûts à compter de la fin du mois tant que l'ardoise de six livres et vingt-trois shillings n'aurait pas été réglée. Des hommes envoyés par le magistrat venaient presque tous les jours pour exiger le principal sur les amendes qu'il avait reçues : le boucher voulait deux livres et neuf shillings pour la viande, et le boulanger disait qu'il réclamerait six pence par miche de pain jusqu'à ce que Bill lui ait payé les deux livres qu'il lui devait. On avait de la chance qu'il soit propriétaire du Champion et qu'il l'ait pas hypothéqué jusque-là. J'y connaissais rien en argent, en pièces, en liquide et en investissements, mais je savais que, quand on était au fond du trou, fallait arrêter de creuser.

Et puis il y avait des maîtres de forges qui voulaient notre parcelle là-bas près du canal et ils envoyaient des *foggers* proposer des prêts à Bill. Janey et moi on le retenait, parce qu'il leur aurait cédé l'ensemble pour les vingt livres dont il avait besoin. Et s'il avait eu l'argent qu'ils lui offraient, il aurait pas mis longtemps avant de manquer une échéance et ils auraient alors été bons pour remporter le tout : le bar à bière, le terrain, les pompes et le beau comptoir en bois, et nous on se serait tous retrouvés à la charge de la paroisse. Ils avaient fait ça à d'autres dont ils voulaient le terrain.

Alors on l'en a empêché. Mais il revenait sur le sujet de l'argent tous les jours. Il disait qu'on en avait besoin. Il s'énervait contre moi parce que je voulais aller à l'école, s'emportait en disant que je pouvais pas me tirer pour aller apprendre.

Alors qu'on montait à la foire ce matin-là, il a dit :

– T'es une petite manouche qu'on a vendue, tu es à moi et, que ça te plaise ou non, ma petite dame, t'as une dette envers moi. T'as une dette envers moi pour t'avoir fourni le vivre et le couvert, la sécurité et ta fière allure. C'est moi, tu vois, mon travail acharné, mon sang et ma sueur qui ont fait que t'as eu une maison et un foyer. Et tu m'quitteras pas. Tu m'quitteras pas ou tu retourneras crever d'faim dans les champs désolés d'où tu viens. Et on me la fait pas, ma jolie, je vois bien qu'tu prends des grands airs et que t'essaies de rabaisser l'honnête travailleur que je suis dans l'estime de ceux qui l'entourent.

Alors je lui ai pas dit qu'il avait pas fait une seule vraie journée de travail depuis toutes les années qu'il avait le Champion alors que moi, j'avais récuré, nettoyé et cuisiné pendant que lui passait ses matinées à se morfondre en cuvant sa bière, et ses après-midi et ses soirées à remettre ça. Je l'aimais, notez, tout bon vieux gros nigaud qu'il était, mais il allait pas me dicter où ma vie devait aller.

Ce jour-là, et depuis que j'avais rencontré les mademoiselles Warren, je sentais un peu dans quelle direction elle pourrait aller. J'en connaissais la trame et je voyais comment elle était tissée. Je commençais à entendre son appel, les doux chants qui ondoyaient devant et au-dessus de moi comme les babillages désincarnés d'une alouette portée par une haute brise d'été.

On a laissé tomber le sujet en arrivant à la foire, quand Bill a dit :

– Tu ne désobéiras pas à ton père. Tu n'auras pas l'audace de désobéir à ton père et ça, on le sait tous, c'est dans l'ordre des choses. C'est même dans la Bible, écrite par Dieu en personne pour l'instruction des gazilles égarées comme toi, ma belle Annie !

Janey et lui sont allés à la buvette et ont attiré plein de monde comme ils le faisaient toujours. Mais je savais, et Janey savait, que Bill vaudrait pas tripette s'il déclenchait une bagarre. Ses jambes étaient lentes et tordues et il avait la cervelle en miettes, sans doute à cause de tous les coups qu'il s'était pris sur le ring pendant les combats. Il voyait presque plus rien maintenant, même s'il prétendait le contraire. Et il avait beau dire, je savais bien que c'était pas mon père. Je l'aimais mais c'était pas mon père malgré tout ce qu'il disait.

Et, bourré comme il l'était, il entendait la foule de bons à rien et de bois-sans-soif le pousser à faire un combat. Quand je suis retournée sous la tente de la buvette, pleine de chaude poussière grise dans le soleil de l'après-midi, il a dit en me voyant :

– Je n'irai pas à l'encontre de la volonté de ma chère Annie. – Mais il était bourré comme un coing et il agitait sa grosse tête hideuse d'avant en arrière.

Il s'est levé et les gens des tables alentour ont pris la poudre d'escampette. Un homme s'est écrié : "Bordel à cul… c'est un véritable monstre…"

Et c'était vrai. Il s'est mis à vaciller et à balancer ses gros poings dans tous les sens devant tout le monde et même le Marinier, qui était venu à la foire avec nous, qui avait assisté à la plupart de ses exploits, est intervenu :

– Pas maintenant, Billy. Pas question qu'tu combattes aujourd'hui.

– J'ai b'soin des dix livres de ce gamin, a dit Bill, j'ai b'soin de cet argent si ma fille doit m'quitter pour aller à l'école, c'est pas vrai ma petite dame ? – Il m'a regardée plantée là au milieu de la foule en train d'assister au spectacle. – J'en ai b'soin, j'en ai b'soin, messieurs. Parce ce qu'il y aura plus de bière au Champion si j'empoche pas ces biffetons. Plus de bière ! Ils veulent me ruiner, messieurs.

Toute la foule a poussé des huées quand il a dit qu'il y aurait plus de bière, et après il s'est levé et s'est dirigé en titubant vers l'entrée de la tente avec Janey qui lui disait : "Non, Billy…"

On l'a tous suivi alors qu'il traversait la foire, se cognant aux gens et braillant qu'il était le champion d'Angleterre.

On est arrivés devant le stand de boxe de Jem Mason et on l'a regardé étendre un jeune mineur en quelques combinaisons rapides ; le gars s'est fait retourner quelque chose comme trente secondes après être entré sur le ring et avoir fait signe à ses potes, tout sourire et brandissant les poings. Il a pas fait long feu.

Jem Mason était rapide et malin, et il bougeait bien.

Quand il en a eu terminé avec le mineur, Bill s'est avancé en tendant ses pennies.

Là, le garçon m'a regardée.

Il y avait des tas de gens derrière moi qui criaient et appelaient au combat. On voyait bien que Jem Mason était pas très emballé, vu l'état du Slasher et tout.

J'ai dit à Janey :

– Il va falloir qu'on l'en empêche.

– Je te souhaite bien du courage, Annie. Et puis, il a besoin de cet argent. À moins que t'aies dix biffetons pour qu'il puisse rembourser tout le monde. Ça va bien se passer. Une fois sur le ring, il se réveille.

Bill passait déjà les cordes. Sur le ring, un petit Irlandais au visage rouge, vêtu d'une veste écarlate et d'un haut-de-forme, a pris les pièces dans la paume de Bill et s'est incliné devant lui. Puis, se frottant les mains, il s'est mis à interpeller la foule.

– Nous allons maintenant assister à un véritable match, mesdames et messieurs ! Que dites-vous de ça ? Le Slasher de Tipton contre le Bruiser de Bilston ! Vous pourrez dire que vous étiez là pour assister à cet événement. Approchez, approchez, mes amis... ne manquez pas ça !

Jem Mason retourna dans le coin en sautillant. La foule grossissait et les gens affluaient des tentes en courant en entendant que le Slasher allait affronter le Bruiser.

J'avais un très très mauvais pressentiment. Je voyais du noir, des couronnes de fleurs et des corbillards, et je savais que ce serait vraiment le dernier combat de Bill si je le laissais monter sur ce ring. Là, j'ai à nouveau entendu cet appel, avec l'impression que Big Tom me souriait depuis là-haut, l'impression que la clameur et les encouragements de la foule pourraient être pour moi et que c'était un moyen de mener ma barque ici, dans la poussière du champ de foire. Je regardais et j'analysais la scène qui se déroulait autour de moi et j'ai compris ce qu'elle voulait dire comme si je lisais des mots. Et je regardais aussi Jem Mason en estimant mes chances. Du moins, les chances de poser mes mains sur lui.

Je me suis frayé un chemin à travers la foule et je suis arrivée devant le ring, et juste au moment où Bill se hissait sur les cordes, je l'ai attrapé par l'épaule et je l'ai tiré en arrière si bien qu'il a basculé dans la foule, et là je suis montée en vitesse sur les planches du ring. Je me suis redressée et j'ai levé les poings. J'ai retiré mon manteau pour ne garder qu'une chemise blanche.

Il y a eu des grandes acclamations dans la foule, même si certains m'ont huée et tout. Mais d'autres ont crié :

– Vas-y, Annie ! Vas-y, Annie !

Le petit Irlandais s'est approché de moi.

– Sors d'ici, ma fille. Il s'bat pas contre les filles. Pas de filles sur ce ring…

Je lui ai donné un petit coup sur le bout du nez et il a reculé en se le tenant, du sang jaillissant entre ses doigts :

– Aïe, espèce de p'tite garce !

J'ai dit bien fort pour que tout le monde entende :

– Y a pas marqué "pas de filles". Je sais lire, gros nigaud. Y a pas marqué "pas de filles" et on a donné notre shilling. Je suis Annie Perry, la Fille du Slasher. Je peux prendre n'importe quel homme ici, et j'aurai aucun problème avec ce joli garçon.

En entendant ça, les gens sont devenus fous, tout le monde applaudissait maintenant ; toute une bande de cloutières rassemblées devant criaient : "Vas-y, Annie ! Vas-y, Annie !" La foule tirait Bill en arrière et il me criait :

– Tu n'as pas ma bénédiction pour faire ça, gazille ! Tu n'as pas ma bénédiction ! Obéis à ton père, obéis à ton père…

Malgré ce que je disais et ce que j'essayais de montrer, mon cœur cognait dans ma poitrine et je sautais d'un pied sur l'autre – en partie pour empêcher mes genoux de trembler.

Janey s'était approchée du ring et elle m'a fait un geste de la main. Je me suis penchée et elle a dit :

– Fais gaffe à sa droite, il aime bien les combinaisons, et il est rapide… Dieu te garde, Annie.

Je me suis retournée, et le petit bonhomme poussait Jem Mason hors de son coin en disant :

– Vas-y, Jem ! Donne une leçon à cette p'tite garce.

Je me suis approchée de lui en sautillant et en donnant des coups dans le vide. Il est resté immobile devant moi, les bras le long du corps, et il a secoué la tête. Il a dû crier pour couvrir le bruit de la foule :

– J'frappe pas les filles. Désolé, ma belle, mais j'veux pas. Paddy va t'rendre ta pièce. J'me battrai pas contre toi.

Je l'ai bien regardé. Il faisait dix bons centimètres de plus que moi, mais il avait les bras plus courts et il avait pas mon allonge. Ses jambes ressemblaient à une belle paire de baguettes de tambour, semblables à des branches de chêne en haut et avec des belles formes au niveau des mollets. Son ventre était plat, matelassé par des muscles qui formaient des stries et il était aussi large qu'une poutre maîtresse : des grosses épaules rondes, sa droite était la plus grosse. Il avait le cou fin pour un boxeur et son visage était tellement vierge de cicatrices qu'il était difficile de croire qu'il était déjà monté sur un ring. Il avait encore du sang du mineur sur ses bandages. Et puis je sentais son odeur, et ça me faisait sautiller et danser autour de lui.

Les gens braillaient et nous huaient maintenant, et Jem s'est tourné vers eux en tendant les mains pour crier :

– J'frappe pas les femmes.

Certains ont répondu :

– Y s'rait p't-être temps de t'y mettre, mon garçon !

– C'est l'meilleur moyen d'les éduquer, Jem !

– Vas-y, cogne-la !

Et les cloutières scandaient :

– Ann-ie… Ann-ie… Ann-ie !

En regardant son visage, je me suis souvenue de lui. C'était le petit morveux de la pension pour chevaux de Tipton qui m'avait traitée de manouche le jour où j'étais arrivée au port avec Bill et le Marinier.

J'ai reculé en dansant, pendant qu'il continuait de secouer la tête et s'apprêtait à tourner les talons sous les huées de la foule qui le traitait de poule mouillée, et là j'ai bondi à côté de lui et je lui ai collé un direct rapide au visage. Le coup lui a fouetté la joue et l'a entaillée, et il s'est tourné vers moi en me fusillant du regard.

– Voilà une petite cicatrice pour ton joli visage, petit rigolo… j'ai dit.

Il s'est tourné face à moi, toujours sans se mettre en position, les bras toujours le long du corps, et il a fait :

– Je te connais. – Et il a souri. Sa joue saignait et il y a porté les doigts puis a regardé le sang. – J'frappe pas les filles. J'veux bien t'embrasser mais j'te frapperai pas, il a dit, sans cesser de me sourire.

– Eh ben moi, j'veux pas t'embrasser, j'ai dit – et je lui ai collé deux autres directs avant de lui envoyer une droite dans le ventre par en dessous. Ça l'a plié en deux et la foule a beuglé.

– On t'a entraînée, hein ? il m'a crié alors qu'il se redressait en soufflant. Il a reculé en se tournant de côté, et il s'est mis en garde en levant les poings. – Mais j'vais pas te frapper pour autant.

– Eh ben moi, je vais te frapper, j'ai dit – et un droite-gauche lui a atteint les avant-bras. Je sentais sa peau brûlante sous mes poings quand mes coups portaient, c'était des bons coups et tout, et ça devait lui faire mal mais il bronchait pas et le montrait pas.

Il s'est éloigné de moi en sautillant, les poings levés, et je l'ai regardé bouger pour voir s'il baissait sa garde, feintait ou hochait la tête. Je me suis rapprochée, les yeux rivés aux siens, essayant de trouver une ouverture pour lui coller un direct, et ce gros nigaud a baissé sa garde une seconde en continuant de me sourire.

J'ai pris appui sur mon pied droit pour lui balancer une longue gauche au-dessus de sa garde mais, quand je me suis avancée, il a pivoté sur le côté et j'ai trébuché à l'endroit où il avait été. La foule a fait *oooh* et Jem s'est tourné et a levé le poing. Ils pensaient que j'allais tomber mais je suis pas tombée. J'ai retrouvé mon équilibre avant de moi aussi pivoter et de contre-attaquer du gauche. Un coup digne du Slasher, c'était, et lui, il avait encore la main en l'air, la tête tournée vers la foule. Il se l'est pris en plein sur le côté de la mâchoire et j'ai entendu craquer quelque chose mais je savais pas si c'était ma main ou ses os. Sa tête est partie vers le haut et sur le côté, mais son corps est resté où il était.

Avec un "Oooh" horrifié de la foule, Jem Mason s'est écroulé : ses jambes ont flanché et il s'est effondré à plat sur les planches. Le petit Irlandais s'est écrié :

– Bonté divine !

En entendant le bruit de son corps sur le ring, tout le monde s'est tu un instant. Et après la foule a explosé en cris et en hurlements, comme du bétail à l'abattoir. Je voyais Janey et les cloutières se tomber dans les bras, et des hommes agiter leur chapeau. À l'arrière, j'ai vu Bill hocher sa grosse tête hideuse en me souriant. Des policiers sont alors intervenus, se frayant un chemin pour monter sur le ring.

Au milieu de tout ce vacarme, j'ai baissé les yeux vers Jem qui était toujours dans les pommes. Avec ses yeux clos et ce sourire idiot encore sur les lèvres, on aurait dit un petiot heureux au sein de sa mère, mis à part l'entaille que mon direct lui avait laissée sur la joue.

Je me suis penchée au-dessus de lui et j'ai dit :

– Tu m'dois un billet d'dix.

Les coups de poings volaient dans la foule tandis que les policiers essayaient de la disperser ; mais elle enflait, se brisait et se reformait comme un vol d'étourneaux.

Le petit Irlandais a tapoté la joue intacte de Jem en disant :

– Allez, Jem…

Là, les yeux de Jem se sont ouverts d'un coup. Il m'a vue, a souri et dit :

– Le Slasher t'a bien entraînée, Annie Perry.

– Je suis une manouche, Jem. On sait tous se battre… et vous piquer votre argent.

– Est-ce que je vais avoir ce baiser, maintenant ? il a demandé.

– C'est d'accord, j'ai dit, une fois que j'aurai eu mon billet de dix.

Les gens scandaient mon nom et les policiers les menaçaient en agitant leurs matraques pour les faire dégager. Janey me criait de venir, mais le petit Irlandais a dit :

– On va passer derrière… viens, fillette.

Il y a eu d'autres acclamations quand Jem s'est relevé et a secoué les poings, et des hommes ont crié :

– Battu par une gazille ! Honte à toi, Jem.

Mais il s'est contenté de rire.

À l'intérieur de la tente, Jem s'est essuyé puis il a passé une chemise et dit :

– Tu f'rais mieux d'lui donner c'qu'on a, Paddy.

Et Paddy, en ouvrant son coffre, a répondu :

– Tu vas pas tout lui donner, Jem. Je crois pas qu'on ait dix livres là-dedans de toute façon. Et puis c'est une fille. En plus, c'était de la triche. Tu t'es pas battu. C'est une arnaque, Jem… c'est une manouche, elle essaie de nous rouler.

Mais Jem a souri et dit :

– Faut être honnête, Paddy. Ce gauche était sacrément puissant.

Il s'est tourné vers moi :

– Personne avait jamais fait ça avant, Annie Perry, et j'ai maintenant un petit rappel sur la joue. – Il a touché la plaie où le sang avait coagulé.

J'ai dit :

– Je vais te faire un bisou guérisseur. – Et il a ri à nouveau. Nos regards étaient rivés l'un à l'autre et là, il a passé ses bras autour de moi, j'ai posé la main sur l'arrière de sa tête pour l'attirer vers moi et on s'est embrassés. C'était meilleur que de gagner un millier de combats et tout.

Paddy a crié :

– C'est ça, continuez de vous faire des mamours, vous deux !

J'ai dit à Jem :

– Tu peux garder ton argent, mon gars.

Et Paddy a dit :

– Bonne fenotte. Bonne chrétienne. Elle a l'esprit sportif.

– Tu l'as gagné à la loyale, Annie.

– Tu ripostais pas, Jem. Je le sais. Mais je t'ai étendu net alors t'as pas intérêt à l'oublier si tu veux m'revoir.

– Je viendrai au Champion, il a dit.

Là il m'a serrée fort contre lui comme Big Tom le faisait quand j'étais petiote. Et, même si ça paraît bizarre, il me faisait penser à Big Tom. Ses grands bras puissants autour de moi. Il m'a regardée droit dans les yeux et il a dit :

– On a du chemin à faire ensemble, toi et moi, Annie Perry.

Il y a eu du raffut juste devant la tente et j'ai entendu la voix de Bill qui criait :

– C'est ma fille et je dois m'assurer qu'elle est bien traitée par ces messieurs !

Et Janey disait :

– Fiche-lui la paix, Billy. Elle est allée chercher ton argent.

On est sortis et il y avait deux argousins en train d'essayer d'empêcher Bill de grimper à nouveau sur le ring. La foule se dispersait et s'en allait sous le soleil brûlant de l'après-midi.

Le petit Paddy a bondi à côté de lui et dit :

– Tout va pour le mieux, messieurs les agents… ce monsieur est un ami.

Bill a demandé :

– Où est mon Annie ?

– Je suis là, Bill, j'ai répondu.

Il plissait à nouveau les yeux pour tenter de voir quelque chose et tout le monde s'est rendu compte qu'il perdait la vue. Il a tendu les mains et trouvé mon visage. Ses grosses pattes de mouton rugueuses me tapotaient la figure et il a dit :

– C'est ce soleil qui m'aveugle, Annie, mais j't'ai vue. J't'ai vue lui balancer un sacré gnon.

Paddy a pris Bill par l'épaule :

– Monsieur Perry, je suis Patrick Tacker… agent et directeur sportif. Vous permettez que je vous offre une bière et qu'on ait une p'tite discussion concernant une proposition commerciale que j'ai pour vous…

Janey est venue vers moi et m'a demandé :

– Il t'a donné les sous ?

– Non, Janey. Il les garde.

– Annie, on est au fond du trou sans cet argent.

– Je viens de rencontrer l'homme que je vais épouser, Janey.

Les gens étaient presque tous partis, certains pour voir les spectacles, d'autres pour retourner à la buvette, et Janey y est allée avec Bill, Paddy et le Marinier. Jem est sorti s'asseoir avec moi devant sur les planches sous le soleil de l'après-midi.

Il était tout rêveur et tout tendre, il me tenait la main et disait :

– Tu es la plus belle chose sur terre, Annie… – Et j'ai aimé ça, et aussi j'aimais bien la petite cicatrice en forme de virgule que je lui avais laissée sur la joue.

Je lui ai dit que j'apprenais à lire et que j'allais à l'école et il m'a dit qu'avec mes dix livres, il allait se faire fabriquer un vrai chariot et aussi acheter deux bons poneys pour faire la tournée des spectacles. Il était maréchal-ferrant et tout, et c'était un vrai bon métier.

La foire était plus calme à présent, les numéros et les spectacles commençaient à remballer parce que c'était le dernier jour. Je suis restée assise là, heureuse et bien au chaud avec ma main dans celle de Jem, et je me sentais chanceuse, belle et intelligente.

Là, à l'autre bout du terrain poussiéreux et piétiné, presque à la limite de mon champ de vision, j'ai vu une silhouette juste devant le saule rabougri qui poussait entre deux tentes, et j'ai vu que l'homme regardait dans notre direction. Dès que je l'ai aperçu, j'ai su qu'il nous observait. Il portait une cape noire et un vieux tricorne démodé.

13

L'école pour les pauvres occupait un bâtiment de pierre qui avait jadis été les bureaux d'un marchand de grain. Au cours des deux mois précédents, des ouvriers avaient nettoyé l'extérieur et transformé l'intérieur, installant une belle porte en pitchpin ainsi que des pupitres et un tableau dans la salle la plus grande. Des latrines avaient également été installées dans un petit appentis en brique à l'arrière du bâtiment et reliées aux nouveaux égouts qui avaient récemment été creusés pour les maisons construites sur la colline dominant le port de Tipton.

Les travaux avaient été surveillés par les sœurs Warren aux côtés de leur père, lequel avait réuni l'argent nécessaire à la location et à la conversion des lieux plus de quoi assurer un petit traitement pour les deux nouvelles maîtresses d'école au terme d'une longue tournée de visites chez les hommes les plus fortunés du voisinage. Chacun avait fait un petit don qui, combiné avec l'argent investi par le conseil paroissial et l'Église elle-même, avait suffi à ouvrir l'école.

Le révérend Warren avait même persuadé Sir Andrew Wilson-Mackenzie ainsi que Jeremiah et Josiah Batch qu'ils avaient tout intérêt à investir dans l'éducation des enfants pauvres. Il avait avancé que les grèves et les troubles récents qui avaient eu lieu en ville étaient le résultat de l'ignorance et de l'aveuglement des pauvres à la Parole de Dieu. Ceux qui étaient dans le besoin seraient toujours la proie des opinions séditieuses des radicaux tant qu'ils vivraient dans ce néant de ténèbres dû à la méconnaissance de Sa Parole. Tant qu'ils ne sauraient pas lire, ils resteraient éternellement dans ces ténèbres. Et la meilleure chose à faire, c'était de commencer par les enfants. Sa correspondance avec l'évêque de Londres l'avait convaincu que les restrictions concernant les heures pendant lesquelles un enfant avait le droit de travailler dans les mines et les clouteries allaient sans doute se durcir. Au cours des mois précédents, il avait passé de nombreux après-midi à prendre le thé chez des maîtres de forges afin de défendre l'argument qui lui tenait tant à cœur, à savoir qu'une véritable éducation chrétienne pour les pauvres était la clé permettant d'éviter la révolution. “Ils doivent apprendre quelle est leur place dans l'ordre de Dieu, disait-il. Nous devons rendre à César ce qui appartient à César. Et rendre à Dieu ce qui Lui appartient.”

C'étaient les dames, pensait-il, qui étaient les plus touchées par ses arguments, de même que par ses descriptions de la pauvreté et du vice qui gangrenaient les rues et les ruelles de la ville, à moins de quatre kilomètres des élégants portiques de leurs propriétés toute neuves. Lady Wilson-Mackenzie, de Ardleigh Hall, avait été particulièrement émue, encore secouée par sa récente expérience de brigandage et intimement convaincue que son mari avait le devoir chrétien de pourvoir aux besoins des pauvres de la paroisse.

Le révérend Warren soulignait également que, dans d'autres parties de la région, des non-conformistes, des quakers et des méthodistes construisaient déjà des logements et des écoles pour les ouvriers, et qu'ils proposaient des journées de travail plus courtes et de meilleurs salaires. Même les romains-catholiques de Birmingham tenaient des écoles du dimanche et des cours du soir de catéchisme à destination des pauvres.

Bien que baptistes, les frères Batch avaient accepté de participer, Jeremiah défendant l'opinion que les connaissances en arithmétique exigées par les nouveaux procédés en vogue dans la métallurgie nécessiteraient des hommes capables de "compter et de calculer" dans un avenir proche. Leur propre père, qui avait été fondeur, avait amélioré sa condition sociale parce que sa mère lui avait appris à lire. Il était rapidement passé de maître cloutier à propriétaire de fonderie puis à maître de forges, et il avait fait construire une belle maison à trois kilomètres à l'est du port, dominant les forges qui portaient maintenant le nom de ses fils.

Sir Andrew s'était montré moins enthousiaste pour verser une contribution régulière à la nouvelle école mais, sous la pression de sa femme, il avait accepté de payer les traitements mensuels des charmantes filles du révérend.

À présent, en ce premier vendredi de septembre, tandis qu'une pluie diluvienne s'abattait sur la ville, le révérend Warren, les demoiselles Warren, Sir Andrew et Lady Wilson-Mackenzie, Jeremiah et Josiah Batch, M. Thomas du conseil paroissial, M. John Pottage également du conseil paroissial, M. Chalmers (un journaliste du *Birmingham Journal*) ainsi qu'un groupe de dames et de messieurs de la congrégation de l'église St Saviour's On The Hill récemment consacrée étaient déployés dans la nouvelle salle de classe sous une bannière qui disait "Bienvenue les Enfants". Ils attendaient que les premiers élèves arrivent pour s'inscrire aux cours, lesquels auraient lieu en début de soirée pendant la semaine et toute la journée du samedi. Derrière la petite estrade installée au fond de la classe, sous une haute fenêtre maintenant mouchetée de gouttes de pluie, se trouvait une sculpture en bois sombre du Christ en croix – récemment rapportée de la nouvelle église bâtie sur la colline.

La belle horloge française en bronze que les demoiselles Warren avaient achetée pour poser sur le manteau de la cheminée au-dessus du feu approchait de l'heure convenue. Elle sonna 16 heures et les carillons emplirent un moment la pièce où les dignitaires assemblés attendaient en silence.

Mais personne n'apparut.

Assise au bureau devant le registre ouvert, Mlle Esther regarda son père. Le révérend eut un pâle sourire. Mlle Judith se tenait dans l'entrée, surveillant la route tandis que de lourdes gouttes martelaient les pavés. Dans la file de calèches garées à l'extérieur, les cochers et les valets de pied se blottissaient en grommelant sous des capes en toile cirée tandis que les chevaux piaffaient et renâclaient sous la pluie.

L'heure passée de cinq minutes, le révérend Warren se tourna finalement vers le groupe :

– Peut-être qu'une prière... ?

Sir Andrew frappa sa canne sur le sol et lâcha :

– Eh bien, il vaudrait mieux que c'en soit une bonne, révérend, car vos prospectus et vos discours implorants en chaire ne semblent pas avoir eu beaucoup d'effets. Où sont les hordes de pauvres malheureux ignorants dont mon argent est censé améliorer la condition ?

Le révérend ne se laissa pas désarçonner par l'accès de colère de Sir Andrew et Josiah Batch s'avança pour dire :

– Eh bien, avec tout le respect que je vous dois, Sir Andrew, le travail ne se termine pas avant 18 heures et, le vendredi, c'est jour de paie pour beaucoup d'entre eux.

– Dans ce cas, j'imagine qu'au lieu de profiter de la libération que peuvent leur apporter les Évangiles ici, ils préfèrent profiter des libations disponibles au Champion of England, rétorqua celui-ci.

Le révérend leva la main :

– Je vous en prie, Sir Andrew...

Les autres personnes de cette petite assemblée s'agitèrent, mal à l'aise. M. Thomas, du conseil paroissial, intervint :

– Si je puis me permettre, messieurs...

Mais Sir Andrew le coupa :

– Non, vous ne pouvez pas, monsieur… On s'est moqué de moi.

On entendit du bruit à la porte de derrière qui menait à la cuisine et aux dépendances. La porte s'ouvrit et Jessie, la robuste et vaillante gouvernante du révérend, entra en poussant un chariot de service assez instable. La petite assemblée la regarda avancer avec son chariot garni d'une théière, de tasses, de soucoupes et d'un pot de lait jusqu'au milieu de la pièce puis s'arrêter. Le tintement des cuillères et de la porcelaine s'éteignit alors qu'elle levait les yeux vers les visages tournés dans sa direction.

– Désirez-vous votre thé maintenant, monsieur ? demanda-t-elle d'une voix hésitante.

Sir Andrew laissa échapper un grognement.

– Je vais faire signe à la calèche d'avancer. – Il tourna les talons, ignorant le regard implorant de son épouse.

Mais, à ce moment-là, Mlle Judith se détourna de la porte et s'écria :

– Une élève ! Une élève arrive !

Ceux qui se trouvaient dans la salle de classe se déplacèrent pour former un demi-cercle accueillant sous la bannière tandis que Jessie poussait son chariot sur le côté. Mlle Esther demeura assise au large bureau en chêne au milieu du comité d'accueil, et Sir Andrew, avec réticence et force rouspétance, prit sa place tout au bout.

Et là, franchissant la porte, dégoulinante et le visage rouge d'avoir couru sous la pluie battante, Annie Perry entra.

14

Dans le chariot, en descendant vers Hallow Heath, j'ai essayé de lire les mots et de prononcer les lettres, et j'ai essayé de lire la Genèse de la Bible – la création de la Terre. C'était la bible que Mlle Judith m'avait donnée la première fois que j'étais allée à son école. Elle avait dit que je devais essayer de la lire tous les jours en commençant par la Genèse. J'avais fait pas loin de deux semaines de cours et deux samedis entiers en classe, et ma lecture devenait agréable, disait Mlle Judith.

Ça faisait sept ans et des poussières que j'étais pas venue à la foire de Hallow Heath. Sept ans que j'avais pas vu ma mère, les petiots et Tommy. Et maintenant je revenais à bord d'un chariot, tout peint comme il faut sur les flancs : d'un côté *Jem Mason – le Bruiser de Bilston* et de l'autre *Annie Perry – la Fille du Slasher.* C'était plein de couleurs et d'étoiles et en bas ça disait : *Le Célèbre Stand de Boxe de Paddy Tacker – Connu à travers tout l'Empire.*

J'étais capable de lire tout ça au moment où on est partis ; Jem, Paddy et moi on tenait les rênes et deux bons cobs puissants tiraient le chariot. C'est Jem qui l'avait acheté et Paddy l'avait fait peindre par quelqu'un qui faisait des enseignes à Brum*, et après on avait mis le ring et la scène dedans, et on était partis pour la dernière foire aux chevaux de l'été.

Paddy avait dit à Bill qu'à nous deux, Jem et moi on pouvait facilement se faire vingt livres vu qu'on allait

* Birmingham en argot, de Brummagen, ancien nom de la ville.

attirer les foules, sans parler de la curiosité de voir une gazille se mesurer à d'autres gazilles.

– Et c'est une beauté, Bill, il avait dit, une rare beauté, et les hommes jetteront des shillings à ses pieds pour la voir en chemise et en culotte.

Bill l'avait saisi à la gorge pour cette remarque et Paddy avait bredouillé que, quoi que je porte, je serais respectable et il s'assurerait que tout se passe convenablement. Pour finir, Bill avait dit oui. Le Champion était fermé parce qu'on avait pas de bière à servir et pas d'argent pour payer les brasseurs à qui on en devait. À la fin du mois d'août, c'est le Marinier qui nous achetait du pain et du fromage.

Mlle Esther disait que la Bible était la Parole de Dieu, que toute la sagesse, l'érudition et la connaissance du monde se trouvaient dedans, et que du coup si je la lisais je saurais tout ce qu'il y avait à savoir et que je ne voudrais jamais être dans la convoitise ou dans les ténèbres.

Mon premier jour à l'école avait été une horreur. Juste moi devant tous ces gens de la haute alors que je laissais des flaques partout par terre. Personne d'autre n'était venu du port ce jour-là parce que c'était un vendredi et que c'était jour de paie. Tout ce beau monde me regardait comme si j'étais un torchon sale. Y avait que Mlle Esther et Mlle Judith qui souriaient.

– Annie! Oh, bénie sois-tu, ma chérie, avait dit Mlle Esther, et elle m'avait conduite jusqu'à la table pour voir le livre où il fallait inscrire son nom et son adresse et qui était son père.

Un homme de grande taille, vêtu d'un beau manteau, un type grossier et fanfaron, avait dit:

– Cette fille n'est pas une enfant, révérend Warren. Elle est assez grande pour être mère elle-même.

– C'est la fille de Bill Perry, le pugiliste, avait répondu le révérend Warren. Elle vit dans le vice et l'ignorance là-bas dans un bar à bière, une vile tanière d'effroyable péché, Sir Andrew. Cette fille vient d'avoir seize ans. Elle est intelligente... tenez, elle a déjà appris l'alphabet toute seule.

Sir Andrew s'était approché et m'avait bien regardée, comme si j'étais un poney qu'il voulait acheter.

– Elle ressemble à une Rom, il avait dit. Avez-vous suffisamment confiance en cette misérable pour la laisser en compagnie de vos filles ? – Il m'avait regardée fixement dans les yeux et je lui avais jeté un épouvantable sort. Je l'avais pas lâché des yeux jusqu'à ce qu'il voie que je lui avais lancé une malédiction et, en le voyant détourner le regard, j'avais su que je l'avais eu. Ça me démangeait de lui en coller une et j'avais pas du tout peur de lui, contrairement à tout le monde, apparemment.

Sir Andrew s'était dirigé vers la porte.

– Vos filles parviendront peut-être à lui apprendre l'humilité en présence de personnes d'un rang supérieur. Cette enfant est impudente et provocatrice. Mais peut-on en attendre davantage ? Son père est de l'avis général un véritable sauvage. – Il avait soufflé très fort et secoué la tête. – Venez, Agnes, il avait dit.

Après son départ, ils s'étaient tous détendus. Mlle Judith m'avait pris la main en disant :

– Ma très chère Annie, ne te laisse pas décourager par Sir Andrew.

Et Mlle Esther m'avait pris l'autre main avant d'ajouter :

– C'est un homme au caractère particulièrement guindé et impitoyable, mais nous lui prouverons qu'il a tort.

Il est pas aussi impitoyable que moi, j'avais pensé, et j'avais décidé de répéter à Bill ce qu'il avait dit de lui et aussi de pas oublier Sir Andrew dans tous les mauvais sorts que je jetais le soir avant de dormir.

J'avais été la seule à venir ce vendredi-là, mais le samedi suivant on était douze, sauf que j'avais quatre ans de plus que les autres et que je dépassais tout le monde. Mlle Esther et Mlle Judith étaient aux anges et elles avaient sauté de joie ce matin-là quand on était tous arrivés, et la première chose qu'on avait dû faire, c'était aller se laver dans l'appentis où y avait des lavabos et des latrines, et aussi une petite femme écossaise qui nous avait menés à la baguette et qui avait frotté le visage des loupiots avec de la toile de jute humide jusqu'à ce qu'ils pleurent.

Après, on avait prié avec le révérend, debout et la tête baissée, et après on s'était tous assis sur les bancs, qui étaient en beau chêne tout lisse, on nous avait donné à chacun une ardoise et une craie et on avait commencé à écrire les lettres en commençant par le A.

Comme je les connaissais toutes, j'avais écrit les mots que je préférais. J'avais écrit "Jem", et puis "aimer". J'avais aussi écrit le mot "Slasher". C'était mon mot préféré. J'aimais bien le *chhhh* et le *aaa* qu'il y avait dedans et qui lui donnaient l'air tranchant. J'avais écrit "Bible" et "Dieu" et aussi "Mademoiselle Judith" et "Mademoiselle Esther".

Je me demandais pourquoi les mots voulaient dire ce qu'ils voulaient dire. Pourquoi quatre petites lettres à la suite disaient une chose et étaient cette chose, et pourquoi elles étaient une chose. Pourquoi *c-h-a-t* était un chat ? Pourquoi *m-o-t* voulait dire mot ? Un mot. Un mot. Un mot. Ça me donnait mal à la tête.

Là, un petit morveux assis à côté de moi avait levé la main pour dire :

– S'il vous plaît, mademoiselle Judith, cette Rom écrit pas ses lettres. Elle gribouille…

Mlle Esther était venue et m'avait emmenée au fond de la salle où il y avait un bureau. Elle avait dit :

– Annie, tu es très en avance sur les autres enfants. Nous t'instruirons à part, parce que tu lis mieux qu'eux…

Et là j'avais été la plus heureuse du monde. Tous les soirs pendant les deux semaines suivantes et toute la journée du samedi, je restais assise à cette grosse table en chêne avec Mlle Esther et on lisait la Bible. Je lui lisais le livre de la Genèse à haute voix et elle me corrigeait quand je me trompais, j'épelais et je prononçais chaque mot et après je les enchaînais comme des combinaisons de coups de poing jusqu'à ce que j'arrive à maîtriser une phrase. Et j'étais vraiment heureuse que Dieu ait créé cette verte terre à partir du chaos et qu'il ait dit que la lumière soit.

Et on discutait aussi. Je lui ai parlé de ma mère et de Big Tom, et je lui ai raconté comment j'étais arrivée à Tipton avec Bill Perry. Je lui ai expliqué comment j'avais appris la boxe et elle a mis les mains devant sa jolie bouche en poussant un gros soupir et en disant : "Oh, Annie..." Je lui ai pas dit qu'on allait dans les foires. Je lui ai pas parlé de Jem Mason non plus parce qu'elle rougissait quand Adam était nu et se cachait dans la Genèse 3:10, m'expliquant qu'avant de manger la pomme, ils portaient la vertu pour seul manteau mais qu'une fois qu'Ève avait croqué dedans, ils avaient vu leur nudité et avaient dû se faire des manteaux en peau de bête.

Je lui ai pas dit non plus que j'avais vu Jem Mason alors qu'il portait certainement pas la vertu pour manteau par une belle soirée dans les hautes herbes qui poussaient derrière le Champion.

Je savais qu'elle venait pas du même monde que moi. Elle avait jamais vécu dans une roulotte avec toutes les odeurs et les disputes entre frères et sœurs, ni entendu les claquements de peau de son papa quand il grimpait sur sa maman dans le froid d'une nuit de décembre. Elle m'a raconté que sa mère était morte quand elle et sa jumelle avaient onze ans. J'arrivais pas à imaginer son père grimper sur qui que ce soit vu que c'était un homme sec et noueux avec des lèvres fines et des mains osseuses. La beauté de ces filles devait entièrement leur venir de leur mère. Le révérend nous observait pendant que je lisais avec Mlle Judith, et quand il souriait il montrait les dents, si bien qu'on aurait dit qu'il nous grognait après.

Il nous a fallu une bonne partie de la journée pour aller à Hallow Heath et, quand on est arrivés là-bas le soir, à la veille de l'ouverture, la foire m'a paru aussi grande et aussi étendue que dans mes souvenirs, à l'époque où j'étais petiote et où je venais avec Big Tom.

Pendant que Jem et Paddy montaient le ring et la scène et plantaient nos tentes pour la nuit, j'ai fait le tour du champ en marchant sur les chaumes, sauf que là j'avais des bottes souples alors qu'avant j'étais pieds nus. J'ai vu le portail où maman s'était assise avec Benny, Tass, Mercy, Charity et son gros ventre pendant que Tommy m'emmenait pour me vendre. J'ai vu le long chemin de terre rouge qu'on avait descendu ce matin-là en sentant nos ventres gonflés par la faim.

Je me suis demandé où était le nouveau petiot maintenant, où ils étaient tous et pourquoi ils étaient jamais venus me voir à Tipton. Tommy avait dit qu'ils viendraient mais ils étaient pas venus, pas une seule fois. Notez, j'avais pas vraiment de gros chagrin à cause de ça. J'arrivais pas à ressentir quoi que ce soit à leur sujet ni sur l'endroit où ils se trouvaient, même si j'étais là où je les avais vus pour la dernière fois. Peut-être parce que j'étais trop pleine d'amour pour Jem, trop réchauffée et comblée par cet amour, et quand je le voyais je sentais une étincelle en moi. Peut-être parce que j'apprenais à lire et tout, et que j'apprenais à me battre et à gagner de l'argent pour nous. Des fois, deux joies peuvent chasser un chagrin de votre cœur comme un vieux clou se fait déloger par un nouveau.

Il faisait encore bon et l'air était brumeux et doux. Des hommes plantaient les piquets de l'aire de vente, d'autres montaient la tente de la buvette pendant que d'autres encore déchargeaient des tonneaux. Les poneys et les chevaux à vendre étaient tous dans le grand enclos tout au bout, certains attachés et d'autres enfermés à part. Tout au fond, là où se trouvait notre chariot, je voyais Jem avec sa chemise blanche et sa casquette en train de parler avec le maréchal-ferrant.

Je me suis assise à l'endroit où maman et les petiots s'étaient assis la dernière fois. Il y avait des silènes et des bleuets montés en graine sur le bas-côté; les gousses des silènes bruissaient dans la brise légère et les bleuets hochaient la tête en répandant leurs graines sur le sol. Des reines des prés faisaient flotter leurs petites fleurs duveteuses au-dessus de l'accotement et les abeilles se cognaient en bourdonnant. Tout à coup, je me suis dit que j'avais pas envie de retourner dans le noir et la suie de Tipton. Je savais que ça me manquait de voir les petites fleurs d'été se faner en septembre. Dans la haie, les mûres étaient grosses et tendres, et je me souvenais de l'époque où c'était tout ce qu'on avait à manger.

Mlle Esther m'avait dit, alors qu'on était censées lire la Bible assises à la table:

– Tu as énormément souffert dans ta vie, Annie.

Et j'avais répondu:

– Vous aussi, mademoiselle Esther. Votre maman est morte, la mienne m'a juste vendue.

Elle avait eu un sourire triste et dit:

– Je crois que c'est toujours aux femmes de supporter la douleur dans cette vie. C'est peut-être la vengeance de Dieu pour la tentation d'Ève. J'aimerais qu'il en soit autrement, mais j'ai bien peur qu'il en soit ainsi.

J'adorais sa voix et la façon dont elle prononçait les mots. J'avais envie qu'on m'enlève mon accent de Rom du Black Country pour parler comme elle. Ses lèvres étaient petites et bien dessinées, et elles remuaient mot après mot, précises et mesurées comme la grande aiguille d'une bonne horloge.

J'avais répondu :

– Janey Mee dit qu'une femme doit apprendre à se battre dans cette vie si elle veut pas se faire étendre et piétiner par les hommes.

– Je n'approuve pas la façon dont Janey Mee a choisi de se battre, Annie, mais j'ai une certaine affinité avec sa façon de voir les choses. – Elle avait rougi en disant ça et levé les yeux comme si elle pensait que quelqu'un l'observait. Puis elle avait poursuivi : – J'ai beaucoup de livres que tu pourrais lire, Annie, une fois que tu en seras vraiment capable. Des livres merveilleux. Des livres qui ouvrent le monde.

– La Bible est pas le seul livre dont j'ai besoin, alors, mademoiselle Esther ?

Elle avait jeté un nouveau coup d'œil autour d'elle et je savais qu'elle était tout excitée en disant :

– La Bible est importante, Annie. Mais ce n'est pas le seul livre qui existe. Ce n'est pas le seul livre important. Et toi, tu seras ma plus chère amie, Annie, si tu ne répètes pas ça au révérend…

Paddy et Jem m'appelaient alors que j'étais assise là à rêvasser, perdue dans mes souvenirs. Paddy agitait une miche de pain et un gros morceau de fromage. J'avais faim et je les ai rejoints. Ils avaient nourri, abreuvé et attaché les poneys, et il y avait une jolie petite tente à côté du chariot. Jem avait allumé un beau feu avec des brindilles. La scène était montée avec des poteaux rayés aux quatre coins du ring et d'épaisses cordes blanches. Devant, un grand écriteau peint disait :

PADDY TACKER – SPECTACLES de BOXE et

DIVERTISSEMENTS SPORTIFS de QUALITÉ

Venez messieurs... Venez AUSSI mesdames.

Tous les adversaires sont les bienvenus !

Ces messieurs affronteront

Jem Mason – le Bruiser de Bilston
Ces dames affronteront
Annie Perry – la Fille du Slasher
Un shilling pour tenir un round.
RÈGLES DE JACK BROUGHTON.
Récompense pour un round entier,
tapis ou K-O après le compte légal
10 livres sterling.
COUPS DE PIED, MORSURES, TRICHE, GANTS DE CUIR,
COUPS DE TÊTE ET CRACHATS INTERDITS
La décision du juge est DÉFINITIVE.

Je me suis assise à côté du feu et Paddy m'a donné une grande tasse de thé ainsi qu'une assiette de bon pain moelleux et de fromage fort. Jem est venu s'asseoir à côté de moi.

Paddy a dit :

– Bon, nous voilà installés maintenant. Il va y avoir un sacré paquet de gens demain. On va se faire de l'argent à la pelle. Je veux que vous fassiez un petit spectacle de démonstration pour commencer. Boxe dans le vide et petits coups, vous voyez. Ça chauffera le public.

Jem a dit :

– Je refuse toujours d'la frapper, Paddy.

– Eh bien, t'as pas besoin de la frapper. Tu fais semblant, mon gars… tu te contentes de sautiller sur le ring. Les gens ont besoin d'vous voir ensemble. Annie, tu porteras une culotte d'homme et une chemise blanche boutonnée, et on te mettra un foulard rouge autour du cou.

– Si quelqu'un l'attrape, il va l'étrangler, Paddy… a remarqué Jem.

– Non, non, il ne sera pas noué, il sera juste coincé. Ça fera chouette, t'sais. Va falloir qu'vous leur en mettiez plein la vue, Jemmy. Si vous leur en mettez plein la vue, ils lâcheront leur argent.

J'ai demandé :

– Alors j'affronterai que des gazilles ?

– C'est ça, a répondu Paddy.

– Moi non plus je frappe pas les femmes, seulement Janey.

– Eh bien, tu pourras commencer demain, a dit Paddy. Bon, Annie, est-ce que Janey t'a montré comment te bander ? Tu sais, ici ? – Il a posé la main sur sa poitrine et il avait l'air tout mal à l'aise.

– Ah, mes nichons ? Ouais, Paddy, elle m'a montré.

Il est devenu rouge vif et Jem a rigolé.

– On n'emploie pas de gros mots ici, fillette, a dit Paddy. T'es pas dans ton bar à bière, là.

J'ai dormi dans le chariot et Paddy et Jem ont partagé la tente parce que Paddy avait promis à Bill qu'on observerait les convenances et qu'il prendrait des dispositions respectables.

La foire s'est vite remplie dans la matinée. De gens et de voitures, de messieurs et de belles dames, de bandes de bateliers, de jeunes fermiers et de conducteurs de bestiaux. Il y avait des Roms qui vendaient des chevaux, des Irlandais et des Hollandais. Il y avait aussi des bandes de soldats venus des casernes dans leurs manteaux rouges et des groupes de terrassiers et de manœuvres qui travaillaient sur les canaux et les voies ferrées.

Y avait pas de combats l'après-midi et on était le seul stand de boxe. Paddy m'a fait porter une chemise à boutons blanche toute propre, il a enroulé un foulard à pois rouges autour de mon cou et j'ai attaché mes cheveux avec un large ruban écarlate.

Jem portait une culotte blanche mais restait torse nu, et beaucoup de filles – et même des dames – le reluquaient en passant. J'ai bandé mes mains avec de la toile à matelas pour protéger mes phalanges.

Paddy a battu le rappel quand on a commencé pour attirer les spectateurs, et Jem et moi, on s'est mis l'un à côté de l'autre et on a levé les poings quand il a dit nos noms. On a fait un petit combat pour de faux en sautillant, mains ouvertes, en se donnant des petits coups et des pichenettes, et Jem a reçu de grands applaudissements quand il est passé derrière moi et m'a donné une claque sur le cul. Et j'en ai eu de plus grands quand j'ai fait un écart alors qu'il s'approchait et que je lui ai fait pareil. On se quittait pas des yeux et Jem me souriait tout le temps. Il me faisait aussi des grimaces et me faisait rire.

Pendant tout ce temps, Paddy criait :

– Observez, mesdames et messieurs, observez et émerveillez-vous devant la beauté athlétique de la jeunesse, devant ces mouvements précis et élégants, la grâce de leur silhouette pendant le combat... Posez-vous la question : avez-vous leur rapidité ? Leur bravoure et leur pas léger ? Leur instinct martial peaufiné et raffiné ? Posez-vous la question...

Jem bougeait bien mais il était moins mobile et plus lent que moi ; il devait se camper sur ses jambes pour envoyer un coup correct, et des fois il avait du mal à reculer. Il faudrait qu'on travaille là-dessus.

Quand la partie spectacle a été terminée, un grand fermier au crâne aplati est sorti de la foule en agitant un shilling et en disant qu'il allait faire avaler ses dents à Jem. Il faisait des embardées et se ruait sur lui d'un pas lourd pour tenter de le prendre au corps à corps et de le frapper aux reins. Mais il a pas fait long feu parce que Jem l'a achevé d'un uppercut qui l'a fait tomber sur le cul.

Après, un autre grand gaillard qui m'avait l'air d'un Rom a retiré son gilet et est monté sur le ring. Jem et lui se sont mis en position et ont commencé au coup de cloche de Paddy, mais le grand gaillard réfléchissait pas et il savait pas du tout ce qu'il faisait. Il a juste poussé un hurlement à vous glacer le sang et a chargé comme la cavalerie, ce qui l'a précipité tout droit sur la puissante droite de Jem et il est allé direct au tapis.

Personne est venu me défier avant l'après-midi quand est arrivé un gros troupeau de jeunes laitières qui avaient passé toute la journée à la buvette. La plus costaude était une blonde d'environ vingt-cinq ans mais c'était une grosse mémère et tout. Pleine de crème et de beurre, elle était. Elle avait le visage rouge et elle criait qu'elle voulait dépenser son shilling, encouragée par les autres qui piaillaient et gloussaient comme une assemblée de sorcières.

Comme ça allait être le premier combat de gazilles, Paddy a une nouvelle fois battu le rappel et il a attiré pas mal de monde. La grosse s'est hissée lourdement sur les planches sous les acclamations de ses copines. Paddy lui a demandé son nom et elle a dit :

– Je m'appelle Bella, de la laiterie.

Et Paddy a braillé :

– Mesdames et messieurs, cet art viril va être honoré par deux dames ! C'est un divertissement des plus rares, mes amis, un spectacle exceptionnel du noble art. Approchez… approchez…

Je me tenais derrière à côté de Jem et j'ai bien regardé comment elle se pavanait et balançait ses gros bras gras devant sa bande de copines. Deux preneurs de paris étaient venus, et ils restaient en retrait à l'arrière de la foule avec les costauds qui les accompagnaient, leurs registres et leurs bourses en cuir, en train de prendre les mises. Avec Jem, on les regardait et il a dit :

– Est-ce que je parierais pas deux shillings sur toi, Annie, premier sang et un K-O ?

– Tu perdrais pas ton argent en le faisant, Jem.

– Fais gaffe à elle, Annie, il a ajouté. Elle est forte, même si elle est aussi lourde qu'un cheval de trait. Elle va te donner du fil à retordre. Fais bien gaffe, mon Annie. J'arrêterai le combat si elle prend le dessus ou si elle te blesse, t'en fais pas.

– Ça sera pas la peine… j'ai dit, et je l'ai embrassé.

Bella avait enlevé sa jupe et elle portait un jupon blanc et un vieux corsage détendu si bien qu'on voyait ses deux grosses mamelles se balancer quand elle bougeait, et les types dans la foule se sont tous mis à crier pour qu'elle leur montre. Elle était tellement saoule qu'elle titubait presque, je le voyais, et elle braillait et riait en regardant la foule derrière elle.

Paddy nous a appelées au centre et je me suis mise en position, sur le côté, alors qu'elle se dandinait en me souriant. Paddy a pris une bourse rouge rebondie à sa ceinture et l'a fait tinter devant les spectateurs, il est allé jusqu'aux poteaux où il l'a accrochée comme un véritable prix et il a crié :

– Voici la bourse de dix livres que remportera la fenotte qui gagnera. Celle qui tiendra un round de cinq minutes, obtiendra un tapis ou un K-O…

Les spectateurs ont à nouveau applaudi et Paddy s'est reculé brièvement et m'a glissé à l'oreille :

– Il y a que des galets là-dedans, ma fille. Va falloir que tu l'étendes vite fait.

Quand la cloche a sonné, Bella a regardé autour d'elle comme si elle était perdue, puis elle a tourné la tête et vu les visages des spectateurs, elle a souri, s'est retournée vers moi, et ses yeux sont devenus noirs et sauvages. Je savais qu'elle allait me charger et j'ai fait un petit bond en arrière quand elle s'est ruée sur moi en avant toutes griffes dehors pour me crever les yeux. J'avais pas envie de lui faire mal, alors j'ai fait un pas de côté et je lui ai envoyé un direct sur l'arrière du crâne au moment où elle se précipitait sur moi. Elle a vacillé mais s'est rattrapée et a retrouvé son équilibre, mais je me suis rapprochée pendant qu'elle avait les bras baissés, je lui ai donné deux petits coups dans le pif et il a éclaté. Elle a hurlé en voyant le sang et elle a porté ses mains à son nez en disant :

– Espèce de petite garce…

J'ai répondu :

– Abandonne maintenant, gazille, ou tu vas avoir mal.

Elle a balancé son gros bras droit dans ma direction mais j'ai esquivé et je lui ai collé une droite sous le menton avant de lui envoyer deux directs de plus à la gorge quand elle a reculé en titubant, la tête en arrière. Mais Jem avait raison : c'était pas une mince affaire de s'en débarrasser.

Tous les gens criaient maintenant, certains disaient "Achève-la, Annie !", tandis que d'autres lançaient "Fends-lui le crâne, Bella ! Fais-la tomber et écrabouille-la !".

J'ai répété :

– Je veux pas te faire mal, ma fille. Laisse tomber et descends.

Elle a secoué la tête puis a pris appui sur sa jambe gauche pour m'attaquer à nouveau et elle grognait comme une renarde. Depuis le coin, Paddy a regardé sa montre et dit :

– Une minute !

Elle a pas réussi à me toucher. J'ai fait un autre pas de côté et, cette fois-ci, je lui en ai collé une bonne sur l'arrière du crâne qui lui a fait basculer la tête en avant, et elle a suivi le mouvement. Son visage s'est écrasé par terre et elle est restée immobile dans le sang qui lui coulait du nez et s'infiltrait dans les planches.

Une autre clameur est montée de la foule quand Paddy s'est approché en sautillant pour commencer à compter. Les filles de la laiterie m'insultaient et me crachaient dessus pendant que les garçons couraient s'expliquer avec les preneurs de paris et les grands balèzes armés de gourdins qui les accompagnaient.

Jem m'a apporté une serviette et a dit :

– Bien joué, Annie. C'est facile, hein ?

J'ai répondu :

– J'espère qu'elles sont toutes aussi saoules et nulles qu'elle.

La fille de la laiterie est restée dans les vapes pendant les dix secondes du compte et Paddy a déclaré le K-O. Jem s'est éclipsé pour aller récupérer son dû auprès des preneurs de paris pendant qu'on faisait asseoir Bella et qu'on lui mettait des claques pour la réveiller. Dès qu'elle m'a vue lui apporter une bouteille d'eau, elle a fondu en larmes mêlées de morve.

Et c'est à peu près ce qu'on a eu de plus noble pendant tout l'après-midi et la journée du lendemain. J'ai fait vingt et un rounds en tout. Après la foule qu'avait attirée Bella, Paddy a augmenté la mise à deux shillings pour pouvoir m'affronter, et il y a eu plein de preneuses.

Comme l'avait dit Jem, les filles étaient dans l'ensemble trop pintées pour comprendre ce qui se passait.

La plupart trébuchaient ou tombaient, ou alors je les étendais. Parmi ces gazilles, il y en avait qui dessaoulaient vite et qui retrouvaient leurs esprits une fois sur le ring, alors elles en ressortaient dare-dare dès que j'étais en position et que la cloche sonnait.

Cinq combats ont été déclarés nuls parce qu'une fille avait essayé de me faire tomber, de me mordre ou de me donner un coup de pied dans les parties intimes, et la foule scandait "Honte… honte…", pendant que les hommes avec qui elles étaient essayaient de reprendre leur mise à Paddy par la force. Mais aucun avait envie de se battre avec Jem, alors on a gardé les shillings et, au fil des jours, la bourse qui devait nous revenir, à Jem et moi, devenait plus grosse et plus lourde.

J'ai seulement eu des problèmes avec deux d'entre elles.

La première était la solide gazille qui faisait la cuisine à la buvette. Elle était un poil plus grande que moi et elle avait des grands bras bien dessinés à force de touiller et de soulever des chaudrons. Elle était calme et s'énervait pas, même quand je l'asticotais avec des petits directs, et elle avait pas l'air bourrée du tout. Elle est restée debout pendant quatre minutes et trente secondes, et elle m'en a collé quelques bonnes dans le bide qui m'ont coupé le souffle. Mais à la fin, j'ai été trop rapide pour elle et je l'ai envoyée au tapis avec un gnon monstrueux qui lui a fait basculer la tête sur le côté.

L'autre était une Rom.

Elle a gardé sa longue jupe bariolée et sa veste à perles pour le combat, ses cheveux attachés par des rubans de soie colorés, et elle avait des vraies boucles d'oreilles en or et des colliers à breloques qui tintaient. Elle était grande et gracieuse, avec un cou fin et élégant, des poignets menus auxquels cliquetaient des bracelets et des rangées de perles. Quand elle bougeait, elle carillonnait comme une vitrine remplie de porcelaine, alourdie par tous ses atours et les beaux habits qu'elle avait mis pour la foire. Et elle a tout gardé sur elle quand elle est montée sur le ring.

La bande de marchands qui étaient de sa famille ont pris les choses au sérieux et sont venus parlementer avec Paddy pour finir par miser quatre livres sur leur gazille contre ses dix.

Et, avant qu'elle monte sur le ring avec moi, les hommes et les garçons se sont rassemblés autour d'elle pour lui baragouiner des choses en romani, et là je l'ai vue sourire de ses lèvres rouges et hocher la tête avec ses cheveux de jais.

Notez, Paddy lui a quand même fait retirer toutes ses bagues, et elle a bandé ses mains dans de la soie écarlate.

J'ai eu un mauvais pressentiment dès qu'on s'est préparées au combat.

Elle bougeait très lentement et avec majesté comme une danseuse, et ses yeux noirs quittaient jamais les miens. Et alors qu'on attendait la cloche, elle a levé la main vers mon visage et l'a doucement posée sur ma joue avant de dire d'une voix lente et envoûtante comme un sortilège :

– Je te connais, Annie Loveridge. Je sais que tu as été vendue par ta mère en échange d'un poney et d'une roulotte, et je sais où elle est maintenant...

Là, la cloche a sonné et elle m'a frappé en plein visage de l'autre main avant que j'aie seulement eu le temps de reculer et de me mettre en position. Le coup était venu de nulle part et j'ai reculé en suffoquant.

Elle s'est écartée et s'est mise à tourner en rond comme un chat traquant un moineau blessé. Jem criait :

– Fais gaffe à elle, Annie ! Fais gaffe !

Et elle m'avait fait mal. J'avais senti ma tête partir en arrière et le sang faire des bulles dans mon nez, et les larmes m'étaient montées aux yeux. J'étais secouée par le coup et par ce qu'elle avait dit sur ma mère.

Et maintenant elle tournait lentement autour de moi en faisant des moulinets avec ses poings et en fredonnant un sortilège à voix basse. Je me suis secouée et j'ai levé ma garde, les lumières bleues qui dansaient dans ma tête se sont éteintes, j'ai recommencé à bouger, à esquisser des mouvements des épaules d'un côté à l'autre, et j'ai reporté mes yeux sur elle. Elle souriait, hochait la tête et fredonnait devant moi, presque tapie, et elle louvoyait autour de moi comme un bateau à voile, tintant doucement avec ses bijoux en or et ses breloques. Les spectateurs s'étaient tus, à part les autres Roms qui lui murmuraient des choses.

Janey m'avait dit que c'était comme ça que les Roms se battaient, lentement, en décrivant des cercles et sans faire un seul geste pendant des plombes. Ils appelaient ça "charmer", et ils vous regardaient pour vous hypnotiser comme ils font en Inde avec les serpents. Ils voulaient que vous les regardiez dans les yeux pour vous attirer et vous empêcher de remarquer le mouvement qu'ils allaient tenter.

Je savais que je devais la prendre de côté et utiliser une combinaison. J'ai arrêté de regarder ses grands yeux noirs et j'ai commencé à observer ses épaules et ses pieds. Elle s'est mise à faire des petits pas de danse, sautillant d'un pied sur l'autre, et maintenant son fredonnement ressemblait plus à un sifflement "isss-ya-ya-isss-ya-yaa", et ses poings continuaient leurs moulinets sans fin tandis qu'elle hochait la tête et que ses breloques tintaient.

Mais elle s'était mise en position de combat et s'était un peu découverte, et j'ai remarqué son changement d'appui sur sa jambe gauche alors j'en ai profité pour lui balancer un rapide un-deux-un assez bas.

Elle n'avait pas de garde et les coups l'ont atteinte en bas du bide, l'un d'eux a failli la soulever du sol et elle a trébuché en arrière, alors j'ai enchaîné par trois coups de plus. Je l'ai touchée en haut du bras au moment où elle se tournait et j'ai su que je lui avais fait mal parce que j'ai senti son muscle s'aplatir comme une noix de beurre. Elle a baissé son gauche, craché une malédiction, elle a reculé et s'est recroquevillée derrière son poing droit.

Une fois qu'on a blessé quelqu'un et qu'on sait qu'on en est capable, ça vous donne un vrai coup de fouet, et là j'ai feinté un gauche, tordue comme si j'allais frapper, et quand elle a baissé son droit pour parer, je lui ai fait une attaque du droit, rapide.

Elle a essayé de s'écarter de moi en tournoyant mais a basculé en direction des cordes et je lui ai décoché trois autres directs à la suite dans le ventre avant de la cueillir en beauté avec une droite au moment où elle rebondissait sur les cordes pour contre-attaquer. Elle était maintenant pliée en deux et, à côté du ring, les Roms criaient et me lançaient des malédictions. Paddy criait :

– Achève-la maintenant, Annie !

Je me suis glissée à côté d'elle et je l'ai attrapée par les cheveux de la main droite. Elle avait le souffle coupé et je lui ai laissé une seconde pour se reprendre, puis j'ai écrasé mon poing gauche sur sa tempe et on a entendu un énorme craquement.

Elle était à plat par terre et je me suis mise au-dessus d'elle en lui disant :

– Tu m'connais, hein ? T'as dit quoi sur ma mère, sale garce ?

Là, les Roms et d'autres spectateurs sont montés sur les planches et ça a été un joyeux chaos. Paddy les repoussait avec sa canne et Jem se frayait un passage à travers pour m'attraper et m'entraîner à l'écart. J'ai entendu un coup de sifflet et après le ring s'est aussi rempli d'argousins qui s'ouvraient un passage à coups de trique pendant que les gens basculaient à travers les cordes et retombaient dans la foule. Jem m'a entraînée à l'arrière du stand avant qu'il y ait une véritable émeute et on a entendu les policiers crier qu'ils allaient faire la lecture du Riot Act et appeler les dragons si ça se calmait pas.

Paddy a déboulé de devant en serrant la bourse et en souriant. Il avait un beau cocard à l'œil droit mais il était aux anges.

– Ma beauté, on dirait bien que t'as fait comme ton père, hein ? Je crois que sa foutue colonne vertébrale s'est brisée avec ce dernier coup… pardonne mon langage. Ils l'emmènent chez le médecin. Elle s'est prise pour une sorcière, celle-là, mais tu as rompu son sortilège, mon Annie.

La foule se dispersait lentement, et la plupart des gens se dirigeaient vers la buvette alors que la deuxième journée touchait à sa fin et que toutes les ventes de chevaux étaient terminées.

Un policier est venu en coulisse pour dire à Paddy qu'il avait pas intérêt à organiser d'autres combats ce jour-là. Il a dit qu'on portait atteinte à l'ordre public, qu'on encourageait des attroupements séditieux et qu'il ferait venir un magistrat pour nous faire jeter en prison si on continuait.

Paddy en avait rien à faire. Jem et moi, on s'est lavés devant un tonneau et après on est retournés devant pour nettoyer et balayer avant de commencer à démonter le ring et la scène pendant que Paddy s'était installé à sa table pour compter l'argent contenu dans son coffre.

Jem est allé nous chercher de la bière et on s'est assis ensemble sur les planches pour regarder le soleil se coucher sur la foire.

Jem m'a tendu le miroir et j'ai vu que j'avais le nez tordu, tout enflé et tout rouge. Je savais que j'allais avoir le pif amoché comme Bill Perry après le coup que m'avait filé cette Rom. Mais Jem a dit :

– T'es toujours ma beauté, Annie. Paddy connaît un chirurgien à Brum qui pourra t'redresser ça…

Juste à ce moment-là, une belle et grosse voiture a traversé les chaumes aplatis du champ et, quand elle s'est arrêtée et que le valet de pied a ouvert la portière, un jeune monsieur au visage rouge est descendu. Il portait une perruque et un long manteau bleu pâle brodé de roses et de feuilles brunissantes, et à son cou un col en lin blanc avec une collerette en dentelle.

Jem et moi, on est restés bouche bée en le voyant se diriger vers nous, avec sa canne à pommeau d'argent et sa petite main blanche tendue, puis s'incliner très bas comme si on avait été un prince et une princesse. Derrière lui, sortant de la voiture, deux autres jeunes hommes aussi élégants et dandy que lui se sont eux aussi inclinés devant nous, et j'ai eu envie de rire en les voyant faire des courbettes comme ça devant un maréchal-ferrant et une gitane au nez cassé.

Avant que les trois messieurs se soient redressés, j'ai entendu Paddy crier :

– Descendez de là, vous deux, et saluez ces éminents messieurs comme il faut !

Il a déboulé et s'est incliné :

– Pardonnez-leur, votre seigneurie. Ce sont des vauriens de Tipton et ils ne connaissent pas les bonnes manières.

Sa Seigneurie a tendu la main à Paddy en disant :

– Mon cher monsieur Tacker, cela fait un moment, n'est-ce pas ? Ne dérangez pas ces jeunes gens car j'imagine qu'ils méritent tous les deux de se reposer, après leurs efforts.

Jem et moi, on est descendus de la scène, Jem a serré la main du monsieur et moi j'ai essayé de me baisser pour faire une révérence mais je savais pas faire et je me suis dit que je demanderais à Mlle Judith de m'apprendre une fois qu'on serait rentrés.

Paddy a dit :

– Jem, Annie, je vous présente sa seigneurie Lord Ledbury… un homme généreux, un amoureux du noble art et un véritable gentleman. Voici Jem Mason, votre seigneurie. C'est mon meilleur boxeur d'puis Tass Parker… en fait, l'est plus costaud et plus rapide que n'importe qui en ce moment. Et voici ma petite Annie Perry. C'est la fille de Bill Perry, que votre seigneurie connaît bien.

Lord Ledbury a souri en m'examinant.

– Je vous ai vue combattre, mon enfant. Vous êtes une jeune femme très impressionnante. Je n'avais jusque-là pas eu grand plaisir à regarder des dames sur un ring mais aujourd'hui, j'ai trouvé ça… particulièrement divertissant… – Il s'est retourné vers les deux garçons plantés derrière lui et ils ont ri. Et j'ai pas aimé ce rire. Sa Seigneurie a continué : – Je connais votre père, mademoiselle Annie. Je l'ai vu combattre à de nombreuses reprises. C'est un sportif accompli et j'espère qu'il se porte bien.

Je savais pas ce que j'étais censée répondre, alors j'ai dit :

– Il perd un peu la vue ces derniers temps, monsieur. Mais il se croit encore capable de combattre.

Lord Ledbury a marqué une pause et m'a regardée de plus près, inclinant la tête sur le côté. Il a dit :

– Charmante… vous êtes charmante, Annie.

Il s'est tourné vers Jem et l'a examiné de la tête aux pieds puis il a regardé ses camarades en le désignant du menton :

– N'est-il pas magnifique, messieurs ? N'est-il pas à la fois un Adonis et un Achille ?

Jem faisait une bonne tête de plus que lui mais le jeune lord s'est avancé vers lui et a posé une main au milieu de sa poitrine nue.

– Comment faites-vous pour rester aussi parfait, monsieur Mason, sans même une égratignure ?

Un des types de derrière a dit :

– Il a peut-être été trempé dans le Styx, Percy ? J'ai entendu dire qu'à Tipton, le canal était tout aussi sale.

L'autre a ajouté :

– Et après le spectacle d'aujourd'hui, il va très probablement être riche.

Les trois messieurs ont ri, même si j'ai pas compris ce qu'il y avait de drôle.

Je voyais que Jem se sentait pas à l'aise avec le lord qui le touchait, alors j'ai posé la main sur la sienne et je l'ai serrée, et là il m'a regardée en haussant les épaules avec l'air de dire “À quoi ils jouent ?”.

Lord Ledbury s'est à nouveau tourné vers nous, il a levé la main et m'a touché le haut du crâne.

– Et voilà notre Athéna ?

L'autre a dit :

– C'est plutôt Adrastée, à qui on ne peut échapper, après la raclée qu'elle a donnée à cette Rom. Est-ce qu'elle est morte ?

Le troisième a dit :

– Non, non, c'est Bellone, et le grand gaillard est son futur époux.

Les riches savent qu'ils peuvent vous toucher quand ils veulent parce que, pour eux, Jem et moi on valait pas mieux que des chevaux ou des chiens. Et ils ont gloussé tous les trois à ces bons mots, même si je voyais pas du tout de quoi ils parlaient. Tout ce que je savais, c'est que d'une façon ou d'une autre ils nous rabaissaient, Jem et moi, comme si on était des petiots. Les radicaux de Tipton disaient que les riches possèdent tout et qu'ils pensent aussi posséder l'homme du peuple – et c'est ce que pensaient ces trois spécimens.

Paddy est intervenu. Il était brusque et embarrassé, et il nous a chassés en disant :

– Bon, j'imagine que votre seigneurie veut discuter affaires avec moi ?

Lord Ledbury a souri mais il m'a pas lâchée des yeux en répondant :

– Oui, tout à fait, monsieur Tacker. Je vous en prie, accompagnez-moi à votre bureau pendant que ces jeunes gens s'amusent dans les environs.

– Continuez à remballer, vous deux, nous a dit Paddy, et après il a fait le tour pour passer derrière avec Sa Seigneurie.

Les deux autres nous dévisageaient bouche bée, appuyés sur leur canne. Le plus grand a dit :

– Ils feraient une belle portée, ces deux-là, si jamais ils se reproduisaient, ne croyez-vous pas, William ?

Mais Jem a compris celle-là. Il s'est avancé en disant :

– Est-ce que vous cherchez à vous prendre un coup sur le nez, m'sieur ?

Le voyant s'approcher d'eux d'un air menaçant, ils ont tous les deux blêmi et ont décampé rapidement, le plus petit lançant :

– Nous allons faire un tour dans la foire. Informez-en Sa Seigneurie, voulez-vous ? – Et il s'est éloigné rapidement avec ses belles chaussures en cuir.

Entre ce que Jem et moi on demandait pour les combats et les paris annexes que Jem et Paddy avaient faits sur moi, on a gagné trente-huit livres et vingt shillings en tout à la foire de Hallow Heath. Après la commission de Paddy et les dépenses, ma part s'élevait à seize livres et six shillings, et j'ai conduit le chariot pour retourner à Tipton avec les pièces bien à l'abri dans un sac en velours noir que je gardais entre mes jambes.

Sur la route, on a vu les roulottes des Roms et leur file de poneys. C'était la bande contre laquelle on s'était battus à la foire et, au moment où notre petit chariot est passé à côté d'eux sur la large route à la sortie de Worcester, j'ai vu la gazille que j'avais battue emmitouflée à l'avant, un large et épais bandage autour du cou et les deux yeux aussi noirs que des plumes de corbeau.

Sa tête pendait sur le côté mais, quand elle m'a vue assise à côté de Paddy au moment où on les a doublés, son visage s'est plissé sous l'effet de la colère et elle a craché :

– Tu veux savoir où est ta chienne galeuse de mère ? Elle est morte à la maison de travail de Bilston, comme tous les petits cafards qu'elle avait emmenés avec elle… tous… consumés et bouffés par le typhus…

15

Les demoiselles Warren se tenaient ensemble à la fenêtre du presbytère d'où elles regardaient la pluie tomber en rideaux gris acier. Il y avait encore des poteaux d'échafaudages en bois devant la haute fenêtre voûtée dont à peine une heure plus tôt des hommes en tablier de toile taillaient et ciselaient les pourtours aux volutes élaborées, sculptant des images de saints au sommet de l'arche caractéristique du nouveau style médiéval dans lequel le presbytère et Saint Saviour's étaient construits, tout en grès rose et en briques neuves d'un rouge éclatant. La vue sur le jardin clos et sur la colline qui descendait jusqu'au port de Tipton était elle aussi cachée par des échafaudages en pin et en acier et par des murs de toile trempée qui entouraient les autres maisons en construction. L'église et le presbytère avaient été les premiers à être achevés, à l'exception de quelques ajouts esthétiques mineurs, et à présent deux nouvelles rangées de grandes demeures aux jardins solidement murés et dotées de tourelles rondes comme des châteaux écossais poussaient lentement le long de la large route qui n'était pas encore complètement pavée. Celle-ci formait une courbe majestueuse en s'éloignant de l'édifice rouge imposant de Saint Saviour's et serait bientôt une agréable avenue bordée d'arbres le long de laquelle les maîtres de forges, les marchands, les négociants en charbon et en bois logeraient leurs familles, loin au-dessus et délibérément contre le vent du port et de son canal fétide, de ses cheminées puantes, de ses hauts fourneaux flamboyants et de ses taudis aux volets clos.

Aujourd'hui, tandis que les deux sœurs regardaient dans cette direction, il n'y avait aucune trace du port, de sa terre et ses briques noircies ; il était recouvert par un linceul de nuages de suie gris qui crachaient une pluie battante et formaient des rigoles et des ruisseaux dans la roche concassée de la chaussée.

Mais sous ce déluge une voiture montait, projetant des éclaboussures en passant dans les flaques, tirée par deux cobs gris au poil luisant de pluie. Elle tourna à l'angle et le cocher, tassé sous un ciré, s'arrêta brusquement devant le presbytère. Il mit le frein, se tortilla pour sortir de sous sa bâche trempée et descendit d'un bond pour aller ouvrir la portière, s'inclinant et s'excusant tandis que le révérend Elijah Warren posait un pied avec précaution sur la chaussée inondée.

Les demoiselles Warren et leur père habitaient le nouveau presbytère depuis six mois. Malgré sa récente consécration, les bancs de Saint Saviour's n'étaient toujours pas terminés et des charpentiers envahissaient l'église tous les jours pour raboter et fixer de longues planches de pitchpin ou arrondir les moulures et les extrémités sculptées de chaque banc. Tout le bâtiment sentait le vernis douceâtre.

À présent le révérend courait d'un étrange pas hésitant et saccadé, sautant et faisant des écarts entre les flaques, sa longue cape noire mouillée claquant derrière lui quand il s'arrêtait brusquement, incertain du chemin à prendre alors qu'il remontait l'allée jusqu'à la maison et que la pluie se déversait en cascades depuis le large bord de son chapeau noir.

Croisant le regard des jeunes femmes qui l'observaient à travers les vitraux de la fenêtre, il leur fit un signe de la main et leur adressa un sourire démesuré, comme s'il cherchait désespérément à attirer leur attention.

Ce geste, qui ne ressemblait tellement pas à leur père froid et imposant, provoqua un éclat de rire chez les filles qui s'écartèrent de la fenêtre, pliées en deux, Judith criant à travers son hilarité :

– Dis à Jessie d'apporter des serviettes chaudes pour ce pauvre homme !

Esther traversa la pièce en courant et se précipita dans le hall sonore couvert de lambris neuf pour ouvrir la porte. Judith s'écroula de rire sur la méridienne installée devant la chaleur du feu de charbon en disant :

– Noé… dans sa nudité…

Quand la porte s'ouvrit sur l'homme d'Église trempé, Jessie, la bonne, se précipita sur lui avec des yeux furieux, l'enveloppant dans de somptueux draps de bain blancs en disant :

– Vous allez attraper la mort, monsieur… vous allez attraper la mort…

Il y eut un tumulte général où se mêlèrent bonne, fille et père en manteau noir mouillé, serviettes de toilette vigoureusement frottées et cris de "Miséricorde !" tandis que les deux femmes poussaient le révérend le long du couloir, lui retirant sa redingote et son chapeau trempés, et que des petites flaques se formaient sur le plancher. Le révérend se redressa devant le feu, ce qui fit monter de la vapeur du dos de sa chemise blanche humide qui lui collait à la peau. Et ses jumelles, assises devant lui sur le divan, souriaient et réprimaient des rires en le voyant ainsi.

À cinquante ans, c'était un homme qui s'efforçait de conserver devant ses filles l'attitude calme, sévère et érudite qu'il affectait en public. Ce n'était pas toujours facile. Il pinça ses lèvres fines et conserva un visage neutre, même si ses yeux commençaient à étinceler avec le désir croissant de rire de sa propre bêtise et de sa dignité trempée.

Sa femme était morte depuis onze ans. Il avait sombré, durant les mois de deuil qui avaient suivi le décès de sa chère Emily, dans une mélancolie morne et prégnante où il avait l'impression que son esprit et sa longue guirlande de certitudes étaient écartelés sur un grand chevalet grinçant tel un martyr de l'ancien temps, flagellé et soumis à une terrible agonie jusqu'à ce que ses muscles se rompent, alors qu'il tentait de concilier l'idée d'un Créateur aimant et omniscient qui ordonnait toute chose et dont le but ultime était la libération de l'humanité par la foi en son amour, avec la terreur et la puanteur de sa femme agonisante qui se cabrait, jurait et profanait le nom de Dieu alors qu'on l'arrachait à cette vie sous ses yeux horrifiés à l'âge de trente-six ans.

Dans un tiroir fermé à clé de son secrétaire, il conservait la chemise de nuit en coton tachée et en partie déchirée dans laquelle elle était morte. Les taches étaient désormais passées et décolorées, et le reste de la pauvre chose en loques, bien que lavée et amidonnée selon ses instructions, était fragile et souple au toucher quand il ouvrait chaque jour le tiroir pour la caresser.

Sa défunte épouse restait dans son cœur une plaie livide et toujours à vif dont il ne parlait jamais et, aujourd'hui encore, il refusait de prononcer son nom de peur que cette blessure n'éclate et ne le brûle de l'intérieur en libérant le poison étincelant qu'il s'était acharné à repousser. Une douleur sourde vivait en permanence au centre de sa poitrine de sorte que maintenant, ses jumelles devant lui, il accueillait avec joie leurs rires et leurs yeux pétillants. Leurs visages identiques rayonnants semblaient accélérer en lui le sentiment qu'il devait guérir et sortir de cette bulle d'obscurité dans laquelle il se sentait en suspension depuis la mort d'Emily. Peut-être lui était-il permis de sourire, peut-être même de sourire de sa propre indignité et de son image de soi écornée.

Esther était l'aînée d'un quart d'heure et, malgré la similitude de leurs visages, les filles avaient développé des caractères assez différents. À chaque jour de leur jeune vie d'adulte, les jumelles ressemblaient à leur mère de façon plus alarmante : long cou gracile, boucles blond vénitien disciplinées et lissées en petits chignons serrés ou en nattes sinueuses. Elles se mouvaient avec la grâce et l'assurance de leur mère, avaient sa peau de marbre pâle. Elles avaient toutes deux les yeux vert vif et perçants d'Emily qui semblaient refléter une troublante aptitude à comprendre une situation et à cerner le caractère d'une personne.

Judith était sérieuse et pratique; elle aimait planifier et organiser. C'est elle qui s'était occupée de presque toutes les dépenses de la maison, et elle qui avait correspondu le plus souvent avec les comités paroissiaux, les secrétaires de l'évêque, les donateurs fortunés et même Sir Andrew Wilson-Mackenzie concernant l'élaboration et la réalisation de l'école pour les pauvres. La différence entre les jumelles s'était d'abord manifestée chez Judith. Un an après la mort de sa mère, elle avait commencé à commander et à lire une série de journaux, de périodiques et de livres de conseils pratiques. À treize ans, elle avait appris toute seule à parler et à lire le français, à la grande horreur de sa gouvernante, Mlle Shelby, dont le père avait été tué à Waterloo et qui considérait tout ce qui était français comme séditieux. Judith était celle qui avait commencé, au cours des dernières années, à défier le plus ouvertement l'autorité de son père et, à mesure que sa confiance en elle augmentait, l'assentiment du révérend pour elle augmentait aussi. Il aurait peut-être plus affirmé sa primauté au sein du foyer si Judith, en grandissant, n'avait pas autant ressemblé à sa mère, au point que le seul portrait qu'il avait de sa femme, peinte à l'âge de vingt-cinq ans, était fréquemment pris par les visiteurs pour un portrait contemporain d'une des deux jumelles.

Esther n'avait pas du tout le sens pratique de sa sœur ni ses facilités pour l'organisation et la gestion d'un foyer. De nature plus passionnée, elle avait une façon à la fois douce et compatissante de comprendre la douleur dans toutes choses. Enfant, elle soignait et dorlotait les grives tombées du nid ainsi que les étourneaux blessés et elle versait des larmes amères quand ils mouraient, ce qu'ils ne manquaient jamais de faire et qui donnait lieu à des funérailles élaborées avec des croix en brindilles et de sincères oraisons au Créateur pour qu'Il veille sur l'âme de l'animal. Esther était l'enfant qui restait à se promener rêveusement dans le jardin les soirs d'été quand sa sœur rentrait se préparer pour aller au lit, et l'enfant qui courait avec ravissement dans la neige en hiver, chassant les flocons et s'allongeant sur le dos pour dessiner des formes d'ange dans la couche de poudreuse fraîchement tombée pendant que Judith grelottait à l'intérieur et lui criait à travers les portes-fenêtres qu'elle allait attraper des engelures et des rhumes.

Esther lisait de la poésie et, poussée par la lecture des différents périodiques qu'on leur livrait à leur ancien presbytère dans le Gloucestershire, elle avait commandé des tracts de Thomas Paine et de Mme Wollstonecraft à un libraire radical de Bristol. Elle avait lu les *Droits de l'Homme* et *Une revendication pour les Droits des Femmes* avant d'avoir seize ans.

– Donnez-nous des nouvelles de Sir Andrew, père, dit Judith alors que son rire refluait et qu'elle se redressait sur la méridienne pour s'asseoir dans la posture rigide d'une jeune femme respectable.

Esther se leva et posa la main sur la joue de son père.

– Vous êtes encore gelé, monsieur, dit-elle.

– Je vais bien, mon enfant, répondit-il avec un sourire en maintenant sa main chaude contre sa joue un instant. Sir Andrew, je suis heureux de vous l'apprendre, a retiré sa menace de suspendre ses dons. En fait, c'est Lady Agnes qui l'en a persuadé. Elle a été impressionnée par le nombre d'élèves qui viennent maintenant à l'école. Je crains que Sir Andrew pense encore qu'apprendre à lire aux pauvres ouvrira la porte à la révolution.

Esther frappa dans ses mains et s'écria :

– C'est un homme monstrueux, père. Ses terres et ses richesses ont toutes été arrachées aux pauvres malheureux qui travaillent dans ses mines infernales… Éduquer leurs enfants est le moins qu'il puisse faire.

Jessie, la bonne, déboula dans le salon avec une carafe de liqueur. En voyant le révérend, elle laissa échapper un hoquet et se précipita vers lui :

– Vous n'êtes pas bien, monsieur. C'est un refroidissement, c'est sûr… Une couverture… un peu de brandy, monsieur… ?

Comme le révérend s'installait dans son fauteuil à haut dossier, Esther la réprimanda :

– Ne faites pas tant d'histoires, Jessie, le révérend va bien.

– Il est gelé, mademoiselle Esther, répondit Jessie. Ce pauvre homme est gelé jusqu'aux os à force de courir partout sous la pluie ! Tenez, monsieur, prenez du brandy… buvez une goutte de brandy…

Amusée par les soins frénétiques prodigués par Jessie, Judith déclara :

– Jessie croit que toutes les maladies infligées à l'humanité sont causées par un refroidissement, n'est-ce pas, Jessie ? Elle refuse de croire que les bacilles sont responsables des maladies chez les humains.

– Vous pouvez vous moquer de moi, mademoiselle, mais j'ai vu des mouflets mourir d'un rhume.

Judith sourit à son père et dit :

– Êtes-vous un mouflet, père ?

Le révérend intervint :

– Merci, Jessie. Je me sens beaucoup mieux. – Il regarda Judith en fronçant les sourcils et celle-ci fit la moue comme une enfant qu'on réprimande.

Jessie versa de la liqueur pour les filles, lesquelles étaient maintenant assises sur la méridienne en face de leur père et, en quittant la pièce, elle annonça :

– Souper dans vingt minutes. J'agiterai la cloche.

Le révérend se tourna vers Judith :

– Cela ne vous sied pas de vous moquer de Jessie. C'est une femme bonne et aimable qui vous aime, vous et votre sœur, comme si vous étiez ses propres filles. Peu importe notre position, nous sommes tous les enfants de Dieu et nous méritons tous sa compassion… – Sa voix mourut, puis il se donna une claque sur le front. – Ciel ! J'avais oublié ! Esther, voulez-vous bien aller dire à Jessie que nous aurons un invité à dîner.

Esther se leva et quitta la pièce, et Judith demanda :

– Et qui est cet invité, père ?

– Le jeune ingénieur qui loge chez Mme Barnet, l'Écossais, M. McLean. Je suis tombé sur lui au port cet après-midi. Il supervise l'installation d'un énorme laminoir à l'usine de Spon Lane.

Judith rougit.

– Père, si cette invitation m'est destinée, sachez que je ne souhaite pas revoir ce jeune homme.

Le révérend sourit et dit :

– C'est un jeune homme très respectable et ses services sont très recherchés dans les environs. De plus il n'a pas de famille ici. Passer toutes ses soirées avec Mme Barnet doit être très monotone pour lui…

– Père, le coupa Judith, il est ennuyeux à mourir, et ses mains sont sales et rugueuses à force de tripoter de la fonte et de l'acier ou je ne sais quoi toute la journée. Et il est presbytérien…

– C'est un jeune homme très intéressant, Judith, et un mathématicien de premier ordre. C'est à moi qu'il tiendra compagnie, ma chère enfant. Je ressens parfois le besoin d'un peu de communion avec des messieurs, moi qui vis parmi des dames.

– Alors, qu'il vous ennuie avec ses discours sur les pistons et les rapports différentiels, père. Je me contenterai de l'ignorer.

Son père eut un petit rire et but une gorgée de brandy.

Esther revint dans la pièce et fut informée de l'identité de leur visiteur.

– Il est grand et il a une voix assez charmante, même si sa prononciation est un peu bizarre. Je m'assiérai à côté de lui et je le distrairai, père, dit-elle.

– J'en suis certain, mon enfant, répondit le révérend en se levant.

– Père, intervint Judith, pendant que nous parlons d'invités, Esther et moi aimerions convier la jeune Annie Perry pour le thé un de ces après-midi. C'est une enfant remarquable et elle a appris à une vitesse étonnante ces derniers mois. Mais elle est en manque de... raffinement. Elle a besoin de voir et de se frotter aux manières de la bonne société. Esther et moi pensons qu'elle tirera profit du contact avec une autre classe de personnes.

– Elle vit dans un monde particulièrement sordide, père, renchérit Esther. Enfant, elle a été vendue à Bill Perry, et son monde n'est qu'alcool, violence et misère.

– Mais à quelle fin ? demanda le révérend. À quoi cela servira-t-il ? Quel avantage pour cette fille de l'exposer à une société dont elle ne pourra jamais faire partie et qui...

– Dans ce cas, à quoi bon l'éduquer tout court, père ? intervint Judith avec véhémence.

– Nous sommes à jamais enracinés dans la terre où nous avons poussé, Judith.

– Alors, il n'y a aucun intérêt ni aucun but à aider une enfant à se hisser socialement ? dit Esther.

En voyant le regard déterminé de ses filles, le révérend savait qu'il allait se faire harceler, acculer et finalement piéger. Il se dirigea vers la porte :

– Nous en discuterons plus longuement, une fois que l'invité que nous attendons ce soir sera parti.

Il quitta la pièce et se rendit dans sa chambre afin de se changer pour le dîner tandis qu'Esther et Judith restaient devant le feu. Elles gardèrent le silence un moment, puis Esther demanda :

– Trouves-tu M. McLean beau garçon, Judith ?

Judith réfléchit un moment.

– J'en ai bien peur, oui. Si seulement il pouvait se taire. Il est bien fait, je te l'accorde. Il a des mains très grandes…

Esther pouffa.

– Et toute sales à cause du charbon et du fer, comme un cloutier. Et il roule les *r* comme un moineau excité. « *Voudrrriez-vous me passer le beurrrre, mademoiselle Estherrrrr ?* »

La cloche sonna et, depuis le salon, Judith et Esther tendirent l'oreille quand Jessie alla répondre puis escorta leur invité. La porte s'ouvrit et la bonne fit entrer M. McLean.

Il était effectivement grand et bien fait, avec de larges épaules et une tignasse de cheveux châtain clair repoussée en arrière de son visage aux traits délicats. Sa barbe était taillée court sur sa mâchoire affirmée. Il resta maladroitement debout devant les deux sœurs assises.

– Père ne va pas tarder à descendre, monsieur McLean, dit Esther. Et je vois que la pluie ne vous a pas dérangé ?

– Non, en effet, mademoiselle Esther, j'ai pris une voiture couverte pour venir de la fonderie. Votre père a eu la gentillesse de m'inviter quand nous nous sommes croisés au port cet après-midi. – Sur ces derniers mots, le *r* roula un peu et Judith adressa un large sourire au jeune homme, les yeux pétillants d'un rire contenu.

Esther se leva et dit :

– Je vous en prie, asseyez-vous, monsieur McLean. Père a dit que vous étiez en train d'installer une machine infernale à l'usine ?

– Un laminoir, mademoiselle Esther. Une machine à aplatir la tôle. – Il s'installa dans le fauteuil à oreillettes près du feu quand Esther se rassit.

– C'est absolument fascinant, s'écria Judith. Mon père dit qu'il est impressionné par vos talents de mathématicien, monsieur McLean.

– C'est très gentil à lui, mademoiselle Judith. Il y a une bonne part de calculs dans mon travail. Et pas mal de formules à utiliser pour configurer les plaques afin de trouver les points de contraintes dans le processus de laminage. Nous allons essayer un nouveau procédé afin de produire des tôles d'acier pour les chantiers navals de Liverpool et de Glasgow... – Il s'interrompit, s'apercevant que les deux jeunes femmes accueillaient ses paroles avec des sourires.

Esther se leva.

– Monsieur McLean, vous vous assoirez à côté de moi pendant le dîner et vous m'expliquerez le laminage des tôles d'acier. L'intérêt de ma sœur pour la production d'acier n'est dû qu'à l'observation des règles de la politesse, mais j'aimerais en apprendre plus sur l'ingénierie. J'imagine que vous avez fait vos études à Glasgow? – Elle tendit la main et le jeune homme se leva maladroitement pour la prendre avant de lui emboîter le pas pour sortir de la pièce.

Judith resta assise un moment en se disant que cette jeune femme était décidément plus audacieuse qu'elle n'aurait dû l'être.

16

J'ai envoyé une lettre à la maison de travail de Bilston : je l'ai écrite moi-même sur du papier neuf que j'avais acheté dans un des nouveaux magasins de Tipton, et j'ai collé le timbre à un penny dessus. J'ai demandé à Mlle Esther de la lire pour voir si tout était juste et correctement formulé, et elle a répondu : "Annie, c'est parfait."

Voici ce qu'elle disait :

À l'attention du directeur
Maison de travail de Bilston

Cher monsieur,

J'ai dans de curieuses circonstances eu accès à des informations concernant le sort de ma famille, la famille Loveridge : celle-ci comprend ma mère, Keziah Loveridge, mon frère Thomas Loveridge, mon frère suivant Tass Loveridge, mon frère suivant Benjamin Loveridge, ainsi que mes sœurs Charity Loveridge et Mercy Loveridge, et aussi un petit bébé qui est mon frère ou ma sœur mais dont je ne connais pas le nom.

Selon l'information dont on m'a fait part, ils ont été envoyés à la maison de travail de Bilston, très probablement en 1839. Mais ils ont également pu y arriver plus tard.

Je m'appelle Annie Perry, du bar à bière The Champion of England, dans le port de Tipton. Bien que j'aie été adoptée à l'âge de neuf ans par M. William Perry, le célèbre pugiliste, qui m'a élevée comme sa fille, je suis née Annie Loveridge de ma mère Keziah et de mon père Thomas en l'an 1829 dans le comté du Staffordshire. J'appartiens au peuple des gitans nomades et après la triste mort de mon père, tué par un chariot cassé, ma mère m'a proposée à l'adoption car elle ne pouvait pas me nourrir avec tous les autres enfants et un nouveau bébé en route, et je suis donc allée chez M. Perry qui a été un père bon et gentil pour moi pendant toutes ces années.

On m'a dit récemment que ma mère et les autres enfants étaient tous allés à la maison de travail de Bilston et qu'ils étaient également tous morts là-bas du typhus mais j'ignore en quelle année.

Je vous demande de bien vouloir essayer de trouver les noms de ma mère et de mes frères et sœurs dans votre registre et de m'informer de leur sort. Je vous serais très reconnaissante, monsieur, si vous pouviez faire cela pour moi, même si le fait d'apprendre qu'ils sont tous allés au ciel sera pour moi très pénible.

Je suis scolarisée à l'école des pauvres du port de Tipton où enseignent Mlle Esther et Mlle Judith Warren ainsi que leur père, le révérend Warren.

Si vous avez des informations pour moi à propos de ma famille, auriez-vous la gentillesse de m'écrire au Champion of England, dans Spon Lane ?

Avec tout mon respect,
Mlle Annie Perry

Je m'étais entraînée dur à écrire, et mes lettres, grosses et semblables aux caractères d'un prospectus au début, étaient vite devenues correctement formées et liées. J'ai utilisé la ponctuation que Mlle Esther m'avait apprise et j'ai essayé d'employer des mots peu courants qui me paraissaient assez raffinés.

Écrire "Mlle Annie Perry" m'a donné l'impression d'être une dame et que le directeur de la maison de travail aurait même pu le croire si je lui avais pas dit que j'étais une gitane et que je vivais dans un bar à bière et tout.

J'étais vraiment fière de cette lettre et de tout le travail d'écriture qu'elle m'avait demandé. J'apprenais des nouveaux mots tous les jours et aussi un peu d'arithmétique, et je lisais la Bible chaque jour. J'avais une petite bible en cuir que je lisais aussi au Champion quand j'étais pas en train de servir de la bière, de faire le ménage, de préparer des ragoûts et des boulettes de viande, ou d'empêcher Bill Perry de causer trop d'ennuis.

Bill avait pleuré quand j'étais revenue de la foire avec mon sac de shillings et de livres. Il m'avait dit que j'étais un ange de miséricorde et que je nous sauverais tous. Ses objections concernant le fait qu'une gazille fasse de la boxe à mains nues sur un ring s'étaient envolées dès qu'il avait vu l'argent, mais j'avais refusé de le lui donner parce qu'on avait des amendes et des factures à payer et tout, et si je lui avais donné, il l'aurait dépensé pour distribuer de la bière gratuitement et pour parier sur les combats organisés dans l'arrière-cour. Il l'aurait donné à n'importe quelle âme en peine qui lui aurait dit qu'elle mourait de faim et il aurait acheté d'autres portraits de la reine devant lesquels saluer.

Alors je l'ai gardé et, quand les hommes de la brasserie sont venus chercher ce qu'on leur devait pour la bière, j'ai payé la facture en entier et j'ai acheté d'autres fûts d'avance. Bill marchait de long en large en se plaignant que je l'usurpais.

Il s'est levé devant le bar plein à craquer un vendredi soir une fois qu'on avait tout payé et qu'on avait à nouveau de la bière et il a dit :

– Honore ton père, c'est ce que dit ta Bible, Annie. Un enfant doit obéir à son père.

Et j'ai répondu :

– Et dans le livre de l'Exode, ça dit : tu ne voleras pas. C'est le huitième commandement que Dieu a fait à Moïse et si tu prends c't argent, ce sera du vol parce que c'est le mien, je l'ai gagné avec mes propres poings et mon propre sang. Et tu ne feras pas de faux témoignage, Bill : c'est le neuvième commandement donné à Moïse, ce qui veut dire que tu dois dire la vérité. Et si tu fais pas tout ça, tu iras en enfer…

On avait toujours ces engueulades au Champion quand tout le monde était rouge à cause de la bière, poussait des acclamations et ajoutait son grain de sel.

Quelqu'un a crié :

– Remarque, il a déjà fait la moitié du chemin, Annie !

Et un autre a dit :

– Tu ne convoiteras pas la bière de ton prochain, Billy !

Titubant devant son portrait de la reine, Bill a répondu :

– Dieu me garde d'une fille désobéissante. Dieu me garde de toutes ces choses qu'elle apprend dans ces livres. Elle a trop d'mots dans la tête maintenant et elle a l'intention de tous me les dire.

Une cloutière qui regardait notre petit spectacle s'est écriée :

– J'ai bien quelques mots et tout dans la tête, Billy !

Le cloutier avec qui elle était a lancé :

– Dis-nous-en que'ques-uns, gazille… mais des bien cochon, hein !

Et ils continuaient comme ça, surtout les vendredis. Bill se levait au milieu d'un brouillard de fumée de perlot, interpellant, fulminant et gesticulant avec sa chope de bière, pendant que je restais assise dans le coin à ma table en train de faire mes exercices de lecture et d'écriture après être rentrée de l'école.

Janey et moi, on a payé les factures avec l'argent de mon prix, et on a aussi payé les amendes de Bill, comme ça on était en règle avec tout le monde et on avait pas peur de la ruine ni de la maison de travail.

Mlle Esther a commencé à me prêter des livres de sa propre bibliothèque. Elle m'a parlé de poésie et des périodiques qu'elle se faisait livrer depuis Bristol. Elle a dit qu'il y avait toute la beauté et toute la vérité sur nos vies et sur qui on était dans la poésie. Et dans les périodiques, il y avait beaucoup d'articles intéressants et instructifs sur l'histoire, la géographie, la politique et les affaires du monde. Dans certains journaux, il y avait des articles sur l'Empire et les faits et gestes de Sa Majesté la Reine, sur les prix du blé, du charbon et du fer qui augmentaient et baissaient sur les places boursières. Elle m'a parlé des volcans des Indes et des montagnes et des déserts d'Afrique, des guerres en Nouvelle-Zélande entre les tribus maoris et les colons britanniques. Il y avait des informations sur des crimes et des actes terribles venant des quatre coins du royaume.

Et voici ce que j'ai lu cette année-là après la foire de Hallow Heath.

J'ai lu la poésie de M. Keats et de M. Wordsworth, et j'ai lu un poème sombre et diabolique intitulé "Le Corbeau", d'un poète américain, M. Edgar Allan Poe, qui m'a un peu effrayée. J'ai surtout lu *Poèmes, principalement dans le dialecte écossais* de M. Rabbie Burns, écrits dans l'étrange dialecte des Écossais. Mlle Esther a dit que c'était des chansons et qu'elles contenaient de très jolis mots, des mots que j'essayais de me rappeler pour les dire à Jem quand il rentrait de chez le maréchal-ferrant et qu'on montait se promener dans la lande.

M. Burns avait eu le cœur brisé par une jeune fenotte écossaise et il avait souffert pendant tout ce temps et j'adorais les mots : "Tu me briseras le cœur, toi l'oiseau qui gazouille, qui erre joyeusement dans les épines en fleurs." Et je me suis dit que c'était la chose la plus triste et la plus belle, qu'il y avait des épines en fleurs dans nos vies et des épines en fleurs dans la lande. Une fleur et une épine ensemble c'est ce qu'on connaît dans la vie et en amour aussi.

J'adorais le long poème de M. Wordsworth intitulé : "Ode : Suggestions de l'immortalité à partir de réminiscences de la tendre enfance", dans lequel il se rappelle si tristement l'époque où il était petiot et où il dit que le monde était beau et "habillé de lumière céleste", mais après il s'aperçoit qu'il a entièrement disparu, ce monde qu'il aimait tant : les prairies, les ruisseaux et les bosquets.

Les mots "les choses que j'ai vues, maintenant je ne les vois plus" m'ont donné envie de pleurer et m'ont rappelé mon cher Big Tom, les prairies chatoyantes de fleurs parfumées et les feuilles qui chuchotaient dans les chênes sous lesquels on s'arrêtait pour camper – tout ça avait depuis longtemps disparu et était sans doute recouvert par une voie ferrée ou une usine, maintenant.

Et j'ai appris quelle merveille il y avait dans les mots. Que ces petits traits et ces petites marques sur une page pouvaient me faire pleurer, me mettre en colère ou me donner envie d'attraper Jem Mason pour l'embrasser et faire courir mes mains sur ses muscles durs. De simples marques sur une page sont capables de faire ça et des marques sur une page peuvent aussi vous faire sentir que votre esprit tout entier s'ouvre et explose en lumières célestes. M. Wordsworth disait qu'on naissait et qu'on était faits par Dieu, traînant des nuages de gloire, qu'on était au paradis à notre naissance mais qu'ensuite tout disparaissait. Dans ce poème, c'était un jeune homme plein de regrets et de tristesse. Comme tous les poètes dont j'ai lu les œuvres, alors je me demandais si on pouvait écrire un poème sans le rendre triste et beau comme eux le faisaient. Les poèmes, c'est de la tristesse et de la douceur dans les mêmes mots : c'est deux choses en une seule comme les fleurs et les épines. Il y a toujours des épines derrière les fleurs de mai, comme on appelle chez nous les aubépines.

Mes leçons se sont bientôt résumées à lire les livres et les périodiques que Mlle Esther me donnait, et après on passait des heures à en discuter pendant que Mlle Judith faisait la classe aux petits. C'est comme ça que j'ai appris de plus en plus de mots et de plus en plus de choses sur ce monde, sur les rois et les reines, les sauvages et les sages, sur les mers et les forêts, sur les bateaux à voile, les montagnes et les châteaux écossais, les mines galloises et la famine en Irlande à cause de la pénurie de pommes de terre – qui venaient d'Amérique.

J'adorais me promener avec Jem les dimanches quand il venait de Bilston sur son poney. Il devenait plus beau et plus gentil avec moi, et on disait jamais grand-chose, on montait juste se balader sur la lande en se tenant par la main et en se faisant des petits baisers. On allait aussi cueillir des euphraises pour faire des cataplasmes à base de pommes écrasées que Bill devait mettre sur ses yeux. Les euphraises sont les plus belles fleurs de la prairie et elles poussaient dans les herbes sèches de la lande.

Des fois, le zizi de Jem devenait tout dur et faisait une bosse sous sa culotte quand il me tenait contre lui et je riais en voyant son pauvre visage plein de désir. Notez, j'en avais bien envie et tout, mais je savais que c'était comme ça qu'on faisait les petiots, alors je lui disais non. Du coup, des fois je le frottais comme on fait avec un étalon et sa semence jaillissait et il poussait un "aaah" comme si ça lui faisait mal. Je trouvais ça tellement drôle et beau aussi quand on se tripotait dans les buissons sur la lande le dimanche après-midi en automne.

Jem disait qu'on devrait se marier et il m'a fabriqué une très jolie bague fine en bronze qui semblait chaude et lourde à mon doigt. À l'intérieur de l'anneau il avait gravé *Mon amour, Annie*. Et la gravure était jolie ; il avait demandé à sa propriétaire de lui écrire les mots et après il avait longuement travaillé avec un stylet en acier pour les recopier à l'intérieur de la bague. Pour un gars avec des grosses mains, c'était délicat et très joli la façon dont il avait écrit ces mots, avec des petites arabesques entre chaque.

J'ai cru que j'allais exploser de bonheur quand il me l'a donnée. On était debout à côté du canal, on était au mois de novembre et le soleil se couchait, l'air était vif et froid, et le rouge du soleil ajouté à la lueur des fonderies donnait aux briques de Tipton le rose tendre du chèvrefeuille. Il a sorti l'anneau de son gilet et me l'a tendu en me disant :

– C'est pas d'l'or, Annie, mais t'auras de l'or, et j't'offrirai tout ce qu'il y a dans le monde… Tu veux bien devenir ma femme ?

Il aurait été facile de se laisser emporter par tout ça, non ? Le rose, l'air vif et lui qui se tenait là avec une bague qu'il avait fabriquée pour moi.

Mais j'ai essayé de voir où ça allait, tout ça. Et j'ai essayé de lire les signes et les augures autour de moi. J'ai répondu qu'on se marierait, bien sûr, mais qu'il fallait d'abord que je mette à l'abri Bill, dont la vue empirait chaque jour, et aussi le bar à bière. Il fallait que je nous trouve de l'argent – et un bon paquet, en plus – pour qu'on se retrouve pas sans arrêt au bord d'un gouffre béant, et aussi que je sache ce qu'était devenue ma mère.

Alors avec Jem on a discuté et envoyé un mot à Paddy Tacker, et il est venu au Champion un soir en disant qu'il pensait pouvoir organiser un autre combat avec le Bruiser et la Fille du Slasher. Il a dit qu'on pourrait faire ça sur le bout de terrain qui se trouvait derrière le bar à bière, et s'il distribuait des prospectus et collait des affiches, on pourrait sûrement attirer pas mal de monde. Bill a donné son accord et tout, et Janey et lui ont commencé à répandre la nouvelle. Paddy a dit que les spectateurs pourraient pas nous affronter ; ce serait un vrai match. Il y avait un fermier du Leicestershire dénommé Ingleby Jackson qui accepterait d'affronter Jem, mais il voyait pas du tout où trouver une gazille susceptible de vouloir m'affronter moi. Mais avant de partir, il a dit :

– Ne crains rien, je vais arranger ça. Je crois que je sais qui pourra fournir la bourse… laisse faire Paddy.

On a décidé que le match aurait lieu le lendemain de Noël, le jour que certains appelaient "Boxing Day", et Paddy a applaudi en disant :

– Parfait ! De la boxe pour Boxing Day !

Juste avant ce Noël-là, les mademoiselles Warren ont dit qu'elles voulaient que je montre à quel point j'étais bonne en écriture et en lecture en écrivant une lettre à l'évêque de Birmingham, qui donnait de l'argent de l'Église pour faire marcher notre petite école et qui était désireux de savoir ce que la paroisse faisait pour les pauvres. Un évêque est comme un seigneur ou un roi pour l'Église et c'était un homme très important et imposant. Mlle Esther a dit que ce serait très bien pour la réputation de notre école si une enfant qui ne savait ni lire ni écrire six mois plus tôt était capable de rédiger une lettre en employant des bons mots et les formules qui convenaient. Mlle Esther a ajouté que son père serait lui aussi content parce que l'évêque était son patron. Elle a pas dit patron, elle a dit "supérieur", mais ça voulait dire la même chose.

Alors j'ai bien réfléchi à ce que j'allais dire dans cette lettre et en à peu près une semaine, tout en tenant le bar, j'ai écrit ceci :

À l'attention de Monseigneur l'Évêque de Birmingham

Monseigneur,

Je vous demande respectueusement d'accorder votre attention à cette lettre que je vous écris, moi, Mlle Annie Perry du port de Tipton.

Je suis une élève de l'école des pauvres de cette paroisse qui est supervisée par le révérend Elijah Warren de Saint Saviour's on the Hill, la nouvelle église des environs. L'éducation des enfants de cette école est assurée par les deux filles du révérend, Mlle Esther et Mlle Judith, qui sont extrêmement intelligentes et douées pour enseigner aux enfants pauvres de cette paroisse.

Six mois avant de vous écrire cette lettre, je ne savais ni lire ni écrire et je n'avais jamais lu ni même vu la Bible ou entendu la Sainte Parole de Dieu qu'elle renferme. Je vivais dans les ténèbres et l'ignorance de Sa gloire. Grâce à l'apprentissage de la lecture et de l'écriture que j'ai reçu à l'école, je peux désormais lire la Bible et je le fais tous les jours. Je découvre le sens des versets, des chapitres et des livres grâce aux deux mademoiselles Warren. Je suis véritablement éveillée dans ma compréhension de la Sainte Parole de notre Seigneur.

Mlle Esther me tient également informée des nouvelles de l'Empire et des agissements de Sa Majesté la Reine. Mlle Esther m'a apporté de nombreux journaux et périodiques intéressants et instructifs, et nous discutons avec elle d'une foule de sujets passionnants tels que les guerres ou la politique, et je suis également informée de la hausse et de la baisse des prix du fer, de l'acier, du charbon et du blé dans ce royaume, ce qui constitue des connaissances importantes pour moi et les personnes qui vivent ici, à Tipton, où on fabrique du fer et où on extrait du charbon.

Mon cœur a été particulièrement touché et affecté par la poésie que Mlle Esther m'a fait lire. J'ai lu les œuvres de M. Keats, de M. Wordsworth et de M. Robert Burns, et elles ont ému et élevé mon cœur par leur douceur et leur beauté, et je pense sincèrement que la poésie est ce que je préfère dans la lecture.

Monseigneur, je voudrais exprimer mon humble gratitude à votre Église pour avoir permis à une enfant pauvre telle que moi de recevoir le cadeau de la lecture et de l'écriture, ce qui m'a ouvert les yeux sur les gloires de Dieu en ce monde où il y a tant de méchanceté et de pauvreté.

Je suis orpheline et j'ai été élevée et soignée par M. William Perry, le propriétaire du bar à bière The Champion of England dans Spon Lane. C'est un père très gentil et très aimant et j'ai maintenant la chance de pouvoir lui lire et lui expliquer les lettres qu'il reçoit des magistrats et des forces de police au sujet des amendes qu'il a prises pour s'être battu et avoir semé le désordre quand il était saoul, ainsi qu'il l'est souvent.

Je vous souhaite, Monseigneur, un très paisible et joyeux Noël et je vous remercie d'avoir lu ma lettre.

Mlle Annie Perry

J'étais contente de ma lettre et je pensais avoir écrit des bonnes choses à l'évêque à la louange de Mlle Judith et de Mlle Esther. J'ai menti sur une ou deux choses, comme le fait que je lisais la Bible *tous* les jours, mais je la lisais presque tous les jours, et j'ai dit que j'étais orpheline même si à l'époque j'étais pas sûre que ma mère soit morte, mais mon père l'était, ce qui faisait que j'étais à moitié orpheline de toute façon.

Mlle Esther et Mlle Judith m'avaient demandé de leur montrer la lettre que j'allais envoyer, mais quand j'ai eu terminé, je me suis dit qu'elle était bien et j'en étais fière, alors je suis allée à la poste et je l'ai adressée à l'*Évêque de Birmingham, Birmingham, Warwickshire.* La postière m'a dit qu'elle lui parviendrait et je l'ai envoyée.

17

Le Marinier trouvait vraiment étrange qu'on l'ait chargé de transporter quatre énormes équerres en fer pour la compagnie ferroviaire Birmingham-Manchester. Il avait entendu dire qu'une fois ce dernier pont terminé, la ligne vers Manchester serait ouverte et que des wagons de marchandises transporteraient la majeure partie du charbon, du fer et des clous vers le nord depuis le port de Tipton. C'est ce qui s'était passé pour le sud. Il ne transportait plus de marchandises vers Bristol comme il l'avait fait pendant des années : la nouvelle ligne de chemin de fer prenait tout.

Alors qu'il se tenait à la barre de la péniche à charbon qui transportait les énormes pièces en forme de L vers le nord, il en comprenait la sinistre ironie. Il contribuait lui-même à la perte de son travail.

Il avait même fait installer un moteur à vapeur sur ce bateau, et celui-ci ronronnait bruyamment, crachant des nuages de fumée et de vapeur extravagants au-dessus du canal tranquille. Cela lui avait permis d'accélérer la cadence, sans aucun doute, mais il regrettait le bruit tranquille des sabots et les grincements de la corde du cheval. Le vrombissement incessant du moteur lui mettait les nerfs à vif pendant tout le trajet. Il avait dû faire appel à deux jeunes cloutiers pour l'aider à franchir les écluses à présent que Bill n'en était plus capable et que sa vision était tellement brouillée que Janey et Annie devaient lui servir d'yeux. Mais il fallait bien deux grands gaillards pour effectuer le travail que Bill Perry avait accompli tout seul. Les garçons somnolaient à l'avant en attendant d'arriver à la prochaine écluse.

La voie ferrée longeait en grande partie le tracé du canal en direction du nord-ouest, restant au niveau du sol et contournant les collines quand elle le pouvait. Mais la portion en cours de raccordement devait traverser une gorge juste à la sortie de Nantwich afin d'être reliée à celles qui descendaient de Liverpool et de Manchester. Les équerres qu'il transportait faisaient la taille de trois hommes et devaient étayer les colonnes en pierre déjà construites pour faire passer la voie au-dessus du gouffre.

Là où le canal montait et descendait avec des écluses, ou traversait des collines en passant sous des tunnels, la voie ferrée passait directement par-dessus. Écrasant tout ce qui se trouvait dessous, songea le Marinier.

Cependant, les compagnies ferroviaires payaient bien et on construisait des lignes partout. Ils appelaient ça la Fièvre du Rail, et des fortunes se faisaient et se perdaient à Londres où l'on spéculait sur les prix des nouvelles compagnies du rail. Le Marinier avait lu dans les journaux que, rien que cette année-là, deux cent soixante-douze lois avaient été votées au Parlement pour en créer de nouvelles et les mettre en service.

Le changement, la croissance et les constructions autour du bassin de Tipton où il avait ses bateaux lui donnaient parfois le tournis ces derniers temps. Pas un jour ne se passait sans que des hommes ne montent un échafaudage ou ne démolissent les taudis en bois agglutinés le long du canal. Le calme que l'on pouvait autrefois trouver derrière le Champion les soirs d'été avait désormais disparu. Depuis son poste habituel, assis à l'arrière de la péniche et regardant à l'ouest en direction de Bilston, il ne voyait plus aucune trace de vert. La plupart des arbres qui poussaient jadis le long du chemin de halage avaient dépéri et étaient morts des années plus tôt, leurs feuilles tachées de noir par la suie et la limaille de fer. Plus loin, où il y avait eu autrefois une prairie, il y avait aujourd'hui des tas de scories noires.

La ville elle aussi changeait. Une nouvelle gare, avec des colonnes classiques soutenant son large portique, donnait sur la grand-rue où des boutiques et des grands magasins semblaient ouvrir tous les jours. La nouvelle coopérative, une boutique de confection féminine, une boulangerie, une quincaillerie et même un magasin où l'on vendait de la bière. Où les gens trouvaient l'argent à dépenser dans ceux-ci, le Marinier ne le savait pas, car dans les taudis et les bicoques surpeuplés, les enfants continuaient de courir pieds nus, les yeux creusés par la faim, et les hommes et les femmes travaillaient toujours douze heures par jour dans les mines et les clouteries. Le nuage d'air noir ondoyant flottait encore au-dessus de Tipton la plupart du temps.

Mais certains avaient de l'argent. Les gens de qualité qui habitaient sur la colline et allaient se promener le dimanche dans le nouveau Victoria Park avec sa statue du comte de Dudley récemment érigée, bien à l'abri au-dessus de la saleté du port dont la vue serait bientôt cachée par les tilleuls plantés en ligne uniforme le long de la grille sud. Peu de ceux qui travaillaient dans les fonderies où ces grilles étaient forgées allaient le dimanche parader au milieu des massifs de roses et des sentiers pavés de briques.

Les yeux plissés, le Marinier regardait devant lui en faisant un large tour afin de se mettre dans la file qui attendait pour passer un pont. Il voyait de moins en moins de péniches sur le canal ces derniers temps, et il avait rarement à s'arrêter et à attendre que passe un autre bateau. La baisse des échanges commerciaux avait quelques avantages, se dit-il. Alors que la proue passait sous le pont, le Marinier leva les yeux et, collée sur le parapet, il y avait une affiche : *Récompense ! Le brigand connu sous le nom du Black Cloak…*

En voilà un qui avait de l'argent, songea le Marinier.

La semaine précédente encore, deux autres *foggers* s'étaient fait dévaliser sur la route de Wolverhampton.

Ils voyageaient par deux ces derniers temps lorsqu'ils transportaient de l'argent. Il était possible de prendre un train pour Brum, désormais, mais le Marinier soupçonnait les *foggers* d'avoir voulu économiser quelques pennies sur leur salaire en s'y rendant à pied, serrant contre eux les sacoches destinées aux maîtres cloutiers.

Ils pensaient être en sécurité car le Black Cloak n'avait pas frappé depuis des mois, et les deux hommes portaient des pistolets chargés. Ils avaient quitté le Champion à dix-sept heures, juste quand il commençait à faire nuit, après avoir passé l'après-midi à boire ensemble à une table dans un coin, car aucun autre client ne voulait leur parler. Assis sur son tabouret au comptoir, le Marinier les avait regardés partir, l'un d'eux allumant une lampe au bout d'une perche en sortant avant de prendre la route de la longue colline qui montait en direction de Wolverhampton.

Il ne restait désormais presque plus d'arbres ni de haies le long de cette route, et les hommes qui voyageaient avec des sacs d'argent supposaient que, si le Black Cloak devait commettre un vol, il choisirait un itinéraire où il y avait plus d'endroits où se cacher.

Mais ils avaient tort. La route longeait l'église et le parc et, alors qu'ils débouchaient dans les champs qui s'étendaient après les tas de poteaux d'échafaudage et les piles de briques stockés à côté des nouvelles maisons, ils entendirent un bruit de sabot approcher derrière eux dans le noir.

Une voix cria :

– Tournez-vous, messieurs ! – Puis l'éclair d'un pistolet et une détonation.

Le *fogger* qui tenait la lampe reçut une balle dans l'épaule et tourbillonna sous l'impact, sa lanterne se fracassant sur le sol avant de s'éteindre alors qu'il criait :

– Au meurtre !

L'autre farfouillait désespérément dans son manteau pour sortir son pistolet. Mais tandis qu'il cherchait à tâtons dans l'obscurité en hurlant "Au voleur! Au meurtre!", il se fit renverser et piétiner par le poney du cavalier. Son pistolet se déchargea dans sa chute, une lueur vive et soudaine qui éclaira la scène en un orange criard l'espace d'un instant et le *fogger* terrifié vit, figé dans l'éclat cru du coup de feu, le cavalier descendre de sa monture et une cape noire béante surgir de l'obscurité.

Les deux hommes dévalisés retournèrent au Champion où Annie soigna leurs blessures. La balle du pistolet du voleur avait creusé un sillon lisse dans l'épaule droite de l'homme blessé, mais il avait eu de la chance : aucune artère ni aucun os n'avait été touché.

Quand le policier arriva pour prendre la déposition des deux hommes, il soupira et dit :

– Il doit déjà avoir dépassé Brum à l'heure qu'il est. Nous irons patrouiller là-haut demain. On prendra des lampes et on verra s'il tente de recommencer.

Le *fogger* blessé annonça :

– Il y a une récompense de vingt livres pour l'homme qui l'attrapera, monsieur l'agent.

L'agent Perkins haussa les épaules et répondit :

– Il y a beaucoup de petites routes et de chemins isolés dans le coin, fiston. On va avoir un mal de chien à le repérer, sauf si on le prend sur le fait.

L'audace et l'habileté du voleur suscitaient un émerveillement croissant parmi les buveurs rassemblés. Jock Convey, un vieux mineur écossais grisonnant, secoua la tête.

– Il ne tue jamais… toujours une balle dans l'épaule. Il met dans le mille chaque fois avec sa pétoire.

Perchée sur les genoux de son grand barbu de mari Robin, Susie Giout ajouta :

– Et dans le noir, en plus… dans le noir, il arrive à viser son homme à l'épaule.

– Sûr que c'est un soldat, vous verrez quand ils l'attraperont, un homme capable de tirer comme ça, dit un autre mineur en tendant le cou pour voir les soins apportés au blessé.

L'agent Perkins déclara :

– Eh bien, il a du culot. Je veux bien lui accorder ça.

– Tant qu'il prend l'argent des maîtres cloutiers, dit Susie, j'me fiche bien de savoir si on l'attrape ou pas.

– Il a déjà pris ton salaire une fois, gazille, remarqua le *fogger* indemne. C'est pas toujours l'argent du propriétaire qu'y prend. C'est un grand gaillard et tout, m'a renversé avec son poney.

Annie tira une pinte pour le policier et alla préparer deux lits dans l'arrière-cuisine pour permettre aux *foggers* de passer la nuit là-bas. Elle recevrait un shilling de chacun d'eux pour les lits plus le thé et le pain qu'elle leur donnerait le matin.

Ce soir-là, Bill était tranquillement assis dans son fauteuil près du feu en train de siroter sa bière. Il semblait perdu dans ses pensées malgré le bruit et le drame des deux *foggers* dévalisés qui se jouait autour de lui.

L'agent Perkins prit sa chope, s'assit en face de lui, et Bill demanda :

– C'est vous, monsieur l'agent ?

Le policier répondit :

– Ouais, Bill, c'est Jack Perkins.

– Si je voyais mieux, j'vous aurais trouvé c'voleur, dit Bill.

– Je sais bien, Bill.

– Alors, vous savez quoi sur c'garçon ?

– Eh bien, répondit le policier, c'est un grand gaillard. Y porte une cape noire. Son poney est petit, gris et rapide. Y parle comme s'il était du coin. Et il sait se servir d'un pistolet. Il sait aussi s'enfuir en laissant aucune trace de l'endroit d'où il vient. Ah, ouais, et il porte un ruban rouge au poignet gauche. Lady Wilson-Mackenzie l'a vu.

Bill soupira et se laissa aller contre son dossier, sentant la lueur des charbons ardents sur son visage.

– Franchement, je souhaite bonne chance à ce garçon, Jack, sans blague. On peut pas en vouloir à un homme de voler les *foggers* comme ils volent le reste d'entre nous.

L'agent Perkins termina sa bière et dit doucement à Bill :

– Non. Je suppose que non. Mais on va quand même aller là-haut pour tenter de le retrouver, surtout quand Sir Andrew apprendra qu'il y a eu un autre braquage si près d'Ardleigh. Il va envoyer des messages au chef de la police à Brum, vous verrez.

Dans un abri fait de branches et de fougères tressées, dans la partie la plus éloignée et la plus boisée de la lande de Tipton, ce soir-là, le Black Cloak compta l'argent des sacoches à la lumière de son feu de camp. Au total, six livres en pièces de monnaie. Pas mal. Mais il lui en fallait plus maintenant qu'il était de retour dans la région. Il y avait de l'argent partout dans ce coin, se dit-il, tandis que son poney piaffait dans le noir.

18

La gazille que Paddy m'avait trouvée comme adversaire s'appelait Molly Stych et elle travaillait sur les péniches à Birmingham. Le Marinier la connaissait. Quand Paddy m'avait annoncé ça, j'étais tout excitée à l'idée d'un vrai match avec moi comme attraction principale, parce que tous les gens qui venaient au Champion en parlaient.

Paddy avait écrit à Lord Ledbury qui fournirait une bourse de vingt guinées pour le combat de Jem et une autre de vingt pour le mien. Il y avait pas de prix de consolation : c'était le vainqueur qui raflait le tout. Des preneurs de paris devaient venir de partout et Paddy avait dit que Sa Seigneurie allait miser des grosses sommes sur Jem et moi. Paddy avait déjà vu combattre Ingleby Jackson et il pensait que Jem aurait aucun souci avec lui. Jackson se faisait appeler "The Gent" – le Gentleman – et il portait un col et une cravate sur le ring. Paddy disait qu'il était assez adroit mais qu'il avait pas vraiment de force, contrairement à Jem, et qu'il avait pas loin de trente-cinq ans.

Le Marinier s'est écrié "Oh, Dieu tout-puissant !" quand on lui a dit que Molly Stych allait venir de Brum pour m'affronter.

– C'est une vraie grosse saloperie de monstre, cette gazille. On croirait même pas que c'est une gazille si elle avait pas cette grosse poitrine. Moche ? Notre Billy est un dieu grec comparé à elle. Je l'ai vue tirer une péniche pleine de charbon à elle toute seule… elle est plus forte qu'un ch'val de trait. Tu vas avoir du fil à retordre, là, ma fille. Je rigole pas, Annie, elle va t'intimider. Je parierais même pas sur Billy pour la battre. Réfléchis, Paddy… tu trouves ça juste pour la gamine ?

– Ouais, mais elle est pas entraînée, Marinier, a dit Bill. Notre Annie est entraînée et bien au point. Et elle sait lire et tout. Je parie que cette Molly est pas fichue de lire un vrai livre ou de citer des passages de la Bible.

Il a dit ça devant toute la salle depuis son fauteuil devant le feu, et il souriait en se vantant que je sache lire. C'était vraiment un numéro, ce Bill. Il voulait pas que je combatte ni que j'apprenne à lire et, maintenant, il en était tout fier. Je suis allée lui donner un baiser.

Il a dit :

– J't'aime, mon Annie.

– Et moi aussi j't'aime, mon Bill.

Paddy avait besoin d'argent pour graisser la patte aux argousins histoire qu'ils se tiennent à distance pendant le tournoi. Les combats de boxe étaient illégaux et ils sévissaient fermement pour les empêcher, maintenant. Ils dispersaient les spectateurs dans les foires quand il y avait de la boxe et ils poursuivaient aussi les preneurs de paris. Le chef de la police avait même dit dans le journal que "le pugilat était une menace à l'ordre public". On recevait maintenant le journal une fois par semaine et je le lisais à Bill au coin du feu. Il aimait bien ça et ça le faisait taire. Ces derniers temps, il était de plus en plus silencieux à mesure que sa vue le lâchait. Il lui arrivait encore de se lever et de gueuler dans le bar pour obliger les gens à saluer la reine, mais la plupart du temps il restait tranquillement assis à siroter sa bière, même s'il cédait toujours quand quelqu'un lui demandait une chope gratuite et si ça lui brisait le cœur quand il entendait une histoire à faire pleurer dans les chaumières, ou s'il voulait se mettre à distribuer notre argent à n'importe quel clampin qui lui faisait gober une histoire à dormir debout. Il fallait le surveiller.

Quand je lui ai lu ce que le chef de la police disait à propos des combats illégaux, il a dit :

– Il va voir de quel bois je me chauffe ! T'occupe pas de ce que disent les argousins, j'ai jamais fait un combat qu'a pas été interrompu par les forces de l'ordre à un moment ou à un autre… ils font ça depuis des années.

Janey et moi, on s'occupait de maintenir l'ordre au Champion. On virait les types qui nous causaient des problèmes et on formait une bonne équipe : j'étais tout sucre tout miel et je parlais gentiment alors que Janey était une vraie furie et leur filait des beignes et des coups de pied. Du coup je disais aux types : “Vous préférez sortir maintenant quand c'est moi qui vous le dis, ou vous préférez attendre que ce soit elle qui vous le dise ?” Et quand ils la voyaient s'approcher d'eux d'un air menaçant, ils préféraient en général partir sans demander leur reste. Virer les gazilles était plus difficile. Celles qui venaient s'arsouiller voulaient en découdre avec moi, et j'en ai étendu quelques-unes dans la rue sous l'enseigne qui montrait Bill dans la fleur de l'âge.

J'imagine que ça me faisait un bon entraînement pour Molly Stych, mais je continuais mes séances avec Janey derrière le Champion, et avec Jem on s'entraînait le week-end quand il venait. Je travaillais sur la façon de bouger la tête, d'esquiver et de pivoter. Jem, lui, essayait d'apprendre à lâcher ses coups quand il était en mouvement, surtout quand il reculait. C'est difficile de mettre de la force dans un coup quand on recule, faut poser les pieds comme il faut et prendre appui sur le pied opposé à celui qui recule pour pivoter et lâcher son coup. Ça demande un peu d'entraînement et faut trouver le bon rythme sans oublier de garder les yeux levés et la tête baissée.

Jem et moi, on a donné deux livres chacun à Paddy pour qu'il puisse filer un pot-de-vin aux argousins. Entre les factures et les fournisseurs payés jusqu'à Noël, c'était pratiquement tout ce qu'y restait de l'argent que j'avais gagné à la foire de Hallow Heath, et il me fallait les vingt guinées que je pouvais remporter en battant Molly Stych.

Jem aussi avait besoin de sa bourse. Il allait acheter des nouveaux chevaux pour les foires d'été et il disait qu'il voulait nous trouver une maison pour quand on serait mariés. J'ai dit qu'on en parlerait à Bill après Boxing Day, quand on aurait l'argent et qu'on serait prêts. Jem a dit qu'il m'achèterait un beau poney et tout parce que je rêvais d'en avoir un, mais en acheter un bien et l'entretenir coûtait cher.

Mlle Esther m'avait jeté un regard horrifié quand je lui avais dit que j'avais envoyé la lettre à l'évêque. Pour une fois, elle avait pas souri.

J'étais assise en face d'elle au fond de la salle de classe. Ils avaient décoré un petit pin avec des boules et des bougies, et Mlle Judith apprenait un chant de Noël aux petiots.

J'étais tout excitée en arrivant là-bas, je mourais d'envie de lui dire que j'avais écrit et envoyé la lettre toute seule. Mais quand je lui ai dit, elle a fait la moue et elle s'est écriée :

– Oh, Annie !

Alors j'ai demandé :

– Qu'est-ce que j'ai fait de mal, mademoiselle ?

– Eh bien, tu aurais vraiment dû nous montrer ce que tu avais écrit.

– Pourquoi ? J'ai pas raconté d'mensonges, mademoiselle. Et c'était tout bien écrit…

– Oui, mais… nos relations avec l'évêque sont délicates. C'est un homme qui a des idées bien arrêtées sur l'éducation des pauvres. Tu n'as rien fait de mal, Annie, mais il est essentiel pour notre père que nous maintenions une relation cordiale avec l'évêque. – Les coins de sa bouche se sont affaissés et elle a haussé les épaules.

Là, je me suis un peu énervée contre elle.

– Et vous pensez que j'ai forcément dit quelque chose qui va lui casser les couilles ? Pourquoi ? Parce que je suis une idiote de manouche qui vit dans un bar à bière ?

Mlle Esther est devenue rouge écarlate et a hoqueté :

– Annie !

Après, je me suis sentie mal. J'avais l'impression d'avoir sali un bonnet de dentelle. J'ai dit :

– Désolée, mademoiselle, mais j'étais fière de moi, de l'avoir toute bien écrite et envoyée. J'ai payé le timbre et tout. J'ai seulement fait ce que vous m'avez demandé et ce que vous m'avez appris.

Mlle Esther a serré mes mains dans les siennes en disant :

– Annie, c'est moi qui suis désolée, je suis désolée. J'aurais dû te faire confiance… je te fais confiance, Annie. Et tu n'es absolument pas idiote. Je t'en prie, pardonne-moi. Je suis sûre que ta lettre était tout simplement magnifique et que l'évêque va être très impressionné.

Personne m'avait jamais demandé de lui pardonner jusque-là, même pas ma mère quand elle m'avait vendue. J'ai dit :

– Écoutez, je suis désolée d'avoir dit couilles, mademoiselle. Tout le monde parle mal là où je vis.

Là, elle a souri :

– Je sais, Annie, mais ici, on va t'apprendre à parler correctement.

– Est-ce que vous m'apprendrez à faire la révérence, mademoiselle ? Parce que je dois rencontrer un lord juste après Noël.

– Et tu penses devoir faire la révérence devant un lord ?

– C'est le respect des convenances, pas vrai, mademoiselle ?

Mlle Esther a regardé la salle de classe. Les petiots chantaient "O Come All Ye Faithful" et Mlle Judith appuyait vigoureusement sur les pédales de l'harmonium. C'était pas très joli.

Elle s'est retournée vers moi en disant :

– Annie, nous devons faire preuve de respect et de déférence envers ceux qui le méritent et qui gagnent notre respect. Je ne pense pas que nous devions simplement nous incliner et nous rabaisser devant quelqu'un juste en raison de la position que la vie lui a accordée. Une position accordée par l'homme, pas par Dieu. Le simple fait qu'un homme ait hérité de richesses, de terres et d'un statut social ne signifie pas qu'il soit digne d'un respect inconditionnel. Aux yeux de Dieu, nous sommes tous égaux et nous sommes tous dignes d'un respect égal.

Je me suis dit : intéressant. Pour moi, elle parlait comme une radicale. J'ai demandé :

– Alors vous feriez pas une révérence juste parce que c'est un lord ?

– Non, je pense que je lui serrerais la main. On doit toujours être poli. Bien sûr, cela dépendrait de qui est ce lord et de ce qu'il a fait pour mériter ma déférence. Je crains de devoir m'incliner devant l'évêque à cause de l'influence qu'il a sur mon père. Alors, qui est-ce, ce lord ? Et comment se fait-il que tu doives le rencontrer ?

– Mademoiselle, ce n'est pas un homme devant lequel vous vous abaisseriez à faire une révérence. Et je pense que moi non plus, maintenant. Je lui serrerai peut-être même pas la main.

– Et dans quelles circonstances vas-tu le rencontrer ?

Alors je lui ai expliqué. Je lui ai parlé du match le jour de Boxing Day, de la bourse et des paris. Je lui ai dit que Jem allait combattre et que j'allais combattre aussi pour pouvoir continuer à faire tourner le Champion et à m'occuper de Bill.

Quand elle a entendu le montant du prix, elle s'est écriée :

– Vingt guinées ! Grand Dieu !

– Mais pour ça il faut que je gagne, mademoiselle. La gazille que je dois affronter est pire qu'une gargouille d'après ce que j'ai entendu dire.

– Et tu n'as pas peur, Annie ?

– Non, mademoiselle, j'ai pas peur. – J'avais peur, mais je lui ai pas dit.

Elle a réfléchi un instant.

– J'aimerais bien venir te voir combattre, Annie.

– Je viendrais pas si j'étais vous, mademoiselle. C'est vraiment pas des tendres, là-bas, et il risque d'y avoir des sacrés problèmes à la fin du combat… y en a toujours.

Elle a réfléchi à nouveau avant de dire :

– Je n'approuve pas la violence, Annie. Mais je dois dire que je t'admire. C'est difficile d'être une femme, dans ce monde. Je ne crois pas que je pourrais gagner vingt guinées à moins d'épouser un imbécile qui aurait l'approbation de mon père.

Mlle Judith s'est approchée de nous. Les petiots prenaient leur thé et leur pain assis sur les longs bancs. Le thé et le pain étaient pour moitié ce qui les faisait venir.

Mlle Esther a levé les yeux vers sa sœur et dit :

– Judith, Annie va faire la démonstration de ses talents dans le noble art du pugilat pour Boxing Day.

Mlle Judith m'a regardée en s'exclamant :

– Oh… mais c'est inquiétant ! J'espère que tu ne seras pas blessée, Annie.

– Non, mademoiselle. Je sais ce que je fais.

Elle a pas eu l'air très convaincu mais, après, elle a souri et dit :

– Abner a dit à Joab : *Que ces jeunes gens se lèvent et qu'ils se battent devant nous.* Et Joab a répondu : *Qu'ils se lèvent.* C'est dans le livre de Samuel, Annie.

Mlle Esther a ri et ajouté :

– Est-ce qu'on ne parle pas de la boxe comme de "quelqu'un battant l'air" dans les Corinthiens, aussi, Judith ?

– Je crois, oui. Il va falloir que tu consultes la Bible, Annie, car il y a d'autres versets concernant ce sport. Mais, Annie, ce qui m'inquiète, c'est que tu risques de te faire arrêter. Je crois savoir que les combats publics de boxe à mains nues, avec des hommes ou des femmes, sont maintenant illégaux.

– Oui, vous avez raison, mademoiselle. On a arrosé tous les argousins de Tipton, comme ça on aura pas de problèmes avec eux.

– Et le prix est de vingt guinées, Judith. Annie va être riche.

– Bonté divine ! s'est écriée Judith, je crois que nous omettrons de mentionner cela au révérend, Esther.

– Bien sûr que oui, a répondu Mlle Esther.

J'ai pas repensé à cette conversation en rentrant au Champion. C'était calme, la semaine avant Noël, et il a commencé à neiger alors que je marchais dans Spon Lane. Il y avait des nouvelles rangées de maisons en construction tout le long et aussi plus loin, qui devaient être louées aux fondeurs par les usines. C'était des vilaines petites bicoques basses de plafond, à en juger par leur aspect. J'en voulais pas une comme ça quand j'épouserais Jem.

Quand je suis arrivée, il y avait du remue-ménage dans le bar. Trois agents de police étaient à l'intérieur et demandaient à une bande de gars de les accompagner pour aller fouiller la lande.

Le Black Cloak avait encore frappé. Il avait blessé un policier patrouillant à cheval sur le chemin, qui était tombé sur lui alors qu'il braquait trois *foggers* qui s'en retournaient à Bilston avec l'argent des loyers.

– Trois cette fois-ci, a dit l'agent Perkins. Il a pris trois sacoches. Notre gars, Clayton Samson, a vu la lumière des lanternes et il est tombé sur lui avec ses pétoires sorties et les trois *foggers* à genoux devant lui. Il s'est pris une balle dans l'épaule mais il a réussi à redescendre au galop et à donner l'alerte. On a besoin de monde pour venir ratisser la lande à sa recherche. Ça s'est passé il y a moins d'une heure et il doit toujours être là-haut, du coup on pourra suivre ses traces dans la neige. J'ai envoyé un gars à Dudley pour qu'il aille à la caserne avertir les dragons. On arrivera bien à le faire sortir de sa cachette, comme ça.

Bill était assis à sa place près du feu et il a lancé :

– Laissez ce gars tranquille, Jack ! Il a seulement pris ce qui a été volé en premier lieu !

– Il a tiré sur un policier, Bill ! a répondu l'agent Perkins. Il sera pendu si on l'attrape.

La porte s'est ouverte brusquement et là, portant un beau manteau rouge et des éperons, se tenait Sir Andrew Wilson-Mackenzie, l'air essoufflé et le visage enflammé, sa cravache à la main. Il a beuglé :

– On vient juste de m'informer, agent Perkins… Venez, venez, nous devons nous dépêcher. Vous, les hommes, là-bas… il y a une récompense de vingt livres pour la capture de ce gredin. J'ai ici deux de mes valets d'écurie, nous avons des lampes et des gourdins, et j'ai aussi des pistolets pour vous, messieurs. Vous n'aurez pas à affronter cette menace sans arme.

Quand les mineurs du Champion ont vu Sir Andrew et entendu ses ordres et ses promesses, ils ont accepté d'y aller. Certains traînaient les pieds comme s'ils avaient pas vraiment envie, mais on voyait qu'ils savaient que ça leur ferait pas de mal de faire partie de l'équipe qui arrêterait le Black Cloak.

Sir Andrew était dans une colère noire alors qu'il les poussait dehors et, juste avant de partir, il m'a regardée derrière le comptoir en disant :

– Vous n'allez pas vous joindre à nous, jeune fille ? On m'a dit que vous n'aviez peur de rien ?

– Non, monsieur, j'ai répondu. J'ai un bar à faire tourner.

Bill a claironné depuis sa chaise :

– Bonne chance à vous, monsieur. Vous attraperez ce scélérat, j'en suis sûr.

Ils sont montés en direction du chemin de la lande, les mineurs entassés dans la voiture de Sir Andrew. Lui-même était devant, juché sur un magnifique étalon noir, tenant sa cravache en l'air comme un général menant ses troupes à la bataille, et les agents de police suivaient à pied. La lumière des lampes et les cris se sont estompés dans les tourbillons de neige.

J'étais désolée pour ce pauvre bougre s'ils l'attrapaient.

19

Janey et Annie mirent Bill au lit. Il était, comme la plupart du temps ces derniers soirs, suffisamment saoul pour avoir besoin qu'on l'aide à monter jusqu'à sa chambre, mais pas au point de ne pas résister et de ne pas demander à tout le monde de saluer le portrait de la reine et de chanter "God Save The Queen". Il ressemblait de plus en plus à un enfant malade qu'il fallait habiller, déshabiller et laver. Janey l'emmena dans sa chambre et Annie entendit un grand craquement de l'autre côté de la porte quand son corps massif se posa sur le lit et Janey qui disait :

– Bon, Bill, maintenant, on va t'enlever ton pantalon.

Annie verrouilla les portes du bas, et éteignit lampes et bougies. Elle balaya le bar et mit les chopes de bière à tremper dans un seau pour la nuit. Elle alimenta le feu avec du charbon et monta dans sa chambre.

Au lit, elle lut la Bible à la lumière de sa bougie. Dehors, le vent commençait à hurler et la neige s'accumulait contre sa fenêtre. Elle se demanda comment s'en sortaient les hommes qui fouillaient la lande à peine deux jours avant Noël.

Dans le livre d'Esaïe, elle lut le verset "Donne conseil, fais justice, Couvre-nous en plein midi de ton ombre comme de la nuit, Cache ceux que l'on poursuit, Ne trahis pas le fugitif ! Laisse séjourner chez toi les exilés de Moab, Sois pour eux un refuge contre le dévastateur..." avant que le sommeil ne l'emporte.

Elle fut réveillée par un bruit sourd venant d'en bas. La bougie s'était consumée et Annie resta allongée les yeux ouverts, l'oreille aux aguets dans l'obscurité de la chambre. Puis un autre bruit suivi d'un fracas et d'un tintement, comme si le seau de chopes avait été renversé. Le coffre, qui renfermait les quelques shillings qu'ils avaient gagnés ce soir-là, se trouvait sous le comptoir. Il était fermé à clé mais ceux qui connaissaient le bar savaient que c'était là que Bill le rangeait. Annie était à présent bien réveillée et assise dans son lit. Elle tendit la main et ouvrit lentement sa porte. En bas, tout était silencieux. Puis elle entendit le lent couinement d'une botte en cuir…

Quelqu'un se faufilait dans le couloir en direction du comptoir. Elle n'avait pas d'allumette pour sa bougie, pas de lampe, mais elle se leva sans bruit et resta sur le palier, l'oreille tendue. À nouveau le couinement de la botte et un frottement tandis qu'on ouvrait en douceur la porte du bar. Elle n'avait plus aucun doute à présent. Ils étaient en train de se faire cambrioler et le bandit en avait après leur coffre. Elle se déplaça lentement et en silence, prenant soigneusement appui sur chaque pied quand celui-ci se posait sur la marche suivante. Elle regretta de ne pas avoir un gourdin pour frapper ce salopard. Depuis le couloir, elle apercevait l'intérieur du bar. Se découpant devant l'éclat blanc de la neige qu'on voyait par la fenêtre de devant, elle entrevit une silhouette. Un homme grand coiffé d'un tricorne, les contours de sa courte cape noire bien nets.

Elle retint son souffle en le voyant et se mit en position de combat au cas où il se précipiterait sur elle.

Il tourna lentement la tête vers elle et dit :

– Salut, Annie. Désolé pour le seau.

Bien qu'elle n'ait pu voir son visage, elle reconnut sa voix.

– Tommy ! s'écria-t-elle.

Il ôta son chapeau, écarta les bras, et elle se précipita dans la pièce pour le serrer contre elle. Il sentait la boue froide et la neige et, alors qu'il serrait sa tête contre sa poitrine, il dit :

– Ils sont à mes trousses, Annie. C'est moi, le Black Cloak.

Sur ces mots, il posa une lourde sacoche sur le sol en pierre.

Annie s'écarta de lui. Elle sentit soudain une vague d'angoisse lui serrer la poitrine et les larmes lui montèrent aux yeux. Elle se tourna pour prendre une bougie en disant :

– Il faut que je voie ton visage.

– Non… pas de lumière, dit-il. Ils m'ont pourchassé à travers la lande et j'ai dû faire partir mon adorable jument pour les prendre à revers, mais ils vont pas tarder à voir ma trace, à moins que la neige ait recouvert mes empreintes. Pas de lumière. Ils pourraient remonter ma piste jusqu'ici et on se retrouverait dans un sacré pétrin.

Annie s'approcha de lui. Elle plissa les yeux dans la faible lumière qui venait des fenêtres, puis leva les mains pour toucher son visage. Celui-ci était lisse et sa peau froide ressemblait à celle d'un jeune garçon. Elle tint ses joues entre ses mains.

– Oh, Tommy, qu'est-ce qui t'est arrivé ? Qu'est devenue maman ? Viens, assieds-toi.

Il se déplaça dans l'obscurité pour aller au fond du bar et s'assit sur un banc de chêne.

– Cette sacoche, là, dit-il, elle est pleine et elle est à toi, Annie, à toi et à Bill Perry. Est-ce qu'il a été un bon père pour toi ?

– Je vais aller te chercher de la bière, dit Annie. Tu as faim ?

– Comme ma pauvre jument quand j'ai été obligé de la chasser en direction de Bilston pour égarer les agents de police… Je crève de faim, Annie.

Annie se rendit dans l'arrière-cuisine et farfouilla parmi les étagères et les seaux familiers, revenant avec une planche de pain et de fromage et une chope de bière.

Elle s'assit en face de lui alors qu'il n'était qu'une vague silhouette sombre de l'autre côté de la table. Avant de commencer à manger, il sortit deux lourds pistolets de sa ceinture et les posa avec un bruit métallique sur la table.

– Je prie pour ne plus en avoir besoin ce soir, dit-il.

Annie murmura :

– T'as des trucs à me raconter, Tommy…

Et dans le noir, entre deux gorgées de bière et deux bouchées de pain, Tommy raconta son histoire :

– Je sais qu'on a des choses à rattraper tous les deux, mon Annie. Et, pour moi, le chemin a pas été facile depuis la dernière fois où j'ai vu ton visage à Hallow Heath. Notre maman est morte ; elle est morte il y a presque cinq ans. Et, un par un, les autres aussi. Benny et Tass c'est tout comme et les petites gazilles sont mortes elles aussi.

Annie garda le silence un moment, inspirant et soufflant régulièrement.

Puis elle demanda :

– Et le petiot ?

Tommy laissa échapper un long soupir.

– Il était mort-né, Annie. Peu de temps après qu'on t'a laissée. Maman était à moitié morte de faim à ce moment-là… on peut pas porter un petiot quand on meurt de faim.

Tommy vida le fond de sa chope de bière. Annie entendait le vent dehors.

– Pourquoi t'es pas venu me chercher, Tommy ? Venu me voir, au moins… ? demanda-t-elle.

– Après ton départ, on a acheté une roulotte bâchée et un poney… avec les guinées qu'on avait eues pour toi, comme maman avait dit qu'on ferait, et après on avait prévu d'aller vers le nord jusqu'à Tipton et de trouver un campement dans le coin, et puis de venir te chercher. Maman disait qu'on viendrait t'chercher et qu'on se tirerait. Qu'on irait au pays d'Galles ou dans le sud vers Bristol avec toi. Elle parlait que d'ça, de te trouver et de t'enlever. C'était son plan, tu vois…

"Mais après, elle est tombée malade. Elle avait de la fièvre et elle se tordait de douleur. On a essayé de s'occuper d'elle… les filles ont fait bouillir de l'eau et Benny a pris le poney pour aller chercher un médecin à Worcester. Il y avait pas d'autres gitans dans les environs. On était dans un bois au nord de Worcester. Et après maman a dit : 'Le petiot arrive', alors on l'a allongée sur une couverture dans la roulotte et elle nous a dit de la laisser. Du coup on s'est assis dehors sur les marches et on a écouté maman gémir et crier. J'ai dit aux autres de prier pour elle et le petiot. Et là, on l'a entendue crier d'une voix horrible : 'C'est une malédiction pour avoir vendu mon Annie !'

"On a écarté la tenture et elle était là, toute tordue de douleur avec le petiot mort dans les bras. C'était une petite fille, Annie…"

Dans le silence qui s'abattit sur eux, Annie le vit se convulser et étouffer un sanglot.

– Ça va aller, Tommy, dit-elle. Cette vie est difficile et pleine de chagrin. Au moins, la petiote est allée rejoindre Big Tom.

Tommy reprit :

– Et on était pas au bout de nos peines, Annie, loin de là. Enfin, on a enterré la petiote dans les bois… Benny et moi, on a creusé une tombe avec nos mains parce qu'on avait pas de pelle… et on l'a enterrée sous une aubépine pour que les fleurs s'ouvrent au-dessus d'elle au mois de mai. C'était tard pour les fleurs mais les loupiots ont trouvé des achillées et des reines-des-prés, et maman les a disposées sur la tombe de façon à former une étoile de Salomon. Et puis elle a passé toute la nuit assise à côté, et il y a eu des étoiles filantes dans le ciel cette nuit-là.

"Après ça, maman est à nouveau tombée malade et a eu encore de la fièvre, et elle était tellement bizarre qu'elle restait dans la roulotte nuit et jour. Les loupiots allaient cueillir des herbes et des feuilles de toutes sortes pour lui préparer des remèdes à boire, mais ils servaient à rien. Elle restait là sur la couchette, les yeux fixés sur la toile au-dessus d'elle et elle pleurait, y a même des fois où elle jurait et tout, elle disait qu'elle était maudite pour son péché.

"Du coup, maintenant, c'était moi le chef et on a passé deux semaines là-bas. Benny, Tass et moi, on a fait la moisson pendant une semaine, et les loupiottes se sont occupées de maman. Après on est partis vers le nord, les nuits s'allongeaient et les journées devenaient plus froides, on n'avait pas de campement où passer l'hiver et les shillings qui nous restaient de l'argent de la foire s'amenuisaient.

"Alors on s'est arrêtés aux alentours de Kidderminster. Je nous ai trouvé une prairie près de la rivière. Il y avait du houx dans les haies et l'eau était propre, alors on a essayé de s'installer là-bas pour passer l'hiver qui approchait. On était tous tellement sonnés de t'avoir perdue et après d'avoir perdu la petiote qu'il y en avait pas un de nous qu'avait envie de reprendre la route. Et on voulait tous retrouver notre maman.

"Mais maman se contentait de rester allongée dans la roulotte. Elle cuisinait pas, elle faisait pas le ménage et nous disait pas ce qu'il en était ni ce qu'on devait faire. À des moments elle pleurait et se lamentait, et à d'autres elle restait allongée comme si elle était morte avec les yeux ouverts.

"Et puis un jour, alors qu'on ramassait du bois, on a rencontré un vieil homme qui s'appelait le docteur Pettigrew. Il était sorti se promener et il s'est mis à me parler. Il a dit qu'il était médecin, alors je lui ai parlé de maman et de la petiote qu'elle avait perdue, et aussi de la mort de Big Tom, et je lui ai même avoué qu'on t'avait vendue.

“Je me suis dit qu’il avait l’air d’un bon gadjo. Il était vieux mais il était très gentil et ça m’a fait du bien de lui raconter tous les malheurs qu’on avait eus. Alors il est venu à la roulotte et il a vu maman et les loupiots tout sales et couverts de boue.

“Il a essayé de parler à maman mais elle restait allongée là les yeux dans le vague sans rien dire du tout, et il a dit qu’elle était malade parce qu’elle avait eu trop de chagrin. Il nous a fait dire des prières et on s’est mis tous ensemble devant la roulotte, la tête baissée.

“Il est revenu le lendemain pour nous apporter un panier rempli de pain, de fromage et de pommes. Il a dit qu’il voulait réessayer de discuter avec maman, alors il est entré dans la roulotte et je l’ai entendu lui parler doucement et lentement, mais elle, elle disait rien.

“Bref, un jour, il est venu nous dire que les loupiots et moi on devait tous aller faire notre toilette et prendre un bain chez lui. Il a dit que ça nous éviterait d’attraper des poux et des maladies. Il commençait à faire froid et on avait des problèmes et tout à ce moment-là. Le poney avait presque mangé toute l’herbe de la prairie et les feuilles étaient tombées des arbres. Alors on a laissé maman et on a tous marché jusqu’à cette petite ville pour aller chez lui, et c’était une grande et belle maison en plus de ça. Ils aimaient pas notre dégaine dans cette ville-là non plus. Les marchands refusaient de nous vendre du fourrage pour le poney et, à la boulangerie, on nous regardait d’un sale œil quand on allait acheter du pain.

“Mais le docteur Pettigrew, il se fichait qu’on soit roms et sa gouvernante aussi. C’était une brave femme qui a lavé tous les loupiots près du feu dans l’arrière-cuisine avant de leur donner du pain, de la confiture et du thé. Moi aussi je me suis lavé et tout, mais elle avait mis un rideau autour de la baignoire en cuivre pour moi parce que j’étais déjà presque un adulte.

“Ce docteur m’a expliqué que notre maman souffrait de manie et qu’elle avait besoin d’être soignée par des médecins pour retrouver toute sa tête. Et il a dit que, si je voulais, il pourrait m’apprendre à lire. Et j’en avais très envie.

“Alors on a passé tout l’hiver là-bas. Le docteur Pettigrew nous donnait du pain et du fromage, et des fois un gâteau, et, avec Benny et Tass, on piégeait des lapins et on attrapait des perdrix et des pigeons avec des filets dans les environs, comme ça on mourait pas de faim. On allait chercher de l’herbe sèche et flétrie de partout pour le poney et lui non plus il mourait pas de faim, même si aucun fermier et aucun marchand voulait nous donner du foin. On a fini par lui acheter de l’orge en ville et tout et il a tenu le coup, même avec le froid.

“J’ai cru que maman allait se remettre avec l’arrivée du printemps et puis il y avait des fleurs nouvelles dans la prairie, parce que, pendant tout l’hiver, elle était restée dans la roulotte à pleurer, soupirer et se taper le front.

“J’allais voir le docteur Pettigrew certains jours et il m’apprenait à lire. J’ai pas mis longtemps avant de pouvoir lire les mots de la Bible, Annie, et le docteur nous rapportait des journaux à un penny pour que je puisse lire des histoires aux autres. Il nous a donné une bible et tout, et il me laissait prendre des livres dans sa bibliothèque pour que je puisse lire dans la roulotte. J’ai lu un traité de médecine vétérinaire, Annie, pour savoir des choses là-dessus pour le poney. Je devais sans arrêt retourner en ville pour aller chez le docteur Pettigrew et lui demander ce qu’un mot voulait dire ou comment ça se disait en latin.

“J’aimais surtout les histoires des journaux à un penny. Je lisais les aventures du Capitaine Jack Sheppard, le célèbre cambrioleur qui échappait aux argousins et allait sauver Bess, la dame dont il était amoureux, et je lisais celles de Spring-Heeled Jack qui était capable de sauter des murs très hauts pour s'échapper et qui volait des marmites d'or aux riches. J'adorais ces types-là, Annie. Avec Benny et Tass, on s'est juré qu'on deviendrait un jour des bandits de grand chemin avec des beaux chevaux et des pistolets…"

Il prit un des pistolets posés sur la table et l'agita devant Annie.

– Qu'est devenue maman, Tommy ?

Il frissonna et resserra sa cape autour de ses épaules car le feu n'était plus qu'une pâle lueur rougeâtre et le froid mordant de l'air extérieur s'était insinué dans le bar.

– Elle est pas allée mieux au printemps… à vrai dire, son état a empiré…

À ce moment-là, ils entendirent des sabots et des roues de chariot ; la lumière dansante de lanternes se balançait derrière la fenêtre. On cogna à la porte et Annie entendit la voix de Sir Andrew qui criait :

– Ouvrez ! Ouvrez, Perry ! De la bière pour ces vaillants jeunes gens !

Tommy se figea mais Annie se leva en lui tendant la main.

– Viens, il faut que tu te caches. Va dans ma chambre et mets-toi sous le lit… Silence, hein…

Ils montèrent rapidement l'escalier sans faire de bruit, tandis qu'en dessous les coups et les cris continuaient. Tommy se glissa sous le lit d'Annie et elle poussa son chapeau dessous avec lui en murmurant :

– Reste ici et fais pas de bruit…

– Mes pétoires, Annie ! Elles sont restées sur la table !

Annie redescendit vivement l'escalier et escamota les deux lourds pistolets. Elle les cacha sous le comptoir et mit un torchon par-dessus. Elle aperçut ensuite la sacoche posée au milieu de la salle. Les pièces tintèrent à l'intérieur quand elle la souleva pour la mettre derrière le comptoir. Elle la poussa entre deux fûts vides, puis elle alla ouvrir la porte qui vibrait à présent sous les coups nourris des hommes à l'extérieur.

Les mineurs, quatre agents de police et les deux valets d'écurie de Sir Andrew s'engouffrèrent à l'intérieur lorsqu'elle ouvrit la porte. Sir Andrew fut le dernier à entrer et il la regarda attentivement avant de dire :

– Ce gredin est revenu par ici, ma petite demoiselle. Avez-vous vu un type avec un tricorne dans les parages ?

– J'étais dans mon lit, monsieur, répondit-elle d'un ton bourru, et Bill est encore dans le sien, alors faites moins de boucan, vous tous !

Annie raviva le feu et alluma les lampes. Les hommes gelés, qui se secouaient et tapaient des pieds pour faire tomber la neige de leurs manteaux et de leurs bottes, exhalaient des volutes de souffle glacial. Sir Andrew déboutonna son épais manteau et dit :

– Donnez à ces hommes de la bière et du rhum pour les réchauffer, et apportez du pain et de la viande froide si vous en avez…

– J'ai pas de pain ni de viande à cette heure-ci, monsieur. Je peux vous faire du porridge. Mais ça va vous coûter cher, notez… dit-elle en hissant un nouveau fût de bière sur le comptoir.

Sir Andrew la regarda à nouveau attentivement ; cette fois-ci, elle vit que ses petits yeux bleus lançaient des éclairs de colère. Il aime pas qu'une gazille lui tienne tête, se dit-elle. Il expira bruyamment et dit :

– Très bien. Au diable la dépense !

Les hommes s'installèrent avec leur bière et Annie alla chercher une bouteille de rhum dans le garde-manger puis la posa avec neuf verres sur la table. Elle posa une marmite de porridge sur le poêle de l'arrière-cuisine tandis que Sir Andrew et les hommes qui avaient participé aux recherches se mettaient plus à leur aise. La bouteille de rhum fut rapidement vidée et Annie alla en chercher une autre avant de tirer d'autres chopes.

Elle espérait que Bill n'allait pas se réveiller et descendre. C'était ce qu'il aimait, une grande tablée et boire jusqu'au lever du soleil. Elle resta dans l'entrée du bar pour empêcher quiconque d'aller à l'arrière et de passer au pied de l'escalier. Quand un mineur s'approcha en titubant, elle lui dit que les cabinets étaient gelés et qu'il devait aller pisser dans le canal.

Réchauffé par le rhum et la bière, Sir Andrew se leva devant les hommes rassemblés, dos au feu, et porta un toast :

– À vous, mes amis. Nous avons failli l'avoir, j'en suis sûr. Et la prochaine fois, nous l'aurons.

L'agent Perkins intervint :

– Ça a été une course difficile, Sir Andrew, mais ses traces reviennent dans cette direction. Il est dans le coin, je le sais.

Un autre mineur ajouta :

– Ouais, et sans poney.

Annie leur demanda :

– Vous l'avez trouvé où, alors ?

Sir Andrew se tourna vers elle et s'approcha en sirotant son verre de rhum.

– Il a envoyé son poney en direction de Bilston pour laisser des traces et nous les avons suivies, et peu de temps après nous sommes tombés sur son repaire. C'est une espèce de petit taudis rudimentaire caché au beau milieu de la lande, et le poney nous a guidés jusque là-bas. Une belle petite jument. Et bien entretenue. – Le sourire qu'il adressa à Annie était mince et mauvais. – Et je vais vous dire, mademoiselle Perry, c'est un des vôtres. Seul un gitan habiterait dans un endroit pareil. Et il a la fourberie et la ruse de votre espèce.

– Eh bien, il vous a certainement joué un tour, Sir Andrew, répondit Annie. Il est peut-être parti en direction de Dudley, en descendant les collines de l'autre côté de la lande. Il y a beaucoup de chemins tranquilles par là-bas…

– Non, ma fille. Il nous a pris à revers. On a trouvé quelques empreintes de pas malgré la neige qui continue de tomber. Il est revenu dans le coin… sans doute pour chercher de l'aide auprès des siens. Nous avons trouvé des traces à moins de quatre cents mètres d'ici.

– Il faudrait être idiot pour l'aider, dit Annie.

– En effet, oui. Les dragons passent encore la région au peigne fin en direction de Dudley. S'il est parti par là-bas, ils lui mettront la main dessus avant l'aube. Et il se balancera bientôt au bout d'une corde.

Annie dut se retenir de lever les yeux vers les chambres. Les mineurs et les policiers étaient maintenant réchauffés par la bière et le rhum, et elle leur apporta des bols de porridge. Un des valets d'écurie de Sir Andrew, un grand gaillard d'environ dix-sept ans, demanda à Annie alors qu'elle posait les bols devant eux :

– Êtes-vous en forme pour votre match de Boxing Day, mademoiselle Annie ?

– Je suis plus en forme que vous tous, répondit-elle, pas capables d'attraper un homme en noir dans la neige !

Les mineurs et les policiers éclatèrent de rire et l'un d'eux lança :

– Je vais parier un shilling sur ta victoire, Annie !

Et un autre cria :

– J'te donn'rai un shilling pour un baiser, Annie !

Ils restèrent jusqu'au lever du jour, et Annie entendit Janey et Bill remuer à l'étage. Elle se leva au bout de la grande table et dit à l'équipe :

– Ça va suffire pour vous, les gars. Faut qu'on se prépare pour la journée et on n'a plus de rhum. En plus, vous avez réveillé Bill et tout, alors je serais vous, je décamperais avant qu'il descende, vous savez comment il est quand il a manqué une fête.

Ils l'acclamèrent et se levèrent pour partir, boutonnant leurs manteaux et leurs capes et reprenant leurs bottes en train de sécher devant le feu. Sir Andrew était suffisamment saoul pour oublier son hostilité, et il donna une claque chaleureuse sur l'épaule d'Annie, lui mettant trois livres dans la main en disant :

– Vous êtes une jeune femme bien, Annie Perry, toute gitane que vous êtes… voici une récompense pour votre hospitalité.

Annie eut envie de rire en acceptant son argent, entre Tommy tranquillement caché à l'étage et les pistolets sous le comptoir. Quand tout le monde fut parti, elle monta en courant à sa chambre. Son frère dormait à poings fermés, tassé comme un tronc d'arbre sous son lit. Elle monta les pistolets et les cacha dans son tiroir sous ses jupons et ses culottes. Ils y seraient en sécurité pour le moment.

Quand Bill descendit pour prendre sa place devant la cheminée avec sa première bière, il dit :

– T'as fait un sacré raffut, cette nuit, gazille. C'est Jem qui était ici ? Il f'rait mieux de pas être dans ton lit…

– Non, Bill, répondit Annie. C'était pas Jem. Mais on a de la visite.

20

On a laissé Tommy dans ma chambre. Bill était fier comme un paon de jouer à ce jeu-là. D'avoir le Black Cloak à l'étage pendant que Jack Perkins sirotait sa bière en bas. Je priais juste pour qu'il lâche pas le morceau quand il serait imbibé de bière. Mais il a été sage comme une image. Dès que le bar était vide, on verrouillait les portes et on tirait les rideaux parce que Bill tenait à faire descendre Tommy pour qu'ils se racontent des histoires devant la cheminée. Pour le réveillon de Noël, il a même fermé de bonne heure, criant à tout le monde de sortir, tapant du pied et braillant jusqu'à ce qu'il reste plus que lui, moi et Janey. Alors que tout le monde s'en allait, Jock Convey m'a demandé :

– Il nous couverait pas quelque chose, Annie ? Je l'ai jamais vu fermer aussi tôt. Il est mal fichu ?

– Non, Jock, j'ai répondu, il se fait vieux, c'est tout. Il veut une vie tranquille.

Une fois qu'ils ont tous été partis, Bill a frappé dans ses mains et dit :

– Faisons descendre ce Black Cloak et voyons ce qu'il a d'autre à nous raconter !

J'ai utilisé l'argent que j'avais pris à Sir Andrew pour nous acheter une belle oie pour Noël, et j'ai aussi acheté des gâteaux et du brandy. Jem est venu dans la matinée ; il portait un col avec une cravate et son plus beau manteau, moi j'ai mis un bonnet et un châle et après on est montés à Saint Saviour's pour assister à la messe comme des vrais gens respectables. On a pas ouvert le Champion ce Noël-là, et Janey a préparé l'oie et les pommes de terre rôties pendant qu'on était à l'église.

On s'est assis à l'arrière. Jem était mal à l'aise et nerveux. Il connaissait aucun chant de Noël et il a pas voulu chanter. Il arrivait pas à suivre l'office dans le livre de prières et il est devenu tout timide devant le nombre de dames qui se retournaient pour le regarder. Il avait gardé sa casquette, et c'est moi qui ai dû la lui enlever.

Après la messe, on est tous allés serrer la main au révérend et à ses filles en partant. J'ai présenté Jem à Mlle Esther et Mlle Judith, et je les ai vues s'illuminer toutes les deux en le voyant avec ses jolis quinquets bleus quand ils se sont serré la main. Mlle Esther s'est penchée vers moi en murmurant :

– C'est un très joli garçon, Annie.

J'ai souri et dit :

– C'est bien vrai, mademoiselle.

Mlle Judith m'a demandé :

– Annie, accepterais-tu de venir prendre le thé avec nous au presbytère ? Ça nous ferait vraiment plaisir si tu pouvais. Le 27 ? Viens à 14 heures. Je t'en prie, dis-nous que tu viendras…

Je dois avouer que j'étais tout émoustillée à cette idée. Moi au presbytère.

Mlle Esther a dit :

– Annie, Judith te présentera son jeune ami. N'est-ce pas, Judith ?

– Je ne suis pas sûre de savoir de quoi tu parles, ma chère sœur, a répondu Mlle Judith en devenant toute rose.

Mlle Esther a ri et insisté :

– S'il te plaît, viens, Annie.

– Je viendrai, mademoiselle, j'ai répondu, merci beaucoup.

Et après Mlle Esther m'a dit tout bas :

– Je vais tenter de venir te voir demain… j'imagine que je n'aurai jamais une autre occasion de voir un Hercule féminin. – Ses yeux ont étincelé quand elle a dit ça et j'ai vu qu'elle était tout excitée à l'idée de venir assister au combat.

– Soyez prudente, mademoiselle, j'ai dit, c'est pas vraiment un endroit pour une dame. – Mais elle a écarquillé les yeux et posé un doigt sur ses lèvres. – Écoutez, si vous venez, je demanderai à Jem de vous trouver et de veiller sur vous dès qu'il aura terminé son combat.

Son sourire s'est élargi et elle a répondu doucement :

– Je ne vois pas de meilleure raison de venir que celle-ci, Annie.

Le révérend s'est montré sec et grincheux avec moi quand je suis allée lui serrer la main. Il avait pas du tout l'air content quand il a dit :

– On m'a informé que nous devions avoir votre compagnie pour le thé après-demain, mademoiselle Perry. Mes filles tiennent à ce que je voie le papillon qui, d'après elles, a éclos d'une larve.

Je savais pas quoi répondre à ça, mais je savais que c'était une pique, alors j'ai dit :

– Je vous en suis très reconnaissante, révérend.

Alors que Jem et moi on descendait le long chemin qui partait de l'église, une voiture s'est arrêtée à côté de nous et Sir Andrew m'a interpellée depuis la fenêtre.

– Je mise mon argent sur vous demain, Annie. Ne me décevez pas, jeune fille. Et ce géant est-il bien le Bruiser de Bilston en personne ?

Jem a soulevé sa casquette et dit :

– Enchanté, Excellence…

– Vous m'avez l'air de valoir un pari, mon garçon. Pas trop de bière aujourd'hui, monsieur Mason, on a besoin de vous au sommet de votre forme, demain.

– Je serai suffisamment en forme, Excellence… vous en faites pas, a répondu Jem.

La magnifique dame assise à côté de Sir Andrew dans la voiture secouait la tête mais Sir Andrew a ri et crié "Continuez", et ils ont poursuivi sur le chemin.

De retour au bar à bière, l'oie était en train de rôtir et, pour une fois, ça sentait bon à l'intérieur. Paddy Tacker était venu, lui aussi, et il disait qu'il avait installé Molly Stych et ses deux amies au Station Hotel pour qu'elles soient prêtes pour le lendemain.

On a expliqué à Paddy pour notre Tommy et il a dit :

– La présence de ce monsieur ne me pose aucun problème. Cela restera une vérité sacrée que je ne divulguerai pas. Je suis honoré que vous ayez suffisamment confiance en moi pour me mettre dans la confidence.

Quand Tommy est descendu, on l'a tous acclamé et il s'est assis devant un bol de brandy à la grande table sur laquelle Janey avait posé des serviettes blanches, des bougies et du houx. Bill était assis en bout de table et il a levé son verre pour nous porter un toast.

– Que Dieu bénisse ma p'tite famille réunie ici pour Noël, il a dit, et il nous a tous fait lever pour porter un toast à la reine, après quoi Janey a apporté l'oie qu'elle avait fait rôtir avec des pommes au four tout autour.

C'était la première fois de ma vie que je faisais un grand festin pour Noël et ça m'a fait chaud au cœur de voir Bill aussi heureux, et aussi qu'il nous considère comme sa famille. Après le gâteau, on a alimenté le feu et on s'est tous assis autour, et Bill a demandé à Tommy de nous raconter comment il était devenu le Black Cloak.

Tommy a commencé par raconter ce qui était arrivé à maman. Elle était allée de plus en plus mal et était devenue de plus en plus folle au cours de l'hiver et du printemps, et il avait commencé à y avoir des problèmes à la roulotte installée là-bas dans le champ près de la rivière. D'abord, maman s'était mise à aller en ville, à divaguer et à crier aux gens respectables qu'elle était le diable et qu'elle était punie par Dieu. Tommy avait supplié le docteur de venir la soigner, alors des fois il lui donnait du laudanum pour la calmer et l'aider à dormir.

Mais, certaines nuits, elle sautait de la roulotte et s'enfuyait nue dans le noir. Benny et Tommy la suivaient avec des lampes et des fois ils la trouvaient, d'autres fois non. Un dimanche matin de mars, on l'avait retrouvée couchée sur une tombe du cimetière, transie. Croyant qu'elle était morte, le vicaire l'avait recouverte d'un linceul mais là elle s'était redressée et s'était mise à délirer et à lui faire une crise et tout.

Tommy continuait à prendre des leçons avec le docteur Pettigrew et à gagner de l'argent en lui bêchant son potager et en lui coupant du bois. Tass et Benny s'étaient mis à voler du foin dans les meules des fermiers du coin pour nourrir le poney maintenant qu'il n'y avait plus d'herbe dans le champ et qu'il n'y en aurait pas avant qu'il recommence à faire bon.

Charity et Mercy s'occupaient de maman et essayaient de l'empêcher de s'enfuir quand elle était dans ses phases bizarres. Ils avaient passé tant bien que mal l'hiver et le début du printemps mais après, le sort s'était à nouveau acharné sur eux au point qu'ils pensaient que le Tout-Puissant s'opposait résolument à eux et que les Loveridge appartenaient à la tribu maudite de Caïn.

En avril, il était tombé des trombes d'eau pendant des jours et des jours. Ce n'étaient pas la bonne pluie abondante qui tombe en avril pour régénérer la terre et profiter à la belle verdure, c'était un déluge effrayant comme celui qui s'était abattu sur les méchants au temps de Noé. La rivière avait brusquement débordé pendant la nuit alors qu'ils dormaient dans la roulotte et celle-ci avait été soulevée et emportée comme un jouet d'enfant, tout comme le poney qui s'était noyé. Tommy avait dû nager pour tirer maman hors de l'eau pendant qu'elle pleurait sur sa damnation et que les loupiots se débattaient eux aussi dans les tourbillons et les remous de la rivière bouillonnante.

La roulotte avait été emportée et s'était fracassée contre la pile du pont, mais l'eau avait continué de monter et de monter, et la bouilloire ainsi que les quelques casseroles, poêles et assiettes qu'ils possédaient avaient elles aussi été emportées et tout, et le matin, à l'aube, on les avait retrouvés tous les six blottis sur le pont sous la pluie avec l'eau de la rivière à peine trente centimètres en dessous. Et, bien sûr, maman avait pris ça comme un signe certain de leur damnation pour leurs péchés.

Il n'y avait eu personne pour venir à leur secours dans cette ville à part le docteur qui était venu les chercher pour les ramener chez lui, puis il les avait installés dans sa grange où ils avaient fait un grand feu pour se sécher, eux et leurs quelques vêtements.

Le docteur leur avait donné à manger et ils étaient restés dans sa grange bien au sec. Tommy, Benny et Tass étaient retournés au champ près de la rivière pour essayer de récupérer la roulotte, mais c'était plus qu'une masse de bois brisé et d'axes en fer tordus. Le toit de toile était complètement arraché, les jantes en fer des roues pliées et déformées et tout ça rien qu'à cause de l'eau tombée du ciel.

Tommy avait beau être l'homme de la famille, il voyait pas du tout comment il allait pouvoir améliorer leur triste sort, car sans l'aimable docteur ils seraient tous morts de faim. Maman avait pas prononcé un mot pendant des semaines et des semaines, même quand le soleil était revenu et que des pousses d'herbe et des jeunes feuilles vert vif étaient sorties sur les aubépines et les chênes alentour.

Toutes les histoires de cambriolage et de vol que Tommy racontait à Benny et Tass, qu'il trouvait dans les journaux à un penny qu'il lisait tout le temps et dans les livres d'aventures qu'il empruntait au docteur, leur avaient pas fait de bien du tout.

Ils s'étaient mis en tête d'aller eux aussi cambrioler et voler. Benny voulait rapporter à maman des belles soieries et de l'argenterie parce qu'il pensait que ça l'aiderait à sortir de sa manie et lui redonnerait le sourire. Alors ils avaient pas dit à Tommy qu'ils entraient en cachette dans les belles maisons qu'il y avait autour de chez le docteur en passant par les croisées et les portes de service.

Un après-midi, Tommy était revenu à la grange après sa leçon avec le docteur et il avait trouvé maman avec des médaillons en argent, des colliers de perles, des cuillères et une louche en argent, de la soie et des rubans étalés sur les genoux et les enfants tous agenouillés devant elle.

Il savait que tout avait été volé et que ses frères avaient commis un péché effroyable, mais alors que Charity nouait un joli ruban rouge dans les cheveux de maman, elle avait soudain semblé se réveiller et les voir tous là devant elle, et elle leur avait souri gentiment avant de soulever les perles et de les regarder fixement. Tommy disait que c'était le premier sourire qu'il la voyait faire depuis qu'ils m'avaient vendue à la foire de Hallow Heath.

Benny et Tass avaient parlé à Tommy d'une grande maison qu'ils avaient repérée la veille où il y avait des plats en argent et des chandeliers en or, et ils lui avaient dit qu'ils prendraient un sac cette nuit-là pour aller les chercher. Benny disait qu'ils pourraient les vendre et qu'ils auraient assez pour acheter un poney et un nouveau chariot. "Et on ira à Tipton récupérer notre Annie et après maman ira mieux", avait dit Benny.

Tommy leur avait donné son accord parce qu'il avait longuement discuté avec le bon docteur sur la nature du bien et du mal, du péché et du pardon. Et le docteur avait dit que, de temps en temps, il était nécessaire de faire une vilaine chose pour une bonne raison. Parfois, avait-il dit, un médecin devait infliger une douleur cruelle à quelqu'un pour qu'il puisse guérir. En fait, lui avait dit le docteur, la façon dont le Seigneur avait créé ce monde signifiait qu'il ne pouvait pas y avoir de bien sans mal, qu'il ne pouvait pas y avoir de gain sans perte ni de guérison sans douleur. Et Tommy avait compris que lui et les autres avaient souffert sans aucune raison alors qu'ils avaient rien pris et tout perdu. Il ressentait un puissant désir de reprendre quelque chose, et même si ça signifiait commettre des péchés, ces péchés rendraient le sourire à sa mère et lui ramèneraient son Annie, et ça, ça pouvait pas être mal.

Alors Tommy avait demandé la bénédiction du Seigneur pour ses frères qui sortiraient cette nuit-là avec un sac pendant qu'il resterait avec maman et les petiotes. Et pendant qu'ils attendaient, à côté de leur petit feu dans le coin de la grange, il avait dit à maman que Benny, Tass et lui allaient avoir de l'argent pour acheter un nouveau poney et une nouvelle roulotte et que ceux-ci les emmèneraient sur les chemins de printemps où il y avait des jacinthes sauvages et bientôt il y aurait aussi des aubépines et des populages des marais au bord de la rivière, et ils iraient tous à Tipton pour retrouver leur petite Annie. Et pendant qu'il parlait, maman avait souri et ôté le ruban rouge de ses cheveux pour le nouer autour de son poignet avant de l'embrasser.

Mais ça s'était pas passé comme ça. Parce qu'il y a pas de justice ni de droit dans cette vie, je suis bien placée pour le savoir : les bons sont maudits et les méchants récompensés, et seul un idiot ou un fou peut croire que les pauvres et les gitans bénéficient de la protection divine ou même d'un traitement équitable.

Les domestiques avaient surpris Benny et Tass dans le salon de la maison alors qu'ils fourraient à grand bruit des plats et des chandeliers dans leur sac. L'un d'eux avait couru chercher les argousins et ils étaient ensuite allés à la grange où tout le monde savait que le docteur hébergeait des gitans.

Ils avaient trouvé les babioles étalées sur les genoux de maman et ils avaient passé des menottes en fer aux garçons pendant que Charity et Mercy gémissaient et que maman restait assise en silence, secouant la tête.

Avec le raffut qu'il y avait dans la grange, le docteur Pettygrew était sorti de chez lui. Le monsieur dont la maison avait été cambriolée avait accompagné les argousins pour voir le repaire de voleurs dont avaient surgi ces gitans déguenillés. C'était un marchand de grain corpulent qui portait un bonnet de laine comme ceux des mineurs et il avait réprimandé le docteur Pettigrew en disant :

– Ceci est la conséquence de votre bêtise, porter secours à cette vermine. Ils se seraient noyés dans ces inondations. Vous auriez mieux fait de les laisser mourir de faim. Voyez comment ils vous remercient de votre gentillesse, en cambriolant vos voisins en pleine nuit.

Le docteur Pettigrew était resté sans rien dire, la main sur la tête, et il avait regardé Tommy d'un air triste pendant que les argousins lui passaient les menottes. Il avait dit :

– Tommy… je me faisais une meilleure idée de toi et de ta famille. Qu'est-ce que je vais faire maintenant ?

– C'était pour une bonne cause, monsieur, avait répondu Tommy.

Ils avaient été conduits d'abord en prison puis aux assises de Worcester.

Les circonstances du cambriolage avaient été exposées devant les magistrats et ils avaient considéré que Tommy était pas impliqué parce qu'il avait pas été surpris dans la maison ni vu en possession des biens volés. Il avait été envoyé à la maison de travail parce qu'il avait aucun autre moyen de subsistance, et Charity et Mercy aussi.

Le pire de tout, c'est que le docteur Pettigrew avait déclaré devant les magistrats que maman était folle et qu'elle souffrait à la fois de manie et de mélancolie, qu'elle était incapable de s'occuper de ses enfants et constituait un danger pour elle-même et pour les autres quand elle était en crise. Elle avait été internée à l'asile pour une durée indéterminée.

Benny et Tass avaient été condamnés à sept ans de déportation et, avant même d'avoir pu dire au revoir à leur mère ou à leur frère, ils avaient été enfermés dans un chariot pour être conduits jusqu'aux navires pénitenciers de Southampton en attendant leur triste voyage vers l'Australie.

En quelques minutes à peine, les Loveridge avaient été secoués, séparés et éparpillés comme de la paille au vent.

Tommy et les loupiottes étaient allés à la nouvelle maison de travail de Bilston où Charity et Mercy avaient appris à coudre et, même s'ils détestaient cet endroit, ils étaient nourris et, le dimanche, ils avaient droit à des lectures de la Bible et à une messe. Les filles avaient eu la chance d'être logées ensemble dans la maison des femmes. Mais elles avaient toutes les deux le cœur brisé d'avoir perdu leur maman, leurs frères et moi, et elles étaient restées faibles et tristes pendant toute la période où elles avaient travaillé là-bas.

Tommy avait seize ans à ce moment-là et on l'avait mis avec les hommes valides pour travailler. D'abord il était resté sur place à creuser des fondations et des évacuations pour les nouveaux bâtiments, et après il était entré comme apprenti chez un tanneur où il passait ses journées dans la puanteur des cuves de la tannerie à faire tremper des peaux dans des bacs remplis de pisse.

Il avait écrit une lettre au directeur de l'asile où maman était internée pour demander de ses nouvelles et à ce qu'on lui rappelle son existence. Le directeur de la maison de travail arrivait pas à croire qu'il savait lire et écrire, et on lui avait demandé de faire les lectures le dimanche à la maison des femmes où il voyait ses sœurs assises côte à côte sur les longs bancs avec leur bonnet gris et un air si triste et si désespéré que ça lui fendait le cœur.

Au bout d'un mois, il avait reçu une lettre de l'asile qui lui disait que maman était partie vers son repos éternel, sa mort ayant été “le fait de sa propre main, sa troisième tentative de suicide suite à la détérioration de son état mental et à la sévère aggravation de la manie dont elle était affligée”.

La lettre disait qu’elle avait eu droit à un enterrement chrétien dans le parc de l’asile et que le seul bien susceptible d’être envoyé à ses proches était son châle brodé orné de rubans qu’ils avaient donné à une autre pensionnaire, pensant que Keziah Loveridge n’avait pas de famille.

Quand l’hiver était arrivé, la tuberculose avait fait de même dans la maison des femmes, et Charity et Mercy, toutes deux affaiblies par la douleur et le chagrin, y avaient succombé en moins de quatre semaines malgré leur confinement dans l’hôpital de la maison de travail, loin de l’air vicié du bâtiment principal.

Tommy avait appris la mort de ses petites sœurs par le directeur quand il était allé lire des versets de la Bible aux femmes le dimanche suivant. Il s’était contenté de hocher la tête en apprenant la nouvelle mais sa poitrine était dévorée par un feu rouge et or qui lui illuminait les entrailles. Il s’était dit qu’il devait y avoir un moyen de régler ses comptes avec le monde et ceux qui le possédaient et le dirigeaient pour tout le chagrin et la douleur qu’il avait endurés au cours de sa courte vie.

Et il avait trouvé ce moyen.

Il avait volé des pièces dans la caisse de la tannerie et pris un bon gros manteau puis il s’était enfui le lundi, après avoir appris la mort de ses sœurs. Il n’avait qu’un couteau de tanneur et une longueur de corde sur lui, mais il n’avait qu’une seule idée en tête, à savoir trouver un cheval et des pistolets pour faire comme le Capitaine Jack.

Il avait couru dans les bois qui restaient autour de la maison de travail, où on n’avait pas encore coupé les arbres pour en faire du petit bois ou des étais et, pendant quelques jours, il avait campé là-bas et fouillé la forêt pour trouver de quoi manger. Puis, à la faveur d'une nuit de lune, il avait pris la route de l'est en direction de la rase campagne, loin des forges et des usines, où il y avait encore des bois et des prairies.

Pour obtenir son poney, il avait utilisé une astuce du Capitaine Jack. Il avait tendu la corde entre deux arbres à hauteur de tête dans une courbe de la route qui longeait la lisière des bois et, comme prévu, au bout d'une heure, un monsieur était arrivé au galop. Il s'était pris la corde au niveau de la gorge et avait été projeté en arrière alors que le poney avait continué de galoper. Tommy lui avait couru après et l'avait attrapé alors que l'animal s'était arrêté pour brouter l'herbe sèche du bord de la route, et la jolie petite jument grise était venue vers lui, il l'avait amadouée puis se l'était appropriée. Ce qu'était devenu le monsieur qui gisait sur le dos plus loin sur la route, Tommy le savait pas. Il avait monté la jument et elle était partie à travers bois, l'air heureuse de ne plus avoir à galoper avec un gros bonhomme sur son dos. Il avait parcouru des kilomètres et des kilomètres dans la forêt puis s'était arrêté et avait construit un abri et un feu, et il avait brûlé tous les papiers qu'il avait trouvés dans la sacoche de selle à l'exception d'un qui était un billet de cinq livres. Tommy avait jamais vu un billet de banque et il s'était dit que c'était une bonne chose qu'il sache lire ou il l'aurait brûlé aussi.

Ils avaient erré ainsi, lui et sa ponette ; tantôt ils empruntaient des routes et des chemins de campagne, tantôt ils passaient à travers bois. Il avait trouvé le canal et suivi le chemin de halage. Par un après-midi d'hiver, il avait cambriolé une ferme au sud de Worcester où il n'y avait personne et, à l'intérieur, il avait trouvé deux beaux pistolets, une corne à poudre, des cartouches et un sac de balles en plomb. Et, pendu dans un placard, il avait trouvé le vieux tricorne démodé, le même que celui du Capitaine Jack, alors il l'avait pris, ainsi que l'épaisse cape noire ornée d'une chaîne et d'un bouton en laiton représentant une tête de lion au niveau du col.

Il adorait les pistolets. Ils étaient très beaux avec un canon damasquiné et une crosse sculptée, et il avait passé des jours dans les bois à s'entraîner à tirer. Il avait attaché sa jument pendant qu'il tirait dans les arbres, d'abord loin puis de plus en plus près, pour qu'elle s'emballe pas en entendant la détonation du pistolet. Mais elle était restée calme et s'était contentée de le regarder remplir les cartouches, charger et amorcer les deux armes jusqu'à ce qu'il soit capable d'abattre un moineau perché sur une branche à trente mètres.

Certains soirs, il s'offrait une auberge où il pouvait se laver et prendre un repas chaud, et où sa ponette pouvait manger, dormir dans une écurie et être pansée par le palefrenier. Il s'installait parfois au comptoir où il buvait de la bière et racontait de longues histoires sur lui. Il disait qu'il était capitaine dans l'armée et qu'il s'était fait déposséder de ses terres par un oncle sans scrupules pendant qu'il se battait pour la reine, mais qu'il était à présent revenu pour faire valoir ses droits. Dans une autre histoire, il était le fils d'un noble qui avait quitté les terres familiales quand la fille qu'il aimait s'était noyée dans la retenue du moulin alors qu'elle fuyait les griffes de son infâme beau-frère, bien décidé à causer la ruine de cette pauvre fille. Il disait qu'il écumait maintenant la région à la recherche de ce scélérat pour obtenir vengeance. Toutes les histoires qu'il racontait venaient de ses journaux à un penny et il en était toujours le héros.

Il savait pas si ceux qui l'écoutaient le croyaient ou pas mais, d'après lui, c'étaient pour la plupart des campagnards naïfs et certains étaient même gallois, alors il présumait que oui.

Bientôt il ne resta plus rien de ses cinq livres, et il avait dépensé ses derniers shillings pour acheter de la poudre, des cartouches et des balles dans une ville du centre du pays de Galles car il savait qu'il allait devoir voler pour trouver plus d'argent.

La première fois, ça avait été dans le Staffordshire et ça s'était pas très bien passé. Deux grands gaillards irlandais qu'il avait rencontrés dans une taverne aux abords de Stoke lui avaient parlé d'un préposé aux salaires qui travaillait pour les poteries et qui transportait un sac de pièces et de billets jusqu'à une carrière d'argile tous les derniers vendredis du mois. Il était seul, d'après eux, et il empruntait une route isolée qui traversait une colline boisée. Ces gars avaient envisagé de le dévaliser et ils prétendaient que c'était de l'argent facile parce que le garçon qui transportait ce sac était jeune et lent d'esprit. Ils avaient pas de poney pour aller là-bas ni pour s'enfuir une fois le travail accompli, alors Tommy avait dit qu'il le ferait et qu'il les retrouverait plus tard afin de les récompenser pour le tuyau.

Il était donc parti de bonne heure le matin et avait trouvé l'endroit, un chemin incurvé qui suivait le flanc d'une colline et, caché dans les arbres, il avait attendu le cavalier. Au bout d'une heure, il avait entendu les sabots d'un poney et, en jetant un œil à travers les arbres, il avait vu un type vêtu d'un long manteau avec une sacoche en bandoulière. Tommy avait mis son tricorne, remonté un foulard sur son visage, puis il était sorti du bois au galop pour se mettre à sa hauteur. Il avait levé ses pistolets en disant : "Auriez-vous l'obligeance de me remettre cette sacoche, mon bon monsieur ?" Poli et raffiné comme le Capitaine Jack.

Bref, ce cavalier n'était ni jeune ni lent d'esprit ; c'était un bon gros colosse grisonnant qui avait pas peur des voleurs et il avait dit : "Hors de mon chemin, mon garçon." Puis il avait frappé Tommy en plein sur la tempe avec sa cravache. Tommy était tombé de sa jument et avait eu le souffle coupé, et après le grand type avait fait demi-tour, était descendu de cheval et lui avait tourné autour en lui flanquant des grands coups de fouet là, sur la route. Sans sa petite jument grise, Tommy se serait fait prendre, car elle avait donné un coup de sabot à l'autre poney qui était parti au galop et le grand type avait lâché les rênes. Tommy avait sauté sur sa jument et filé à travers bois.

Notez, il s'était pris une autre dérouillée plus tard de la part des deux Irlandais quand il les avait retrouvés à la taverne en leur disant qu'il y avait ni pourboire ni pièces pour eux.

Après ça, il s'était juré qu'il commencerait toujours par immobiliser le cavalier, et son tir était assez précis pour blesser un homme au bras sans le tuer.

Il avait essayé cette méthode près d'une taverne de Stafford et avait fait tomber un monsieur de son cheval avant de lui prendre une bourse pleine de pièces en argent et de s'enfuir.

Il avait continué d'errer, se cachant et campant dans les bois, et lentement il avait commencé à se rapprocher du port de Tipton au moment où l'été laissait place à l'automne. Il avait trouvé la lande qui surplombait la ville et un endroit sauvage isolé idéal pour camper et se planquer. Coiffé d'un bonnet de mineur, il était descendu à Tipton, avait trouvé le Champion of England et m'avait observée ; c'est là qu'il avait vu que j'étais devenue une jeune femme qui savait se faire respecter et qui jetait dehors les cloutiers saouls. Il comptait voler suffisamment d'argent pour venir au Champion et me racheter à Billy : il voulait lui offrir dix guinées et après, lui et moi on serait allés à Liverpool pour prendre un bateau pour l'Amérique. Il avait lu des choses sur l'Amérique et il savait que c'était un endroit où un jeune garçon qui rêvait d'aventures et d'action réussirait, et il imaginait que j'épouserais un homme riche et que je vivrais dans le confort et le raffinement d'une vraie maison avec des domestiques.

Il disait qu'en Amérique les gens se fichaient de savoir si vous étiez gitan, irlandais, écossais ou le plus pauvre des mineurs ou des cloutiers, vous aviez une chance de vous hisser socialement et, en Californie, il y avait de l'or dans les collines pour qui voulait le prendre.

Il nous avait regardés combattre, Jem et moi, à la foire de Tipton en septembre, et il en était pas revenu de voir que j'avais appris la boxe, les bons gestes et la tactique. Il avait voulu venir me voir à ce moment-là pour me parler de lui, de maman et des autres, mais il s'était juré d'attendre d'avoir l'argent pour me racheter à Bill. Il pouvait pas savoir qu'il y avait aucune chance que Bill accepte de me laisser aller où que ce soit ni pour que j'épouse un riche Américain parce qu'à ce moment-là j'étais fiancée à mon Jem.

Tommy était resté dans la lande et, certaines nuits, il se rendait dans des bars à bière et des tavernes pour trouver des renseignements sur les faits et gestes des hommes qui transportaient de l'argent. Dans un bar à bière de Bilston, un mineur lui avait parlé des *foggers* qui exploitaient et dépouillaient les cloutiers et qui apportaient des pièces et des billets aux maîtres cloutiers et aux maîtres de forges. Il avait étudié les petits chemins et les routes à l'écart de la lande, où il avait des chances de trouver des endroits tranquilles. Il avait pris presque cinq guinées à Sir Andrew et à sa femme hystérique, et il visait de façon à ne jamais tuer un homme, juste à le faire tomber pour qu'il lui pose pas de problèmes.

Il avait été très fier en voyant les affiches disant qu'il était recherché, mais il aimait pas le nom de Black Cloak ; il aurait préféré qu'il y ait le mot "Capitaine" devant. "Capitaine Black Cloak, disait-il, ça, c'est un véritable nom pour un héroïque gentleman de la route tel que moi."

Après, il avait tiré sur l'argousin sur le chemin près de Tipton.

– Ça a été une grossière erreur de ma part, il a dit, parce qu'ils m'ont harcelé et poursuivi, et j'ai pas eu d'autre choix que de venir ici et de me manifester auprès d'Annie.

On a tous écouté son histoire, assis devant le feu l'après-midi de Noël, et après Bill s'est levé, a tâtonné devant lui, et il a serré l'épaule de Tommy en disant :

– T'es un type bien, mais mon Annie est pas à vendre, à personne. T'as beau être un homme d'action plein de sagesse… cette gazille reste ici avec moi.

– Tu as combien dans tes sacoches ? a voulu savoir Paddy.

– Il y a pas loin de douze guinées en pièces et en billets là-dedans, a répondu Tommy, le fruit de mon travail de ces dernières années.

– Tu devrais les miser demain sur ta p'tite sœur, tu te ferais une fortune, a conseillé Paddy.

– Faut pas qu'il vienne au match demain parce que quelqu'un pourrait le remarquer et s'apercevoir que c'est lui le voleur. Il doit rester ici, caché dans ma chambre, j'ai dit.

Jem a proposé :

– On pourrait le faire monter en douce dans un train pour Liverpool, l'envoyer en Amérique. C'est trop dangereux pour lui par ici.

Le Marinier a allumé sa pipe et il s'est penché en avant pour dire :

– Je connais un capitaine à Liverpool qui accepterait d'le prendre, et même de le faire voyager clandestinement si on paie le bon prix.

Je savais pas quoi penser. S'il restait, il allait continuer à voler et à faire des crapuleries, c'était aussi sûr que la poutre en chêne à laquelle on finirait par le pendre.

– Et si on partait tous ? a proposé Tommy. Et si on partait tous commencer une nouvelle vie en Amérique ?

Bill a rétorqué d'un ton moqueur :

– Je reste ici, mon garçon, et j'irai nulle part si ça veut dire monter dans un d'ces trains infernaux. Annie, rapporte-moi de la bière.

Je me suis levée pour aller remplir la chope de Bill et je me suis retournée vers Tommy assis là-bas dans la lumière du feu. C'était le portrait craché de Big Tom, même si c'était encore un garçon avec une fine barbe clairsemée qui lui poussait sur le menton. J'ai pensé à ma mère et à tous les petiots qui étaient morts ou avaient été déportés, et j'ai eu l'impression que mon cœur allait exploser dans ma poitrine et j'ai commencé à voir rouge.

J'avais lu Shakespeare avec Mlle Esther, une pièce de théâtre bizarre et sanglante intitulée *Titus Andronicus* qui parlait d'un Romain dont la fille se faisait violer et couper en morceaux par les Britanniques de l'époque, et après il faisait cuire les fils d'une reine pour préparer une tourte avant de la lui servir. Mlle Esther avait dit que c'était une pièce immorale, mais elle l'avait quand même lue avec moi et elle avait été tout excitée par tout ce sang et ce viol. À un moment, Titus disait: "Des chagrins extrêmes peuvent rendre les hommes fous..."

C'est comme ça que je me sentais, j'avais l'impression d'avoir tout simplement perdu trop de choses et trop de gens pour tout absorber, et que mon cœur et ma tête allaient gonfler jusqu'à éclater avant que tout soit terminé.

Et là, j'ai vu ce qui m'attendait, aussi: le combat à venir avec Molly Stych. Je la voyais en dragon crachant du feu sur moi et mes mains qui fondaient à travers les bandages et qui coulaient comme de la cire, je voyais aussi des voies ferrées qui s'éloignaient dans le noir et Jem et moi en train de courir à côté pendant que, derrière nous, un train fumait et rougeoyait comme une forge dans la nuit, Bill aveuglé par un bandeau sur les yeux comme Samson, qui se battait et frappait des démons qui lui envoyaient des coups depuis le ciel alors qu'il se trouvait sur un bateau aspiré par un tourbillon.

Je l'ai entendu crier : "Où est ma bière, gazille ?", et je suis brusquement sortie de ma vision, je la lui ai apportée et l'ai posée sur la table à côté du feu. Il a tendu les bras et m'a attrapée par la taille en disant :

– J't'aime, mon Annie.

Et je lui ai donné un coup de poing pour de rire sur son gros pif tordu, j'ai souri à Jem et dit :

– J't'aime aussi, Bill, espèce de vieux pochtron.

On s'est couchés de bonne heure et on a pas ouvert le Champion le soir de Noël. Tommy a dormi dans ma chambre et Paddy a pris une couchette dans l'arrière-cuisine ; Bill et Janey sont montés dans leur chambre, et le Marinier est allé sur son bateau. Jem et moi, on s'est fait un lit dans le bar par terre devant le feu et on est restés dans les bras l'un de l'autre en regardant les charbons s'éteindre.

21

Le lendemain matin de Noël, des braséros en fer dans lesquels brûlait du charbon étaient disposés aux quatre coins du champ situé derrière le Champion, et Paddy Tacker tendait des banderoles le long de la clôture en corde qui entourait le terrain, un carré noir souillé de scories connu localement sous le nom de “la cour du Tanneur”, une des rares parcelles à ne pas avoir été construites dans le port. Paddy installa une table et une chaise à l’entrée sur le côté du bar et demandait un demi-penny à chaque personne qui passait l’ouverture laissée par la corde pour assister aux combats. Le temps était clair et froid, et les gens se rassemblaient autour des braséros. Dans un coin, Bill et le Marinier installèrent une table avec des fûts posés dessus, et ils se mirent à vendre de la bière dans des chopes en grès pendant que, dans un autre coin, Janey avait une table à tréteaux sur laquelle trônait une énorme marmite de boulettes de viande fumantes accompagnées de petits pois et de morceaux de pain qu’elle vendait un penny la portion.

Les gens avaient commencé à venir dès neuf heures du matin. Au centre, il y avait le carré délimité par des cordes où les combats devaient se dérouler, avec des pieux en acier aux quatre coins où les preneurs de paris accrochaient les sommes mises en jeu. À neuf heures et demie, une voiture arriva, tirée par un équipage de quatre chevaux avec valet de pied et postillon, et on en vit descendre Lord Ledbury, deux dames en manteaux d’hiver boutonnés ainsi que ses deux gandins avec leurs cannes et leurs épagneuls qui jappaient. Quelques instants plus tard, Sir Andrew arriva sur son cheval avec un jeune domestique grand et bien bâti juché derrière sur un poney. Sir Andrew portait une veste rouge vif et des gants pour se protéger du froid matinal. Il salua Sa Seigneurie en s'inclinant et les deux hommes se mirent à discuter devant un braséro.

Josiah et Jeremiah Batch vinrent aussi, avec leur redingote noire et leur chapeau à large bord. Ils payèrent chacun leur demi-penny, rejoignirent le coin éloigné du terrain – Josiah tenant une bible à la main et Jeremiah une croix en bois – et ils se mirent à sermonner les gens sur l'infamie que représentait le spectacle auquel ils s'apprêtaient à assister. Sur le péché de parier et de gagner de l'argent autrement que grâce à une bonne journée de travail, sur le chemin de l'enfer pavé avec les os de ces Jézabel qui allaient offenser leur Créateur en se déshabillant pour boxer à mains nues. Le beau et faible sexe créé par Dieu pour servir l'homme, poussé à mal agir par le serpent dans le jardin, et qui maintenant s'exhibait lors de la pratique contre-nature du pugilat ! N'était-il pas dit dans Timothée 2:11 qu'une femme devait écouter l'instruction en silence et avec une entière soumission… qu'elle ne devait pas prendre de l'autorité sur un homme ? Et ce spectacle monstrueux de deux femmes en train de se battre n'était-il pas une abomination pour le Seigneur et une usurpation de Son autorité ?

De nombreux fondeurs furent étonnés de voir leurs employeurs s'adresser à la foule lors d'un tel événement ; la plupart des gens qui passaient devant eux les ignoraient ou affichaient un sourire narquois en entendant les prêches des Batch. Une poignée d'entre eux écoutaient solennellement les deux frères, qui se relayaient pour brailler leur condamnation de l'ignominie qui se déroulait autour d'eux, et leur souffle s'élevait en nuages dans l'air glacial du matin.

Les preneurs de paris avaient maintenant commencé à se rassembler près du ring, chacun avec un jeune homme d'allure robuste à ses côtés et chacun tenant à la main un registre où les mises étaient enregistrées et les gains et pertes calculés. Et déjà, des mineurs et des cloutiers, des garçons d'écurie et des argousins qui n'étaient pas de service regardaient les cotes et misaient des pennies et des shillings sur un K-O, le premier sang, le dernier round et le nombre de fois où l'un des adversaires serait envoyé au tapis. Lord Ledbury misa vingt livres sur Jem Mason et dix sur Annie pour vaincre Molly Stych.

Une autre voiture arriva et il en descendit un homme immense, rendu plus grand encore par le chapeau haut-de-forme qu'il portait. Sa moustache était soigneusement recourbée au-dessus de sa lèvre supérieure et sa barbe taillée court sur son menton sous son crâne chauve luisant qu'il montra lorsqu'il retira son haut-de-forme pour s'incliner devant Paddy Tacker à l'entrée en disant :

– Je suis Ingleby Jackson, Votre Honneur, on m'appelle le Gent et je suis venu comme promis pour remporter ce prix.

Paddy serra sa puissante main droite et conduisit Jackson et ses deux hommes de coin à travers la foule jusqu'à l'une des petites tentes dressées derrière le ring où les boxeurs devaient se changer.

Puis il y eut de l'agitation à l'entrée quand Molly Stych annonça son arrivée sur le terrain. Les mains sur ses hanches impressionnantes, elle braillait aux personnes rassemblées :

– Je suis la célèbre Mlle Stych, de Brum, et je suis venue étriper cette garce de manouche. Misez votre argent sur moi, les gars, et je vous décevrai pas.

C'était une femme imposante d'une quarantaine d'années, ses cheveux remontés en chignon dégageant son visage rubicond, et ses bras épais et charnus se terminaient par des mains qui semblaient anormalement grosses pour une femme. Elle portait une robe en soie verte ondoyante avec des manches bouffantes et une jupe tombant jusqu'au sol bordée de dentelle blanche crasseuse. Son large visage plat était fardé de rouge à joues et d'une épaisse couche de poudre, et ses yeux ainsi que ses sourcils étaient lourdement soulignés de khôl noir. Elle semblait plus prête pour la scène que pour le ring.

Ses mouvements étaient lents et lourds lorsqu'elle traversa le terrain, suivie par deux autres femmes corpulentes portant toutes deux des sacs de voyage et des ombrelles. Paddy vint à sa rencontre et l'accolade féroce qu'elle lui donna faillit couper le souffle au petit Irlandais. Il accompagna Molly et ses dames jusqu'à la table où on servait de la bière et leur en offrit une à chacune avant de les installer près du braséro.

L'arbitre et monsieur Loyal, M. Tyndale de Wolverhampton, arriva, splendide dans son costume noir du dimanche et son chapeau haut-de-forme, et Paddy se précipita avec lui pour aller serrer la main à Lord Ledbury et à Sir Andrew avant qu'il aille dans les tentes pour rencontrer les boxeurs avant le premier combat, qui devait commencer à dix heures tapantes. Paddy consulta sa montre-gousset et se rendit rapidement dans la tente où Jem et Annie attendaient. Jem était torse nu, une couverture sur les épaules, dansant d'un pied sur l'autre en boxant au ralenti dans le vide avec ses poings bandés. Annie lisait sur la chaise basse ; elle leva les yeux quand Paddy entra dans la tente en faisant claquer la toile.

– On est au point maintenant, au point et fin prêts. L'arbitre est un bon gars et je lui ai glissé la pièce pour qu'il soit de votre côté, mes bébés. Bon, Jem, ce Jackson est un grand balèze, un grand, grand balèze, et il a une allonge d'enfer. Faut que tu restes en arrière pendant les premiers rounds, d'accord ? Faut que tu l'obliges à te courir après pour le fatiguer. Contente-toi de lui filer des petits coups et d'esquiver jusqu'à ce que ses bras commencent à mollir… t'as pigé ?

Jem hocha la tête et poursuivit son échauffement avec une lenteur délibérée. Paddy se tourna vers Annie :

– Ta Molly Stych est ici et tout... bonté divine, c'est un véritable monstre ! On dirait un clown prêt pour le cirque ! C'est un gros tas de graisse, Annie, tu vas te la faire facile...

Annie se leva et dit :

– J'vais aller voir à quoi elle ressemble.

– Elle est à la table de la buvette, dit Paddy, tu peux pas la rater. N'y va pas en tenue de combat, hein. Garde-la pour le spectacle, d'accord ?

– Elle est là, répondit Annie en désignant du menton le coin de la tente où sa tenue était accrochée à une rampe en bois. Un justaucorps en satin rouge, sans manche et orné d'éclairs blancs sur le côté, ainsi qu'une culotte d'homme d'un blanc immaculé avec une ceinture écarlate et des bandes assorties au niveau du mollet. En dessous, il y avait une paire de ballerines blanches en toile toutes neuves avec de longs lacets écarlates.

Le rouge était aussi vif que du sang et Paddy avait décrété que cette tenue était "la tenue d'un Slasher" quand il la lui avait montrée après être allé la chercher chez le tailleur qui l'avait confectionnée pour lui. Il sourit :

– Tu vois ces ballerines, là ? J'ai dû envoyer quelqu'un jusqu'à Northampton pour te les faire fabriquer. Tu vas leur donner un spectacle dont ils parleront pendant des années, Annie Perry.

Annie mit sa pèlerine, embrassa Jem sur la joue et sortit de la tente.

Ingleby Jackson était prêt à monter sur le ring et il était allé jusqu'à la table de la buvette dans sa tenue de combat, une belle chemise amidonnée avec un col et une cravate blanche. La chemise avait des boutons de manchette en or et Jackson portait une ceinture de smoking par-dessus son pantalon noir, ainsi que des ballerines en cuir. Il avait gardé son chapeau haut-de-forme et l'inclinait devant les dames alors qu'il traversait le terrain pour se rendre à la table de la buvette. Observant Molly Stych, il exécuta une révérence élaborée en retirant son chapeau et en le baissant très bas devant elle au bout de son bras droit. Cela fit rire la boxeuse et ses dames, et Ingleby Jackson se redressa en disant :

– Très chère madame, je suis M. Ingleby Jackson, mais on m'appelle le Gent, et je suis entièrement à votre service.

Molly Stych rit et se pencha en avant pour exécuter une révérence maladroite puis répondit :

– Je suis très honorée, monsieur, et ma foi, z'êtes un grand gars bien girond, pas vrai ?

Jackson prit une chope de bière et la vida d'un trait avant de dire :

– Je suis un gentleman jusqu'aux bouts des ongles, chère madame, et je dois bien reconnaître qu'au cours de toutes mes pérégrinations dans le domaine de la boxe, je n'avais encore jamais vu plus grande beauté que vous-même… – Il prit une autre chope sur la table et la vida.

Molly et ses dames se mirent à nouveau à glousser et redemandèrent de la bière à Bill. Derrière le stand, il tirait chope après chope avant de les poser sur la table. Dans la brume vague de sa vision, Jackson et les femmes n'étaient rien de plus qu'un scintillement, mais il entendait leur conversation et les bavardages de la foule autour d'eux à propos du combat imminent, et il songea tristement : "Je suis plus célèbre. J'attire plus les foules. Je suis seulement le gonze qui sert la bière."

Annie observa Molly Stych de derrière le braséro, étudiant son large visage maquillé qui se profilait à travers la fumée dégagée par le charbon. Elle baissa les yeux sur son corps et, même enveloppée dans sa robe, elle voyait que la femme était une masse. Elle semblait respirer avec difficulté alors qu'elle se déplaçait et se penchait pour prendre sa bière sur la table. Annie s'interrogea sur l'inégalité de ce match, entre les argousins et l'arbitre qui avaient tous été achetés et Sa Seigneurie prête à empocher un joli pactole auprès des preneurs de paris pour couvrir la bourse qu'il avait mise en jeu.

Elle observa Bill, qui vacillait et renversait de la bière sur la table et qui, fidèle à lui-même, ne demandait pas un penny à ceux qui buvaient. Elle retourna derrière la table, le prit par la taille et il gesticula pour demander au Marinier d'aller chercher un autre fût à la cave. Elle le serra contre lui, son bras fin autour de sa taille épaisse, et lui dit à l'oreille :

– Tu les fais pas payer, Bill, demande-leur deux pence la pinte, sinon tu vas nous envoyer à la maison de travail.

Il sourit et répondit :

– J'verrais pas les sous même s'y m'en donnaient, Annie.

Elle retourna en direction du Champion et héla le Marinier alors qu'il remontait de la cave avec un fût sur l'épaule.

– Va aider Bill. Il est encore en train de distribuer gratuitement cette foutue bière.

– T'as raison, Annie, répondit le Marinier. Je vais aller donner un coup de main à ce vieux bougre.

La cloche du ring retentit et la foule déferla en direction des cordes tandis que M. Tyndale, à présent vêtu d'un gilet à rayures, annonçait le combat. Postée à l'arrière, Annie regarda sortir Jem, torse nu et sautillant d'un pied sur l'autre, et à ses yeux il avait l'air d'un ange combattant, ses boucles blondes étincelant sous le soleil bas hivernal et des nuages de souffle brumeux sortant de ses narines.

Ingleby Jackson fit une entrée en fanfare, s'inclinant et soulevant son chapeau haut-de-forme, s'attirant des acclamations et des huées de la foule tandis qu'il cabriolait sur le ring devant l'arbitre. Finalement, il jeta son chapeau dans son coin, se mit de côté en position de combat et tripota le bout de ses moustaches.

M. Tyndale appela les hommes au centre du ring et ils se serrèrent la main. Il leva un mouchoir au-dessus de sa tête et le laissa tomber sur la terre noire, et au moment où celui-ci touchait le sol la cloche retentit et le combat commença.

Paddy avait vu juste : Jackson avait une bonne allonge et il était rapide pour un homme de sa corpulence. Il attaqua Jem d'entrée de jeu et l'atteignit de deux directs puissants à la tête. Annie avait du mal à regarder ses gros poings frapper les joues blanches parfaites de Jem où ils laissaient des marques rouges. Jem reculait, bougeant la tête et faisant des pas de côté quand Jackson avançait vers lui.

Ils se tournèrent autour pendant quelques minutes sans qu'aucun n'attaque l'autre et Jem observait le colosse tandis qu'il évoluait autour de lui. Jackson se mit à le narguer et à l'appeler "Charlie" sans qu'Annie en comprenne la raison : "Allez, viens, Charlie… Viens voir par ici, Charlie… Viens jeter un coup d'œil sur ces…"

Quoi que ça ait pu vouloir dire, cela sembla énerver Jem et il fit un pas en avant en prenant appui sur son pied droit puis balança un grand crochet du gauche. Jackson le vit et esquiva puis contre-attaqua avec deux uppercuts rapides qui atteignirent Jem sous le menton. Jem recula et tenta un deuxième gauche mais il vacillait sous les deux coups que Jackson lui avait assénés et son poing manqua à nouveau sa cible. Jackson revint sur lui et lui décocha deux directs sur le côté du visage.

– Va plus êt' aussi beau après ça, dit un homme à côté d'Annie.

La fin du round sonna et Jem retourna dans son coin. Annie vit Paddy l'essuyer et lui hurler dans l'oreille pour couvrir le bruit de la foule.

La cloche sonna et ils reprirent le combat. Quoi que Paddy ait pu lui crier, cela eut l'air de fonctionner et, à présent, Jem restait en arrière. Il se mit à sautiller à un bon rythme, dansant d'avant en arrière et laissant Jackson le suivre. Le colosse lui balança quelques coups mais Jem s'écartait ou les évitait, déplaçant rapidement la tête et laissant Jackson frapper dans le vide. Annie savait ce qu'il faisait : un boxeur ne peut pas cogner dans le vide très longtemps avant que ses bras le lâchent et, malgré son numéro de gentleman flegmatique, Annie voyait que Jackson commençait à s'échauffer et à s'énerver. Ça paie pas de perdre son sang-froid sur le ring, Annie le savait. Quand la passion vous emporte, vous commettez des erreurs et vous cessez d'observer et d'analyser, et maintenant Jem analysait fichtrement bien, bougeant exactement en fonction des mouvements de Jackson avec sa garde toujours bien haute. Il lui arrivait de la baisser le temps de le pousser à lâcher un coup qu'il esquivait sur le côté ou en arrière, et Jackson continuait de frapper dans le vide.

Les deuxième et troisième rounds se déroulèrent de la même manière, Jem restant en arrière et laissant le colosse lui courir après. Au quatrième, Jackson avait remonté ses manches, arraché sa cravate et ouvert le col de sa chemise. Il paraissait fatigué, ses mouvements devenaient plus lourds et l'éclat arrogant de son regard avait disparu. Il passa la plus grande partie du quatrième round à courir après Jem, s'arrêtant parfois pour interpeller la foule :

– Est-ce que Charlie est un lâche, mesdames et messieurs ? En tout cas, c'est certainement pas un gentleman parce qu'il se bat comme une oie apeurée ! Est-ce que t'es une oie, Charlie ?

Annie voyait que Jem restait calme, même quand la foule le huait, encouragée par les moqueries de Jackson. Le colosse se mit ensuite au milieu du ring et tendit les mains comme pour lui dire "Allez, viens". Jem s'approcha de lui en sautillant mais le colosse ne leva pas les poings, alors

Jem utilisa un truc qu'Annie et Janey lui avaient appris. Il laissa tomber son épaule droite et Jackson regarda à gauche, s'attendant à un grand crochet, mais Jem utilisa son épaule baissée pour propulser son poing droit sous le menton de Jackson. Le ventre de l'homme partit en avant tandis que sa tête partait en arrière et Jem lui planta un grand un-deux dans le bide qui plia le colosse en deux. La cloche retentit et la foule hurla quand Jackson retourna dans son coin, courbé et boitillant.

Dans le cinquième, Jem poursuivit sa stratégie, restant en retrait jusqu'à ce que Jackson lâche un coup, puis profitant des ouvertures qu'il laissait pour le frapper. Il lui décocha cinq directs puissants, puis une autre combinaison dans les reins qui le fit mugir comme un taureau. À part les deux marques rouges sur sa joue laissées par le premier round, Jem n'avait aucune autre trace et, au moment où il pivotait près de la corde pour esquiver un coup féroce de Jackson, il croisa le regard d'Annie et sourit. Elle lui rendit son sourire. Mais elle était inquiète. Elle savait qu'il était facile de se laisser aller, de croire qu'on avait le dessus, et Jackson avait beau avoir l'air fatigué, il tenait encore sur ses deux jambes et ses poings étaient toujours levés.

Annie se fraya un chemin à travers la foule entre le cinquième et le sixième rounds pour aller jusqu'au coin de Jem et, juste avant qu'il reprenne le combat, elle lui cria à l'oreille :

– Fais pas trop le fiérot, Jem. Il est pas encore fini et il est toujours dangereux.

Jem se retourna pour lui sourire et dit "Je t'aime, Annie Perry" au moment où la cloche sonnait. Comme pour confirmer les craintes d'Annie, en reprenant position dans le ring, il se prit une droite de Jackson avant d'avoir complètement levé sa garde. Le coup l'ébranla, Annie le vit, et il recula en dansant et en secouant la tête. Du sang se mit à lui couler du nez et on entendit des cris “Premier sang, Jackson!” dans la foule. Certains se précipitèrent vers les preneurs de paris pour toucher leurs gains et Jackson leva son poing serré comme s’il avait gagné. Annie devait lutter contre l’envie de détourner les yeux alors que du sang coulait sur la poitrine de Jem, se répandant comme les affluents d’une rivière sur son ventre. Il attrapa la serviette que Paddy lui tendit depuis son coin et s’essuya pendant que Jackson revenait à l’attaque. Jem a encore fait un écart sur la droite, se dégageant des cordes et reculant les poings levés alors que Jackson l’attaquait une nouvelle fois, envoyant des directs dans sa garde sans cesser d’avancer, ce qui fit à nouveau reculer Jem dans les cordes. Il s’approcha tout près et ils s’agrippèrent, chacun essayant de frapper l’autre aux flancs. Sous les cris et les huées de la foule, l’arbitre sautillait autour du couple enlacé en criant “Séparez-vous! Séparez-vous!”. Jackson se dégagea du corps à corps tandis que Jem se baissait pour lui envoyer un crochet qui l’atteignit une nouvelle fois dans le ventre. La foule rugissait à présent alors que Jem se positionnait agilement à côté de l’homme plié en deux avant de lui asséner un grand coup à la tête.

Le grand fermier parvint à se redresser et lança quelques directs rapides en s’éloignant de Jem. Alors qu’il titubait en direction du coin où Annie se trouvait, elle vit qu’il était essoufflé et qu’il avait des entailles au-dessus des deux yeux. Paddy criait :

– Tu l’as eu, Jem! Prends ton temps… prends ton temps…

Dans la chambre d’Annie, Tommy entendait le brouhaha et les hurlements de la foule et, à la fin, il ne supporta plus de devoir seulement écouter. Il avait envie de voir sa petite sœur faire ce que son père avait fait et il voulait être là si elle avait besoin d’être protégée. Il descendit discrètement dans le bar vide et, à une patère derrière la porte, il trouva un vieux manteau épais appartenant à Bill. Celui-ci était suffisamment sale et élimé pour ressembler à celui d'un mineur et, avec le bonnet qu'il trouva à côté, Tommy ressemblait à n'importe quel ouvrier. Il noua un cache-nez sur son visage et retourna dans la chambre d'Annie où il prit quelques shillings dans la sacoche rangée sous le lit. Il sortit un de ses pistolets du tiroir. Il chargea rapidement la poudre, la bourre et la grenaille, puis il mit un culot sur l'amorce et glissa l'arme à sa ceinture.

Au moment où Tommy se préparait à se glisser sur le terrain pour regarder les combats, deux autres personnes arrivèrent sur les lieux : Mlle Esther Warren, vêtue d'une longue pèlerine noire et d'un bonnet, suivie d'une Jessie qui trébuchait et se plaignait et dont Tommy entendait la voix haut perchée réprimander la jeune fille alors qu'elles longeaient rapidement le Champion.

– Maintenant je comprends votre petit numéro, mademoiselle... J'aurais dû me douter qu'il s'agissait d'une ruse quand vous m'avez demandé d'aller me promener avec vous le lendemain matin de Noël... Je vois clair dans votre jeu, mademoiselle Esther...

Mlle Esther s'arrêta et se tourna vers elle :

– Jessie, je vous en prie ! Vous n'approuvez peut-être pas mais considérez cela comme une visite éducative pendant laquelle nous découvrirons la façon dont les travailleurs vivent et se divertissent...

Jessie secoua la tête et rétorqua :

– Je n'ai pas pour vocation de savoir comment vivent les gens à part vous, votre sœur et votre cher père, et ce pauvre homme sera horrifié s'il apprend que vous êtes venue assister à cet ignoble spectacle à peine un jour après Noël... et vous allez attraper froid par ce temps. Les dames respectables n'assistent pas à des combats de boxe, mon enfant. Votre père va bouillir de rage quand il apprendra que vous êtes venue ici...

Mais, ignorant les suppliques de la domestique, Esther poursuivit d'un air déterminé en direction du terrain où, à présent, une grande clameur s'élevait des spectateurs agglutinés autour du ring, les hommes agitant leurs chapeaux et se pressant autour des preneurs de paris. Sur le ring, les deux hommes de coin d'Ingleby Jackson emportaient l'énorme masse de leur boxeur professionnel vers la tente et l'arbitre levait le poing le plus ensanglanté de Jem Mason.

22

C'est le bruit qui vous frappe. C'est un mur qui vous entoure et, dans ma tête, j'arrive presque à le voir – une construction abrupte dont les briques sont des cris, des grognements, des gémissements et des appels rauques, chaulée avec des hurlements stridents, des exclamations graves et des cris sauvages, toujours prête à s'écrouler sur vous et à vous ensevelir.

Et moi j'étais là dans mon costume avec les spectateurs qui hurlaient, qui trompétaient et me criaient *Putain! Sale garce! Jézabel!* Leurs visages tordus et leurs bouches béantes se fondaient en un tableau plein de taches floues et de couleurs ondoyant autour de moi. Et moi, dans mes habits de satin écarlates et ma culotte blanche, j'avais l'impression de ressembler à un clown de cirque. Je m'étais pas bandé les mains, bien que Paddy soit allé chercher de la toile à matelas rayée rouge et blanche pour que je le fasse.

Et devant moi se tenait Molly Stych. Elle avait eu droit à de belles acclamations quand l'arbitre avait annoncé son nom et maintenant elle se tournait vers moi, son gros visage fardé au-dessus de son corset lacé et de son jupon, et ses grosses mains bandées de toile à matelas noire laissant dépasser ses phalanges osseuses. Et elle souriait, un affreux sourire rouge qui me laissait voir ses quelques dents jaunes. Dans ce sourire, l'espace d'une seconde, j'ai entrevu un visage que je connaissais et il m'est apparu quand elle s'est penchée pour me crier à l'oreille :

– Je te connais, Annie Perry, et tu connais mon pauvre frère Billy. Çui que t'as assommé et laissé à moitié demeuré y a quelques années… – Elle a reculé.

– Le pauvre petit est venu me voir à Brum, après que toi et cette autre pute vous en avez eu fini avec lui, à moitié mort et à moitié fou… Je suis ici pour le venger et tu quitteras pas ce ring tant que tu s'ras pas dans le même état qu'lui, espèce de sale manouche…

Tout vous revient avec le temps, pas vrai ? Et voilà que j'avais la sœur de Billy Sticks devant moi. Stych, Sticks, maintenant je savais d'où lui était venu ce surnom. Et ce qui lui était arrivé après qu'on l'avait laissé dans cette ruelle le soir de la grève.

La foule nous enveloppait pendant qu'on était là, face à face, et que M. Tyndale annonçait le combat et énumérait les règles. De près, Molly Stych ressemblait plus à un diable, l'air dur et amer, avec une peau grise et molle qui se voyait sous la poudre banche. Elle faisait la même taille que moi mais elle était deux fois plus large.

Le soleil froid brillait d'un éclat vif et le souffle des gens formait des spectres tourbillonnants au-dessus de nous ; de la vapeur montait des cordes et des poteaux, et la fumée des braséros dérivait dans l'air.

Puis un silence glacial s'est abattu dans ma tête et le bruit s'est arrêté pendant que je balayais des yeux cette espèce de toile ondoyante, des visages se formant dans cette image floue comme une feuille qu'on distingue à travers de la glace qui fond. Il y avait Lord Ledbury et ses gandins, qui me portaient un toast avec des verres de bordeaux, et il y avait Sir Andrew qui crachait de la fumée comme un dragon avec son cigare ; il y avait Paddy qui applaudissait avec son visage éclairé par le soleil du matin et là-bas, derrière lui, Jem était là, solennel avec les marques livides laissées sur ses deux joues par les poings d'Ingleby Jackson.

Ici, je voyais des garçons avec des casquettes qui hurlaient et là, des cloutières emmitouflées dans des écharpes, des mineurs avec des chopes et des pipes en argile à la main. Un des domestiques de Sir Andrew prenait des boulettes de viande dans un grand plat.

Et puis j'ai vu mon Tommy. Il avait l'air triste et plein de regrets au milieu de la foule, des panaches de vapeur autour de ses yeux marron perçants qui me regardaient au-dessus de son cache-nez.

Ça m'a secouée, mais je l'ai été encore plus quand j'ai vu qu'il se trouvait à côté de Sir Andrew qui riait et tapait sur l'épaule de Lord Ledbury. Et plus encore quand je me suis retournée lentement et que j'ai vu, à moins de deux mètres de moi, le joli visage et les yeux brillants de Mlle Esther. Elle affichait un sourire radieux.

– Êtes-vous prête, mademoiselle Annie ? Êtes-vous prête à commencer ? a crié l'arbitre, et son cri a pénétré ma rêverie. Le bruit de la foule m'est revenu aux oreilles en hurlant et Molly Stych se tenait juste devant moi, souriant de sa grande bouche rouge.

M. Tyndale a pris nos mains droites et dit : "Serrez-vous la main pour l'honneur, mesdames", mais quand nos phalanges se sont touchées, Molly Stych m'a craché en plein visage. La foule a fait "ooh" et M. Tyndale a crié "Allons, mesdames !" et il a levé les mains, mais Molly avait reculé, en position, de côté, son gros menton blanc rentré et ses longs bras gras tendus vers moi. Avant que M. Tyndale ait pu déclarer une faute ou sonner la cloche, je lui en ai collé une dans la figure et j'ai senti son nez craquer. J'ai dit :

– Si tu veux jouer à ça, on va jouer à ça, gazille.

J'ai reculé en sautillant, enflammant la foule avec mes bras levés, et Paddy m'a regardée en secouant la tête et en criant quelque chose mais je l'entendais pas au milieu de tout ce vacarme parce que tout le monde hurlait :

– Vas-y, Annie… !

Y a pas de meilleures sensations au monde que celle-ci, et idiote que j'étais, je buvais ça comme du petit-lait et je l'ai quittée des yeux. Et voilà t'y pas qu'elle a contre-attaqué par-derrière et m'a tirée par les cheveux en me plantant son gros coude dans la bouche, le coup a résonné en moi et je suis tombée. Là, elle s'est jetée sur moi, ses grosses mains autour de ma gorge, feulant et crachant comme un chat de gouttière, ses ongles creusant des tranchées dans mon cou. Je lui ai balancé un crochet et je l'ai atteinte au flanc, mais cette garce était tellement lourde que je pouvais pas bouger. Et là ça a été un sacré chaos, Paddy, Jem et d'autres hommes se sont tous précipités sur le ring pendant que les amies de Molly flanquaient des beignes à tout le monde.

Ils nous ont relevées toutes les deux et, après, M. Tyndale a fait évacuer le ring et appelé au calme. Je voyais Sir Andrew et Lord Ledbury rire et trinquer à la pagaille qui les entourait. Et mon Tommy se tenait toujours à côté d'eux, silencieux. Je voyais plus Mlle Esther quand M. Tyndale a déclaré qu'il y avait faute et invalidé le début du match pour nous demander de recommencer le premier round. Molly s'était pris un joli coup dans le nez et elle avait coincé un chiffon blanc dessous pour étancher le sang. J'ai touché mes dents. Elles bougeaient pas, ce qui voulait dire qu'elle m'avait pas frappée si fort que ça.

On a recommencé, cette fois-ci au son de la cloche, et Molly traînait les pieds comme si elle essayait de se battre correctement sans faire de fautes. Alors je m'y suis mise sérieusement et je me suis préparée à faire le travail comme il faut. J'ai commencé à bouger, à esquisser des mouvements sur les côtés poing droit devant, cherchant des ouvertures où envoyer des directs. Sa garde était molle et elle bougeait pas vite, alors je l'ai atteinte trois fois avec des beaux petits coups précis qui rendaient son visage encore plus laid quand elle faisait la grimace.

Je l'ai esquivée pour lui asséner un grand coup du gauche en haut du bras droit. J'ai vu que ça lui avait fait mal quand elle a baissé l'épaule droite, alors je lui ai flanqué un un-deux qui l'a envoyée tituber en arrière.

Elle a rebondi sur les cordes et dans le public, des mains l'ont poussée pour la renvoyer au milieu et j'en ai profité pour lui coller un direct à la gorge qui l'a fait suffoquer et lever les mains comme si elle étouffait. J'ai sautillé autour d'elle pendant qu'elle reprenait son souffle tout en essayant de se retourner et de lever sa garde, mais je lui ai asséné une combinaison rapide au visage et, quand elle s'est pliée en deux, je lui ai écrasé mon poing gauche sur le sommet du crâne, qui était aussi épais et dur que je le pensais. La cloche a sonné et j'ai eu droit à des grandes acclamations quand je suis retournée dans mon coin en petite foulée et en me disant que c'était trop facile.

Paddy m'a essuyée et m'a crié :

– Pas si vite, Annie. Allez, fais-leur une démonstration. Elle est déjà à moitié morte au bout d'un round, alors tue-la lentement, Annie… Beaucoup de gens ont payé un penny pour voir ça.

Jem a passé la main à travers les cordes et m'a pressé l'épaule en me disant à l'oreille ce que je lui avais dit plus tôt :

– Fais pas trop la fiérote, Annie. Elle est pas encore finie.

Dans le coin de Molly, ils lui donnaient une bonne rasade de brandy et une de ses dames remettait de la poudre sur son nez aplati. Quand elle s'est levée de son tabouret et qu'elle a levé les bras, elle avait l'air beaucoup mieux, et certains l'ont acclamée alors qu'elle revenait à grandes foulées souples au centre du ring.

Enfin, c'est là qu'être jeune, jolie et intelligente comme je l'étais à l'époque est une malédiction. Parce que j'aurais dû suivre le conseil que j'avais donné à Jem, pas prendre la grosse tête ni m'inquiéter autant de ce que faisait Tommy ou de ce que voyait Mlle Esther. Mais j'aimais trop l'image que je renvoyais de moi après ce premier round.

De retour sur le ring, au signal de la cloche elle m'a attaquée d'entrée de jeu, et elle était capable de faire une combinaison quand elle le voulait. Elle était solidement campée sur ses jambes et ses coups pleuvaient, rapides et cinglants. Je m'y attendais pas, j'avais rien vu venir, et elle m'a fait mal.

Ça aurait dû me servir de leçon mais, au lieu de me stabiliser et de reprendre le rythme, je me suis laissé envahir par la colère et j'ai vu rouge quand elle me frappait, me disant *Tu vas saigner, sale garce !* Et quand on voit rouge, on réfléchit pas et on analyse pas.

Ses coups m'ont fait reculer et elle s'est ruée sur moi. Elle était aussi grosse et lourde qu'un taureau qui charge quand elle avait le dessus, et j'avais beau lever ma garde, je me prenais de violents un-deux dans les poings et les avant-bras tout en essayant d'esquiver, mais elle abandonnait pas et la foule semblait l'encourager à chaque coup qu'elle arrivait à porter. Je réussissais pas à me dégager pour contre-attaquer parce qu'elle m'envoyait une pluie de coups rapides et réguliers, mon avant-bras s'est écrasé sur mon nez et elle s'est jetée sur mon ventre en frappant fort et bas, et chaque coup faisait paf-paf-paf à mes oreilles.

J'ai réussi à me retourner et à pivoter avant qu'elle m'envoie dans les cordes et puis j'ai reculé rapidement pour mettre de l'espace entre elle et moi, et là je me suis mise de côté et je l'ai empêchée d'avancer avec un direct. Il semblait y avoir autant de gens qui l'encourageaient que de gens qui m'encourageaient, et j'avais envie de chercher Tommy dans la foule mais j'osais pas la quitter des yeux. Elle s'est juste plantée au centre comme un gros arbre, les bras le long du corps, me balançant des coups quand je m'approchais comme si elle se bagarrait dans un bar à bière. Un type dans la foule levait un verre en criant : "Un p'tit brandy, Molly ?"

Elle lui a répondu : "Je préférerais une bière, mon garçon !", et il y a eu des rires et des sifflets tout autour. Je me suis concentrée, j'ai bougé comme il faut et en souplesse, et je lui ai tourné autour en lui envoyant quelques directs. Elle pivotait lentement sur elle-même pour pas me perdre de vue et voir si je faisais un geste, et on a continué comme ça, dans une espèce de danse. L'idée qu'elle m'avait fait mal me trottait dans la tête parce que j'avais jamais affronté quelqu'un qui m'avait vraiment fait mal ou envoyée au tapis.

Je l'ai touchée au visage et deux fois aux reins avec des directs mais ça a pas semblé lui faire grand-chose, et des fois elle regardait les spectateurs en souriant ou répondait à leurs remarques. Quand je m'approchais trop près, elle envoyait un coup mais elle m'atteignait jamais et je me demandais combien de temps il lui faudrait pour se fatiguer ou être vaincue.

Eh bien, la réponse c'était un sacré bout de temps, parce qu'on a continué de boxer et de feinter comme à l'entraînement pendant les trois reprises suivantes, et à chaque round qui passait la foule devenait de plus en plus mauvaise et méprisante, surtout avec moi. Les gens la prenaient pour une héroïne parce qu'elle tenait round après round, et moi j'étais une perdante parce que je la mettais pas K-O d'un fameux *slasher. C'est quand qu'on va voir un* slasher, *Annie? On veut un* slasher*!*

Et on me lançait des regards, aussi. Après avoir esquivé un coup de Molly, j'ai vu le visage rouge de Sir Andrew, tout bouffi et empourpré par le bordeaux, en train de me crier quelque chose que j'entendais pas, et Lord Ledbury et ses gandins qui m'applaudissaient au ralenti. À l'écart, Tommy les regardait, d'un œil fixe et insistant.

J'en ai collé une bonne à Molly dans le cinquième et elle a vacillé un peu en arrière, elle a levé les bras pour se mettre en garde et je me suis avancée pour lui en flanquer un dans le bide. À vrai dire, je commençais à être fatiguée et j'avais envie d'en finir avec elle, mais elle était pas facile à envoyer au tapis. Cette espèce de grosse masse ressemblait à un tonneau de bière et, quand on lui frappait dans le ventre, c'était aussi mou qu'un oreiller en plumes d'oie et votre main s'enfonçait dedans.

Quand je l'ai fait tituber avec le coup dans le bide, je me suis rapprochée et je lui en ai écrasé un sous le menton et là elle a bougé, mais elle m'a balancé un crochet qui m'a une fois de plus atteinte à la tempe. Un sacré pain, celui-ci, et j'ai eu la tête qui tourne pendant une seconde, mais elle était encore déséquilibrée par la force de son propre coup et elle avait baissé sa garde, alors je me suis bien campée sur mes jambe et je lui ai planté un grand gauche dans la figure.

Sa grosse tête est partie en arrière et la foule s'est mise à hurler. C'était le coup qu'ils attendaient tous et ils criaient "Annie... Annie... Annie". J'ai reculé d'un bond pendant qu'elle titubait en arrière, vacillait puis basculait lentement en avant.

Je me suis retournée pour regarder les gens. Ils lançaient leurs chapeaux en l'air pendant que M. Tyndale se tenait au-dessus de Molly Stych et comptait.

– Deux... trois... quatre...

J'ai tourné la tête pour voir Tommy. Il était sur la pointe des pieds et les bras en l'air, comme un prédicateur. Mais, à côté de lui, Sir Andrew me regardait pas. Il regardait le poignet de Tommy, les yeux fixés sur le ruban rouge que maman lui avait noué autour.

J'ai pas eu l'occasion de faire quoi que ce soit parce que Molly Stych s'était lourdement relevée à sept, et elle avait pas l'air si mal en point que ça malgré le gnon qu'elle s'était ramassé. Elle secouait la tête en disant :

– Ça va, chef... j'ai senti que dalle...

La foule était maintenant en délire – *Molly! Molly! Molly!* – et j'ai relevé les yeux pour regarder Tommy. Sir Andrew et lui se dévisageaient. Tommy a soudain détaché les yeux de son visage et s'est enfui à travers la foule au moment où Sir Andrew levait la main et criait en direction de Sa Seigneurie.

Molly Stych s'est penchée et m'a tapé sur l'épaule en disant :

– Alors, on se le fait, ce match, manouche ?

Après quoi M. Tyndale a crié :

– Compte annulé… Continuez !

J'étais trop étourdie d'avoir vu Tommy s'enfuir et Sir Andrew crier après lui, du coup j'ai pas vu quand Molly m'a donné une grande gifle en criant :

– Allez, sale garce… j'vais t'finir !

La douleur cuisante de la gifle m'a secouée et je lui ai lâché une combinaison au visage juste au moment où la cloche sonnait la fin du round. Sa bouche a éclaté et du sang m'a giclé dans les yeux, et là je lui ai foncé dessus, sentant mes poings s'enfoncer dans ses joues molles avec des coups sourds et lui ouvrir le crâne.

La clameur était désormais assourdissante, elle montait en puissance et se fracassait autour de moi, une énorme cacophonie de cris, de gémissements, et puis j'ai entendu des sifflets.

Molly s'est effondrée, en position assise, du sang giclant de partout sur la terre noire et froide, et puis d'un coup il y a eu des hommes tout autour de moi, des sifflets, des uniformes d'argousins et des manteaux rouges de soldats, des baïonnettes qui lançaient des éclairs dans le soleil, des visages de femmes qui hurlaient devant moi et des mains qui me tiraient, la détonation grave et geignarde d'un mousquet puis d'autres cris. On me tirait hors du ring, et j'ai vu que les poteaux étaient tout de travers et que les cordes tombées à terre se faisaient piétiner par la foule qui se dispersait.

Jem m'a tirée par le bras et m'a poussée dans la tente où Paddy bourrait des pièces et des billets dans son sac de voyage en criant :

– Ils ont appelé la cavalerie, bon sang ! Bon sang, l'armée pour interrompre un combat de boxe !

J'ai dit :

– Mon Tommy était ici. Sir Andrew l'a reconnu et il s'est enfui…

– Seigneur, a dit Jem, ils vont l'attraper… y a des soldats et des argousins partout.

Paddy était à genoux sur le sac pour le fermer sur la montagne d'argent qui se trouvait à l'intérieur. Il a dit :

– Dire que j'avais graissé la patte à ces satanés argousins !

M. Tyndale a passé la tête dans la tente.

– Vous me devez cinq livres, monsieur Tacker.

– Et vous allez les avoir, monsieur Tyndale, a répondu Paddy en sortant des billets de sa poche et en les tendant à l'arbitre.

– À votre place, je dégagerais d'ici, monsieur Tacker. Ils vont vous confisquer vos gains s'ils vous attrapent, a dit M. Tyndale.

Paddy a tendu le sac à Jem en lui disant :

– Prends ça et va le cacher dans le Champion du mieux que tu peux.

– Et Tommy ? j'ai demandé.

– Ils ont dû l'attraper maintenant, Annie. Cet imbécile aurait dû rester planqué.

J'étais encore couverte du sang de Molly Stych. Dehors, on entendait les soldats et les argousins faire sortir les gens du terrain pour les repousser sur la route en direction de Tipton. Je suis sortie et j'ai regardé le ring avec les cordes par terre tout autour. Il y avait une tache sombre au milieu là où Molly avait saigné mais elle était plus là. La table de la buvette était renversée, la marmite de boulettes de viande fracassée ; des assiettes et des chopes de bière jonchaient le terrain.

Sur le chemin qui montait vers la lande, j'ai entendu des chevaux.

23

Tommy était allongé dans l'arbre, immobile, l'oreille aux aguets. Le jour baissait et cela faisait plus d'une demi-heure qu'il n'avait rien entendu susceptible d'indiquer que ses poursuivants étaient toujours en dessous sur la lande gelée. Il avait vu des lampes au loin, entendu des bruits de pas et de sabots ainsi que des cris d'hommes.

Après avoir compris que Sir Andrew l'avait reconnu et s'être enfui du terrain, il était tombé sur une troupe de cavaliers qui marchaient en direction du Champion. Conduits par leur capitaine juché sur une jument baie, les soldats l'avaient ignoré alors qu'il courait à toute vitesse en sens inverse entre leurs deux colonnes.

Il monta jusqu'à la lande en courant, regrettant sa jument grise perdue et la sacoche pleine d'argent qu'il avait laissée au bar à bière, et il fonça à travers les fougères mortes et les marécages gelés, tournant en rond pour laisser une large trace déroutante dans l'herbe et la mousse couvertes de givre. Il resta à bonne distance de son ancien camp et, après avoir couru pendant presque une heure, il choisit un chêne robuste où grimper, se hissa jusqu'aux ramures les plus hautes et utilisa sa ceinture pour s'accrocher à une grosse branche sur laquelle il s'allongea de tout son long. En attendant là-haut, il était content d'avoir pris le manteau de Bill car il faisait de plus en plus froid à mesure que la journée avançait dans l'après-midi et que le soleil se couchait. Il attendit encore presque une heure avant d'entendre arriver les hommes qui le recherchaient, le bruit des sabots et les cris portant facilement dans l'air froid et immobile. Et, comme le Capitaine Jack, il resta ainsi, l'oreille tendue, jusqu'à ce que les bruits s'estompent dans la nuit tombante.

La cavalerie et les policiers avaient été appelés par le révérend Warren, qui avait envoyé un message affolé au magistrat de Bilston pour lui demander d'interrompre ce tournoi de boxe illégal. Quelques minutes avant de l'écrire, il avait été stupéfait et horrifié d'apprendre par un de ses paroissiens que sa fille assistait au spectacle. L'homme, un honnête et dévot commerçant du port, marchait dans Spon Lane quand il avait vu Mlle Esther et la gouvernante du révérend entrer sur le terrain et donner des pennies au voyou qui se trouvait à l'entrée. Le commerçant avait couru jusqu'au presbytère pour en informer l'homme d'Église. Plus que tout, disait-il, il était inquiet pour la sécurité de la jeune femme au milieu de cette foule déchaînée qui avait envahi le terrain derrière le Champion.

Mlle Judith avait prétendu ne rien savoir du véritable but de la promenade matinale que sa sœur avait entreprise avec la loquace Jessie. Elle avait dit simplement "Oh là là, comme c'est troublant", quand son père lui avait parlé de la présence d'Esther à cet événement.

– Aviez-vous la moindre idée qu'elle comptait se rendre à ce monstrueux rassemblement ? demanda-t-il.

– Non, père. Esther n'en fait qu'à sa guise et ne me tient pas au courant de toutes ses lubies.

– Et cette jeune boxeuse, cette Annie, doit venir prendre le thé ici demain ? Avec M. McLean ?

– D'après ce que j'en sais, oui, répondit Judith.

Quand Esther revint au presbytère en début d'après-midi, le révérend lui fit clairement comprendre qu'il désapprouvait son attitude en restant tout l'après-midi dans son bureau. C'est seulement à l'heure du thé qu'il réprimanda Jessie pour sa complicité dans les événements de la matinée.

– Mlle Esther m'a menti aussi, révérend, c'est une petite peste. Je n'étais pas du tout au courant de ses intentions jusqu'à ce qu'on arrive devant l'entrée de ce maudit endroit. Elle était bien décidée à regarder cette fille se battre… et quel horrible spectacle, dit la gouvernante en servant le thé et en posant une assiette de scones sur la table.

Le révérend se tourna vers Esther en disant :

– Eh bien ? Comment expliquez-vous votre mensonge et votre provocation ?

– Ça a été une expérience enrichissante, père, répondit Esther. J'ai regardé Annie combattre et j'ai regardé comment les pauvres se divertissaient. Si je vous avais dit que je comptais y aller, vous me l'auriez interdit. Et n'en voulez pas à cette pauvre Jessie. Elle a été le dindon de la farce, mais j'ai été heureuse de sa présence quand la cavalerie et les policiers ont attaqué et dispersé la foule. Père, des femmes enceintes ont été frappées à coups de crosse de mousquet devant mes yeux. La violence sur le ring n'était rien comparée à la sauvagerie de ceux qui tentaient de l'empêcher.

Le révérend poussa un soupir audible :

– Vous auriez pu être blessée. Vous auriez pu être arrêtée. Et maintenant les paroissiens savent que vous étiez là-bas. Je ne doute pas que la nouvelle arrive jusqu'aux oreilles de l'évêque.

– Père, c'est vous qui avez appelé la cavalerie, non ? Vous avez envoyé un mot au magistrat. Il ne vous est pas venu à l'idée qu'il y aurait de la violence lorsque les soldats interrompraient cet événement et que je me trouverais au cœur de tout ça ? rétorqua vertement sa fille.

– Que devais-je faire, mon enfant, quand un de mes plus fidèles paroissiens est venu m'avertir de votre présence là-bas ? Tout ce cirque était illégal ! D'après ce que j'ai compris, Perry et ses hommes de main avaient même soudoyé certains agents de police de Tipton pour qu'ils ferment les yeux...

Il posa ses deux mains à plat sur la table et leva les yeux au ciel. Il dit, presque pour lui-même :

– Voilà ce qui se passe quand on commence à perturber l'ordre naturel de notre Seigneur. Instruire cette fille, lire Wordsworth avec elle ? Oui, ma chère, je suis au courant de votre vaste programme d'éducation concernant cette fille. Elle en a elle-même parlé à l'évêque dans sa lettre. J'ai reçu un message furieux de sa part ce matin, me demandant pourquoi nous utilisions les fonds de l'église pour éduquer de telles créatures en leur parlant de l'Empire et en leur laissant lire des périodiques ? En leur permettant de savoir des choses qui ne peuvent leur faire aucun bien et seulement créer chez elles de la convoitise et du mécontentement. Et de la *poésie*... pour une gitane impie déguenillée ! À quoi peut bien servir à Mlle Annie Perry de connaître la poésie ? Robert Burns ? Cet homme était un radical, un ivrogne adultère, Esther. Trouvez-vous vraiment approprié de montrer ce genre d'œuvres à cette enfant ? Le but de l'école est de les amener à Dieu à travers la Bible. Ils apprennent à lire pour pouvoir lire les Saintes Écritures. Tout le reste frôle la sédition.

Esther et Judith échangèrent un regard furtif.

– Je déduis de vos sentiments que nous devons annuler l'invitation de Mlle Perry pour le thé de demain ? dit Judith.

– Non, père, je vous en prie... s'écria Esther.

Le révérend réfléchit un instant et dit :

– Au contraire. Je pense que j'aimerais discuter avec Mlle Annie Perry. J'aimerais savoir ce qu'elle a pour avoir sur mes filles une emprise telle qu'elles désobéissent à leur père et se mettent en danger. Enfin, si cette fille n'a pas été arrêtée et jetée en prison avec son tristement célèbre père.

Loin de là, sur la lande, Tommy se détacha de la branche d'arbre et se laissa tomber sur le sol en douceur. Il avança prudemment, courbé et à l'affût sous le clair de lune tandis qu'il retournait en direction du Champion of England.

24

On a chuchoté toute la nuit en gardant seulement quelques bougies allumées quand Tommy est revenu, frappant à la porte de derrière avant de se glisser dans le bar sans être vu malgré la cavalerie qui le cherchait dans les environs.

Ils avaient fouillé le bar dans l'après-midi, après que le match avait été interrompu, et le ring et les tentes renversés sur le sol. Sir Andrew savait que Tommy avait un rapport avec moi. Il m'avait regardée fixement quand il était arrivé avec le capitaine et deux policiers en prétendant avoir vu le Black Cloak à côté de lui avec une audace peu commune, pendant que j'affrontais Molly Stych.

– Je l'ai reconnu à son ruban et à son allure de gitan, il avait déclaré une fois dans le bar. Il a croisé et soutenu mon regard.

Bill avait commencé à s'en prendre à lui et aux policiers :

– Vous avez pas le droit de venir fouiller ici ! Vous avez pas le droit d'nous traiter comme si on était des criminels ! Je suis un loyal sujet de Sa Majesté, et vous et ces scélérats, vous avez aucun motif ni aucune preuve...

– Mais vous et vos amis, vous *êtes* des criminels, monsieur Perry, avait répondu Sir Andrew, vous organisez des matchs de boxe illégaux et vous encouragez les paris. Mon ami, le magistrat M. Farmer, est en ce moment même en train de rédiger les documents pour vous poursuivre en justice, vous et votre ami irlandais...

– Ah ! Vous aviez pourtant l'air de bien vous amuser quand vous regardiez en trinquant avec Sa Seigneurie, j'avais dit en traversant la salle pour aller réinstaller Bill dans son fauteuil près du feu.

– Je me suis bien amusé, jeune fille, et c'est dommage que vous n'ayez pas achevé cette grosse femme. Votre combat a été déclaré nul, les preneurs de pari ont tous refusé de payer et vous, vous n'avez pas eu votre prix.

– Alors vous avez perdu de l'argent, Sir Andrew ?

Il avait changé de position, un peu mal à l'aise à cette idée.

– Je n'ai été que modérément incommodé par votre incompétence, mademoiselle Perry.

– Eh bien, c'est pour moi un réconfort.

La cavalerie et les policiers avaient trouvé le sac de Paddy et l'avaient confisqué pour gains illégaux. Il y avait tout ce qu'on avait gagné à l'intérieur : l'argent des entrées, les gains des paris que Paddy avait faits sur Jem et les vingt guinées du prix de Jem. Paddy s'était assis au comptoir et avait pleuré quand le capitaine lui avait montré le mandat lui donnant le pouvoir de saisie.

Après leur départ, j'étais montée vérifier que les sacoches et l'un des pistolets de Tommy étaient toujours dans ma chambre, enveloppés dans mes jupons.

On était tous assis en silence. Janey avait apporté le dernier fût de bière qui nous restait et y avait mis un robinet. Elle avait tiré une chope pour Bill et la lui avait tendue.

Il était assis à côté du feu et secouait la tête.

– On est fichus. Il nous reste les quelques shillings qu'on a gagnés avec la bière et les boulettes de viande, et après c'est la maison de travail. Je vais aller faire le tour de tous ceux que j'ai servis sans faire payer pendant toutes ces années… on me doit une fortune en bières gratuites.

Paddy avait trouvé une vieille bouteille de porto derrière le comptoir et nous avait versé des verres. Il sirotait le sien avec l'air d'un homme qui avait misé un penny et perdu le monde. Plus personne disait rien, on pensait tous à ce qu'on avait perdu et à ce qu'on avait donné. J'avais le visage rouge et violet autour des yeux, j'avais des petites coupures sur le front et ma lèvre inférieure était enflée et blême. Jem, à part les deux petites cicatrices sur sa joue, était aussi frais qu'un nouveau-né.

J'avais allumé les bougies et les lampes quand la nuit était tombée et j'étais restée derrière le Champion en regardant le champ où on avait combattu le matin. Deux mineurs en haillons scrutaient le sol avec une lampe à la recherche de pennies tombés. Je regardais leur lanterne se balancer au-dessus de la terre noire et je pensais à mon Tommy sur la lande. J'avais le pressentiment que j'allais le revoir et je savais que ce serait dans le noir mais nulle part dans ma tête j'arrivais à voir s'il était à l'abri des soldats et des argousins qui suivaient sa trace. J'avais adressé une petite prière au bon Dieu pour qu'Il lui laisse sa liberté et pour qu'il nous revienne, et j'avais ajouté "au nom de Jésus-Christ", comme le révérend le faisait pendant les offices.

Et ma prière a été exaucée plus tard dans la nuit quand j'ai entendu des petits coups à la fenêtre de derrière après que Bill, Janey et Paddy étaient allés se coucher. Jem et moi, on était restés près du feu et je me suis précipitée vers la porte de derrière pour le faire entrer. Il était presque gelé malgré le vieux manteau et le bonnet de Bill.

Il a dit :

– Désolé, Annie. J'aurais dû rester caché ici mais fallait que j'te voie. Tu te bats mieux que Big Tom, gazille… j'ai été fier de toi.

On l'a installé près du feu et on lui a donné du porto et du pain.

– Sir Andrew a vu ton ruban, Tommy…

– C'est le ruban de maman et j'l'enlèverai pour personne, Annie.

On savait qu'on devait l'aider à s'enfuir, le faire aller jusqu'à Liverpool où il pourrait prendre un steamer pour l'Amérique. Je suis allée sortir le Marinier de sa couchette dans sa péniche et il est revenu avec moi. Il a dit :

– Je peux l'emmener jusqu'à Liverpool. Et s'il a cinq livres, on peut le faire monter à bord d'un bateau pour Philadelphie. J'connais un skipper qui l'prendra.

– Il faudra qu'il reste caché dans la soute pendant tout le trajet, j'ai dit. Ils le cherchent partout.

– On pourrait l'envoyer là-bas en train. Le nouveau va de Tipton à Manchester, et après il pourrait en prendre un autre pour traverser, a suggéré Jem.

Le Marinier a secoué la tête :

– Ils vont surveiller les trains, les voitures et les routes. Plus personne se préoccupe des péniches, de nos jours. J'ai presque la moitié d'un chargement de charbon maintenant ; ça paraîtra pas bizarre si je l'emporte demain. Mais bon, va nous falloir presque une semaine et j'aurai besoin de c'gars-là pour s'occuper des écluses et pelleter le charbon. – Il a tapoté sur l'épaule de Jem.

Et Jem a dit :

– J'irai. Je pourrais m'occuper de Tommy et tout.

Tommy a pris sa sacoche et compté l'argent qu'il avait volé. Il a gardé dix livres pour lui et son passage en Amérique, il en a donné deux au Marinier et il m'en a laissé deux en shillings et en petite monnaie.

Le Marinier a pris les billets que Tommy lui a donnés et les a regardés :

– Si le monde était juste, tout ça retourn'rait aux cloutiers à qui on l'a pris au départ.

Mais Tommy a répondu :

– Ouais, mais le monde est pas juste, et on aura beau rendre tout ce qu'on veut, ça arrangera rien.

On est restés à veiller près du feu et, quand il a commencé à faire jour, le Marinier a démarré le moteur à vapeur et tendu la bâche sur son chargement. Il a empilé des balles de paille et des sacs par-dessus le charbon pour faire croire que la péniche était pleine, et il a fait une couchette à Tommy au milieu avec des balles de foin. Je leur ai donné du pain, du thé et du fromage que j'ai pris dans l'arrière-cuisine et Tommy a gardé le vieux manteau de Bill. Il a sorti un de ses pistolets de sa sacoche et m'a tendu l'autre en disant :

– On sait jamais quand on peut avoir besoin d'une pétoire comme ça, Annie, surtout dans ta partie.

Il avait raison et tout, alors je l'ai rangé dans mon tiroir à culottes.

Quand le jour s'est levé et que le moteur de la péniche tournait à plein régime, on est descendus au bord du canal. À la lumière du jour, Tommy a vu mon œil au beurre noir, mon nez tordu et les petites coupures sur mon front laissées par les phalanges osseuses de Molly Stych. Il a pris mon visage dans ses mains et dit :

– Arrête maintenant, Annie. J'ai pas envie que tu sois encore blessée. Je t'écrirai d'Amérique, et Jem et toi vous pourrez venir… même le vieux Bill pourrait venir.

J'ai ri et l'ai serré fort contre moi.

Jem est arrivé, m'a prise dans ses bras, m'a embrassée et il a dit :

– Je serai de retour la semaine prochaine, Annie. Et je t'aime plus qu'un homme sain d'esprit devrait aimer.

J'ai tenu son doux visage et lui ai récité quelques vers de Burns, les plus beaux quand on doit quitter la personne qu'on aime : *Et je t'aime tant et tant, Que je t'aimerai encore, ma mie, Quand les mers seront des déserts. Les mers seront des déserts secs, ma mie, Les roches fondront au soleil, Et je t'aimerai toujours, ma mie, Tant que s'écoulera le sable de la vie. Au revoir pour un temps m'amour, À te revoir dans peu de temps ! Je reviendrai, mon seul amour, Même de l'autre bout du monde !*

Je me disais bien que Jem allait se mettre à pleurer en entendant ces paroles magnifiques, car les chansons de

M. Burns étaient capables de faire pleurer une statue de pierre, et j'ai effectivement vu des larmes jaillir dans ses yeux, mais il s'est simplement tourné pour monter sur la péniche.

Tommy nous a fait au revoir de la main et il est descendu dans la soute pendant que le Marinier mettait les gaz, et la péniche s'est dégagée en haletant de la glace du canal qui craquait.

Après, je suis retournée à l'intérieur et j'ai mis un chaudron en cuivre à bouillir pour pouvoir prendre un bain devant le feu avant que Bill, Janey et Paddy se réveillent. Parce que, ce matin-là, j'étais invitée à prendre le thé au presbytère.

25

Le salon du nouveau presbytère donnait sur un jardin clos de briques rouges. En cette froide matinée de décembre, les arbres nouvellement plantés étaient dénudés, les rhododendrons et les azalées brillaient sous le givre et la pelouse piétinée par les ouvriers qui venaient tout juste de terminer les travaux sur le bâtiment n'était plus que de la boue gelée. Même à midi, les chandelles étaient allumées sur la table du salon car le soleil bas et froid n'éclairait pas l'arrière de la maison en hiver. La pièce était silencieuse tandis que Jessie posait le service à thé sur la table ; un service en porcelaine du pays de Galles dont les couleurs primaires gaies et les fleurs tourbillonnantes avaient tant enchanté feu Mme Warren. C'était la porcelaine la plus précieuse de l'ouvrier, avait-elle dit à son mari, et elle convenait parfaitement aux besoins modestes d'un presbytère. Il y avait un autre service en porcelaine magnifique dans le buffet, mais Jessie avait décidé que l'invitée du jour ne méritait ni qu'on le déballe ni qu'on le dépoussière.

Mlle Esther entra la première. Annie la suivit, vêtue de sa robe blanche du dimanche, de son tablier noir uni, de ses bottes grises en cuir, ses longs cheveux noirs remontés en un chignon soigné – épinglé le matin par Janey pendant que Bill et Paddy maudissaient les citations à comparaître qui leur avaient été signifiées. Les vilains bleus qui s'étaient épanouis sur le visage d'Annie au cours de l'après-midi ayant suivi son combat contre Molly Stych avaient commencé à s'estomper, mais sa peau gardait une nuance violette autour des yeux et, sur son front, un petit pansement en coton couvrait la plus grande partie des coupures.

Esther toucha l'épaule d'Annie et dit :

– Assieds-toi ici, ma chère Annie, à côté de moi. Je suis si contente que tu sois venue, Annie. Oh, ton pauvre visage… mais il est toujours adorable. Est-ce que ça t'a fait beaucoup souffrir ?

– Oui, mademoiselle, elle savait en allonger de bonnes, cette gazille.

– Oui, c'est sûr, en effet ! Annie, je dois t'avouer que c'est la chose la plus excitante que j'aie jamais vue, mais mon père est furieux. Je t'en prie, pardonne-lui s'il se montre un peu brusque avec toi.

Annie baissa les yeux et remarqua :

– Jolie porcelaine, mademoiselle.

Esther prit une tasse à thé et dit :

– C'était la préférée de ma mère. Elle disait que c'était le motif que les mineurs avaient dans leurs vaisseliers.

– J'ai jamais vu d'mineur qu'avait de la belle porcelaine comme ça, mademoiselle… ni un vaisselier.

– Ma sœur et mon père ne vont pas tarder. Le jeune ami de ma sœur, M. McLean, vient aussi. Je suis sûre que tu vas le trouver beau, Annie. Il est ingénieur à l'usine mais il peut être assez ennuyeux si on le laisse parler de la production d'acier.

Annie sourit et demanda :

– Et vous, est-ce que vous avez un jeune ami, mademoiselle ?

– Non, Annie. Et je n'ai pas envie d'en avoir un. Je ne pense pas me marier, car cela prive les femmes de leur liberté et j'ai des projets pour ma vie. Et je n'ai certainement pas envie d'être flattée par quelqu'un d'aussi ennuyeux que M. McLean, beau ou pas.

Les deux femmes se sourirent.

– Et ton jeune ami, que devient-il ? demanda Esther.

– Mon Jem est parti à Liverpool sur une péniche à charbon. Mais nous sommes fiancés. C'est un ange, mademoiselle Esther. Ce matin encore, je lui ai récité des vers de M. Burns avant qu'il parte et ça l'a presque fait fondre en larmes…

– Oh, comme c'est romantique ! Incroyable, un homme ému par de la poésie !

– Il est le seul vrai bonheur de ma vie, mademoiselle.

– Et c'est un très beau jeune homme, Annie. Je l'ai vu sur le terrain, hier. – Mlle Esther rougit légèrement et répéta : – Un très beau jeune homme.

– Une vraie beauté, hein, mademoiselle ? C'est un bel étalon ! plaisanta Annie, et les deux femmes rirent tandis qu'Esther lui prenait la main pour la presser dans sa sienne.

– Oh, Annie, nos conversations vont tellement me manquer.

– Nous en aurons plein d'autres, mademoiselle Esther. Je n'ai pas encore fini toute la Bible.

Esther la regarda.

– Mon père pense que tu es maintenant trop grande pour venir à l'école. Il dit qu'il y a des élèves plus jeunes qui réclament mon attention. Je suis vraiment désolée…

– Et il ne m'apprécie pas beaucoup. Pas plus que mon lieu de résidence.

Esther baissa la voix.

– Mon père est un traditionaliste, Annie. Il est tenu par son éducation et sa position. Quand ma mère était en vie, elle arrivait à adoucir ses opinions et ses attitudes plus conservatrices. Et je suis désolée pour toi et tes proches qu'il ait appelé la cavalerie.

– C'est le révérend qui l'a appelée, mademoiselle ?

– Oui. J'en ai bien peur, Annie. Il était furieux que je sois allée là-bas et il a fait porter un message au magistrat. Je crains qu'il entende continuer à essayer d'empêcher toute tentative de reproduire cet événement au Champion. Il n'est pas très bien disposé envers ton père.

– Dans ce cas, et je vous en demande pardon, mademoiselle Esther, mais en tant qu'ennemi je suis obligée de le maudire. Je suis rom, mademoiselle, on n'oublie pas et on ne pardonne pas, dit Annie en baissant les yeux.

– Oh, Annie, ne dis pas ça ! Tu dois pardonner ou tu ne pourras pas entrer au Royaume des cieux, et maudire quelqu'un est un acte païen et méchant. Tu dois vivre selon les principes chrétiens, Annie.

Annie leva la tête et dévisagea la jeune femme assise à côté d'elle. Elle sembla sur le point de dire quelque chose mais la porte s'ouvrit et Judith entra, suivie de M. McLean.

L'Écossais portait une cravate sur une courte veste à boutons habillée, et il s'inclina devant Annie et Esther.

– Père sera bientôt là, annonça Judith. Annie, je te présente M. James McLean. M. McLean, Mlle Annie Perry. Notre élève vedette à l'école des pauvres de la paroisse.

Ne sachant pas si elle devait se lever pour serrer la main à M. McLean, Annie le salua d'un hochement de tête et dit :

– Enchantée, monsieur.

Et le jeune homme baissa sa main tendue en répondant :

– Ravi de faire votre connaissance, mademoiselle Perry.

– Je vais aller dire à Jessie d'apporter le thé, proposa Judith en quittant la pièce.

– Annie est une grande admiratrice de votre poète national, monsieur McLean, dit Esther. Elle est capable de réciter de mémoire les magnifiques vers de M. Burns.

Le jeune homme se tortilla sur son siège.

– Ah, très bien, mademoiselle Esther. Mais je ne suis pas grand amateur de poésie, pour être sincère.

Annie et Esther échangèrent de brefs regards amusés et Esther poursuivit d'un ton malicieux :

– Mais j'espère bien que vous serez très sincère, monsieur McLean. J'imagine que la poésie est rarement nécessaire dans votre fonderie.

– Exactement, mademoiselle.

– Ce qui est encore plus remarquable chez cette jeune personne, c'est qu'à cette même époque l'année dernière, elle était totalement illettrée, pas même capable d'écrire son propre nom. N'est-ce pas, Annie ?

– Tout à fait, mademoiselle, répondit Annie.

– Ses progrès en matière d'éducation ont été stupéfiants. Elle peut maintenant lire et citer la Bible, elle connaît les rois et les reines d'Angleterre, même le prix du charbon et du fer sur les marchés boursiers de Londres.

– C'est admirable, en effet, mademoiselle, dit M. McLean.

– Peut-être pourriez-vous parler de ses prouesses à vos employeurs ? Après tout, ils ont fourni une partie des fonds pour notre petite école.

– Bien sûr, mademoiselle. Puis-je vous demander si elle a suivi des leçons de mathématiques ?

– Nous avons abordé quelques rudiments d'arithmétique, n'est-ce pas, Annie ?

Annie eut l'air perplexe.

Esther prit l'accent du Black Country pour dire :

– Le calcul.

Annie hocha la tête :

– Oui, mademoiselle.

Judith revint et s'assit à côté de M. McLean en disant :

– Le thé sera servi dans quelques instants. Oh, où est père ?

M. McLean reprit :

– De bonnes connaissances en mathématiques seraient très bénéfiques pour les garçons qui passent par votre école, mademoiselle Esther. Nous avons de nouveaux procédés à mettre en place à la fonderie qui nécessiteront des hommes capables de soustraire et de multiplier rapidement des nombres.

– Seulement les garçons, monsieur McLean ? s'étonna Esther. Les filles pauvres n'ont-elles pas besoin de savoir compter ?

M. McLean sourit et répondit :

– Eh bien, éventuellement pour compter leurs enfants…

Annie se pencha vers l'Écossais et ajouta :

– Et peut-être pour tenir le compte de ceux qui meurent, monsieur. Il y a beaucoup de bébés qui meurent à cause du brouillard de pollution que dégage votre fonderie en bas, vers le port.

Judith eut un léger hoquet de surprise.

– Annie !

Mais sa sœur sourit :

– Bien dit, mademoiselle Perry. M. McLean ignore peut-être les effets que les gaz et la vapeur rejetés par son usine ont sur les nourrissons.

– J'en ai parfaitement conscience, mademoiselle Esther, mais je ne vois pas en quoi cela vous concerne ici, sur la colline, rétorqua M. McLean, agacé par la tournure qu'avait pris la conversation.

– Les opinions de ma fille ont pris un caractère radical au cours de cette dernière année, monsieur McLean. Pardonnez-lui son ton autoritaire… on lui a accordé trop de liberté dans ses lectures, fit la voix du révérend Elijah Warren depuis le seuil. Il se dirigea vers le bout de la table et dit en s'asseyant : Je crains d'avoir échoué en tant que père de ce côté-là.

Il y eut un bref silence gêné avant que le révérend ne salue Annie d'un signe de tête et dise :

– Aaah, la protégée dont nous avons tant entendu parler. Comment allez-vous, mademoiselle Perry ?

– Je vais bien, monsieur. Et vous-même ?

Le révérend sourit et répondit :

– Moi aussi, je vais bien. J'espère que le fait que j'aie interrompu vos festivités hier ne vous a pas causé trop de désagréments ?

– Non, monsieur, mais mon père est cité à comparaître devant la cour.

– Dans ce cas, il réfléchira peut-être à deux fois avant d'infliger à nouveau une telle barbarie à la paroisse, répliqua le révérend.

Jessie entra avec le chariot et posa une théière, des tasses et des soucoupes, des scones, des gâteaux et une assiette de petits sandwichs blancs sur la table. Les personnes rassemblées gardèrent le silence pendant qu'elle s'affairait à poser soigneusement chaque chose et, croisant le regard de la bonne, Annie s'en vit retourner un qui lui dit qu'elle n'était pas à sa place et qu'elle n'était pas non plus la bienvenue. Jessie marmonnait dans sa barbe tout en faisant le tour de la table jusqu'à ce que le révérend finisse par lui dire :

– Merci, Jessie. C'est parfait.

Mlle Judith servit le thé et Esther tendit à Annie une assiette d'un gâteau délicatement tranché en disant :

– Tiens, Annie. La fameuse génoise de Jessie.

– Et comment avance votre consciencieuse étude des Saintes Écritures, mademoiselle Perry ? s'enquit le révérend. Il avait un ton tranchant et un mépris pour la jeune fille qu'il parvenait mal à cacher. Annie l'entendait, et dans sa tête elle l'avait déjà maudit. Elle livra une brève bataille contre les voix qui lui suggéraient de lui en coller une et de quitter le salon pour retourner au Champion où, quand les gens ne vous aimaient pas, ils vous le disaient tout net sans utiliser des mots savants ni prendre de grands airs.

Elle répondit :

– Mon étude des Saintes Écritures a ouvert mon esprit et mon cœur à l'amour de notre Seigneur Jésus, révérend, et m'a enseigné que tous les hommes devraient être traités de manière juste et équitable, parce que nous sommes tous égaux aux yeux de Dieu et que les pauvres sont les plus bénis.

L'espace d'un instant, Mlle Esther sembla emplie d'une grande fierté en entendant le discours d'Annie. Le révérend reprit :

– C'est une bonne chose que vous connaissiez les béatitudes, mon enfant. Vous devez également savoir que notre Seigneur a dit qu'il était de votre devoir de tendre l'autre joue. Une chose difficile, je le crains, pour une pugiliste.

– Il n'est pas difficile pour moi de subvenir aux besoins de mon père, monsieur, et c'est pour ça que je monte sur le ring. J'honore mon père, comme on me l'a commandé.

– J'ai bien peur que les idées radicales de ma fille ne vous aient contaminée pendant la classe, mademoiselle Perry. Et j'ai décidé que cela cesserait dès le trimestre prochain.

– Je suis pas une radicale, monsieur, je suis un loyal sujet de Sa Majesté, et vos filles m'ont offert le plus beau des cadeaux en m'apprenant à lire la Parole de Dieu. Je suis certaine que vous en conviendrez, monsieur.

– Nous discutions précédemment de l'intérêt d'éduquer les filles tout court, révérend, intervint M. McLean. Je suis certain que vous conviendrez également que cela peut mener à la création de problèmes au sein d'une communauté.

Mlle Esther regarda son père avec insistance et dit :

– Votre réponse à cette remarque mérite une réflexion approfondie, révérend.

Le révérend sourit et expliqua :

– Quand ma fille est en total désaccord avec moi, elle m'appelle révérend.

– Allons, nous risquons d'ennuyer M. McLean avec cette discussion, intervint Judith en posant sa tasse de thé. Parlons de sujets plus bénins et moins personnels.

Le révérend prit un sandwich.

– Je suis d'accord, Judith. Ne parlons plus des événements d'hier ni du rôle de l'éducation pour les jeunes femmes. Monsieur McLean, que pensez-vous de ces nouveaux bâtiments ici, sur la colline ? En tant qu'ingénieur, quel est votre avis sur leur construction ?

– Ils sont extrêmement bien conçus, monsieur. L'église est un bel exemple des techniques de construction modernes. J'ai remarqué dimanche que des tuyaux de chauffage avaient été installés, ce qui, je le crains, n'aurait pas été le cas à l'époque qu'imite ce genre d'architecture.

– Il y a une chaudière à charbon au sous-sol, monsieur McLean. L'époque des bancs d'église gelés est révolue. Les messieurs peuvent même retirer leurs manteaux avant l'office.

– Savez-vous si c'est un système à vapeur ou à eau chaude, révérend ?

– J'ai bien peur que non. C'est le bedeau, M. Plant, qui s'occupe de ces choses-là. Il y a un grand réservoir d'eau en cuivre là-bas en bas, ça, je le sais. On m'a dit que cela coûtait une fortune.

Esther regarda Annie en haussant les sourcils et Annie eut envie de rigoler. Judith aussi était amusée par la banalité de l'échange entre les deux hommes, et elle coula un regard en direction d'Annie et de sa sœur puis sourit.

– Père, intervint Esther, nous allons emmener Annie faire un tour dans le jardin pendant que vous discutez avec M. McLean de tuyaux, de valves et autres.

Les deux hommes se levèrent quand Judith, Annie et Esther quittèrent la table. Elles allèrent dans l'entrée où Annie mit sa longue pèlerine pendant qu'Esther et Judith boutonnaient d'épais manteaux d'hiver.

Esther dit :

– Ne laisse pas Jessie croire que tu vas avoir froid car la simple idée d'un rhume met cette pauvre femme dans les affres du tourment.

– Je doute qu'elle serait très ennuyée si j'attrapais un rhume, mademoiselle Esther.

– Oh, je suis sûre que oui, Annie. Les rhumes sont sa plus grande peur.

– Vous devez savoir, jeune mademoiselle Perry, intervint Jessie, que les rhumes peuvent tuer un mouflet, vu l'endroit d'où vous venez. J'imagine que vous avez déjà vu ça.

– Oui, vous avez raison, Jessie. C'est les pauvres qui continuent d'avoir froid pendant qu'ils chauffent les églises pour le beau monde.

Dans le jardin, elles empruntèrent des chemins pavés de briques qui passaient devant des arbres sans feuilles et des arbustes voûtés.

– Ton père va-t-il beaucoup souffrir de ces citations à comparaître ? s'inquiéta Judith.

– Eh bien, ils nous ont pris tout l'argent qu'on avait gagné avec les combats et ils vont lui mettre une amende, mais on a rien pour la payer. J'imagine qu'on va s'en sortir. Ça sera pas la première fois qu'on se retrouve sans le sou, mademoiselle Judith.

– Mais ton jeune ami travaille ? remarqua Esther. Il est sur une péniche à charbon en route pour Liverpool.

– Mon père ne te veut pas de mal, Annie, reprit Judith. Il a du mal à s'adapter à la façon dont le monde change autour de lui. Il est encore très affecté par la perte de notre mère. J'espère que tu lui pardonneras et que tu apprendras à le considérer avec bienveillance.

– Je sais ce que c'est de perdre une mère, mademoiselle Judith, et je plains cet homme s'il a le cœur brisé, dit Annie.

– Alors tu ne lui jetteras pas un sort gitan, Annie ? demanda Esther en riant.

– Esther, s'exclama Judith, en voilà une chose à dire !

Annie rit aussi et répondit :

– Non, mademoiselle, je ne lui jetterai pas de sort. – Puis son expression se durcit. – Mais je pourrais si je voulais…

– Annie, reprit Judith d'un air consterné, on ne parle pas de ces choses-là ici.

Annie sourit et poursuivit son chemin, s'éloignant des deux jeunes femmes.

26

J'avais jamais été servie par une domestique. On m'avait jamais autant appelée Mlle Annie non plus. Et j'avais bien aimé là-bas, avec la jolie porcelaine et la génoise sucrée. Mais je savais que j'étais pas à ma place et que j'y retournerais jamais. D'ailleurs, ils voudraient plus jamais de moi là-bas, sauf pour leur servir de bonniche.

En fait, je me sentais nulle part vraiment à ma place. Je me sentais pas spécialement attachée au bar à bière. J'adorais Bill et j'aimais beaucoup Janey pour ce qu'elle m'avait appris et parce qu'elle veillait sur moi. Mais la lecture et le savoir m'avaient fait voir au-delà de tout ça, de toute cette saleté et de cette lutte, du claquement des clous et du tonnerre de la fonderie. Si j'avais eu ma place quelque part un jour, c'était terminé.

Et j'allais pas maudire le révérend. Même si ma mère m'avait appris des malédictions capables d'affecter physiquement quelqu'un ou de faire boiter un cheval. De faire tourner le lait ou moisir le blé. Ça ressemblait aux prières qu'on disait à l'église, des petites comptines, et des fois on traçait une double étoile sur un torchon et on enveloppait une mèche de cheveux d'une femme dedans ou quelques poils de barbe d'un homme, et après on l'attachait avec des tiges d'aconit.

Mais j'étais contre ces choses-là maintenant, même si j'aimais bien la façon dont un gadjo tremblait quand on marmonnait quelque chose devant lui. Avant, je le faisais tout le temps avec Bill.

Mais celui qui tournait pour nous la roue de la fortune au Champion avait une bonne prise sur le manche.

Bill avait écopé d'une amende de trente livres et Paddy pareil, et ils avaient gardé les recettes et l'argent des bourses. Paddy a fichu le camp à Brum et on a plus entendu parler de lui jusqu'au printemps.

Avec Janey, on a essayé de continuer à faire tourner le bar à bière parce que, après cette amende, Bill était rongé par la mélancolie et il restait assis toute la journée sans rien dire en sirotant sa bière. Il avait arrêté de crier sur le monde et il exigeait plus qu'on chante tous "God Save the Queen".

Janey est retournée faire des clous pour gagner quelques sous et j'ai commencé à prendre du linge à laver chez des gens du coin. Je me servais du gros chaudron en cuivre pour tout faire bouillir et après j'avais des cordes pleines de linge en train de sécher derrière dans l'air sale. Y avait rien qui redevenait blanc malgré la quantité de soude que j'utilisais. Je suis tombée malade à force de frotter le linge dans l'air crasseux et j'ai commencé à cracher des glaires noires quand il faisait humide.

Jem était retourné à la pension pour chevaux et on aurait dit que, lui et moi, on n'allait jamais pouvoir se marier. Il venait le dimanche et apportait quelques pennies que j'utilisais pour payer une partie des amendes de Bill, et on montait dans la lande où on se tripotait dans les buissons.

Mais, ce printemps-là, on s'est enfoncés dans les dettes. Bientôt, on a dû de l'argent au brasseur, au boulanger, au boucher et à l'épicier, et j'arrêtais pas de voler l'un pour payer l'autre. Pendant un moment, j'ai eu des fûts et de l'orge, et avec Jem on brassait notre propre bière dans l'arrière-cour. Elle était pas si mauvaise que ça – on la vendait deux pence la chope. Les cloutiers se sont remis en grève en avril et d'autres radicaux et d'autres chartistes sont venus faire des discours en ville et devant les mines. Il y avait de moins en moins de demande pour les clous à cette époque-là. Ils disaient qu'on pouvait en obtenir de meilleurs et de moins chers ailleurs, et les *foggers* arrêtaient pas de réduire les sommes qu'ils payaient. Et les gens mouraient toujours de faim dans les ruelles où les cloutiers avaient leurs forges.

J'ai plus jamais revu Mlle Esther ou sa sœur après avoir arrêté d'aller à l'école, alors j'avais plus de livres à lire mais pas d'argent pour en acheter.

Jem en empruntait à Mme Fryer, à l'écurie où il travaillait ; elle avait un faible pour lui et elle aimait lire des romans ou des nouvelles qu'elle faisait venir de Birmingham. Il a commencé à m'en rapporter un par semaine quand il venait le dimanche et je lisais tout. J'en avais terminé avec la Bible à ce moment-là. J'ai lu un livre intitulé *Deux années sur le gaillard d'avant*, dans lequel un monsieur racontait sa vie dans la marine avec des coups de fouet et du rhum en veux-tu en voilà. Je me suis dit que la vie était terriblement dure sur un navire, et j'ai pensé à Benny et Tass qui avaient été déportés en Australie.

J'ai lu la nouvelle de M. Edgar Allan Poe intitulée *Le Cœur révélateur* et j'ai frissonné dans mon lit à la lumière des bougies devant l'horreur de cette histoire racontée par un fou qui devient encore plus fou parce qu'il entend battre le cœur de l'homme qu'il a tué et caché sous son plancher. M. Poe devait avoir une imagination terrible pour inventer toute cette peur et cette horreur et écrire ça comme si c'était vrai, pour faire naître la terreur dans le cœur de ceux qui le lisaient.

Pendant ces mois, alors qu'on s'enlisait de plus en plus dans un bourbier de dettes et d'arriérés, le seul moment où Bill était heureux, c'était quand je lui faisais la lecture au coin du feu. Et moi aussi j'aimais ça et tout.

Bill était pas très amateur de récits ou d'aventures : il préférait l'histoire et il avait adoré *La Vie des reines d'Angleterre*, de Mme Agnes Strickland. J'avais dû le lui lire deux fois. Il applaudissait de joie quand je lui racontais comment, grâce à sa détermination et sa foi, la reine Elizabeth avait vaincu l'Armada espagnole en l'an 1588.

J'aimais les livres de M. Dickens parce qu'il parlait bien des pauvres et de ceux qui étaient victimes des cruautés du destin alors qu'ils avaient rien fait de mal. J'ai adoré la triste histoire de l'orphelin Oliver Twist et les difficultés qu'il avait endurées à la maison de travail. Ça m'a brisé le cœur d'imaginer maman et les petiotes dans un endroit pareil. Ça ressemblait à l'histoire de ma famille, vu que mon Tommy s'était lui aussi tourné vers le crime quand il s'était échappé de ce temple du désespoir. Je savais que mon histoire à moi se terminerait pas comme celle d'Oliver, notez, parce que les Loveridge avaient pas de parents riches qui chercheraient à les retrouver et arrangeraient tout.

Bill a bien aimé le poème américain que je lui ai lu, intitulé "Le Naufrage de l'Hespérus". Ça racontait l'histoire d'un fier capitaine qui tuait sa propre fille en l'attachant au mât pendant une tempête. Le poème se trouvait dans l'un des périodiques que Mme Fryer me faisait parvenir, mais je le trouvais lugubre et tragique, sans aucune des belles tournures qu'on avait dans les poèmes anglais de M. Wordsworth et de M. Keats, ou dans ceux de M. Burns, que j'avais lus avec Mlle Esther. Je me suis demandé si les Américains parlaient pas une langue aussi jolie que les Britanniques.

En avril, les magistrats ont retiré à Bill sa licence lui permettant de vendre de la bière et ont exigé qu'il paie son amende pour avoir organisé des combats de boxe illégaux et encouragé des jeux d'argents illégaux, à échéances régulières de cinq shillings par mois, sans quoi il serait déclaré en faillite et irait en prison. On pouvait pas trouver cinq shillings par mois sans mourir de faim.

Puis, un jour, un monsieur bien habillé est venu au Champion en disant qu'il était avocat. Il s'appelait M. Matthew Goodwin et il est resté debout devant Bill, toujours assis devant le feu, en lui montrant une longue lettre qui, disait-il, était une offre d'achat pour le bar à bière et le terrain situé derrière. Je la lui ai lue et elle disait qu'un client était prêt à payer trente livres pour la propriété.

Bill a écouté en hochant la tête pendant que M. Goodwin expliquait :

– Il est de notoriété publique, monsieur Perry, que vous connaissez des difficultés, et mon client est prêt à vous payer un très bon prix pour cette propriété et le petit bout de terrain qui se trouve derrière. Puisqu'il vous est désormais interdit d'exploiter cet établissement en tant que débit de boissons, il semblerait raisonnable d'accepter une somme qui vous permettrait de vous acquitter de vos responsabilités actuelles et d'éviter la prison pour dettes.

J'ai demandé :

– Qui est ce client qui veut acheter notre propriété ?

– C'est un homme d'affaires qui souhaite construire une nouvelle usine et des maisons sur ce site, a répondu M. Goodwin. C'est un excellent emplacement pour une telle entreprise, tout près du canal et du chemin de fer.

J'ai regardé Bill et ses yeux brumeux se sont éclairés un instant, et puis il s'est levé lentement et voilà-t'y pas qu'il lui a balancé son gros poing gauche en plein dans la mâchoire, envoyant dinguer M. Goodwin à travers le bar. Ce monsieur se doutait pas que Bill risquait de réagir comme ça à sa proposition, mais j'aurais pu lui dire, et peut-être que j'aurais dû.

Le lendemain, un magistrat est venu avec un policier et a signifié à Bill une autre citation à comparaître pour coups et blessures sur la personne de M. Goodwin. Il est resté à bonne distance en la lui remettant de peur de se ramasser la même chose que l'avocat. Le policier a dit :

– Vos poings, là, ils vous conduiront en prison, Billy. Ce type était l'avocat de Sir Andrew.

Bill a levé les poings et dit :

– Ce sont les seules choses qui m'donnent le pouvoir d'empêcher les nantis d'exploiter ceux qu'ont rien, et je ne cesserai pas de les laisser parler en mon nom, monsieur l'agent. Ce type m'a insulté et y voulait m'voler mon bar, et lui, pas plus qu'un autre, fera jamais ça, tout Sir, Lord, ou Monsieur qu'il soit.

On s'est donc retrouvés avec une autre amende de cinq livres et celle-ci devait être payée sur-le-champ, sans délai ni crédit. Je sentais qu'on était sur le point de sombrer, que Bill allait finir en prison et moi à la maison de travail, comme mon Tommy avant moi.

Et ce soir-là, alors qu'on était assis devant le feu à se demander comment on allait payer toutes les dettes qu'on avait accumulées, on a entendu une voiture arriver à l'extérieur puis un coup sec frappé à la porte, et Paddy Tacker est entré.

Jem était avec lui, avec le chariot de spectacle tout repeint et deux bons chevaux. Et il a dit :

– J'ai une solution à tous vos maux et tous vos désirs, Bill. Fermez le bar à bière, verrouillez les portes et au diable ceux qui vous harcèlent pour vous réclamer de l'argent. On va prendre la route.

27

Pour Annie, c'était comme à l'époque d'avant la mort de Big Tom, quand elle et sa famille sillonnaient le pays en errant sur les chemins et les routes de campagne dans une roulotte peinte tirée par leur poney Cobble. L'humeur mélancolique de Bill s'envola alors qu'ils voyageaient tous les cinq de foire en foire. Paddy conduisait le chariot, Jem et Annie assis à côté de lui. Janey et Bill voyageaient à l'arrière, Janey cousant le costume d'Annie pendant que Bill profitait de la chaleur du soleil de mai sur son vieux visage meurtri et respirait l'air pur de la campagne.

Il y avait des foires de mai et des foires d'été partout, et Paddy avait une liste de celles où ils pouvaient se produire. Ils partirent d'abord vers l'ouest jusqu'au centre du pays de Galles, puis traversèrent le Monmouthshire et le Gloucestershire en direction de Bristol, après quoi ils poursuivirent dans le Somerset avant de bifurquer pour suivre la Severn et retourner vers le Worcestershire. Chaque journée de voyage se passait lentement et dans le calme, et chaque soir ils campaient et cuisinaient autour d'un feu comme de vrais gitans.

Paddy avait travaillé pendant des mois à encaisser des mises pour les preneurs de paris de Birmingham et à faire du recel d'objets volés dans le quartier des orfèvres de la ville afin de réunir les quelques livres dont il avait besoin pour acheter deux bons poneys et faire repeindre le chariot avec les slogans utilisés dans les foires pour les stands de boxe. Ensuite, il avait envoyé un message à Jem, et il avait fini par venir à Tipton. Il n'avait pas envisagé d'emmener Bill et Janey, mais les magistrats et les débiteurs étaient après le vieux boxeur (comme ils étaient après lui aussi), et il le convainquit de se joindre à eux et de laisser ses créanciers poireauter un mois ou deux.

Paddy savait qu'il y avait de l'argent à se faire avec leur spectacle. Il n'y avait pas une seule autre femme à boxer sur des stands en Angleterre, et leur renommée ainsi que la valeur de leur spectacle semblaient se répandre à mesure de leurs déplacements.

Janey entraînait les deux boxeurs le soir et, lors des foires, Bill était l'homme idéal pour traiter avec les adversaires qui voulaient récupérer leur shilling. Peu d'entre eux insistaient lorsqu'on leur disait qu'ils devraient aller récupérer leur argent auprès de Bill, lequel était assis à une table à côté du stand et s'occupait des recettes. Un regard du vieux pugiliste pouvait encore faire crier les dames et trembler les hommes forts. Il lui fallait toujours sa bière, mais ils empochaient presque trois livres à chaque foire et personne ne reprochait au vieil homme une chope ou deux. Il avait apporté son portrait de la reine et il l'exposait fièrement devant le stand, exigeant même parfois que des passants égarés la saluent et chantent "God Save the Queen".

Annie et Jem faisaient un combat de démonstration au début du spectacle : Annie accoutrée de son costume écarlate de la Fille du Slasher et Jem torse nu, s'attirant des regards admiratifs de toutes les jeunes laitières et belles dames qui posaient les yeux sur lui. Le spectacle drainait les foules et, bientôt, Paddy a appelé des adversaires à un shilling le combat et il en venait, des hommes comme des femmes. Annie et Jem n'avaient jamais trop de mal. Paddy n'eut jamais à payer la récompense de tout l'été. À Kidderminster, un jeune fermier robuste était resté debout face à Jem jusqu'à la dernière seconde des cinq minutes, et Paddy l'avait fait durer, la main suspendue au-dessus de la cloche sous les hurlements des amis du fermier venus en bande. Juste au moment où Paddy sentait qu'il ne pouvait plus retarder la fin du combat, Jem avait décoché une énorme frappe du droit dans la tête du garçon et l'avait assommé. Il y avait eu une brève altercation avec sa bande d'amis jusqu'à ce que Bill se lève et se mette à leur crier de dégager, même s'il n'y voyait rien, et ils s'étaient exécutés, se mettant à plusieurs pour porter le géant prostré.

Après cette foire, ils s'arrêtèrent devant l'asile où la mère d'Annie était morte. Annie s'agenouilla afin de prier pour son âme, encore vêtue du costume qu'elle portait sur le ring et, toujours enclin aux larmes, Bill pleura avec elle et pria avec ferveur pour la femme morte dont il avait acheté la fille.

À Tintern Abbey, ils s'arrêtèrent et passèrent la journée à marcher et à explorer les falaises ainsi que la vallée tranquille où se dressait l'ancien monument. Annie et Jem guidèrent Bill jusqu'à la haute saillie rocheuse d'où Wordsworth avait médité plus de cinquante ans auparavant. Annie récita quelque vers de son poème à Bill : *Bien qu'absentes longtemps, ces formes de la beauté n'ont pas pour moi été, tel un paysage devant l'homme aveugle : mais souvent, seul dans ma chambre, parmi le tumulte des villes et des cités, je leur ai dû, aux heures de lassitude de douces sensations qui dans le sang et tout autour du cœur se faisaient sentir.*

Bill écouta et dit :

– J'suis qu'une pauvre âme émerveillée par toi, mon Annie, et par toutes ces jolies choses qui résident là, dans ta tête.

Plus loin dans la vallée, Annie et Jem quittèrent le camp pour aller se baigner nus dans la rivière tranquille alors que le soleil se couchait et que des nuées d'éphémères virevoltaient au-dessus d'eux. Ils restèrent allongés dans les bras l'un de l'autre parmi les hautes herbes tandis que la lumière du crépuscule donnait aux feuilles des chênes de la rive des tons ambrés et dorés, et Jem baissa les yeux sur leurs deux corps scintillants enlacés en disant : “Ces formes de la beauté…”, et Annie rit et l’embrassa.

Paddy les tenait éloignés des villes où il y avait des mines et des fonderies, préférant rester à la campagne où l’air était pur. Le soleil brilla, chaud et vif, pendant tout le mois de mai et le début du mois juin tandis qu’ils faisaient le tour des foires. Parfois, ils rencontraient d’autres gens du spectacle sur la route et voyageaient côte à côte avec des troupes d’acrobates italiens ou des chariots de diseuses de bonne aventure roms.

Au cours de la deuxième semaine de juin, ils reprirent la route vers Wolverhampton. Leurs bourses étaient assez bien remplies mais elles auraient pu l’être plus. Il n’y avait toujours pas de quoi payer la totalité des dettes et des amendes que Paddy et Bill avaient sur le dos, mais il y avait assez pour acheter des fûts de bière et organiser une fête au Champion afin de célébrer les fiançailles de Jem et Annie. Les jeunes amoureux avaient fait part à Bill de leur intention de se marier en revenant vers Tipton et il leur avait donné sa bénédiction, non sans un plaidoyer passionné pour supplier Annie de ne pas lui briser le cœur en l’abandonnant. Annie lui dit qu’ils resteraient toujours à ses côtés et Jem promit de veiller sur elle et de toujours lui être fidèle.

À leur retour, des mandats et des citations étaient collés sur la porte du Champion. Bill devait aller en prison pour dettes à Birmingham. Deux autres lettres les attendaient à l’intérieur. La première était une proposition et un contrat de Lord Ledbury pour participer au spectacle de boxe qu’il comptait offrir à ses invités pour la fête de la Saint-Jean dans le parc de Ledbury Court, et qui devait se tenir sur trois jours du 20 au 22 juin. Le contrat promettait la somme époustouflante de cinquante livres pour qu’Annie et Jem y participent et pour que Paddy y assiste en tant qu’arbitre et chronométreur.

– Cet homme ne sait pas quoi faire de tout son argent, dit Paddy. Notez, c'est un événement grandiose. Il y a du beau monde partout et tous les messieurs de la bonne société londonienne sont là. On se fera assez pour éviter à Bill d'aller en prison, je suis prêt à le parier.

Paddy envoya un message à Sa Seigneurie pour lui confirmer qu'ils participeraient à son grand événement, et ils se préparèrent une nouvelle fois à quitter le Champion le lendemain.

L'autre lettre venait d'Amérique et était destinée à Annie. Elle portait des timbres de l'État de Pennsylvanie et le cachet du service postal américain, et elle avait traversé la mer jusqu'à Liverpool à bord d'un steamer.

28

Voici ce que disait la lettre de Tommy :

Ma très chère sœur,

Cela fait deux mois ce jour que je suis arrivé en Amérique et les neiges d'hiver couvrent encore le sol dans tout l'État de Pennsylvanie où je me suis installé depuis que je suis ici. Il paraît que le printemps va bientôt venir, provoquant une fonte massive et une montée des cours d'eau. En Amérique, les fleuves sont larges et puissants, et ils s'enfoncent dans les terres sur des milliers de kilomètres. À Philadelphie, le fleuve Delaware ressemble à la mer et j'ai pris une péniche depuis là-bas jusqu'ici, à Lakawanna Valley, où je travaille dans une fonderie et habite dans une cabane rudimentaire avec d'autres ouvriers. On fabrique de l'acier dans des hauts fourneaux alimentés par le charbon qu'il y a dans la région, et il y a des mines de fer partout. Ça ressemble à Tipton et à Bilston, sauf qu'ici le pays est sauvage et accidenté avec des hautes falaises et des forêts sans fin, et l'hiver est plus froid avec d'importantes chutes de neige.

Le salaire est correct mais les conditions de vie sont dures ici, avec tous ces gens entassés dans les cabanes qui s'étendent le long de la vallée, et il en arrive d'autres chaque jour.

Il y a un saloon, comme on appelle un bar à bière en Amérique, et on y entend parler les langues de mille pays. La plupart des ouvriers sont hollandais, allemands et irlandais, mais il y a des Écossais, des Italiens, des Espagnols, des Français, des juifs venus de Pologne et de Russie, des musulmans venus de Turquie et d'Égypte, et aussi des Grecs. Et puis il y a des Roms. La plupart sont des colporteurs qui viennent vendre des choses aux ouvriers de la fonderie mais je n'en ai vu aucun qu'on connaissait de l'époque où on sillonnait le pays avec Big Tom et maman.

J'ai eu la chance de faire la connaissance de deux bons gars du Staffordshire sur le grand steamer qui m'a amené ici. Ce sont des types bien et on s'est mis ensemble pour chercher du travail et un endroit où loger. Ça me fait du bien d'entendre l'accent de chez nous quand ils parlent et, tous les trois, on baragouine en black country au saloon si bien que même les autres Anglais croient qu'on est étrangers et qu'on parle une langue bizarre !

Je parie que tu seras heureuse d'apprendre que je n'ai pas encore repris mon ancienne activité en Amérique, car bien que les voyageurs transportant des sacs remplis de dollars et d'or ne soient pas rares, ils se déplacent ici dans une voiture fortifiée avec des portes en acier et des coffres-forts plus des gardes armés sur le toit lorsqu'ils transfèrent de l'argent vers et depuis les banques de Philadelphie.

Bien idiot serait celui qui essayerait de dévaliser une de ces voitures. Il faudrait une armée. Ma vieille pétoire est rangée en sécurité dans mes affaires et j'espère ne pas avoir à m'en servir. Je prie pour que tu aies gardé celle que je t'ai donnée, car tu risques d'en avoir besoin dans ta vie de boxeuse.

J'ai prévu de travailler ici cette année et de mettre des dollars de côté. Ensuite, avec mes copains du Staffordshire, on achètera des chevaux pour aller dans l'Ouest. On a beaucoup entendu parler de la Californie, qui ressemble à une terre promise où il suffit de se baisser pour trouver de l'or dans les champs. Le voyage jusque là-bas prendra une année entière et il faudra qu'on demande des renseignements sur la piste à suivre aux hommes qui l'ont empruntée, des hommes qu'on trouve dans l'État du Missouri, et là-bas il y a un immense fleuve qui t'emmène dans le sud du pays où ils ont des esclaves africains et vivent dans des palais.

Mon travail est dur. Je porte des pelletées de charbon toute la journée et je décharge des chariots de charbon. Une voie ferrée est en cours de construction et, si un gars n'aime pas son travail à la fonderie, il peut toujours marcher jusqu'à la ligne de chemin de fer et trouver autant de journées de travail qu'il veut. Alors les chefs proposent des salaires élevés pour que les gars restent à la fonderie, car notre fer et notre acier sont très demandés pour les voies ferrées qui, d'après eux, traverseront un jour toute l'Amérique.

J'aurai une journée de congé pour Pâques et, dans une semaine, mes copains du Staffordshire et moi (ils s'appellent William Stack et George Sandman), on va prendre une voiture et un bateau à vapeur jusqu'à Philadelphie d'où je t'enverrai cette lettre par le steamer de Liverpool.

Je ne veux pas déshonorer Big Tom mais j'ai pris le nom de Bill et je suis connu ici sous le nom de Tommy Perry, car me faire appeler par mon nom de famille pourrait m'attirer des ennuis de la part de ceux qui arrivent de chez nous et qui connaissent les aventures du Black Cloak. Celui-ci doit garder secrète la vérité sur ses audacieux exploits. En parlant de chez nous, j'ai découvert que William et George avaient tous les deux entendu parler du Black Cloak, mais ils ont eux aussi décidé de garder mon secret.

Je peux acheter et lire les histoires d'aventures que j'aime tant ici aussi, et il y en a de belles dans les périodiques sur les pionniers et les guerriers indiens. Il y a aussi une église dans notre vallée, ainsi qu'un magasin où on peut acheter du tabac et du pain.

Le soir, dans notre cabane, j'apprends à lire à William et à George, et on ne va pas au saloon avant le vendredi. J'aime bien y aller parce que j'ai un faible pour la fille du patron. C'est une très jolie Allemande qui s'appelle Stella Beck, et avec les gars on lui parle et on la fait rire et, à vrai dire, on est tous les trois amoureux d'elle.

Mon Annie, tu serais bien ici si tu venais car les femmes font de la boxe dans tout le pays. On m'a dit qu'il y avait des matchs de boxe à toutes les foires d'été ici et que la championne de l'État de Pennsylvanie était une jeune Hollandaise appelée Bertha Bakker qui vit dans notre vallée et travaille dans les mines de Slocum Hollow. Les garçons du saloon disent qu'elle est très forte, qu'elle affronte des hommes et qu'elle a mis K-O tous ceux qui l'ont défiée. Que ferait-elle de notre Annie, je me le demande. Ici, les hommes se battent souvent. Il y a un carré derrière le saloon où ils organisent des combats, et il y a des paris presque tous les samedis soir. Je ne parie pas car j'économise mon argent pour mon aventure dans l'Ouest.

Je dois lutter contre la terrible tristesse que je ressens pour maman et les autres. Je m'interroge sur le sort de Benny et Tass et je rêve d'eux, et je prie encore tous les soirs pour les âmes de maman et des petiotes qu'on a perdues de façon si tragique.

Je prie aussi pour toi, mon Annie, car nous sommes les derniers Loveridge. Je prie pour que tu épouses ton Jem, qui est le meilleur des hommes et que je serai fier d'appeler mon frère, et si votre premier-né est un garçon, vous devrez l'appeler Thomas en souvenir de notre cher père.

Bien que notre famille ait été déchirée et dispersée aux quatre vents, je garde des souvenirs de notre petite tribu et je vous ai toujours dans mon cœur.

Ton frère qui t'aime,

Tommy.

Tu peux m'envoyer ta correspondance ici, Annie. Cela prendra du temps et te coûtera quelques shillings mais tu peux m'écrire à Tommy Perry, Scranton Furnace and Steel Works, Lakawanna Valley, Pennsylvanie, États-Unis d'Amérique, et je recevrai ta lettre. Et je t'enverrai un mot quand on partira dans l'Ouest.

Je suis restée devant le Champion of England, la lettre de Tommy à la main. Ils construisaient tout autour, d'autres rangées de vilaines petites maisons, et des types pavaient les rues et les ruelles. Le bar à bière avait besoin d'être repeint ; il était marron sale. Personne avait nettoyé les vitres depuis des mois et l'image de Bill sur l'enseigne était à peine visible sous la crasse. Paddy, Bill, Janey et Jem étaient déjà tous dans le chariot et les chevaux piaffaient, impatients de partir.

J'ai soudain senti monter en moi la certitude que c'était la dernière fois que je venais dans ce coin. Bill m'avait demandé de rédiger son testament la veille au soir, alors que la fête battait son plein. Tous les profiteurs habituels et autres marchands de bière gratuite s'étaient rassemblés pour nous souhaiter bonne chance, à Jem et moi, et pour fêter la réouverture du bar. On n'avait pas de licence, pour une fois Bill avait une bonne raison de distribuer toute la bière gratis. Un violoniste et un joueur de concertina étaient venus et on avait chanté et dansé jusqu'au lever du jour.

Au plus fort de la fête, pendant que Jem faisait tournoyer dans le bar toutes les jeunes cloutières aux yeux écarquillés, Bill m'avait fait asseoir avec lui sous les lampes sur le banc de devant et m'avait dicté son testament.

– Je n'ai rien, Annie… seulement ce que tu vois ici. Quand je partirai, c'est toi qui l'auras, mais je veux aussi subvenir aux besoins de Janey et tout. On a beau pas être mariés, elle a été pour moi une véritable épouse.

“Je veux donc dire, dans ce testament, que toi et Janey serez conjointement propriétaires du bar à bière The Champion of England et du terrain qu'il y a derrière et tout. Z'hériterez de tous les équipements, des tables et des chaises, des marchandises qui se trouvent dans l'arrière-cuisine et dans la cave à bière, l'écurie et la grange, de tous les plats, de la porcelaine et des verres.

“Pardonne-moi de pas pouvoir te laisser d’argent ni d’autres biens, mais j’ai été une âme prodigue toute ma vie.”

Je l’avais embrassé en lui disant que ça avait pas d’importance et qu’il allait encore vivre et me causer des ennuis pendant un bon bout de temps. On avait donné deux shillings à Jock Convey pour qu’il porte le testament le lendemain chez M. Garrow, un jeune avocat qui venait d’ouvrir son cabinet au port. Le vieux Jock avait juré qu’il s’acquitterait de sa tâche et Bill avait dit qu’on pouvait toujours faire confiance à un Écossais quand il s’agissait d’argent et de questions juridiques.

Plantée là par ce matin de juin, la tête alourdie par le manque de sommeil et l’excès de bière, j’ai senti au fond de moi que c’était la dernière fois que je voyais The Champion of England et ces rues. Je savais pas ce qui allait se passer ni où j’allais aller après notre combat à la fête de Lord Ledbury. Je savais juste que les choses bougeaient en moi et autour de moi, le port et la colline qui le surplombait tout frémissants de terrassiers, de chariots et de grues, avec ces rangées interminables de briques rouges qui recouvraient tout, et toujours les forges et la fonderie qui crachaient leur vapeur et leur fumée audessus de nous.

29

Pour Bill, c'était la fin. Devoir à nouveau quitter le bar à bière et reprendre la route, cette longue route menant près de Worcester qu'il connaissait depuis des années, ces années où il avait tiré des péniches et mis des baffes aux gars qui se mettaient en travers de son chemin. Des années passées avec le Marinier à transporter du charbon, du bois et du minerai. Le Marinier disait que le lord pour qui ils allaient se produire était un mauvais garçon. Il disait que, dans la région, tout le monde le savait : il était libidineux et dévergondé et avait autant de moralité qu'un rat de péniche. Sa Seigneurie avait mis en jeu les guinées que Bill avait utilisées pour acquérir le bar à bière toutes ces années plus tôt, le jour où il avait acheté Annie et perdu contre l'Irlandais. Eh bien, qu'il essaie ce petit jeu avec mon Annie ou avec son Jem, ou avec n'importe lequel d'entre nous. Qu'il essaie ! Il s'assurerait que Paddy soit payé, puis ils régleraient toutes les factures et les amendes et ils reprendraient leur vie d'avant au Champion of England, quand Annie lui épongeait le front et qu'il vendait de la bière à tous les types qui entraient.

Et voilà où il était maintenant, dans ce chariot brinquebalant, avec la tête de Janey qui roulait sur son épaule, à sentir le moindre satané grincement et le moindre cahot, au rythme régulier des poneys. Voilà où il était à présent : incapable de trouver une position assise confortable et chaque os de son corps lui faisait mal et protestait alors que le chariot tressautait sur la route. Personne ne saurait jamais les tourbillons et les remous qu'il avait dans la tête, que chaque jour était un brouillard et une brume qui fermentait devant ses yeux, eux qui jadis voyaient et jaugeaient tout ce qui l'entourait.

Il songea alors à sa vie. Au temps où il était un jeune homme vigoureux que les bateliers payaient pour démolir les types qui voulaient leur passer devant aux écluses, puis un boxeur torse nu, son ventre dur sculpté alors qu'il se balançait d'un côté et de l'autre et frappait avec cette démarche étrange qui déroutait ses adversaires.

Il se souvenait de la beauté aux yeux noirs qu'était sa mère, qui le tenait dans ses bras et lui murmurait des histoires en romani, et de son père, un grand monstre mal embouché avec une masse de cheveux blonds qui cinglaient l'air et des mains de la couleur et de la texture du fer. Il se souvenait des longs trajets à pied pour aller à la messe après la mort de sa mère, son père marchant à grandes enjambées devant lui sur les chemins où il se sentait coincé, piégé par la hauteur et la majesté des haies qui poussaient de chaque côté. Son père disait qu'ils allaient entendre la vérité tout en le poussant et en lui administrant des gifles pour le faire entrer dans l'église où ils pliaient brièvement le genou et se signaient avant d'aller s'asseoir sur les bancs, et là le père parlait avec des mots charmants des beautés du paradis et ils récitaient le Pater Noster et l'Ave Maria.

Pour Bill, toutes les femmes étaient bénies ; et il avait développé un désir impérieux de les protéger et de les honorer, malgré les gros mots qu'employaient les gars sur les péniches, malgré la grande injustice de leur position dans le monde. Il savait et sentait dans son âme qu'un homme incapable d'aimer, de respecter et de protéger une femme n'était pas un homme. Il adorait la façon dont Jem Mason tournait autour d'Annie, les yeux vigilants et grand ouverts pour surveiller tout ce qui pourrait la menacer, sa grosse main douce sur son épaule. C'était un homme, un vrai, se disait Bill ; il avait beau se battre et étendre d'autres types, un homme digne de ce nom aimait et veillait sur sa femme. Il avait tenté de faire ça durant toute sa vie de buveur de bière invétéré. Il avait tant de trous de mémoire.

Toute cette bière au fil des années – cette intense montée de plaisir qu'elle lui procurait quand elle cascadait dans sa gorge, bruissant et nettoyant ses entrailles, et l'étreinte musclée du houblon quand il vous frappait et que tout devenait possible. Il était né avec une soif insatiable qu'aucune quantité de bière ne semblait jamais pouvoir étancher.

Tandis que le chariot descendait Spon Lane dans un grondement et qu'il sentait le Champion s'éloigner, il avait l'impression que quelque chose se terminait, que quelque chose bougeait dans sa vision embrumée. Puis il sentit la main de Janey sur son visage et il sourit quand elle lui mit une bouteille de bière dans la main.

30

Anthony William Percival Grainger-Hyde était connu par ses amis sous le nom de “Percy”, par les ouvriers de son vaste domaine du Worcestershire sous celui de “Votre Seigneurie”, et par les farceurs et les commères de la société londonienne comme “Percy le Sportif” – une référence à la fois à son amour du pugilat et aux énergiques séances d’exercices physiques auxquelles il se livrait, disait-on, à la fois avec des dames et des messieurs lors des somptueuses fêtes qu’il organisait à Ledbury Court, l’imposante maison palladienne qui était le siège de sa famille depuis le début du XVIIe siècle.

Dans le *Sunday Bull*, M. Theodore Hook avait commencé à écrire des articles scabreux sur les bacchanales qui auraient eu lieu à Ledbury Court, évitant soigneusement la diffamation par l’utilisation d’expressions euphémiques telles que : “Nous pensons que Sa Seigneurie était parfaitement entraînée grâce à ses plaisirs sportifs avec diverses jeunes personnes enthousiastes…” La série de tableaux représentant des boxeurs grecs nus qu’il avait commandés et accrochés dans le hall central de la demeure avait été qualifiée par le journal de “peinture particulièrement indécente et suave”.

Des statues gréco-romaines à demi vêtues étaient installées dans les niches et l’exèdre du hall, et une belle copie en marbre du *Boxeur du Quirinal* trônait au milieu de l’extravagant pont couvert qui traversait le lac serpentin devant la maison.

Sa Seigneurie aimait sa réputation scandaleuse et était amusée lorsque les périodiques faisaient allusion à son comportement excentrique – comme laisser des loups arctiques importés errer dans les bois du domaine et massacrer les moutons qui paissaient dans les champs vallonnés, ou choyer la petite colonie de macaques qui avait envahi les écuries et terrorisait le personnel de cuisine.

L'amour de Lord Ledbury pour les sports dangereux et stimulants incluait l'organisation annuelle et sa participation à sa propre course d'obstacles autour du domaine, des cours de lutte avec un énorme Turc muet qu'il hébergeait dans un coin reculé de la propriété, du tir à l'arc où les cibles étaient souvent des fruits divers posés en équilibre sur la tête d'ouvriers tremblants, et l'art du pugilat. Il avait été initié à cet art par Tom Sayers en personne, lequel avait séjourné chez lui tout un été pour entraîner Sa Seigneurie. Il avait un maître d'armes à plein temps au domaine et un homme qu'il payait pour marcher sur son corps nu avec des grosses bottes afin de pouvoir pratiquer les techniques indiennes de contrôle de la respiration et de la douleur qu'il avait découvertes en lisant d'épouvantables récits sur le sous-continent.

À Londres, il était connu pour sa propension à défier d'autres jeunes gens en duel – sa dernière tentative pour provoquer un officier de cavalerie dans un duel à l'épée avait été rapportée dans un article haletant dans les chroniques du *Sunday Bull* – et il cherchait à insulter ses adversaires potentiels dans les nombreux clubs privés qu'il fréquentait. La plupart des hommes de la bonne société connaissaient son penchant pour le frisson et ne relevaient pas ses défis.

Anthony Grainger-Hyde n'avait pas de parents à qui rendre des comptes, sa mère étant décédée lorsqu'il avait onze ans et son père comme son frère aîné étant morts peu après dans un naufrage en revenant de la plantation familiale à la Barbade. À la suite de leurs décès, le jeune garçon avait hérité du titre et de l'ensemble du domaine. Comme beaucoup de familles propriétaires d'esclaves, les Grainger-Hyde avaient reçu de généreuses compensations lorsque l'esclavage avait été aboli dans les Antilles britanniques en 1833, et cet argent, ajouté aux revenus de ses domaines et des investissements familiaux dans l'industrie du fer et de l'acier, faisait de lui un des jeunes hommes les plus riches et un des meilleurs partis d'Angleterre.

Les amis de son cercle étaient aussi riches et, pour la plupart, aussi oisifs que lui, et ils cultivaient des manières et un style vestimentaire efféminés qu'ils prenaient plaisir à subvertir par leur promptitude à se livrer au combat et au pugilat. Étant donné sa propension à la bagarre, Sa Seigneurie s'était vu interdire l'accès à de nombreuses tavernes locales et à un certain nombre de clubs masculins londoniens.

Deux tantes âgées s'étaient organisées pour lui faire rencontrer une série de jeunes filles bien sous tous rapports, afin qu'il les fréquente pendant des fêtes et même pour qu'elles aillent lui rendre visite à Ledbury Court, mais leurs tentatives pour lui trouver une épouse étaient restées vaines. Il préférait de loin la compagnie d'autres jeunes hommes et se comportait souvent de façon délibérément insultante avec ces prétendantes. Sa seule compagnie féminine régulière était une certaine Mme Jenny Fraser, une actrice écossaise de presque quinze ans son aînée rencontrée dans un théâtre londonien et dont la présence à Ledbury Court scandalisait à la fois ses tantes et ses domestiques.

Et, aujourd'hui, Mme Fraser était à ses côtés pour accueillir chaque voiture qui s'arrêtait devant la maison.

De toutes les fêtes qu'il donnait, la plus célèbre et la plus commentée était celle du Songe d'une nuit d'été, qu'il mettait en scène chaque année. Le *Sunday Bull* rapportait que toute la bonne société londonienne avait décampé en masse dans le Worcestershire pour assister à ce somptueux spectacle de trois jours qui comprenait une course d'obstacles, des courses de canoës sur le lac, une reconstitution de la bataille d'Austerlitz, du tir à l'arc, de la lutte, du saut à poney, du lancer de bottes de foin à la fourche et, cette année, sur un ring de boxe spécialement construit pour l'occasion, la chance de voir et d'affronter le Bruiser de Bilston et la Fille du Slasher.

Mme Fraser regardait la vaste pelouse depuis la terrasse surélevée où elle et Sa Seigneurie venaient de prendre leur déjeuner. Des domestiques en livrée noire s'affairaient pour débarrasser les assiettes et les verres. Elle s'imprégnait de l'immensité du lieu lorsqu'il vint à ses côtés et lui toucha le bras. Sa Seigneurie lui tendit un petit verre de laudanum amer qu'elle accepta et but avec un sourire.

– Vous serez enchantée par le spectacle, Jenny, dit-il, et par le jeune homme de Bilston qui se produira demain. Il est du genre que vous appréciez.

Elle regarda les hommes qui montaient des tentes et plantaient des piquets peints sur les pelouses et demanda :

– Et vous aussi, vous l'appréciez ?

– Je l'affronterai sur le ring, répondit Lord Ledbury. Je savourerai l'odeur de sa peau de près. Vous devriez affronter la fille, Annie Perry… elle est d'une rare beauté, une beauté qu'on peut savourer.

Mme Fraser sourit à nouveau.

31

On a installé notre camp dans les bois. Avec Paddy on a marché entre les arbres et traversé une grande prairie pour rejoindre la maison. Les belles dames et les beaux messieurs étaient déjà réunis sur les pelouses où ils buvaient du vin en regardant des jongleurs sous le soleil de juin. Il y avait un ring délimité par des piquets de bois et un ruban affaissé. On s'est frayé un chemin à travers les gens. Certains se sont inclinés en me voyant et un jeune homme s'est même mis à plat ventre devant moi en disant :

– Nous sommes honorés de votre présence, madame.

Paddy a trouvé Sa Seigneurie et a parlé argent pendant que je regardais la scène depuis la terrasse. Je savais pas qu'il y avait autant de gens riches dans ce monde. Il y en avait des dizaines, tous en train de se balader dans leurs beaux habits, et les dames faussement modestes avec leurs bouclettes, leurs bonnets à ruban et leurs jupes volumineuses.

Paddy m'a rejointe avec Lord Ledbury, tout pimpant dans son gilet argenté orné de perles et son manteau de la couleur du ciel bleu. Tête nue, ses longs cheveux blonds se balançaient et lui effleuraient les épaules. Je pouvais pas nier qu'il était beau garçon et, j'ai honte de le dire, j'ai éprouvé une pointe de désir quand il est venu vers moi.

Il était accompagné d'une très jolie dame vêtue d'une robe en soie verte. Elle était d'une grande beauté avec un petit air enfantin, pourtant ses yeux étaient soulignés de khôl, son visage poudré de blanc et ses cheveux remontés sous un chapeau de marin qu'elle portait crânement.

Tout en elle correspondait à ce que j'aurais voulu pour moi. J'aurais voulu avoir son allure et sa démarche fière. J'avais l'impression d'être une vraie mocheté dans ma vieille robe-tablier quand elle s'est approchée de moi en souriant.

Sa Seigneurie s'est inclinée devant moi et tout.

– Nous sommes très honorés de vous avoir ici, mademoiselle Perry, a-t-il dit. Permettez-moi de vous présenter Mme Fraser, la plus célèbre actrice de Londres.

La dame s'est approchée de moi, m'a prise par la taille et, à la vue de tous, elle m'a embrassée sur la bouche avec fougue, glissant sa langue à l'intérieur. Qu'est-ce que j'ai ressenti à ce moment-là ? Je l'ai pas repoussée, voilà ce que je dirais. Je sentais l'odeur de la poudre sur sa joue et le chaud soleil de juin sur mon dos. Sa bouche avait un goût fruité de vin et ses lèvres étaient chaudes et douces sur les miennes.

Sa Seigneurie a applaudi en faisant un pas en arrière et Paddy a dit :

– Bon, eh bien…

La dame m'a souri en disant :

– Vous avez un goût exquis, mademoiselle Perry. J'espère que nous nous reverrons sur le ring.

– Sur le ring vous ne prendrez pas de telles libertés avec moi, mademoiselle, j'ai répondu.

Lord Ledbury et elle ont ri et se sont étreints, puis Sa Seigneurie a dit :

– Ici, vous pouvez laisser votre pudeur derrière vous, mademoiselle Perry. C'est la Saint-Jean et, pendant que vous et vos amis êtes ici, j'espère que vous prendrez part à nos plaisirs. Il y aura des choses surprenantes à voir et à faire pendant votre séjour.

Paddy est venu se mettre à côté de moi et m'a prise par le bras.

– Bien, votre seigneurie, mademoiselle Perry est enchantée d'être ici mais elle doit aller se préparer pour sa performance. Puis-je simplement vous entretenir du prix que nous avons convenu pour cette prestation…

Un groupe de jeunes dandys et de dames se tenait à présent autour de moi. Les messieurs avaient tous des gilets brodés de couleurs vives sous des vestes en soie et en velours ajustées tandis que les dames portaient des robes qui laissaient voir leurs épaules, et très échancrées sur la poitrine. La plupart des messieurs étaient imberbes et portaient les cheveux longs comme Sa Seigneurie. Ils semblaient tous me regarder comme si j'étais un nouveau poulain dans une écurie – avec un mélange d'affection et de dégoût devant le liquide poisseux du ventre de la jument qui me collait au corps.

Lord Ledbury a tapé sur l'épaule de Paddy et dit :

– Vous toucherez votre rémunération, Tacker, mais d'abord nous devons voir le spectacle.

Une dame du groupe s'est avancée vers moi et a tendu la main en disant : "Puis-je regarder ?" Elle a pris mes mains pour les examiner, puis d'autres ont commencé à s'attrouper pour voir, et on entendait des exclamations : "Qu'elles sont grandes !" "Elles sont tellement rugueuses !"

Une jeune femme a dit à l'homme à côté d'elle :

– J'imagine qu'elles doivent être un peu rêches sur la peau.

À quoi son compagnon a répondu :

– J'aimerais bien savoir comment elles seraient sur ma peau à moi. Peut-être qu'elles sont douces et caressantes lorsqu'elles n'assènent pas des directs et des crochets.

La foule s'est mise à rire et j'ai retiré brusquement mes mains parce que je savais qu'ils se moquaient de moi et j'aimais pas le regard de ces messieurs ni la façon dont ils m'examinaient. Certaines dames aussi me regardaient avec avidité, et elles avaient beau sourire, je sentais qu'elles auraient voulu prendre les mêmes libertés que Mme Fraser.

Lord Ledbury a frappé dans ses mains et déclaré :

– Mesdames et messieurs ! Passons sur la terrasse du fond pour boire un peu de vin et de liqueurs, et ensuite le spectacle commencera…

Il s'est tourné vers Paddy et a sorti une liasse de billets d'une bourse en argent qu'il portait autour du cou. Il en a compté cinq et les a tendus à Paddy.

– Tenez, Tacker… la moitié de vos honoraires pour m'assurer que vous vous comporterez tous agréablement pendant votre séjour ici. Le reste viendra quand vous et vos boxeurs aurez fait couler un peu de sang.

Paddy m'a entraînée précipitamment pour retourner à notre roulotte dans les bois.

– Ce sont de drôles d'énergumènes, Annie… il faudra que tu fasses attention à toi quand tu seras parmi eux. Parce que l'argent n'est pas un obstacle pour ces types et ils croient pouvoir tout acheter. Tu as vu combien Sa Seigneurie avait dans sa bourse ? Il devait bien y avoir deux ou trois cents livres dans cette liasse. Un homme qui peut se balader comme ça avec autant d'argent sur lui n'est peut-être pas un homme en qui on peut avoir entièrement confiance.

– Il t'a donné combien ? j'ai demandé.

Paddy avait jamais aimé dire combien il était payé, mais il s'est arrêté et a répondu :

– Eh bien, il m'a donné vingt-cinq livres. On aura le reste après le spectacle. Je sais que, Bill et toi, vous avez besoin de cette bourse, Annie, et on l'aura.

32

À Ardleigh, le chef de la police Southwick se tenait devant la table de travail de Sir Andrew dans le vaste bureau qui donnait sur les pelouses ; au loin, le nuage familier de vapeur et de fumée planait au-dessus du port de Tipton.

Sir Andrew entra, traversant le bureau la main tendue pour inviter le policier à s'asseoir.

– Je vous en prie, monsieur, vous avez des nouvelles pour moi ?

– Eh bien, monsieur, je dois d'abord m'excuser du temps qu'il nous a fallu pour glaner ces informations, mais nous avons mené quelques enquêtes et je suis maintenant convaincu que le Black Cloak qui vous a dévalisé et qui a tiré sur notre agent est bien le frère de Mlle Annie Perry. Il s'appelle Thomas Loveridge et c'est un gitan, comme Mlle Perry. La maison de travail de Bilston a confirmé que le jeune homme, qui doit avoir une vingtaine d'années aujourd'hui, s'est enfui de là-bas il y a deux ans alors qu'il était employé par les tanneries. Nous avons interrogé la direction et il portait effectivement un ruban rouge au poignet gauche ; en fait, il préférait cette main-là en toutes choses, et notre homme jure qu'il a fait feu de la main gauche. Voyons… ses sœurs sont mortes à la maison de travail et sa mère s'est suicidée à l'asile de Worcester, et c'est peu après qu'il s'est enfui.

– Il tenait effectivement son pistolet de la main gauche quand il nous a dévalisés, confirma Sir Andrew, et le ruban était bien le même pauvre bout de chiffon que j'ai vu lors du tournoi de boxe le lendemain de Noël.

Le policier poursuivit :

– La maison de travail a reçu une lettre de Mlle Perry en personne dans laquelle elle demandait des nouvelles de sa famille et disait qu'ils étaient tous des Loveridge. Je l'ai ici…

Il tendit la lettre à Sir Andrew.

– Eh bien, le révérend Warren devrait se montrer un peu plus circonspect concernant les origines des personnes dont ses filles choisissent de défendre la cause dans leur école. Et si le jeune Thomas était bien à la maison de travail, j'en conclus qu'ils ont dû le cacher au bar à bière pendant les mois où il écumait la région. Ou, du moins, qu'ils ont apporté de l'aide et un abri à ce bandit.

– Nous pensons que Bill Perry a acheté la fille dans une foire aux alentours de 1838, continua le chef Southwick. Il n'est pas du tout rare que les Roms vendent leurs enfants. Si nous arrivons à prouver que Thomas Loveridge est encore avec eux, se faisant passer pour un domestique ou un écornifleur, alors on leur passera à tous la corde autour du cou. Je suis convaincu que le garçon porte encore ce ruban ; il a été attaché à son poignet par sa pauvre mère démente, d'après la direction de la maison de travail. Aux dires de tous, c'était un garçon intelligent ; il savait lire et faisait souvent la lecture de la Bible pendant la messe du dimanche.

Sir Andrew regarda la lettre d'Annie une fois de plus et secoua la tête.

– On se demande ce que devient l'Église, non ? Tout cela est bien beau, monsieur, mais où est ce garçon ?

– Eh bien, il semble qu'après s'être lourdement endetté à cause d'amendes et de factures impayées, toute la bande, y compris le jeune Jem Mason de Bilston, soit allée de foire en foire avec son stand de boxe. Ils sont revenus pour deux nuits et sont repartis hier. Le bar à bière est à nouveau fermé. Apparemment il n'y a personne à l'intérieur, mais avec un mandat je pourrais forcer la porte et chercher Thomas Loveridge. J'ai envoyé un message au magistrat. William Perry doit aller en prison pour dettes afin que nous puissions aider ceux qu'il a lésés, si nous le trouvons aussi.

– Appelez le magistrat et obtenez ce mandat, répondit Sir Andrew. Mais s'ils ne sont pas là, où peuvent-ils bien être ?

– Nos agents ont été informés par les boit-sans-soif du coin qu'ils avaient tous été invités à la fête annuelle de la Saint-Jean organisée à Ledbury Court. Il semble que Sa Seigneurie soit friande de leur spectacle de boxe.

– Cela tombe à point nommé ! s'exclama-t-il. Je dois moi-même me rendre à cette fête demain. Permettez-moi d'emmener une équipe de policiers à Ledbury et nous les aurons !

– Eh bien monsieur, peut-être devrions-nous d'abord sécuriser le bar à bière ?

– Très bien. Faites-le cet après-midi. Une fois sécurisé, l'établissement sera saisi pour être vendu afin de couvrir les dettes de Perry. Et, ensuite, trouvez-moi une bonne équipe d'agents avec des chevaux robustes pour y aller. Et assurez-vous qu'ils aient des pistolets et qu'ils sachent s'en servir.

– Je me demande si Sa Seigneurie tient à ce que sa fête soit perturbée de la sorte. Peut-être devrions-nous attendre que ses invités soient partis et les intercepter sur la route du retour ? suggéra le chef Southwick.

– Oh non ! Percy trouvera toute cette histoire d'un comique absolu ! Des policiers armés et des desperados en fuite pendant sa fête ! Il en sera ravi.

33

Dans l'après-midi, le temps est devenu lourd et chaud pendant que Jem et moi on se préparait pour nos combats. Paddy avait fait aménager le ring comme il voulait, avec une cloche et sa montre à gousset sur une table. Il était prêt à demander une participation aux adversaires potentiels malgré les honoraires qu'on recevait de Sa Seigneurie. Paddy gardait toujours les yeux ouverts quand il s'agissait de soulager les gens de leur argent. Il a hésité, puis a modifié à la craie le prix sur son tableau.

– Je me dis qu'avec les gens qu'on a ici, cinq shillings le combat ce ne sera pas déraisonnable ni au-delà de leurs moyens.

Bill a pris sa place près du ring. Il voyait plus rien maintenant, à part des formes qui bougeaient autour de lui. Un valet de pied de la maison lui a apporté deux grandes bouteilles de bière et il avait l'air assez heureux dans la douceur de l'après-midi, soulevant sa casquette devant les dames et les messieurs qui passaient devant lui en disant :

– Bien l'bonjour, m'sieurs-dames !

Il y a eu un somptueux déjeuner sur la terrasse avec des tas de rangées de dames et de messieurs assis à des tables et des domestiques vêtus de toges qui servaient du vin dans des amphores grecques. Après le repas, Lord Ledbury a annoncé le premier divertissement sportif de l'après-midi : un groupe de gymnastes qui allaient culbuter et rouler sur la pelouse, former des pyramides et faire des saltos et des piqués.

Avec Jem, Janey et Paddy, on est allés jusqu'à la corde pour regarder d'en bas.

Sa Seigneurie a annoncé à ses invités :

– Cette troupe va se produire dans le style traditionnel grec, mesdames et messieurs. Regardez le stade et je suis sûr que vous apprécierez leur beauté.

Là, six grands gaillards entièrement nus, à l'exception d'un foulard rouge que chacun portait autour du cou, sont sortis de leur tente en courant. En les voyant courir et culbuter sur la pelouse, la foule au-dessus a lâché un hoquet de surprise ; il y a eu des cris et des hurlements, et des messieurs ont levé leurs verres pour porter un toast à ce tableau.

Janey aussi a poussé un cri aigu et frappé dans ses mains en s'écriant :

– Ooh, quel beau spectacle !

Paddy a rougi et répondu :

– Par Dieu, il a dû leur donner une fortune pour se produire comme ça ! C'est indécent… je me demande combien ils ont touché…

– Oublie ça, Paddy, a dit Jem, j'me mettrai pas à poil quel que soit le tarif !

Je regardais et j'ai pas pu m'empêcher de rire en voyant le zizi d'un type se balancer, mais Jem m'a couvert les yeux en disant :

– Non, Annie, faut pas que tu voies ça.

– Fiche-moi la paix, j'ai dit.

– Le blond est bien bâti, hein ! s'est écrié Janey.

– Pour l'amour de Dieu, le dites pas à Bill, a dit Paddy. Il se précipiterait là-bas pour essayer de tout arrêter. C'est une veine qu'il soit aveugle !

Je me suis détournée de Jem et j'ai regardé à l'autre bout du champ. Bill était tranquillement assis sur sa chaise, près des banderoles du ring qui flottaient au vent, en train de siroter sa bière en souriant.

Sur la terrasse, les messieurs et les dames semblaient particulièrement enflammés par le spectacle ; ils étaient tous debout, trinquant et criant pendant que les six garçons poursuivaient leur numéro, faisaient des roulades et des sauts périlleux, se grimpaient les uns sur les autres, enchaînaient des saltos avant et arrière.

Un jeune homme a sauté sur la pelouse depuis la terrasse en criant “Je suis revigoré!” et là il a enlevé son manteau, son gilet, sa chemise et sa culotte, et il s’est précipité au milieu des gymnastes. Le vin le faisait rouler des yeux alors qu’il leur courait après. La foule a rugi et l’a applaudi pendant que Lord Ledbury, debout sur la balustrade en pierre de la terrasse, les bras tendus, criait en direction de la pelouse.

– La situation devient incontrôlable, Annie, s’est inquiété Jem. Qu’est-ce qu’ils vont attendre de nous?

– Ça va aller, t’en fais pas, j’ai répondu. On va juste faire notre spectacle, prendre l’argent et partir.

L’invité qui s’était déshabillé s’était à présent emparé du plus costaud des garçons de la troupe et ils luttaient tous les deux sur le sol pendant que les autres gymnastes tentaient de les séparer.

Paddy a secoué la tête:

– Enfin, il paraît que c’est comme ça que faisaient les Grecs… les cochons!

Cette ambiance de libertinage et de laisser-aller s’est poursuivie dans l’après-midi. Jem et moi, on a fait notre spectacle de démonstration et la foule s’est rassemblée autour de nous. Beaucoup de messieurs étaient déjà torse nu et les dames aussi avaient enlevé leurs bonnets, leurs châles et leurs manteaux, desserré leurs corsets et leurs cols, et elles se prélassaient sur les messieurs ou dans les bras d’autres dames. Des domestiques portant des plateaux circulaient sans arrêt avec du champagne et des liqueurs servies dans des petites coupes en argent que les invités prenaient et sirotaient. Paddy a expliqué que c’était du laudanum – une potion capable de soulager la douleur la plus terrible mais qui avait coutume d’asservir le corps à ses effets.

Le premier adversaire de Jem était un robuste garçon d'écurie à l'air abruti que Sa Seigneurie a présenté et dont il a payé la participation. Jem avait l'air vraiment désolé en frappant le garçon sur le ring, et il lui murmurait :

– Couche-toi et reste à terre.

Le jeune idiot a fini par comprendre le message, bien qu'il ait eu le visage salement entaillé.

Le pauvre garçon a quitté le ring sous les huées et les sifflets des messieurs et un autre domestique a pris sa place, un grand valet de pied poussé et encouragé par les acclamations des messieurs et des dames. Il s'en est mieux tiré : il a même réussi à atteindre Jem au ventre, mais Jem sautillait autour de lui, presque comme à l'entraînement, et de temps en temps il me regardait en haussant les épaules avec l'air de demander : "Qu'est-ce qu'on fait ici ?"

Quand le valet de pied a été à terre – et qu'il a eu le bon sens d'y rester –, d'autres huées ont accueilli un autre garçon maigre portant une chemise de travail et une culotte, et la foule l'a poussé à travers les cordes. Il avait pas plus de douze ans et, en le voyant, Jem a semblé perdre un peu la tête. Il s'est mis à faire le tour du ring en criant :

– Et vous, messieurs ? Et si certains d'entre vous, mes beaux messieurs, tentaient l'coup ? J'refuse d'étendre des ouvriers et des petiots…

Il a fait sortir le jeune garçon du ring et Paddy s'est approché de lui en criant :

– Non, Jem, allons ! Tu vas affronter tous les adversaires qui se présentent, quels qu'ils soient !

Bien sûr, Paddy se fichait de savoir qui Jem frappait tant qu'il avait ses cinq shillings.

Là, une grande clameur est montée de la foule et un homme torse nu avec des longs cheveux auburn est monté sur le ring. Il faisait partie des gentilshommes et les autres se sont mis à crier :

– Allez, George ! Allez-y et donnez une leçon à ce paysan !

Un petit gros, presque nu à l'exception de ses sous-vêtements et de son chapeau haut-de-forme, imbibé de vin jusqu'à la moelle, s'est écrié :

– C'est qu'un pauvre plouc ignorant, George ! Montrez à ce tâcheron comment ses supérieurs écrasent ses semblables !

Parmi les cris, les gloussements et les rires, le type se promenait sur le ring comme s'il y était né, levant les bras et prenant des poses pour obtenir leurs applaudissements. Il portait une large ceinture dorée autour de la taille et c'était pas un vilain spécimen pour un rupin. Il était conscient de sa beauté, notez, et au début il a essayé de provoquer Jem en lui envoyant des petits baisers avec des gestes de la main élaborés, des petits clins d'œil et des sourires.

Ils ont poussé des cris de joie et ont applaudi, et je voyais que Jem avait juste envie de lui déboîter la tête. Le type savait bouger un peu et il s'est mis à sautiller en essayant de trouver une ouverture. Il a fait quelques mouvements vers l'avant mais Jem l'avait vu venir et il s'est pris deux bons directs et une méchante entaille en forme de croix à la tête pour sa peine.

Quand le sang a jailli, le jeune homme a hurlé et s'est essuyé la bouche, puis il se l'est étalé sur le corps.

Pourquoi il a fait ça, j'en sais rien, parce que ça m'a semblé complètement dingo de faire un truc pareil au milieu d'un combat, mais son geste a déclenché un tonnerre d'applaudissements dans la foule. Les gens criaient : "Un sauvage ! Un sauvage !" et "Premier sang !" "Vous êtes un noble sauvage, monsieur !"

Jem a laissé le gars faire d'autres cabrioles devant ses amis et, après, il l'a étendu d'une droite : pile sous le menton, tête en arrière, extinction des feux.

Il y a eu d'autres huées et railleries, et d'autres jeunes amis de Lord Ledbury se sont avancés pour affronter

Jem, chacun plus maniéré et plus efféminé dans ses gestes que le précédent. Après en avoir mis trois de plus K-O, Jem s'est approché de moi et a dit :

– Je pourrais étendre ces richards toute la journée, Annie.

Il y a eu un coup de trompette et la foule s'est écartée pour révéler Lord Ledbury qui ressemblait à un empereur romain avec sa cape plissée violette et sa couronne de lauriers en or sur la tête. Il a levé les bras et a crié "*Ecco inimicus vulgo !*" en paradant vers le ring, et le cri a été repris par la foule qui applaudissait en rythme.

Une fois sur le ring, Sa Seigneurie s'est débarrassée de sa cape pour apparaître entièrement nue, à l'exception d'un minuscule morceau de cuir sur ses parties intimes et de liens en cuir sur les mains, les avant-bras et les jambes. La foule a poussé d'autres hourras et crié "*Inimicus vulgo*" et j'ai regretté de pas avoir fait du latin avec les mademoiselles Warren.

Il a commencé le combat en allant directement au corps à corps au son de la cloche. Il faisait presque une tête de moins que Jem et ils se sont colletés en avançant et en reculant. Je voyais bien que Jem savait pas quoi faire de lui alors qu'il l'agrippait par la taille ; il a essayé de le frapper aux reins une ou deux fois mais après il l'a simplement soulevé, le faisant décoller du sol, et il l'a fait tournoyer avant de l'envoyer voler dans les cordes. Un puissant hurlement s'est élevé de la foule qui criait "Faute !" et Paddy est intervenu pour donner un avertissement à Jem comme il l'aurait fait dans un vrai combat.

Jem a hoché la tête et là, Sa Seigneurie en a profité pour se glisser derrière Paddy et décocher un grand coup dans la mâchoire de Jem avant de reculer en sautillant, agitant les bras pour saluer la foule. J'ai vu que Jem avait mal mais il a gardé son sang-froid et il a reculé en positionnant ses pieds comme il faut et en se baissant correctement. Il a laissé Sa Seigneurie venir à lui. Ils se tournaient autour, les yeux dans les yeux, alors que la foule commençait à se calmer, attendant une attaque de l'un ou de l'autre. Là, Sa Seigneurie a poussé un grand cri et s'est avancée bras écartés pour tenter une droite. Jem aurait facilement pu l'envoyer au tapis à ce moment-là – c'est ce que j'aurais fait – mais il est resté calme et a esquivé en reculant avant de lui coller quelques petits directs. Après, il l'a contournée lentement, se plaçant sur sa droite pour lui en envoyer d'autres et on entendait les petits coups secs qui couvraient les bruits de la foule.

Quelques-uns ont tenté de scander le "*Inimicus vulgo*" et "Allez, Percy !".

De là où je me trouvais, le problème était clair : Sa Seigneurie était à moitié sonnée, ses yeux refusaient de faire la mise au point et le jeune lord titubait après seulement quelques petits coups. Jem l'a vu aussi et il a crié à Paddy :

– Si j'étends ce type, est-ce qu'on sera payés comme il faut ?

Sa Seigneurie a entendu et ri aux éclats :

– Je vous couvrirai d'argent, ma belle brute, il a dit.

– À quoi il joue, Paddy ? a demandé Jem avant de s'avancer pour le frapper à nouveau, lui envoyant un joli coup bien net qui lui a ouvert la joue.

– Encore, encore, Adonis, c'est exquis ! lui a crié Sa Seigneurie en laissant retomber ses bras et en avançant de face.

– Levez vos mains devant vous, mon gars ! Je frappe pas un homme sans garde ! lui a crié Jem.

Je me disais : "Colle-lui-en une, Jem, finis ce fichu boulot."

Là, le brouhaha a repris dans la foule ; certains criaient à Jem de l'achever et d'autres encourageaient Sa Seigneurie à mettre le paquet.

Paddy s'est arrêté et a murmuré quelque chose à l'oreille de Jem pendant que Lord Ledbury se tournait vers la foule et s'inclinait, levant les bras pour montrer le sang qui coulait maintenant de sa blessure.

Comme le monsieur avant lui, il s'est essuyé les mains sur le visage et la poitrine, s'étalant du sang partout sur le corps, et après il en a craché dans l'herbe et a crié :

– Je me soumets au géant ! Je m'offre à lui. Je serai son Patrocle.

Il a eu droit à des huées et des acclamations de la part de l'aristocratie assemblée. Un homme lui a tendu une bouteille de champagne et Lord Ledbury en a bu goulûment. Puis il a crié :

– La couronne pour le héros !

Ils lui ont tendu la couronne en or et il a cabriolé jusqu'à l'endroit où Jem se tenait avec Paddy. Il a traîné Jem au milieu du ring, lui a posé la couronne sur la tête et lui a levé un bras en l'air en beuglant : "*Vulgo grandinem !*", et le cri est monté.

Jem l'a regardé en demandant :

– Ça veut dire quoi, Excellence ?

– Je vous salue, Jem Mason. Vous êtes mon Hercule, mon Achille. – Et tout à coup, il lui a pris la tête entre les mains et l'a embrassé sur la bouche.

Jem l'a repoussé et lui a balancé son gauche, mais Lord Ledbury avait l'esprit vif quand il le voulait parce qu'il a esquivé en faisant un bond en arrière et la foule est devenue encore plus déchaînée et bruyante. Sa Seigneurie a reculé pour traverser les cordes et a atterri dans une mer de visages enthousiastes et de mains qui applaudissaient pendant que Paddy empêchait Jem de le poursuivre et de déclencher une émeute.

– J'refuse de continuer, Paddy. C'est terminé, il a dit.

Il boudait à cause du baiser, c'est sûr, alors je suis allée vers lui et j'ai dit :

– Ils ont des drôles de manières, ces gens, Jem. Faut pas te fiche en rogne pour ça. C'était qu'un baiser.

Janey trouvait ça drôle et tout, et elle a crié :

– J'l'aurais bien embrassé à ta place, Jem !

Et même Paddy s'est mis à rire. Et après il a dit :

– Allez, Annie. C'est ton tour, maintenant…

Il a demandé à la foule de s'approcher et m'a conduite au milieu du ring en criant :

– Mesdames, messieurs, amateurs de sport avertis… j'appelle à présent toutes les adversaires potentielles parmi les dames ici présentes ! Je vous demande d'accueillir la plus grande et la plus extraordinaire femme pugiliste d'Angleterre… Je vous demande d'accueillir… Annie Perry, la Fille du Slasher !

34

Lord Ledbury avait payé une série de laitières, de bonnes et de filles d'écurie cinq shillings chacune pour affronter Annie afin de divertir ses invités. Et alors que chacune montait sur le ring pour tenter de se mesurer à la Fille du Slasher, les fêtards de plus en plus dissolus s'acclamaient dans un déchaînement d'excitation.

Contrairement à Jem, Annie ne montrait aucun scrupule concernant qui elle allait frapper ou non, et elle aplatit dûment chaque femme tour à tour jusqu'à ce que sept adversaires meurtries et blessées aient quitté le ring sous les huées de la foule.

Seule une femme d'une classe supérieure se présenta pour affronter Annie : Mme Jenny Fraser.

Elle apparut dans la foule quand la septième adversaire vaincue fut descendue du ring en boitant et, comme Sa Seigneurie, elle fit son entrée au son d'une trompette. Elle offrait une vision effrayante et on voyait qu'elle avait l'habitude d'impressionner son public.

Elle était enveloppée dans une cape écarlate et portait une coiffe en or, vêtue d'une toge blanche serrée à la taille par une fine ceinture dorée. Ses mains et ses pieds étaient également ceints de lanières dorées, et elle portait le bouclier en peau de chèvre de la déesse Athéna, orné du visage de la Gorgone et bordé de têtes de serpents. Son visage à elle était blanchi par une épaisse couche de poudre, ses pommettes rehaussées par des touches de fard à joues et ses yeux soulignés de noir charbon.

Elle entra sur le ring, se débarrassa de sa cape et de son bouclier, puis elle parada devant la foule en délire, bras en l'air. Enfin, elle se tourna face à Annie.

Les regards des deux femmes se croisèrent et un frisson soudain sembla parcourir le public. Tout le monde se tut quand elles s'avancèrent pour se serrer la main.

Mme Fraser attira doucement Annie contre elle et murmura :

– Ceci un spectacle, ma chère. C'est une illusion. Évitons de nous faire mal. Essayons de les faire vibrer. Je me coucherai quand vous me le demanderez. – Puis elle eut un sourire mauvais qui fit également sourire Annie.

– Très bien, répondit Annie, mais gaffe à mes directs. Je détesterais laisser des cicatrices sur votre joli visage.

Et en tant que représentation, ce fut l'une des meilleures de Mme Fraser. Elle avait appris la position et les mouvements fluides auprès des meilleurs boxeurs, et pendant toutes ses années de scène, elle avait perfectionné l'art d'observer, d'interpréter et de réagir face à la personne qui jouait en face d'elle.

Les deux femmes se tournèrent autour en simulant des coups dans ce qui devint une sorte de danse, chacune reflétant les mouvements et les gestes de l'autre. Quand Annie frappait, Mme Fraser reculait, de sorte que le coup ne faisait souvent que l'effleurer. Quand Mme Fraser tentait un crochet à la tête d'Annie, la jeune femme pivotait et le coup, qui semblait l'atteindre, fouettait l'air à côté de son visage. Le ballet fluide et envoûtant qu'elles mettaient en scène oscillait entre des moments d'une délicatesse fragile et de brefs tourbillons d'agitation intenses. Elles flottaient et filaient tels deux papillons qui s'accouplent et se poursuivent dans un jardin d'été.

Lors d'un corps à corps, Mme Fraser murmura d'une voix voilée à l'oreille d'Annie :

– Vous voyez comme ils sont ravis, Annie ? Vous voyez comme notre beauté les enchante ?

– Oui, répondit Annie, mais malgré tout il va falloir que vous baissiez un peu votre garde et je vais peut-être devoir vous frapper pour de bon.

Lorsqu'elles s'écartèrent, Mme Fraser ajouta :

– Je vais savourer votre contact.

Le coup fatal, lorsqu'il arriva, fut précédé par un signe de tête entendu d'Annie qui fixa Mme Fraser dans les yeux avant d'accélérer brusquement sa gauche pour lui envoyer un uppercut croisé qui l'atteignit sur le bout du menton. Bien qu'elle ait essayé de retenir son coup, celui-ci porta et Mme Fraser laissa échapper un "ah !" aigu avant qu'il ne l'envoie tourbillonner et s'effondrer sur le sol.

Couchée, elle sourit à Annie pendant que Paddy comptait jusqu'à dix. La foule de spectateurs, qui avait assisté à la rencontre dans un silence empreint de crainte et de respect, éclata en applaudissements et en acclamations.

En regardant Mme Fraser frictionner son menton meurtri, Annie dit :

– C'est pour le baiser que vous m'avez volé, madame Fraser.

Toujours souriante, Mme Fraser fut relevée par Paddy et se tint devant Annie.

– Tout n'est qu'illusion, mademoiselle Perry. N'oubliez jamais cela. – Elle se pencha et l'embrassa à nouveau.

Les cris de joie de la foule enveloppèrent les deux femmes lorsqu'elles s'embrassèrent et Mme Fraser se tourna et leva les bras en l'air.

Après la fin du spectacle de boxe, la foule se déplaça vers le lac où il y eut une série chaotique de courses de canoës. Des fêtards tombaient ou plongeaient dans l'eau, et les pelouses ainsi que la demeure résonnaient de leurs cris enthousiastes. Un cortège de personnes trempées et à demi vêtues fut ensuite conduit par Lord Ledbury jusqu'à la maison, où une somptueuse table de banquet avait été dressée pour les festivités de la soirée.

Annie et sa troupe retournèrent à la roulotte dans la forêt derrière le lac. Jem fit un feu et ils mirent de l'eau à bouillir pour se laver. Il emmena les deux poneys brouter dans un carré d'herbe et les entrava.

Les femmes aidèrent Bill Perry à s'installer près du feu, et il resta en compagnie de Janey et Annie pendant qu'au-dessus d'eux le ciel s'assombrissait. Des nuages orageux approchaient et une brise tiède agitait les feuilles du gros chêne sous lequel ils campaient.

Paddy revint en rapportant deux grandes bouteilles de bière, plus une bouteille de champagne et deux verres raffinés. Il les posa sur une caisse devant le feu et dit :

– Bon, je n'obtiendrai aucune réponse sensée de qui que ce soit là-haut avant demain, et encore c'est pas sûr. Sa Seigneurie est indisposée.

Annie ouvrit une bouteille de bière et la tendit à Bill.

– Est-ce qu'on a la totalité de la somme ? demanda-t-elle.

– Non, ma fille, répondit Paddy, pas encore. Ces messieurs-dames sont en train de faire ribote dans le hall principal. Je pense qu'on va devoir attendre demain avant que je puisse croiser Sa Seigneurie et la persuader d'ouvrir sa bourse en argent une nouvelle fois.

– Vous avez fait un beau spectacle, les enfants. Un beau spectacle. J'ai pu entendre un peu, déclara Bill.

Jem s'assit dans l'herbe à côté d'Annie. Paddy souleva la bouteille de champagne et dit :

– Tenez… pour vous deux, les artistes. Je l'ai chipée sur une table sur la terrasse.

Ne sachant pas trop comment ouvrir la bouteille, Jem la tendit à Annie. Elle tordit le bouchon et tous poussèrent de petites acclamations quand il sauta. Annie servit le champagne dans les verres et en tendit un à Jem. Ceux-ci étaient en cristal fin et transparent avec du raisin et des vignes gravés sur la coupe, un pied délicat et une bordure dorée. Annie leva le sien et regarda le champagne couleur de paille.

– Ça vaut sûrement les vingt-cinq livres qu'il nous doit, Paddy, dit-elle.

– Non, jeune fille, répondit Paddy. On va attendre. Sa Seigneurie est un homme honnête quand il s'agit de payer et vous deux, vous avez fait un beau spectacle pour ses invités.

– Ouais, et ce salopard m'a embrassé. Il m'a embrassé ! s'offusqua Jem.

– Les riches sont bizarres pour ces choses-là, Jem, dit Paddy. Ils ont pas la même morale que les autres. Mais ils ont de l'argent.

Bill tendit la main et dit :

– Annie, prends ma main. – La jeune fille s'exécuta et il porta les phalanges meurtries d'Annie à son visage.

– Que va devenir le vieux Bill, hein ? On peut pas retourner au Champion parce qu'on m'emmènera en prison. Est-ce qu'on va errer sur les routes comme les gens de ton peuple ? Je pense qu'il serait peut-être temps pour toi de quitter le vieux Bill, ma chérie. Toi et Jem, vous pourriez partir, vous marier et vous construire une vie ensemble quelque part. Vous pourriez rejoindre ton Tommy en Amérique.

– J'vais pas te laisser, Bill, vieux salaud, dit Annie. Qu'est-ce que tu deviendrais ? Tu peux plus boxer et tous les huissiers et magistrats du Staffordshire sont à tes trousses.

– Avec l'argent de Ledbury, intervint Janey, on peut effacer tes dettes, Billy. On peut rentrer et rouvrir le bar à bière.

Le vent qui se levait déchirait les nuages sombres au-dessus du parc ; d'énormes cumulus gris bouillonnants dérivaient tels des galions dans le ciel du soir. Les rayons obliques du soleil couchant passaient par les trouées et donnaient une couleur ambrée aux troncs d'arbre et à l'herbe ondoyante, et une pleine lune brillante semblait voguer gracieusement dans la direction opposée aux nuages changeants.

Bill demanda à Annie si elle avait pris le pistolet de Tommy. Elle répondit que oui.

– Va me le chercher, tu veux ?

– À quoi vous servirait un pistolet, Bill ? demanda Paddy. Vous n'avez pas besoin d'un pistolet.

– Tu verrais même pas sur quoi tu tires, Billy, fit remarquer Janey en riant.

Le vieux boxeur se mit en colère. Il se donna une claque sur les cuisses et cria :

– Contente-toi de m'l'apporter ! Cette nuit, j'ai envie de tous nous protéger. C'est la nuit de la Saint-Jean, la lune est pleine et je sens que des ennuis nous attendent. Je peux plus me servir d'mes poings, mais j'peux rester assis ici avec la pétoire et faire peur à tous les gens bizarres ou les sorcières qui voudraient nous tomber dessus... Va le chercher ! Apporte-le-moi tout de suite !

Annie secoua la tête et se dirigea vers le chariot où elle sortit le pistolet de Tommy de son baluchon. Elle retourna vers Bill avec l'arme et la lui tendit. Il leva les yeux et demanda :

– Il est chargé ?

– Ouais, répondit Annie. Y servirait pas à grand-chose sinon, non ?

– Maintenant, va me chercher le portrait de Sa Majesté et pose-le devant moi, dos à moi... Aucune fée ni aucune bête ne nous attaquera si Sa Majesté leur montre son beau visage.

Secouant la tête, mais habitués aux fantaisies et aux exigences étranges de Bill, ils l'installèrent comme il le demandait, face aux bois et à la maison qui se dressait derrière, le pistolet sur les genoux, une bouteille de bière à la main et la reine Victoria à ses pieds.

Ils regardèrent les nuages filer dans le ciel et la lune de plus en plus lumineuse qu'ils apercevaient par moments. Puis ils entendirent quelqu'un arriver en courant depuis la maison. Bill leva son pistolet et cria :

– Qui est là ? Qui vient nous déranger ?

Une voix s'éleva de derrière les arbres les plus proches :

– J'apporte un message très important pour Mlle Annie. C'est de la part de Sa Seigneurie. Elle m'a chargé de le remettre qu'à elle.

C'était le jeune garçon d'écurie que Jem avait refusé d'affronter. Il s'approcha du groupe avec précaution, une lettre pliée et scellée à la main. Lorsqu'il vit Jem assis devant le feu, il lui adressa un signe de tête et Jem lui sourit en lui retournant son geste.

Annie se leva et dit :

– File-moi ça, alors.

35

Bill avait raison. Quelque chose allait nous tomber dessus.

Une pleine lune la nuit de la Saint-Jean voulait dire quelque chose, mais je savais pas vraiment quoi.

Le mot disait :

Mademoiselle Perry,

Je vous présente tous mes remerciements et toutes mes félicitations.

Votre performance a été splendide, tout comme celle du jeune M. Mason qui restera dans mon cœur un digne adversaire comparable aux héros de l'Antiquité.

Il serait très avantageux pour vous sur le plan financier de vous plier à une de mes fantaisies et de venir à minuit ce soir au temple grec, où j'ai l'intention de mettre en scène un divertissement qui requiert impérativement votre présence et votre participation. Rien ne vous sera demandé qui puisse vous offenser ou vous mettre en danger.

Si vous venez au temple un peu avant minuit, derrière le lac et au bout de l'allée en marbre dans une petite grotte au milieu des bois, je vous payerai votre dû à tous les deux plus une contrepartie pour votre présence très appréciée.

Mme Fraser serait particulièrement amusée et ravie de faire plus ample connaissance avec vous.

Il n'y a qu'une seule condition à la rémunération que je vous promets : vous devez venir seule et laisser ceux qui vous accompagnent à votre pittoresque campement. Si cette condition n'est pas remplie, il se peut que vous ne touchiez pas les sommes qui vous restent dues.

Merci de ne pas me décevoir et d'accéder à mon insignifiante requête. Vous n'avez pas besoin d'apporter votre tenue de boxe car les vêtements seront fournis.

Encore une fois : merci de venir seule.

Veuillez transmettre mes salutations à votre éminent père.

LEDBURY

Quand j'ai eu fini de leur lire le message, Jem a dit :

– Tu vas pas y aller, Annie. Qu'ils aillent au diable avec leur divertissement. T'y vas pas.

– Enfin bon, c'est un homme de parole, Annie, a tempéré Paddy. S'il dit qu'il payera, il payera, plus une compensation et tout. Il ne faudrait pas offenser ce monsieur.

– Ils te veulent pas du bien, Annie, a dit Bill. Faut que tu restes ici avec le vieux Bill et on regardera la lune à minuit.

– Moi j'irais, mais prends l'pistolet au cas où y voudraient t'faire un coup tordu, a conseillé Janey.

– Je suis ton fiancé, gazille, et tu n'iras pas ! Peu importe l'argent… tu es censée m'obéir, a insisté Jem.

– Allons, allons, a repris Paddy, ne nous précipitons pas, Jem.

– Paddy, c'est toi qui as dit qu'on pouvait pas lui faire confiance, et maintenant ça pose pas de problème de l'envoyer là-bas toute seule ?

Bill est intervenu :

– Il n'y a pas que l'argent dans la vie, Paddy, et je veux que ma petite fille soit en sécurité.

Là, ils se sont mis à se chamailler tous les trois, criant et s'interpellant les uns les autres. J'ai regardé Janey et elle a haussé les épaules. Je suis restée debout à écouter leur dispute et après j'ai gueulé :

– Bien ! Fermez-la, vous tous !

Ils se sont tous arrêtés et m'ont regardée.

– C'est *moi* que ça concerne et c'est *moi* qui vais décider, j'ai dit. On a besoin de tout l'argent qu'on peut gagner, alors je vais y aller. Je peux m'défendre si nécessaire. J'ai pas b'soin de pistolet. Janey et Bill, vous m'avez appris à me battre – eh bien maintenant, vous devez me laisser y aller et me battre s'il le faut. Jem, je t'aime, mais c'est pas toi qui vas m'dire ce que j'dois faire, et j'obéirai pas à un homme sans raison valable, alors si tu veux m'épouser, faudra m'le promettre avant… Paddy, quelle heure il est ?

Il a regardé sa montre à gousset :

– Il est minuit moins le quart.

– Si je suis pas de retour à une heure et demie, vous pourrez venir m'chercher, mais pas avant, compris ?

J'ai tourné les talons et je suis partie, et je me suis pas retournée vers eux.

C'était plus calme maintenant ; la brise était tombée, les nuages avaient cessé de filer dans le ciel, et la lune était brillante et pleine. Y avait pas besoin de lampe. De l'autre côté du lac, je voyais les lumières de la grande maison et de la terrasse.

Près du pont, j'ai trouvé l'allée de marbre. Elle tournait et serpentait à travers la prairie, bordée de statues de dieux et de déesses posées sur des socles surélevés. Il y avait par endroits des tonnelles en acier blanc ornées de cascades de roses. Sous le clair de lune, tout paraissait briller comme de l'argent, comme s'il n'y avait pas eu de couleurs dans le monde, mais je sentais le parfum agréable des roses en passant dessous.

J'étais ni effrayée ni inquiète. Quand on sait se battre, on a pas peur, et quand on sait cerner le problème, on se sent plein de peps pour l'affronter. À vrai dire, j'étais excitée. Ça me plaisait qu'ils ne veuillent que moi, juste la petite Annie Loveridge, la petite manouche que sa mère avait vendue et qui avait fait la bonniche, et j'aimais bien savoir que j'allais être gagnante et tout. Parce que j'avais perdu gros une fois ou deux au fil des années et maintenant je voulais avoir quelque chose en retour. J'ai décidé de demander à Sa Seigneurie de sortir deux cents livres de sa bourse en argent avant d'accepter de participer à son divertissement. Deux cents livres permettraient de payer toutes les dettes et de nous acheter, à Jem et moi, une petite maison avec une écurie pour les poneys et une autre à côté pour Bill, où il pourrait boire sa bière et où on pourrait lui éviter les ennuis. Je pourrais même envoyer de l'argent en Amérique pour que mon Tommy puisse faire son voyage dans l'Ouest.

L'allée brillante descendait une colline où les arbres clairsemés du paysage devenaient de plus en plus serrés jusqu'à ce qu'elle disparaisse dans une cuvette, et là j'ai aperçu l'éclat d'une lumière orangée entre les arbres.

Le vent s'est levé à nouveau, poussant les nuages qui ont recommencé à filer devant la lune, si bien que des fois il faisait presque noir, mais après la lune réapparaissait comme une aube nocturne et éclairait tout de sa lumière argentée.

Alors que je me rapprochais et que j'entrais dans les bois, mes pieds nus toujours sur le marbre frais de l'allée, j'ai entendu des voix au loin, d'étranges chants et psalmodies, et j'ai vu des ombres apparaître furtivement entre les arbres.

Je suis arrivée dans une clairière et là, au milieu, se dressait un temple rond avec de grandes colonnes sculptées de volutes qui soutenaient un toit en forme de dôme. Tout autour, des torches brûlaient et des personnages en toge voltigeaient, sautaient et dansaient tandis que, sur les bancs de pierre en arc de cercle, d'autres buvaient dans des gobelets et chantaient. L'un d'eux jouait d'une harpe incurvée dont les notes carillonnaient légèrement jusqu'à moi.

Tout était éclairé par une étrange lumière changeante orange et argentée. Quand la lune disparaissait, le feu peignait en rouge et noir le temple et les gens qui se trouvaient autour et, quand la lune revenait, la scène était baignée d'une lumière grise et métallique. Le vent était plus fort et malmenait les arbres. J'ai entendu un coup de tonnerre au loin et la foule disséminée dans le temple s'est mise à pousser des *oh* et des *ah*.

Sa Seigneurie s'est levée de son banc pour venir à ma rencontre. Elle portait une toge qui couvrait à peine ses parties intimes, et une coiffe tressée de feuilles vertes et de baies. Lord Ledbury a tendu les mains et dit :

– Ah ! Notre Diane est arrivée. Vous allez avoir une proie à chasser ce soir, ma déesse.

Il s'est agenouillé devant moi, les bras écartés. D'autres ont fait la même chose en criant : "Notre déesse… Nous vous saluons, Diane !"

Toujours en costume d'Athéna, Mme Fraser est venue jusqu'à moi et m'a embrassée. D'autres messieurs et dames, tous en habits grecs et romains, m'ont accueillie ; certaines dames avaient les seins nus comme des statues et, parmi les messieurs, certains ne portaient rien du tout à part des coiffes de brindilles et de feuilles.

Sa Seigneurie a dit :

– Nous avons un adversaire pour vous, mademoiselle Perry… une créature des plus dignes et des plus terribles. Nous souhaitons voir les dieux s'affronter pour célébrer la Saint-Jean. Me feriez-vous l'honneur de porter cela pour le combat ?

Il m'a tendu une courte robe en vachette et une coiffe de brindilles tressées avec des os et des plumes d'oiseau et aussi des petites pointes de flèche plantées dedans.

Mme Fraser m'a tendu un verre de vin et a souri. Elle a dit tous bas :

– Assurez-vous qu'il vous paie bien pour vos compétences, Annie.

Alors j'ai répondu :

– Je veux deux cents livres pour ça, votre seigneurie, en liquide, d'avance. Vous nous devez l'autre moitié pour aujourd'hui et tout. J'affronterai qui vous voulez et je m'habillerai aussi bizarrement que vous le souhaitez, mais je veux avoir les billets en main avant.

Les autres ont poussé des cris de joie et ont applaudi mon discours, et Sa Seigneurie, dont les yeux roulaient et allaient d'un côté et de l'autre quand il parlait, s'est écriée :

– Vous êtes une formidable négociatrice, mademoiselle Perry ! Très bien, vous les aurez !

Il a fait signe à un autre monsieur en toge qui lui a tendu la bourse en argent. Il a fouillé dedans et a compté les billets qu'il me mettait dans la main comme s'il distribuait des cartes. Vingt-deux billets de dix livres et un de cinq. J'avais jamais vu autant d'argent de ma vie.

J'en étais presque étourdie et j'ai enlevé mon tablier, ma chemise et mon jupon pour enfiler la petite robe en peau. Elle cachait à peine mes parties intimes, alors j'ai remonté les jambes de ma culotte, je l'ai bien serrée à la taille et j'ai fourré les billets à l'intérieur. Je me suis pas bandé les seins ni rien. Sous cette minuscule robe en peau, j'étais presque aussi nue qu'un nouveau-né. Je me suis dit : "Bon, il a payé pour voir ça, autant lui en mettre plein la vue."

Le tonnerre a éclaté à nouveau et un éclair a illuminé le ciel à l'ouest. La foule a frissonné en poussant des cris et des hurlements, et Lord Ledbury m'a prise par la main pour me conduire au milieu du temple. Tout autour de moi, le public folâtrait et s'ébattait sur les bancs de pierre, certains vautrés les uns sur les autres, et tous buvaient du vin dans des gobelets en argent.

Le vent se déchaînait maintenant, et le tonnerre grondait au loin tandis que Sa Seigneurie me tenait par la main et me faisait parader devant la foule sur le sol circulaire. Il a annoncé :

– Mes amis, il ne pourrait y avoir un lieu et un moment plus appropriés que cette forêt ce soir pour assister à un combat inédit... un combat opposant Romain et Grec, déesse et monstre... car voici... Diane, déesse de la chasse, de la Lune, des bois et de la nature ! Et voici son adversaire...

De derrière les sièges sont arrivés deux hommes avec une silhouette cachée sous une couverture. Ils l'ont poussée dans le temple et Lord Ledbury a retiré la couverture.

– Voici la Gorgone !

C'était Molly Stych.

Elle était vêtue d'une robe fluide en guenilles noire et rouge, les cheveux tressés de manière à former plein de petites queues au bout desquelles se trouvaient des têtes de serpent en argent qui claquaient et tourbillonnaient autour de son visage quand elle secouait la tête. Elle était maquillée d'une manière particulièrement effrayante avec d'énormes triangles rouges et dorés autour des yeux et des lèvres noires. Elle aurait fait peur à Bill Perry.

Il y a eu de nouveaux applaudissements, le tonnerre a grondé et Sa Seigneurie nous a réunies toutes les deux.

– J'ai promis à Molly une chance de prendre sa revanche pour le match de Boxing Day, il a dit. C'est moi qui arbitrerai ce combat et je n'applique pas les règles de Jack Broughton, alors faites comme il vous plaira, mesdames. Plus il y aura de sang, mieux ce sera. Je veillerai à ce que les choses soient équitables et se déroulent comme à l'époque des Romains. – Il nous a adressé un sourire mauvais et a frappé dans ses mains, ravi.

Molly m'a regardée et a dit :

– Il m'a promis dix livres de plus si tu saignes en premier. Elles, elles vont m'aider. Elles sont bien pointues. – Elle a de nouveau secoué la tête et les pointes argentées de ses tresses ont étincelé devant mes yeux.

J'ai reculé et je me suis mise en position tout en la surveillant de près, parce que je savais qu'elle était forte et rusée. Elle a pas levé les poings et on s'est tournées autour, elle secouant ses nattes dans ma direction tandis que le public crispé se taisait. Du coin de l'œil, j'ai vu Mme Fraser ; elle embrassait une fille mince vêtue d'une toge légère, appuyée contre une des colonnes. J'ai regardé une demi-seconde de trop et Molly s'est jetée sur moi. Un direct rapide m'a atteint au front et deux crochets puissants ont passé ma garde. J'ai senti le deuxième m'ouvrir la joue et, avant que j'aie eu le temps de reculer et de relever ma garde, elle a secoué la tête et les serpents en argent m'ont cliqueté dans la figure. J'ai senti un millier de piqûres me fouetter les paupières. Je suffoquais et j'étais aveuglée par le sang, alors je l'ai prise en corps à corps et on a basculé puis roulé, agrippées l'une à l'autre. Elle est montée sur moi et m'a plaquée au sol en me maintenant avec ses mains. Elle a une fois de plus agité la tête et les serpents m'ont entaillé le front en cliquetant. Elle pesait sur moi de tout son poids, mais je me suis cabrée et elle a vacillé. Sa main a relâché un peu la pression sur mon bras gauche et je lui ai flanqué un coup au visage. Ça a fait un énorme bruit et elle a crié. J'ai roulé et je me suis relevée d'un bond et là, je lui en ai collé deux autres pendant qu'elle était à terre, deux coups à la tête qui l'ont ébranlée et ont fait tinter ses serpents d'argent. Elle s'est mise à quatre pattes, a secoué la tête et craché du sang sur le marbre blanc.

Un arbitre normal aurait arrêté le combat à ce moment-là, mais j'ai levé les yeux vers Sa Seigneurie et elle était plantée là à me regarder, le pouce tourné vers le bas, avec une expression mièvre sur le visage. À présent, le public hurlait : “Achevez-la, achevez-la !” Je savais pas quoi faire. Si je la frappais violemment sur l'arrière du crâne alors qu'elle était à terre, je la tuais.

J'ai reculé et je me suis mise en position, secouant le sang et la sueur de mes yeux. Molly était toujours à quatre pattes, beuglant qu'elle allait me tuer. Mme Fraser s'est penchée vers moi depuis sa colonne et m'a tendu un gobelet. Molly était suffisamment vaincue pour que je fanfaronne un peu, alors je l'ai pris, je l'ai levé comme une dame et je l'ai vidé. La boisson était tiède et sucrée, je l'ai sentie parcourir mon corps et j'ai eu l'impression d'être la reine d'Angleterre.

Mais, pour une grosse dondon, Molly pouvait être rapide une fois debout et, la seconde d'après elle était devant moi, en train d'agiter les poings. Je me suis ramassée sur moi-même, j'ai levé ma garde, encaissé ses deux ou trois coups, et là je lui ai mis des directs pour tenir sa foutue tête à bonne distance. Je m'amusais bien, à lui tourner autour, maintenant. Elle avait une plaie béante au-dessus de l'œil et du sang lui coulait sur le visage. Comme elle voyait plus que d'un œil, je me suis mise de ce côté-là alors qu'elle revenait à la charge. J'ai visé l'œil blessé et du sang a giclé quand je lui ai flanqué un direct en plein dedans. Elle a hurlé à nouveau et titubé, alors je lui ai collé un rapide un-deux-trois ; elle s'est pris le dernier coup dans le bide et elle a trébuché dans la foule qui était à présent debout et répartie entre les colonnes. Les spectateurs ont amorti sa chute et l'ont renvoyée vers moi alors que je l'attaquais. Je lui ai mis un autre direct, elle avait les bras le long du corps et titubait comme un ivrogne.

Là, Sa Seigneurie a bondi sur le ring et s'est mise entre nous. Lord Ledbury a levé la main et dit :

– Arrêtez… arrêtez… La Gorgone est presque vaincue… Gloire à notre Diane… Mais nous devons faire en sorte que le combat soit équitable, n'est-ce pas… ? – Acclamations de la foule. – Nous devons prêter assistance au monstre contre une femme aussi jeune et agile que notre déesse de la nature. C'est un animal sauvage… Ne devons-nous pas prêter assistance à la Gorgone ?

La foule a crié "Oui !", et Sa Seigneurie a tiré une courte épée de sa ceinture et l'a tendue à Molly en la tenant par la lame.

J'ai dit :

– Pas question, Excellence… je vais pas… – Et tout de suite après, Molly l'a brandie devant moi. J'ai essayé de faire un bond en arrière mais la pointe m'a déchiré le ventre, découpant la robe fine, et j'ai senti la brûlure de la lame qui m'ouvrait la peau. Lord Ledbury s'est éloigné en sautillant et en frappant dans ses mains, aussi heureux qu'un petiot le matin de Noël.

Du sang me coulait du ventre et maintenant j'arrêtais pas de reculer pour m'éloigner de Molly. Elle titubait encore, mais dans ma direction à présent, et elle agitait sa lame qui envoyait des éclairs blancs sous le clair de lune.

Je me suis dit "Ça va pas tarder à se gâter", et j'ai cherché une porte de sortie, mais la foule était agglutinée autour de moi. On aurait dit des sauvages maintenant, certains étaient couverts d'éclaboussures de sang et criaient : "*Occidit ei, occidit ei !*"

Je connaissais pas le latin mais j'ai compris ce que ça voulait dire.

Molly marmonnait, bégayait et criait qu'elle allait me planter, et moi je reculais. Mais quand elle brandissait sa dague, elle laissait une ouverture. Elle était fatiguée et groggy, et je voyais que ses coups étaient pas si rapides que ça, alors quand j'ai bondi en arrière pour en éviter un, je l'ai frappée au visage avant qu'elle puisse m'en coller un autre. C'était une belle gauche bien précise et son nez a cédé sous l'impact, du sang a giclé dans tous les sens, laissant des grandes traînées noires sur les colonnes en marbre.

Lord Ledbury était debout, le bras autour de la taille d'un jeune homme nu, et il a crié : "Bravo, Diane !"

Molly est restée debout et a levé la dague pour l'abattre sur moi, alors j'ai voulu prendre appui sur mon pied gauche pour lui en mettre une, mais je l'ai senti glisser sur le sang qui couvrait le sol en marbre.

Je me suis écrasée entre ses jambes alors qu'elle abattait son épée mais elle a basculé, entraînée par la force du coup manqué, et elle a atterri à plat ventre. Là, on a glissé toutes les deux et on s'est empoignées dans la nappe de sang. Je me disais : "Si j'arrive à lui enlever cette saloperie des mains, je vais la lui coller dans le cul."

On tâtonnait toutes les deux, incapables de tenir debout à cause du sang gluant, et elle s'est ruée sur moi, m'aplatissant sous son énorme masse. Elle a réussi à se mettre à califourchon sur moi et j'ai cherché sa main qui tenait la dague mais ma prise a glissé. Molly a changé de position et m'a clouée au sol, ses genoux m'immobilisant les bras. Elle était maintenant assise sur moi et elle a levé l'épée à deux mains en la pointant vers mon visage. Les spectateurs étaient déchaînés : leurs cris, leurs hurlements et leurs mugissements rivalisaient avec les grondements du tonnerre.

J'ai vu la pointe argentée étincelante de la dague au-dessus de ma gorge et j'ai su que j'allais mourir.

Pendant une seconde, tout s'est figé. Les bruits et les odeurs ont disparu, je sentais plus les genoux de Molly qui m'écrasaient les bras. Son visage tordu était toujours devant mes yeux et j'ai soudain eu la certitude absolue que c'était la fin et que tout ce que j'avais affronté, aimé et perdu avait abouti à ça. J'ai pas ressenti la moindre panique. Je me sentais seulement triste. Dans ce moment précédant ma mort, j'ai senti une tristesse muette monter en moi. J'étais triste à l'idée de plus jamais toucher les bras fermes et les lèvres douces de Jem. Triste en pensant que je verrais jamais mon Tommy traverser l'Amérique et trouver de l'or. Triste de savoir que je pourrais plus apporter de la bière à Bill et le traiter de vieux salaud. Ni lire un livre ou marcher l'été dans la lande au soleil couchant.

Là, il y a eu un grand boum et un éclair, et le vacarme de la foule et du tonnerre est revenu, démultiplié. La tête de Molly est brusquement partie en arrière, la dague a cliqueté sur le sol et j'ai vu le beau visage de Jem au-dessus de moi, sa main tendue vers moi. Il m'a relevée en criant “Putain mais qu’est-ce qui se passe ?” et il m’a traînée hors du temple. Deux des convives ont tenté de l’empêcher de passer entre les colonnes mais il les a aplatis tous les deux d’un seul coup de poing.

Alors qu’il m’entraînait loin du temple, je me suis retournée et j’ai vu Molly Stych étendue sur le marbre trempé de sang.

Jem a dit :

– Heureusement que j’t’ai pas écoutée, hein ? Elle allait te tuer !

Les éclairs s’étaient rapprochés et Lord Ledbury a fait le tour du temple avec une partie de sa bande d’amis, tous débraillés dans leurs toges couvertes de sang.

Il a crié :

– Beau spectacle, mademoiselle Perry ! Monsieur Mason, je crains fort que vous ayez tué Mme Stych. C’était un sacré coup.

– Vous approchez pas de moi, ou je vous fais pareil, a répondu Jem.

J’ai fouillé dans ma culotte et je lui ai dit :

– C’est bon, Jem. J’ai l’argent.

Lord Ledbury m’a crié quelque chose mais les mots se sont perdus dans un puissant coup de tonnerre qui a éclaté juste au-dessus de nos têtes. On allait partir quand il a crié à nouveau :

– Il faut que je vous dise, mademoiselle Perry ! Vous serez peut-être heureuse de savoir que vous allez avoir une autre visite, ce soir. Sir Andrew et un groupe de policiers doivent venir vous arrêter, vous et M. Perry. Il a eu la gentillesse de m’en avertir par message cet après-midi. Je lui ai demandé d’attendre que nous ayons fini notre spectacle. Je les informerai de la mort de Mme Stych et ils pourront peut-être arrêter M. Mason en même temps. Aaah ! Les voilà !

On a regardé sur le chemin et vu un groupe de cavaliers trotter dans notre direction. Ils étaient six, Sir Andrew à leur tête dans son manteau rouge. Les agents portaient tous des pistolets et des lanternes. L'espace d'une seconde, ils ont été illuminés par l'éclat aveuglant de l'éclair et, soudain, des grosses gouttes de pluie ont commencé à frapper le sol autour de nous.

J'ai attrapé Jem par la main et j'ai crié "Cours !", et on s'est enfuis dans les bois tandis que des rideaux de pluie s'abattaient et que les gouttes rebondissaient sur l'allée de marbre blanc.

36

À l'abri dans le temple, Sir Andrew écouta Lord Ledbury expliquer comment ses invités et lui se trouvaient dans les bois pour profiter d'un pique-nique sur le thème de la Grèce antique lorsqu'ils étaient tombés sur Annie Perry et Jem Mason, couverts de sang et penchés au-dessus du corps de la femme qui gisait, la nuque brisée, sur le sol du temple.

– Un étrange rite gitan pour la Saint-Jean, j'imagine, dit Sa Seigneurie. Lord Ledbury donna ensuite à Sir Andrew et ses hommes les indications pour se rendre au camp des Perry.

Annie et Jem couraient à perdre haleine dans les bois plongés dans le noir lorsqu'un éclair illumina le chariot et les chevaux attachés sous la pluie battante. Ils se précipitèrent dans cette direction.

Bill Perry était resté sur sa chaise malgré l'orage qui se déchaînait sur lui, chantant et marmonnant joyeusement pour lui-même tandis que Paddy et Janey s'étaient réfugiés sous la tente. À côté de lui, une lampe-tempête brillait dans l'obscurité.

Comme Annie et Jem arrivaient au camp en courant, Bill demanda :

– Qui va là ?

Annie cria :

– C'est moi, Bill ! Sir Andrew et ses policiers sont venus nous arrêter ! Ils ont là-bas près du temple, maintenant.

Paddy se précipita hors de la tente et cria à Annie :

– Tu as eu l'argent ?

– J'ai l'argent, Paddy, mais tout est parti de travers. Faut qu'on se tire d'ici tout de suite !

Jem courut vers les chevaux, leur retira leurs entraves et les ramena par leur licol jusqu'au chariot.

Bill tempêtait :

– Personne ne me prendra ! Personne ne prendra Bill Perry ! J'irai pas en prison !

– On a pas le temps, Bill, le pressa Annie. J'ai tout l'argent qu'il nous faut dans ma culotte. On doit se tirer maintenant, Bill, où ils vont nous avoir !

Mais Bill refusa de bouger, policiers ou pas. Il était heureux là où il était, sous la pluie, avec son pistolet et sa bière.

– Vas-y, mon Annie. Toi et Jem, z'avez qu'à prendre les poneys et vous sauver. Laissez-moi ici et je retarderai ces policiers.

– Il faut qu'on parte maintenant, Bill, cria Paddy.

– J'bougerai pas d'ici, insista Bill.

Janey s'approcha de lui et dit :

– Je vais rester avec lui. Vous trois, allez-y, on va essayer d'les retenir un peu. Vous enverrez quelqu'un nous chercher quand vous serez en sécurité.

Jem avait passé la bride aux poneys alors que la pluie commençait à faiblir et que le tonnerre grondait plus loin.

– Viens, Annie, dit-il. Ils me pendront pour la gazille que j'ai écrabouillée.

Annie embrassa Bill et le vieux boxeur sourit, la pluie luisant sur son visage.

– J'ai l'argent pour te faire sortir de prison, dit-elle. On viendra te chercher et tout ira bien, Bill.

– Je t'aime, ma petite puce, répondit Bill.

Derrière les arbres, les policiers et Sir Andrew s'étaient élancés au galop, suivant l'allée de marbre en direction du lac.

Paddy cria :

– Je monte derrière toi, Annie.

Annie monta sur le poney et Paddy sauta derrière elle. Jem tourna la bride du sien et lança :

– Allez !

Annie se retourna une seconde et regarda Bill à travers la pluie battante, assis dans la faible lumière de la lampe-tempête. Il tenait le pistolet devant lui, braqué vers les arbres, et à ses pieds était posé le portrait trempé de la reine.

Ils s'élancèrent tous les trois dans la nuit.

Bill entendait les sabots des chevaux des policiers qui approchaient du camp. Il cria :

– Janey, va dans la tente et cache-toi !

– Va pas tirer sur quelqu'un, Bill ! La poudre doit être mouillée, répondit-elle.

Bill resta assis, souriant, tendant l'oreille pour savoir depuis quelle direction les cavaliers approchaient. Il leur cria :

– Venez tenter votre chance ! Je suis le champion d'Angleterre et je laisserai personne dire le contraire ! Vous allez être dans un sacré pétrin si vous passez par ici, messieurs.

Les cavaliers émergèrent des arbres.

La poudre n'était pas mouillée. Par miracle, elle était restée sèche pendant le déluge, à l'abri dans le gilet de Bill, et il leva son pistolet pour tirer à l'aveuglette sur les hommes. Il y eut un éclair et un claquement quand la balle chauffée au rouge quitta le canon, et un panache de fumée s'éleva au-dessus de la tête de Bill.

C'est ce qu'on appellerait plus tard la chance de l'aveugle, car la balle fila dans l'air saturé d'eau et atteignit Sir Andrew Wilson-Mackenzie en pleine poitrine, le faisant tomber de son cheval et le projetant au sol, mort.

Les policiers mirent pied à terre et prirent position parmi les arbres, plissant les yeux à travers la pluie pour apercevoir la faible lumière de la lampe-tempête de Bill.

Bill entendit le bruit sourd du corps de Sir Andrew qui heurtait le sol et il se tourna pour crier à Janey restée sous la tente :

– Je crois que j'en ai eu un ! On n'échappe pas à Bill Perry !

Il commença à chanter “God Save the Queen” mais, à ce moment-là, un policier visa et tira. Bill Perry s'effondra en avant, une balle de pistolet dans la tête.

37

Heureusement que Jem était bon cavalier parce qu'on s'est contentés de le suivre alors qu'il montait la colline qui s'éloignait de Ledbury Court à un train d'enfer, Paddy agrippé à ma taille et me demandant à travers le fracas des sabots du poney au galop :

– T'es bien sûre d'avoir l'argent ? Hein, t'es sûre ?

La terre du chemin était meuble et collante, la boue nous éclaboussait, et l'herbe haute et le cerfeuil sauvage nous cinglaient le visage alors qu'on montait en pilonnant le sol, mais c'étaient des petits cobs robustes, ces deux-là, et on gardait un bon rythme. La pluie me fouettait les yeux alors que la croupe du poney de Jem devenait floue et se dissolvait devant moi. Pendant les éclairs, je voyais la piste devant nous qui s'enfonçait dans un bosquet épais. Elle s'illuminait, tout argentée, comme une route conduisant en enfer et la tempête hurlait comme des démons nous souhaitant la bienvenue.

J'entendais Paddy marmonner derrière moi et, entre deux coups de tonnerre, j'ai saisi une bribe de ce qu'il disait : il était en train de prier ! Il marmonnait des prières pour notre salut !

Au sommet, la pluie s'est arrêtée, le vent violent est tombé et une énorme lune plate toute rose s'est mise à briller, avec des petits panaches de nuage qui filaient devant. On s'est arrêtés, on a regardé en bas et on a vu Ledbury Court dans le clair de lune. En bas du chemin, quatre cavaliers étaient à nos trousses. On voyait danser leurs lanternes alors qu'ils montaient la piste au petit galop.

Bill les a pas retenus bien longtemps, je me suis dit en me faisant brusquement du mouron pour Janey et lui.

Jem a fait entrer son poney dans le bosquet et on a serpenté entre les arbres en suivant un chemin tracé par les blaireaux, nos petits cobs agiles et fiables comme tout. Il y a rien de plus fiable dans cette vie qu'un poney agile. Vous pouvez lui confier votre vie.

Le chemin descendait à travers bois jusqu'à une prairie et une rivière. Il y avait un vieux pont de pierre et, de l'autre côté, un village. On voyait le clocher d'une église scintillant de pluie dans le clair de lune alors que de la brume commençait à se former au-dessus de la rivière.

Je savais qu'on devait prendre nos poursuivants à contre-pied – ne pas faire ce qu'ils attendaient. Comme dans un combat, quand l'autre pense avoir compris ce que vous alliez faire et fait le geste que vous attendez de lui.

Il y avait un muret de pierre le long de la rivière et le poney de Jem l'a sauté. Je l'ai suivi en criant "Accroche-toi !" à Paddy qui a hurlé "Sainte Marie mère de Dieu !" quand on l'a survolé. De l'autre côté, un chemin menait soit au pont, soit à une haie touffue. Jem a tourné la bride pour se diriger vers le pont mais je lui ai crié en pointant le doigt :

– Non ! Pas par-là ! Ici...

J'ai mis pied à terre et aidé Paddy à descendre alors que Jem criait :

– Vous faites quoi ?

– Galope dans cette direction, j'ai dit, fais des traces jusqu'au pont et, après, reviens ici.

– C'est un truc de gitan, Annie ? – Il a rigolé.

– Ouais ! Fais ce que je te dis !

Il s'est élancé en direction du pont où il a aplati l'herbe et piétiné la boue, puis il est revenu sur ses propres traces. Il est descendu de son poney et on s'est glissés dans les buissons. J'entendais les cavaliers descendre du bosquet qui nous surplombait. Ils s'interpellaient les uns les autres et j'entendais cliqueter les lanternes sur leurs perches, même si le clair de lune était maintenant aussi lumineux que le jour. Ils ont mis du temps à atteindre le mur et un seul homme a réussi à le sauter : il montait un grand Hunter. Il a crié aux autres :

– Faites le tour et trouvez un portail où passer !

On les entendait marmonner et maudire leurs chevaux parce qu'ils avaient fait un écart devant le mur. Paddy tenait les poneys pendant que Jem et moi, on jetait un coup d'œil à travers l'aubépine, et on a vu le cavalier regarder les traces de Jem.

– Par ici… ils ont traversé le pont ! – Il est parti à toute allure en direction du village.

On a suivi le chemin qui longeait la haie en tenant les poneys pour laisser moins de traces. Sous cette lune, tout était silencieux avec juste les gouttes qui tombaient des haies et le doux murmure de la rivière qui brillait comme un ruban rose dans la lumière étrange de la Lune des Fraises.

Pendant deux bons kilomètres, on a avancé le plus silencieusement possible, jusqu'à ce que Jem finisse par dire :

– Y vont vite piger qu'on les a envoyés sur une fausse piste, Annie, et ils vont redescendre de ce côté.

Devant nous, la haie s'arrêtait et, derrière un portail, une prairie descendait jusqu'à la rivière. De l'autre côté, il y avait deux roulottes et des poneys attachés. On a vu des fagots de tiges de saules empilés un peu partout et des paniers de toutes sortes attachés en tas sur le toit. Le feu fumait et une vieille femme enveloppée dans un châle blanc dormait à poings fermés sur les marches de la roulotte. Même depuis l'endroit où on se trouvait, je voyais sa bouche grand ouverte. Jem a dit :

– Des Roms, Annie. Ils pourraient peut-être nous aider.

J'étais encore à moitié nue dans la robe en vachette que Sa Seigneurie m'avait fait mettre, alors j'ai pris la veste de Paddy pour être plus décente et j'ai traversé la prairie pour les rejoindre. Les chevaux sont devenus ombrageux en me voyant arriver à travers le champ brumeux éclairé par la lune, la vieille femme s'est redressée en se réveillant et a fait le signe du mauvais œil pour me faire partir. Elle a crié :

– Manny !

Un grand brun en culotte et en gilet est sorti de la grande roulotte, et il m'a regardée approcher. Je sais pas ce qu'il pensait voir, vu que j'étais couverte de boue et barbouillée de sang séché, vêtue de peaux de bête et pieds nus sous la veste rouge de Paddy.

Il a posé les mains sur ses hanches, il a ri et dit :

– Ça alors ! J'en reviens pas : Annie Loveridge !

J'avais pas revu Manny Lee depuis l'époque où Big Tom était en vie. Je me souviens qu'il me taquinait quand il était copain avec notre Tommy et qu'on se croisait dans les foires où on se courait après sur les chaumes et où on jouait dans les meules de foin. Il était de la famille Lee et celle-ci avait des membres dans tout le pays, même si beaucoup étaient partis en Amérique des années plus tôt, d'après ce que ma mère m'avait dit. Et ils connaissaient tous Big Tom.

On a fait venir Jem, Paddy et les poneys, et il a mis la bouilloire à chauffer. Sa femme Lidja est sortie avec leur petiote, la plus belle petite poupée aux cheveux noirs que j'aie jamais vue. Elle s'appelait Lavinia.

Je leur ai fait le récit détaillé de ma vie et de mes malheurs, mais tous les Lee savaient déjà que j'avais été vendue et que maman était morte à l'asile. Ils savaient que les garçons aussi étaient partis mais on leur a pas dit que Tommy était en Amérique. On leur a dit qu'il était allé au pays de Galles avec des gens qu'il avait rencontrés et qu'ils vendaient des chevaux là-bas, dans le Nord.

Paddy était inquiet à propos du sac d'argent et il l'a gardé serré contre lui. Mais je savais qu'ils veilleraient sur nous et nous feraient pas de mal. Paddy s'est fait un petit feu à l'écart des roulottes et s'est assis pour faire sécher les billets en comptant les pièces jusqu'à ce que le soleil commence à se lever.

– On veillera à ce qu'on t'fasse plus jamais de tort, Annie Loveridge, a déclaré Manny.

Ils ont préparé un ragoût et je me suis aperçu que je crevais de faim, et on s'est tous jetés sur les navets, le lapin et le pain noir. Manny, Lidja et la vieille femme étaient en chemin pour Gloucester où ils allaient vendre des paniers dans les foires. La vieille femme qui parlait que le romani quittait pas Jem des yeux, et elle lui ébouriffait les cheveux en disant :

– *Shukar... shukar... Me gamau dut.*

Jem m'a demandé :

– Qu'est-ce qu'elle raconte, Annie ?

– Je crois qu'elle dit que tu es beau... et qu'elle t'aime.

C'était étrange d'entendre parler cette langue ; c'était comme un chant d'oiseau entendu de loin. Elle a pansé et soigné mes coupures avec des herbes et des plantes qu'ils avaient ramassées au bord de la route et dans les bois, comme le faisait maman, et ils m'ont trouvé une jupe, une chemise et un châle. Manny nous a laissé sa grande roulotte et, Jem et moi, on a pris le lit du fond pendant que Paddy s'en faisait un sur le sol, après quoi on s'est éteints tous les trois comme des lumières.

Je me suis réveillée en entendant des coups sur le côté de la roulotte et Manny qui criait :

– Faites pas de bruit là-dedans. Y a des cavaliers qui arrivent.

On les a entendus s'approcher au petit trot et un homme a dit :

– Nous pourchassons trois fugitifs recherchés pour meurtre. Qui avez-vous vu passer par ici ?

– Y a que nous, Excellence, a répondu Manny. On fait nos bagages, on va pas tarder à partir. Personne est venu par ici.

J'ai entendu l'homme descendre de cheval et dire doucement :

– C'est pas plus mal, manouche. On ne veut pas de vous dans les parages. Celle qu'on recherche, c'est la boxeuse Annie Perry. C'est une des vôtres, non ?

– Jamais entendu parler d'elle, Excellence. On est arrivés de Chester seulement hier.

L'homme a rien répondu. Il s'est éloigné de la roulotte. Un des autres hommes a dit :

– Va nous chercher un seau d'eau pour les chevaux, mon garçon. On a trotté toute la nuit.

– Pas de problème, chef, a répondu Manny. Et je l'ai entendu puiser un seau dans le baril d'eau de pluie à l'arrière de notre roulotte. La vieille femme s'est mise à leur jeter des sorts en romani et l'homme a ordonné :

– Fais-la taire…

Le premier est revenu en disant :

– Deux de ces poneys ont été mis à rude épreuve récemment, hein, mon garçon ?

J'ai retenu ma respiration et Jem m'a attirée contre lui.

– J'les ai fait courir le long de la rivière dès qu'on est arrivés, a répondu Manny. Ils tiraient les roulottes depuis des jours et ils commençaient à se rouiller. Faut que j'les vende. J'parie qu'ils sont plus rapides qu'vos vieux canassons, là-bas, si vous les voulez. Bon prix, et j'vous mettrai aussi un panier ou deux. J'les nettoierai si vous les voulez.

Un des policiers a ri :

– T'as plus d'un tour dans ton sac, hein ?

Le premier a dit :

– On veut pas de tes poneys, manouche, et on veut pas de vous dans cette paroisse. Soyez partis avant midi ou on vous arrêtera pour vagabondage.

J'ai entendu le bruit de leurs sabots s'éloigner pendant que la vieille femme continuait de leur lancer des malédictions. Paddy avait dormi tout du long, le bras fermement serré autour de la sacoche pleine d'argent.

On a voyagé avec les Lee pendant deux jours. Ils ont sillonné la campagne jusqu'à ce qu'on arrive à Birmingham avec sa voie ferrée où des locomotives soufflaient, ferraillaient et crachaient leur vapeur.

Ils nous ont laissés près du canal et Paddy a dit qu'on pouvait aller se planquer dans un quartier qu'il connaissait bien. J'ai proposé de l'argent à Manny pour nous avoir amenés jusqu'ici mais il a dit non, alors on leur a donné nos deux bons poneys et il était bien content. Ils nous ont serrés dans leurs bras. La vieille femme a pressé l'entrejambe de Jem en l'embrassant pour lui dire au revoir. Manny a promis qu'il dirait jamais qu'il nous avait aidés et je l'ai cru, et puis ça m'a fait plaisir qu'on ait été aidés par l'un des miens.

Il y avait des affiches de nous partout. Et les journaux rapportaient que Bill avait été abattu par un policier armé après avoir tiré sur Sir Andrew et l'avoir tué. Jem et moi, on était recherchés pour le meurtre de Molly Stych et pour avoir aidé et soutenu le bandit de grand chemin Thomas Loveridge, connu sous le nom du Black Cloak. On était aussi recherchés pour avoir volé deux cent vingt-cinq livres en billets de banque à Lord Ledbury.

J'ai lu les articles à Paddy et Jem à la lumière de la bougie dans la minuscule pièce aveugle au-dessus du canal de Birmingham où on a passé deux semaines pendant que Paddy et le Marinier s'arrangeaient pour nous faire aller à Liverpool et traverser jusqu'en Amérique.

Sous le titre “Scandales à Ledbury Court”, il était écrit que j'étais une boxeuse de renom et que Jem, également connu sous le nom du Bruiser de Bilston, était mon fiancé. L'article disait qu'on avait tué Molly Stych pour nous venger parce qu'elle m'avait battue lors d'un précédent combat. Il expliquait pas ce qu'elle faisait à Ledbury Court ni pourquoi elle était déguisée en Gorgone. Le papier disait aussi qu'on avait campé illégalement sur les terres de Lord Ledbury, le célèbre sportif et mondain.

Les articles ajoutaient qu'on était sans doute en compagnie d'un certain M. Patrick Tacker, un Irlandais, trafiquant d'objets volés. Paddy s'était coupé les cheveux et rasé la barbe, et il était libre d'aller et venir et de nous rapporter à manger et à boire. Il fallait qu'on pisse dans un seau et Paddy devait le descendre pour le vider dans le canal.

Paddy a payé des gars qu'il connaissait pour porter des messages à Tipton, et on a appris que Janey s'était enfuie et cachée après que Bill avait été tué. Elle avait réussi à revenir au port et vivait dans une clouterie. J'ai dû me disputer avec Paddy pour savoir combien on allait lui envoyer. Pour finir, on lui a envoyé quarante livres, assez pour qu'elle s'achète une maison et qu'il lui en reste un peu. Le Champion of England avait été saisi par les créanciers de Bill et le terrain vendu à la compagnie minière de Sir Andrew pour y construire une nouvelle cokerie.

Le vieux Bill était parti mais j'arrivais pas à savoir ce que je ressentais. J'ai pleuré sa perte un moment. Mais je savais aussi que c'était bien et que la façon dont ça s'était passé était dans l'ordre des choses, et ça depuis qu'il s'était approché de moi quand Tommy me portait à la foire de Hallow Heath. Je lui avais apporté du bonheur dans sa vie : il avait eu plus de joie et de rires avec Janey, Jem et moi qu'il en aurait eu s'il était resté tout seul. Il avait eu une vie et elle était finie, et y aurait ceux qui se souviendraient de lui et ceux qui s'en souviendraient pas.

Je savais tout ça, mais dans cette pièce minuscule avec Jem pendant les semaines où on est restés cachés à Birmingham, je suis tombée dans une mélancolie profonde et particulièrement tenace. Jamais auparavant, même après avoir appris le sort de maman et de mes frères et sœurs, je n'avais ressenti cette chape de plomb s'abattre sur moi. M. Keats disait qu'elle venait "soudainement du ciel comme un nuage larmoyant, qui nourrit toutes les fleurs fanées, et cache la colline verte dans un linceul d'avril", et tout à coup toutes les collines verdoyantes que j'avais en moi étaient couvertes et étouffées.

Je restais allongée sur la paillasse dans l'air chaud et fétide de cette pièce et je bougeais pas, je pouvais pas. C'est pas que je ressentais de la tristesse, de l'angoisse ou la douleur déchirante du deuil. Le pire, c'est que je ressentais rien. Pendant des jours, j'ai cru que j'étais morte ; seuls la puanteur de l'air et le fracas des rues me rappelaient que mes sens fonctionnaient encore et que j'étais bien vivante. Même parler me semblait être un effort herculéen quand Jem m'apportait du thé, du pain ou des bougies. Il me racontait des choses, me tenait la main et m'essuyait le front. Mon état lui faisait monter les larmes aux yeux et il me suppliait :

– Qu'est-ce que je peux faire, Annie ? Je ferais n'importe quoi pour que tu retrouves ta joie de vivre.

Même les larmes sur son beau visage me faisaient pas sortir de ma torpeur et, à vrai dire, il pouvait rien faire. Quand Paddy est venu me voir, il a dit :

– Cette pauvre fenotte est accablée, Jem. C'est à cause de tout ce qu'elle a enduré ces derniers mois. Tommy, sa maman, les garçons, ses p'tites sœurs, la peur de la maison de travail et les combats, le fait d'avoir frôlé la mort là-bas avec Molly Stych, de devoir fuir, esquiver et se cacher, et puis la mort de Billy et nous en cavale. Ça l'a achevée. Ça a été un coup de trop et ça l'a mise K-O.

J'ai entendu ses mots comme s'il les disait doucement au bout d'une longue allée et j'ai vu les choses dont il parlait jouer dans ma tête comme les personnages d'un spectacle de foire qui se seraient déplacés en silence sur une scène mal éclairée.

Jem a dit :

– Dis pas ça, Paddy. Va lui chercher un médecin. Ramène un médecin.

38

À Liverpool, le Marinier trouva le second d'un bateau à vapeur qui lui dit qu'il ferait monter Jem et Annie à bord la prochaine fois qu'il accosterait pour prendre une cargaison à destination de Philadelphie. L'homme demanda dix guinées en plus du tarif habituel et fournit au Marinier les billets et les papiers pour le voyage. Il réserva une cabine au nom de M. et Mme Williams de Birmingham. Les quais étaient couverts d'affiches offrant une récompense pour l'arrestation du couple et le Marinier se rendit compte qu'il n'avait d'autre choix que de faire confiance à cet homme. C'était un bon gars du Staffordshire qui avait commencé à travailler sur les péniches avec lui des siècles plus tôt et parfois, songea-t-il, on est bien obligé de faire confiance à quelqu'un.

À Worcester, l'officier de police judiciaire du comté prononça un verdict d'homicide illégal commis par un certain William Perry sur la personne de Sir Andrew Wilson-Mackenzie et un verdict d'homicide légal commis par l'argent Steers sur la personne de William Perry, le célèbre pugiliste. La mort de Molly Stych par un coup violent porté à la tête fut classée comme homicide illégal perpétré par Annie Perry (également connue sous le nom d'Annie Loveridge) et Jem Mason.

Les témoins avaient été entendus par l'agent Steers, le sergent Evans, l'agent Greenley et l'agent Macklin. Lord Ledbury n'avait pas été convoqué mais avait été réprimandé et condamné à une amende de cinq guinées pour avoir organisé un combat de boxe illégal. Le sergent Evans raconta à la Cour comment les autres agents et lui avaient poursuivi les fugitifs dans les bois pendant un violent orage mais avaient perdu leurs traces.

Un magistrat siégeant avec le coroner délivra des mandats d'arrêt pour Annie Perry, Jem Mason et Patrick Tacker, et il demanda à ce que des affiches soient distribuées et accrochées dans tout le Worcestershire, le Warwickshire et le Staffordshire. Une récompense de vingt guinées serait offerte pour toute information menant à l'arrestation de l'un des trois.

À Tipton, des cloutiers, des mineurs et des fondeurs organisèrent une fête improvisée dans la ruelle qui passait devant le bar à bière abandonné en ce magnifique jour d'été où Bill Perry fut enterré dans le tout nouveau cimetière de la paroisse. Des tonneaux de bière furent tirés et des violons accompagnés d'accordéons jouèrent pendant que l'ancienne clientèle du Champion of England se pressait sur la chaussée. Une piste de danse faite avec des bottes de foin et des planches fut montée et, menant les fêtards endeuillés, Janey Mee, qui avait organisé les funérailles, criait le slogan : "Bill Perry, Bill Perry – avec toi on a bien ri !" L'enseigne défraîchie du bar à bière fut décrochée et posée sur des tréteaux, entourée de lys et de roses rouge foncé, et le portrait de la reine qui avait appartenu à Bill ainsi que sa chope préférée furent posés devant.

Il y eut des slogans et des chants pour fêter la mort de Sir Andrew Wilson-Mackenzie, et un baladin local interpréta une nouvelle chanson intitulée "The Fearsome Slasher Bill" devant une foule enthousiaste. Janey mit au défi n'importe quel homme présent de faire un round contre elle en mémoire de Bill. Seul le vieux Jock Convey le releva et le duo mit en scène un hilarant simulacre de combat de boxe devant les fêtards ravis, qui se termina lorsque Jock, feignant un K-O, tomba sur son vieux cul maigrichon. Des chartistes de Birmingham vinrent s'adresser à la foule, saluant Bill comme un héros qui s'était battu pour les droits de l'homme ordinaire contre ceux qui détenaient le pouvoir et les privilèges.

Les danses, les chants, les pintes et les combats s'enchaînèrent jusqu'à ce que des policiers viennent les interrompre mais, abreuvés de bière, ils restèrent eux aussi jusqu'à l'aube.

À Saint Saviour's, l'inhumation de Sir Andrew dans une tombe en marbre blanc récemment construite réunit Lady Wilson-Mackenzie, Josiah et Jeremiah Batch ainsi que M. Pottage du conseil paroissial. La cérémonie fut dirigée par le révérend Elijah Warren. Moins d'une heure après l'enterrement, le vent tourna et la suie venant du port commença à moucheter le marbre tout neuf de grosses taches brunes.

39

Le docteur m'a donné du laudanum et j'ai rêvé que Jem et moi on volait au-dessus de la mer dans une roulotte en or et qu'on survolait l'Amérique où les montagnes et les forêts s'étendaient à l'infini et où des fleuves d'or liquide serpentaient à travers le pays. Après, on s'installait dans une belle maison en marbre blanc qui donnait sur un immense lac où nageaient des cygnes et que survolaient des aigles. Bill était là, vêtu d'une robe comme Moïse, une chope en or à la main. Big Tom, maman, Tommy, Tass, Benny, Mercy et Charity flottaient tous comme des anges au-dessus de nous alors qu'on se trouvait sur une vaste pelouse verte main dans la main devant un coucher de soleil ambré.

Après, j'étais minuscule et je grimpais le long de la tige d'une gigantesque cardère, nageant dans les pots d'eau qu'elle portait dans les tiges de ses feuilles et me hissant sur les épines jusqu'à la tête ondoyante de la fleur où je donnais les graines à des linottes qui m'éventaient avec leurs ailes pour me sécher.

Jem a dit que j'avais dormi pendant deux jours. Il arrêtait pas de vérifier que je respirais. Et, quand je me suis réveillée, j'ai senti que l'obscurité qui régnait en moi s'était levée. Aussi soudainement qu'elle était venue, elle avait semblé fondre et j'ai pu bouger à nouveau. J'ai même souri en voyant le visage de Jem. Il a dit :

– J'ai prié pour toi.

Et j'ai dit :

– Eh bien tes prières, elles ont été exaucées.

– Où que t'aies été, n'y retourne pas, mon Annie, parce que j'y survivrai pas.

Le Marinier nous a envoyé un message. Il nous retrouverait à Liverpool et nous ferait monter sur le steamer à destination de Philadelphie, et il nous a donné une date.

On savait maintenant qu'il était temps de repartir parce que cette pièce nous tuerait si le bourreau le faisait pas. Paddy avait pris les billets pour les changer et les dépenser en ville. Il a dit qu'on appelait ça "laver de l'argent", pour que personne puisse remonter jusqu'à nous. Quand on a eu envoyé la somme à Janey et que Paddy a eu fini sa lessive, il nous restait cent soixante-deux livres.

Je savais qu'on devait changer d'apparence avant de sortir de cette pièce. Alors Paddy est allé en ville et a acheté un beau costume pour Jem avec une veste à carreaux ajustée, une chemise à col rigide et une cravate, un gilet à boutons et un beau chapeau haut-de-forme pas trop haut. Il lui a acheté aussi des belles bottes marron et une valise en cuir. Jem avait l'air d'un vrai rupin dans son accoutrement, et après Paddy l'a emmené chez le barbier où il s'est fait raser la barbe et la moustache et couper les cheveux courts. Il lui a trouvé une paire de lunettes transparentes et une belle canne en ébène surmontée d'un pommeau en argent et, une fois habillé, il ressemblait à un professeur d'université. Dans la poche de son gilet, il portait une montre en or fabriquée par Sanders de Birmingham.

Paddy était toujours soigné et il avait l'œil pour ressembler à un monsieur à la mode.

Après, Jem et Paddy sont allés dans une boutique pour dames, Paddy se faisant passer pour le domestique et Jem pour un monsieur à la recherche d'une tenue respectable pour sa sœur. Ils m'ont acheté une longue robe de soie bleu foncé évasée et une cape avec un grand col, des bas et une chemise, ainsi qu'un joli bonnet en soie grise qui s'attache en dessous. Ils m'ont pris aussi une petite bourse suspendue à une chaîne et un crucifix à mettre autour de mon cou. Je me suis lavée du mieux que j'ai pu dans l'eau sale que Paddy avait apportée, et j'ai passé mes nouveaux atours. Après, Jem m'a offert une alliance en or. Toute belle dame mariée en porterait une, il a dit.

Pour mon petit nécessaire, ils m'ont acheté une trousse de toilette avec une brosse à cheveux en argent, un miroir, un peigne et un tire-bouton. Les chaussures qu'ils m'ont trouvées étaient de hautes bottes souples à boutons qui me donnaient l'impression de porter du velours aux pieds. Paddy a dit que rien que les bottes avaient coûté dix livres.

On s'est partagé le reste de l'argent. Paddy a gardé cinquante livres et dit que c'était pour lui une bonne affaire, qu'il irait à Londres et reprendrait le boulot en se trouvant un boxeur convenable à diriger. Il a promis de nous envoyer des nouvelles en Amérique pour nous dire comment il se portait. Il a pris Jem dans ses bras et lui a dit qu'il était le meilleur garçon du monde. Et après il s'est tourné vers moi :

– Annie Perry, il a dit, tu es la femme la plus admirable que j'aie rencontrée de toute ma longue vie. Je te salue toi, ton courage et ta force d'âme. Et ce garçon ici présent est à envier car il aura l'honneur d'être ton mari. Je ne regrette pas nos aventures et vous ne devriez pas non plus. Nous nous séparons en amis fidèles.

Avec Jem, on s'est mis à pleurer tous les deux. Jem arrivait plus à parler et j'ai dû me tamponner les yeux avec mon nouveau mouchoir en lin.

On se trouvait dans New Street, devant le grand auvent de la gare de Birmingham, et Paddy s'est tourné vers nous en disant :

– Et vous, jeunes gens, vous entendrez sans aucun doute parler de M. Patrick Tacker à nouveau. – Il s'est incliné et a disparu dans la foule animée qui nous entourait.

Pendant quelques minutes, on s'est promenés ensemble, nos valises à la main, avec l'impression d'être de vrais aristocrates. Personne faisait vraiment attention à nous, mais une petite mendiante est arrivée en courant à côté de moi et m'a dit :

– Un penny pour ma mère, jolie dame. – Je lui ai donné cinq shillings.

Au coin de la rue, il y avait un grand magasin de livres, alors j'ai emmené Jem à l'intérieur et je l'ai fait asseoir sur une chaise pendant que je parcourais les ouvrages.

J'ai chuchoté :

– Ouvre pas la bouche, sinon ils sauront que t'es un petit vaurien de Bilston.

Il a souri et répondu :

– Ils sauront aussi que toi, t'es une fripouille de Rom. Dès que t'ouvres la bouche, on sait que t'es de Tipton, gazille.

Mais c'était faux. J'ai façonné ma façon de parler en m'inspirant de la prononciation de Mme Fraser, ses jolis mots soyeux prononcés avec une espèce de souffle, et j'ai adouci certaines voyelles quand le monsieur du magasin s'est approché pour me demander :

– Madame cherche-t-elle un ouvrage en particulier ?

– Je recherche des histoires d'aventures, monsieur, j'ai répondu. Et de la poésie. Je voudrais les *Ballades lyriques* de M. Wordsworth pour commencer. Et un recueil de M. Burns.

– Aaah, madame a des goûts romantiques, a dit le vendeur.

– En effet, monsieur, j'aspire à un monde plus beau.

– Je suis sans nul doute d'accord avec vous, madame, c'est le désir de tous les amoureux des lettres. Permettez-moi de vous trouver ces œuvres !

J'ai fait un clin d'œil à Jem qui m'a souri en secouant la tête.

C'était vrai, ce que Mme Fraser avait dit : tout n'était qu'illusion.

J'ai regardé la montre de Jem parce qu'il savait pas lire l'heure, et il nous restait une demi-heure avant le départ du train pour Liverpool. On a payé les livres et on est retournés vers la gare et, au moment où on tournait à l'angle de Regent Place, on a vu sur les marches de l'Église unitarienne un groupe de dames qui brandissaient des bannières et des drapeaux en scandant : "Vote pour tous ! Vote pour tous !" Devant elles, il y avait une grande affiche sur laquelle on pouvait lire :

LIGUE POUR LA LIBERTÉ ET
LA RÉFORME DE BIRMINGHAM
Une campagne pour la liberté de voter pour
TOUS LES HABITANTS *de ce royaume, quels que soient*
leur statut, leur sexe ou leurs revenus.
Les femmes et les pauvres doivent avoir leur mot à dire.
Venez faire campagne avec nous pour la liberté et la justice
pour tous les sujets de Sa Majesté.
Signez cette pétition qui sera présentée à la prochaine
séance du Parlement.
APPELEZ À UN NOUVEAU PROJET DE RÉFORME
LIBÉREZ LES TRAVAILLEURS ET LES TRAVAILLEUSES

Et là, devant, coiffée d'un large chapeau de paille et tendant une planchette et un crayon aux passants, se trouvait Mlle Esther Warren. Elle était aussi jolie que la dernière fois où je l'avais vue me regarder avec des yeux écarquillés sur le chemin du presbytère. Là, ses yeux pétillaient alors qu'elle interpellait les gens qui traversaient la place.

Jem et moi, on était devant elle et elle a levé la tête en disant :

– Madame, voudriez-vous nous soutenir ? – Là, elle m'a vue et a presque couiné : – Annie !

La panique s'est lue dans son regard.

– Oh, nous devons parler, Annie… mais pas ici. – Elle s'est tournée vers ses collègues et leur a remis la pétition en disant : – J'ai rencontré une amie très chère. Je dois aller lui parler un moment.

On est allés dans une ruelle étroite qui partait de la place et elle m'a pris les mains en souriant.

– Oh, Annie, comment vas-tu ? À Tipton, tout le monde se déchaîne contre Jem et toi. Ils disent que vous avez tué et volé.

– On a fait ni l'un ni l'autre, j'ai répondu. Mais ils peuvent dire ce qu'ils veulent. Mon père a été abattu et on est en route pour l'Amérique. Je compte sur vous pour ne pas nous trahir, mademoiselle Esther.

– Jamais ! elle a répondu. Je ne crois pas un mot de ce que disent les journaux, Annie. Même si je crains que ça ne soit pas le cas de mon père. Le révérend et moi sommes brouillés. En partie, je le confesse, à cause de toi. J'ai pris une chambre ici avec mon amie Mlle Gulliver. Ma sœur doit épouser M. McLean en septembre.

Elle a fait une grimace et j'ai ri.

– Dis-moi que tu te portes bien et que tout va bien pour toi, Annie. Tu m'as tellement manqué. Tu es splendide, et M. Mason aussi. – Elle a jeté un coup d'œil à mon alliance. – Vous êtes mariés ?

– Non, pas encore, mademoiselle, mais on doit sauver les apparences pour le voyage.

– On doit toujours sauver les apparences, Annie, elle a dit en riant. Je craignais que tu aies été blessée ou tuée. Nous avons été interrogés par des policiers à propos de ton frère. Le révérend était livide. C'était vraiment le Black Cloak ?

– Oh, j'en sais rien du tout. Les argousins ont souvent des drôles d'idées. J'ai pas revu mon Tommy depuis mes neuf ans, mademoiselle.

– Je t'en prie, appelle-moi Esther, Annie, car nous avons désormais beaucoup en commun. Mon père m'a coupé les vivres, mon appartement est minuscule et je travaille dans une blanchisserie à Snow Hill.

– Et vous êtes une vraie radicale maintenant.

– Je suis une réformatrice, Annie. Je me bats pour libérer les travailleurs et les travailleuses. Nous avons formé un syndicat de lavandières !

– Vous avez besoin d'argent ? Parce qu'on en a plein.

Elle a ri et dit :

– Non, non, non, Annie. Vous avez gagné cet argent honnêtement par votre travail et vous devez l'utiliser pour commencer une nouvelle vie.

Elle a jeté un coup d'œil à Jem et a rougi.

– Monsieur Mason, vous êtes particulièrement beau dans votre costume… Vous allez prospérer tous les deux en Amérique. C'est une république ; il n'y a ni roi ni reine.

Je lui ai souri et j'ai dit :

– Esther, je vous serai éternellement reconnaissante, à vous et à votre sœur, de m'avoir appris à lire.

– J'ai beaucoup appris de toi aussi, Annie, elle a dit.

On est restées là un moment à se regarder, et puis on s'est chaleureusement serrées dans les bras l'une de l'autre.

On s'est dit au revoir et, après, Jem et moi on a traversé la place jusqu'à la gare pour prendre le train de Liverpool.

Le SS *Pennsylvania* trépidait et vacillait comme une gigantesque bête de fer. Le grincement des mâts et le claquement des drapeaux et des banderoles contre le bastingage emplissaient l'air tandis qu'on sortait du port de Liverpool. Puis le grondement du moteur a augmenté, le sifflet à vapeur a retenti et j'ai senti le mouvement de cette chose sous mes pieds, le fer qui fendait l'eau, se traînant vers l'ouest.

Et nous avec. M. et Mme Williams de Birmingham.

Liverpool prenait des reflets dorés sous le soleil vif du matin : la flèche de la grande église luisait, les cheminées d'usine, les mâts de misaine et d'artimon hérissaient l'air ; les bras saillants des grues à vapeur déchiraient la ligne d'horizon ; et on s'est retournés pour voir l'Angleterre s'éloigner lentement de nous.

On avait des billets pour le deuxième pont où on pouvait prendre le thé et dîner dans une cuisine étroite. Notre cabine était minuscule avec deux couchettes branlantes et à peine assez de place pour se retourner.

En contrebas, on voyait l'entrepont où des groupes de pauvres gens étaient assis ou déambulaient sous des cirés pour se protéger de la pluie et des embruns. Les hommes étaient emmitouflés contre le vent et les femmes enveloppées dans des châles, certaines allaitant des nourrissons. C'étaient pour la plupart des Irlandais et ils avaient le regard vide et hanté de ceux qui avaient connu la faim, mais il y avait aucune clameur inconvenante quand l'équipage leur apportait des plateaux de pain et des tasses d'eau potable, juste des traînements de pieds quand ils se mettaient en rang en silence. Ils avaient l'air si abattus que je me demandais comment ils allaient s'en sortir une fois en Amérique. Je savais que la plupart finiraient par travailler dans des mines et des fonderies jusqu'à ce qu'ils meurent d'épuisement. Cela semblait être le destin de tellement de gens – mais je savais que ça serait pas le mien ni celui de Jem.

Quand mon accès de mélancolie avait fini par passer, j'avais regardé les choses avec les yeux d'un homme qui se réveille à son propre enterrement. Tout me paraissait nouveau et déconcertant. À compter du moment où Jem m'avait sauvée de Molly Stych, le monde était devenu trop brillant et trop effrayant. Jusque-là, je crois que rien m'avait vraiment fait peur. Maintenant, une partie de moi avait peur tout le temps.

Je gardais notre argent bien à l'abri dans un sac en tissu autour de ma taille parce que j'avais l'impression que tout tournait autour de ça. L'argent. Aucune autre force ne nous poussait. Ou ne me poussait à cette époque-là.

Malgré ce qu'avait dit Mlle Esther sur l'amour de Dieu, tout ce qui m'était arrivé, tout ce que j'avais pensé, ressenti et fait, avait été provoqué par le besoin d'argent. De la mort de Big Tom à Bill assis devant le ring pendant que je combattais. Du moment où j'avais été vendue à la foire aux chevaux à celui où je m'étais retrouvée nue dans les bras de Jem dans la lande. Même lire tous ces livres, finalement, n'avait été qu'une question d'argent. Lire pour me hisser socialement. Lire pour payer les amendes de Bill.

L'argent : le besoin qu'on en a, l'amour, la convoitise et la peur qu'il inspire. C'était pour ça que j'avais été vendue et pour ça que j'avais appris à me battre. Pour ça que j'avais trouvé Jem. Et pour ça qu'on fuyait en Amérique si on voulait pas finir au bout d'une corde. Tout ce que j'avais vu, c'était ceux qu'en avaient et ceux qu'en avaient pas, et il y avait aucune raison à ça : seulement le hasard et la chance, et le fait d'être né à l'endroit où on était né.

En bas, sur l'entrepont, ils ont entonné une chanson, un air irlandais triste et lugubre qui flottait jusqu'à nous et, même si je comprenais pas les paroles, je devinais qu'ils parlaient de cœurs brisés et de la douleur de quitter ceux qu'on aime.

Et je m'interrogeais encore, dans la brise cinglante en regardant la côte anglaise derrière moi. J'avais vu un jour le dessous des choses dans une feuille de chêne. J'avais su que j'allais quelque part. Et, plus important que les quatre-vingts livres attachées à ma ceinture, j'avais de nouveaux mots et de nouvelles façons de parler dans la tête, et j'étais capable d'entendre des chansons ou de la musique et d'en comprendre le sens et l'intention.

J'étais passée de l'autre côté.

ÉPILOGUE

Ithan, Pennsylvanie
1906

Madame s'était endormie. Jeannie resta assise dans la pièce silencieuse et la regarda. Sa respiration était superficielle et semblait aller et venir ; la jeune fille se demanda si elle devait appeler Kenny pour qu'il aille chercher un médecin.

Devant elle sur la table, à côté du plateau de tasses vides, se trouvaient les livres que Madame lui avait donnés en insistant pour qu'elle les lise. Avec ses yeux sombres clos, le visage que Jeannie avait devant elle paraissait moins féroce ; la tête qui reposait contre l'aile du fauteuil était petite et enfantine, et les rides profondes qui couraient sur son visage s'étaient détendues pour devenir de doux sillons.

Jeannie regarda les deux livres. Les *Ballades lyriques* et les *Poèmes, principalement dans le dialecte écossais*. Elle n'en avait jamais entendu parler mais elle avait promis à Madame de les lire et de revenir plus tard dans la semaine pour en discuter.

Entre le doux tic-tac de la belle horloge en forme de clocher posée sur la commode, le rythme de la respiration discrète de Madame et le soleil doré qui se retirait lentement de la pièce, Jeannie se laissa aller contre le dossier du fauteuil et se sentit glisser dans une sorte de torpeur.

Un cliquetis de sabots et un grincement de roues de voiture sur le gravier de l'allée la réveilla, et Kenny ouvrit la porte de la pièce en murmurant :

– Jeannie, l'avocat est là pour Madame. Va donc lui chercher du thé et laisse-la dormir un moment.

Jeannie prit les deux livres et quitta la pièce.

Note de l'auteur

Annie Perry était mon arrière-grand-mère. Elle était la petite-fille de William Perry – le Slasher de Tipton (1819-1880). Quand nous étions enfants, mon frère et moi avons entendu d'innombrables histoires sur le Slasher, y compris l'histoire de sa petite-fille Annie qu'il avait achetée dans une foire quand elle avait sept ans. Ces histoires faisaient toutes partie d'une mythologie familiale élaborée par ma grand-mère, Mollie Kitson. En dehors de la lignée familiale – pour autant que j'aie pu en juger – aucune des histoires qu'elle racontait n'était vraie. Mollie était une inventrice invétérée d'histoires qu'elle jurait avoir vécues et qui n'avaient aucun fondement dans la réalité. À sa mort, nous avons découvert qu'elle avait en réalité cinq ans de plus qu'elle ne l'avait prétendu toute sa vie, ayant ôté quelques années à son âge réel dans les années 1940. Elle soutenait également que nous, les Kitson, étions en fait une aristocratie appauvrie, et elle avait même inventé une branche entière de la famille qui possédait de vastes domaines et une richesse illimitée, présidée par un noble mystérieux (et entièrement fictif) appelé Sir John Jeremy ou parfois Sir Jeremy John. Elle s'est occupée de mon frère et de moi lorsque nous étions enfants, dans une maison humide et ébranlée par le passage des camions, en face de l'usine chimique de Corporation Road à Newport. Et nous l'adorions. Je la remercie de m'avoir transmis l'envie et la capacité d'inventer des histoires.

Remerciements

Je voudrais remercier toute l'équipe de Canongate pour avoir persévéré afin de publier ce livre pendant la pandémie de Covid-19. Je tiens tout particulièrement à remercier Jo Dingley, Alison Rae, Leila Cruickshank, Megan Reid, Gill Heeley, Bethany Ferguson et Caroline Clarke pour leur magnifique travail. Merci également à mon agent Cathryn Summerhayes et à Keith Dixon pour son excellent travail ayant permis la publication de mes livres en France. Je tiens à remercier et à exprimer ma gratitude à Creative Scotland et à la Society of Authors pour leur aide pendant la pandémie de Covid-19.

Merci à Paddy Kitson et Sheila Navas de m'avoir aidé à retracer les liens familiaux dans l'histoire d'Annie. Tout mon amour et mon respect à mes enfants Molly, Susie et Jimmy pour leur aide et leur existence. Et, bien sûr, à ma muse, ma relectrice, mon inspiration et ma coach en fabrication de scones, Jill.

BIBLIOTHÈQUE ÉCOSSAISE
dirigée par Keith Dixon

Chris BROOKMYRE
Sombre avec moi
Les Ombres de la toile
L'Ange déchu
Coupez!

John BURNSIDE
La Maison muette
Une vie nulle part
Les Empreintes du diable
Un mensonge sur mon père
Scintillation
L'Été des noyés
Le Bruit du dégel

Dominic COOPER
Le Cœur de l'hiver
Vers l'aube
Nuage de cendre

Meaghan DELAHUNT
Le Livre rouge

Chris DOLAN
La Colonie
Une femme infréquentable

Jenni FAGAN
La Sauvage
Les Buveurs de lumière
La Fille du Diable

Lewis GRASSIC GIBBON
Sunset Song
La Vallée des nuages

Alasdair GRAY
Lanark
Le Faiseur d'histoire

Jackie KAY
Poussière rouge

James KELMAN
Le Poinçonneur Hines
Le Mécontentement
Faut être prudent au pays de la liberté
Si tard, il était si tard
Mo a dit
La Route de Lafayette

Mick KITSON
Manuel de survie à l'usage des jeunes filles
Analphabète
Poids plume

Liam MCILVANNEY
Les Couleurs de la ville
Là où vont les morts
Le Quaker

James MEEK
Un acte d'amour
Nous commençons notre descente
Le Cœur par effraction
Vers Calais, en Temps ordinaire

James ROBERTSON
Le Fanatique
Le Nègre de Dundee
Le Chercheur de vérité

Suhayl SAADI
Psychoraag

Alexander TROCCHI
Young Adam

Louise WELSH
Le Tour maudit
De vieux os
La Fille dans l'escalier

Cet ouvrage a été composé par
Atlant'Communication
au Bernard (Vendée)

ACHEVÉ D'IMPRIMER SUR ROTO-PAGE
PAR L'IMPRIMERIE FLOCH À MAYENNE
EN MAI 2022

N° d'édition : 2549001 – N° d'impression : 100581
Dépôt légal : août 2022

Imprimé en France